많은 사랑 감사드립니다♡
늘 행복하세요 :ɔ

감현

황민현

'소용없어 거짓말'과 함께 해주시고
사랑해주셔서 감사합니다 :)
늘 건강하고 행복하세요˘

소용없어
거짓말

소용없어 거짓말

②

서정은
대본집

니들북

2018년 가을부터 '소용없어 거짓말'을 구상하기 시작했다. 2023년 여름에 드라마가 방영됐으니 대충 5년의 시간이 걸린 셈이다.

처음 솔희의 직업은 수의사였다. 거짓말에 지쳐 사람보다는 동물과 있는 것을 더 편안하게 여긴다는 설정이었다. 그 후 은행원이 됐다가, 래퍼를 꿈꾸는 타로 카페 알바생으로 바뀌었다가 결국 지금의 라이어 헌터 솔희가 됐다.

대본을 쓰고 수정하는 동안 솔희뿐 아니라 내 삶에도 변화가 있었다. 이사를 갔고, 회사를 그만뒀고, 5년의 시간만큼 나이도 먹었다. 나 같은 신인 작가에게는 대본을 쓰고 고치는 지난한 과정보다 과연 이 대본이 드라마로 나올 수 있을까 하는 불안감이 더 힘든 법이다. 전업 작가가 돼보겠다고 다니던 회사까지 그만뒀는데 드라마가 만들어지지 않으면 나는 어떡하지? 깊은 밤, 8평짜리 원룸에서 불 끄고 침대에 누우면 이 좁고 컴컴한 어둠이 앞으로의 내 인생인 것만 같아 잠이 오지 않았다. 할 수 있는 것은 그저 쓰는 것밖에 없었기 때문에 계속 썼다.

그러다 보니 대본을 재미있게 봤다는 남성우 감독님과 이야기도 나누게 됐고, 배우들에게도 대본이 전달되기 시작했다. 김소현 배우가 긍정적으로 검토 중이라는 이야기를 듣고 보조 작가와 작업실에서 손잡고 방방 뛰며 기뻐하던 때가 아직도 생생하게 떠오른다. 그날 집으로 돌아가는 버스에서 창밖을 바라보며 김소현 배우가 연기하는 솔희를 상상했다. 내 한글 파일 속에만 있던 솔희가 저렇게 창밖에 지나다니는 평범한 사람처럼 생명을 얻게 될 생각에 가슴이 두근거렸다. 그때부터는 그 힘으로 남은 대본을 써나갔던 것 같다.

떨리는 마음으로 첫방을 기다리고 시청률 걱정에 밤을 꼬박 새우던 날들도 이젠 다 지난 일이 됐다. 그때도 지금도 더 잘 쓰지 못했다는 아쉬움은 여전히 남지만 그저 다음에는 더 잘 써야지 다짐할 뿐이다. 이런 아쉬움을 가지고 감히 대본집을 내도 될까 처음에는 고민도 했지만 장면을 상상하며 얻는 즐거움은 드라마와는 또 다를 수도 있을 거라 생각하며 용기를 냈다.

《소용없어 거짓말 대본집》이 세상에 나올 수 있도록 애써주신 신인수 대표님, 소재현 CP님, 윤소연 PD님, 지용호 PD님, 작업실에서 함께 머리 싸매고 고민해준 김보형 작가, 정다연 작가, 더운 여름 현장에서 고생한 남성우 감독님, 노영섭 감독님을 비롯한 모든 스태프와 배우님 들, 대본집을 제안해주고 정성스럽게 편집해준 출판사, 드라마를 사랑해준 모든 분들과 작가가 되겠다는 딸을 한 번도 말리지 않고 믿어주신 부모님, 드라마 곳곳의 로맨스 신에 일조해준, 곧 남편이 될 남자 친구에게 감사한 마음을 전하고 싶다.

차례

사람은 하루 평균 200번의 거짓말을 한다고 한다.
거짓말은 아주 사소하고 익숙하게 우리 생활 속에 존재한다.
월요일 아침에 억지로 웃으며 '좋은 아침!'이라고 인사하는 것부터가
거짓말의 시작이 아닌가.

우리는 습관적으로 거짓말을 하고, 알면서도 거짓말에 속는다.
상사의 사진첩에 가득한 못생긴 아기 사진을 보며 예쁘다고 호들갑 떨어주고,
뒤에서는 내 욕을 했을 게 뻔한 부하 직원의 낯간지러운 아부에 속아준다.
오랜만에 만난 친구에게 살 빠졌다는 인사치레를 잊지 않고,
인스타그램이 허세와 거짓으로 가득한 걸 알면서도 보다 보면 내심 부럽다.
사회생활, 자기만족, 눈치, 배려 같은 다양한 이유로
나름의 정당성을 갖고 당연한 듯 우리 일상 속에 존재하는 거짓말.
우리는 진실을 원한다고 말하면서도
막상 진실뿐인 세상에서는 살아갈 수 없다는 걸 이미 잘 알고 있다.

그럼에도 유독 진실에 엄격해지는 순간이 있는데, 바로 사랑을 대할 때다.
다른 건 몰라도 사랑하는 사람만은 내게 진실하길 원한다.
그 진실이 믿음과 신뢰를 만든다고 믿기 때문에.
믿을 만한 사람임을 확인한 후 사랑을 시작하는 것이 요즘의 추세다.
소개팅 전 신상 조사, 결혼 정보 회사 가입서의 수백 가지 문항,
썸을 타며 상대를 지켜보는 모든 것이 이 확인의 과정이다.
가끔은 지겹다. 그냥 사랑하니까 좋은 사람일 거라 믿어보는 건 미친 짓일까.

사랑에는 가끔 그런 무모하고 무조건적인 모습도 필요하지 않을까.
누군가의 무조건적인 믿음은 한 사람을, 한 인생을 변화시키기도 한다.

거짓말이 들리는 능력 때문에 그 누구도 믿지 않던 인물을 통해
진실의 아름다움이 아닌, 믿음의 아름다움에 대한 이야기를 하고 싶다.

'소용없어 거짓말' 포인트

하나. 거짓말을 들을 수 있다는 '판타지'

#라이어헌터 #VIP전문 #내귀에거짓말탐지기 #녹음파일불가

누구나 한 번쯤은 상대방의 말이 진실인지 거짓인지 미치도록 궁금했던 적이 있을 것이다. 눈을 마주치지 못하거나, 코를 만지면 거짓말이라고 하는 그런 단순한 구별법으로는 충분치 않다. 그래서 불법 흥신소와 심부름 센터가 존재하고 촉이나 싸한 느낌 같은 밑도 끝도 없는 감각에 의존하기도 한다. 만약 일회용 거짓말 탐지기나, 거짓말을 걸러주는 보청기가 판매된다면 그 옛날 허니버터칩 같은 품귀 현상이 일어날 정도로 불티나게 팔릴 거다. 그래서 생각해봤다. 거짓말을 들을 수 있는 사람이 있다면 어떨까 하고.

　그녀는 그 희귀한 능력을 이용해 돈을 번다. 얼굴이 많이 팔리면 곤란하니 정체를 숨기고 은밀하게. 재벌가 사람들이나 고위급 정치인들의 중요한 순간에 항상 함께한다. 덕분에 그들은 사기 결혼을 피하고, 잘못된 투자를 피하고, 뒤통수칠 놈을 피한다. 하지만 평온한 일상도 그녀를 피해 간다는 게 문제다. 일찍 잠들어 전화를 못 받았다는 연인의 거짓말부터 옷이 참 잘 어울린다는 백화점 판매원의 거짓말까지 들어야 하는 삶은 피곤하다. 수없이 뒤통수를 맞다가 결국 그 누구도 믿지 않기로 한다.

　거짓을 꿰뚫는다면 관계의 우위를 점할 수 있을 거라 흔히 생각하겠지만 그

것이 꼭 행복한 것만은 아니라는 것을, 거짓과 진실의 복잡미묘한 세계를 보여주려 한다.

둘. 어쩌면 살인자일 수도 있는 남자와의 '로맨스'
#썸남의과거 #살인자남친가능? #달콤살벌한연인 #호신용품필수

생판 모르는 남녀가 만나 사랑을 하는 것. 그만한 도박이 어디 있을까. MBTI 궁합이 찰떡으로 나온다 해도 한 개인의 내밀한 속내를 파악하는 건 불가능하다. 그래서 우리는 과거에 대해 묻곤 한다. 어디에서 자랐고, 어떤 유년기를 보냈는지. 학창 시절에는 누구의 덕질을 했고, 지난 연애는 어땠는지. 그런데 그 수많은 정보들 중 과거, 살인 용의자였다는 정보가 나온다면? "그럴 수도 있지. 살면서 한 번쯤은 용의자도 돼보고 하는 거 아닌가?" 하며 아무렇지 않게 넘어갈 수는 없다. 사랑하는 남자에게 살인 용의자라는 과거가 있다면 어떤 선택을 할 수 있을까. 사랑으로 이해하고 받아들일 수 있는 부분은 어디까지일까. 극한의 갈등 상황 속에서 뻔하지 않은 로맨스를 그리려 한다.

셋. 4년 전 미제 사건의 진범을 쫓는 '미스터리'
#4년전실종사건 #학천해수욕장미스터리 #백골시신발견 #재수사

'그것이 알고 싶다'는 뻔한 범인을 증거가 없어서 잡지 못한 채 끝난다. 취재하던 PD는 오죽 답답하면 그 뻔한 범인한테 대놓고 묻기도 한다. "혹시 그때 그분 죽이셨어요?" 하고. PD의 입에서 저 질문이 나왔을 법한 '학천 해수욕장 실종 사건◆', 그 사건의 전말은 이러했다.

  그날은 서울에서 대학 생활을 하던 남자가 학천이라는 촌구석에서 오랜 시간 함께했던 여자에게 이별을 고하던 날이었다. 헤어짐의 장소는 두 사람의 추억

◆　　　극 중 가상의 사건.

이 가득한 학천 해수욕장. 여자는 너 없이는 살 수 없다며 붙잡았지만 남자는 매정하게 떠났고 다음 날 아침, 피 묻은 샌들 한 켤레만 남겨둔 채로 여자는 감쪽같이 사라졌다. 남자의 셔츠에서 사라진 여자의 혈흔이 검출되면서 사건은 쉽게 해결될 것 같았다. 그는 여자 친구가 자살했다며 자신의 무죄를 주장했지만 정작 거짓말 탐지기 진술은 거부하면서 더 큰 의심을 샀다. 하지만 그 후 행적의 알리바이가 입증되고, 무엇보다 그의 모친이 학천에서 한 가닥 한다는 학천 시장인 덕에 수사는 빠르게 종결됐다. 그렇게 흐지부지 묻히나 싶었지만 시사 교양 프로그램에서 '학천 해수욕장 미스터리'라는 제목으로 이 사건을 다루면서 그는 여자 친구를 죽인 암묵적 살인범으로 낙인찍혀 인터넷에 졸업 앨범 사진까지 떠돌아다니게 됐다. 그리고 4년 후, 학천 해수욕장 근처 야산에서 실종된 여자의 백골 시신이 발견되면서 미제로 남을 것 같았던 사건은 다시 급물살을 타게 된다. 이 미스터리한 사건의 진범은 과연 누구인가.

: 주요 인물 :

❤ 목솔희 (27세 / 여 / 라이어 헌터)

그녀의 첫인상에 대해 묻는다면 누군가는 센 여자, 누군가는 인상 별로인 여자라고 할 것이다. 개중 좀 예민한 사람은 꿰뚫어 보는 눈빛이 기분 나쁜 여자라고 할지 모른다. 태어날 때부터 세상 거짓말을 다 들으며 살아왔으니 그럴 법도 하다. 거짓말 목소리를 구별하는 선천적인 능력 탓에 세상은 착한 사람과 나쁜 사람이 아닌, 속이는 사람과 속는 사람으로 굴러간다는 걸 일찌감치 깨달았다. 이런 능력을 세상에 오직 저 혼자 가지고 있다는 사실에 우쭐하던 것도 잠시, 서서히 깨달았다. 이건 초능력이 아니라 저주임을. 누구도 온전히 믿을 수 없는 저주. 웃으며 뒤통수를 맞아야 하는 저주. 남들이 웃을 때 웃지 못하다가 결국 외로워질 수밖에 없는 저주. 기왕 이렇게 된 거 이 저주를 최대한 효과적으로 써먹기라도 하자 싶어 검사나 경찰이 돼야겠다는 생각도 잠시 했다. 하지만 공부에 소질도 없고, 가난한 집안 살림에 돈벌이는 한시가 급했다. 결국 친구들이 문과, 이과를 고민하던 때 진실의 신령님을 모시는 무당으로 진로를 결정했다. 일명 '라이어 헌터'. 녹음본이나 전화 통화로는 거짓말이 들리지 않는다는 한계 때문에 거짓말을 직접 듣기 위해 출장을 다니며 팔자에 없던 재벌가 자제도 됐다가, 국회 출입 기자도 됐다가, 정장 차려입은 면접관이 되기도 한다. 용하다고 알음알음 소문나서 타로 카페로 위장해놓은 상담소 앞에는 의뢰인들이 타고 온 최고급 세단이 끊이지 않는다. 그러던 와중에 마스크로 얼굴을 꽁꽁 가린 수상한 남자가 옆집에 이사 온다. 입만 열면 거짓말이 줄줄 쏟아질 거라 예상했건만 신기하게도 거짓말을 안 한다. 처음 만난 사람은 외모도, 직업도, 배경도 아닌 그가 내뱉는 첫 번째 거 짓말로 첫인상을 결정하는 솔희로서는 아주 당혹스러운 상황. 그렇게 이 수상한 남자의 첫 번째 거짓말을 기다리다가 저도 모르게 점점 마음을 열게 된다. 이렇 게 솔직한 남자라면…. 어쩌면 다시 한번 사랑이라는 걸 해볼 수도 있지 않을까.

♥ 김도하 (29세 / 남 / 작곡가)

현재 국내 저작권료 수입 1위의 잘나가는 작곡가이지만, 5년 전 실종된 여자 친구 를 죽였다는 혐의로 살인 용의자가 돼 세간을 떠들썩하게 했던 과거가 있다. 결 국 무혐의로 풀려났지만 세상은 그에게 사형 선고를 내렸다. TV에서는 그를 살 인자로 몰아가는 동창 녀석의 인터뷰가 흘러나왔고, 인터넷에서는 살인자 신상 이라며 졸업 사진이 떠돌아다녔다. 동네 시장 바닥에서 난데없이 몰매를 맞고 쫓 기듯 이사를 갔다. 그 후 마스크로 얼굴을 가려야만 외출을 할 수 있게 됐고, 밤에 는 악몽 때문에 제대로 잠을 이루지 못했다. 이대로 다시는 세상 밖에 나올 수 없 을 것 같았는데 음악에 소질이 있었던 덕에 대중음악 작곡으로 3년 만에 어마어 마한 돈을 벌었다. 이제는 서울 전망이 훤히 내려다보이는 펜트하우스에서 사 는, 누가 봐도 성공한 인생이다. 비록 여전히 대인 기피증과 불면증에 시달리고 있지만. 개명한 이름 덕에 과거를 들킬 일은 없지만 애초에 궁금해하는 사람도 없다. K팝이 아무리 대세라 한들 누가 작곡가에게까지 관심을 가지겠는가. 하 지만 글로벌한 인기를 누리고 있는 톱 가수와 열애설이 난 작곡가라면 상황은 달라질 거다. 그렇게 도하는 J 엔터의 간판스타이자 국민 여동생 샤온과의 열애 설로 요새와 같던 자신의 집에서 다시 도망치는 신세가 되고 말았다. 연서동의 어느 다가구 주택으로. 그런데 도무지 적응 안 될 것 같던 그 낡고 좁은 집이 어 쩐지 점점 편안해졌다. 정겨운 동네 분위기에 창문도 활짝 열게 됐고, 비록 마스 크를 썼지만 동네 산책도 즐기게 됐다. 오랜 시간 그를 괴롭힌 악몽도 사라졌다. 단, 다 좋은데 옆집 여자가 걸린다. 자신의 정체를 다 알지만 모른 척해주는 것 같고, 촉이 좋은 건지 남들 다 속을 때 혼자 속지 않는다. 그저 마주치지 않는 게 상책이다 싶어 피하고 도망쳐보지만 어느 순간 이 여자 앞에서는 아무 소용없음을 깨닫게 된다.

　♥ 이강민 (31세 / 남 / 형사)

결혼 정보 회사 모델로 어울릴 법한 반듯하고 훈훈한 외모. 노약자를 보면 벌떡 일어나 자리를 양보하고 도움이 필요한 사람을 그냥 지나치지 못하는 내면까지 갖췄으니 그에게 경찰만큼 어울리는 직업은 없을 것 같다. 그런 따뜻한 심성 때문일까. 세상 사람을 적으로 보듯 날이 서 있는 솔희에게 상처도 많고 사랑도 많다는 것을 금방 눈치챘다. 센 척하는 표정에 가려진 감정을 읽고 "힘들지?" 물으면 그제야 훌쩍훌쩍 울던 솔희를 사랑할 수밖에 없었다. 솔희는 유독 눈치가 빠르고 센스가 있었다. 마치 마음을 읽어내는 것처럼. 아빠의 부재, 사고 치는 엄마의 뒤치다꺼리를 하느라 일찍 철이 든 탓이라 생각하면 짠했다. 그래서 빨리 좋은 가족이 돼주고 싶었다. 하지만 인생은 생각대로 흘러가지 않았다. 솔희 입에서 헤어지자는 말이 나왔다. 말로는 붙잡으면서도 차라리 잘됐다는 마음이 든 것도 사실이다. 돌아서던 솔희의 마지막 말은 '사랑했었다' '행복해라' 같은 상투적인 말이 아니었다. "오빠 거짓말… 다 들려." 그 이상한 말이 마지막이었다. 멀어지는 솔희를 보면서도 이건 헤어지는 게 아니라 그냥 잠시 떨어져 있는 거다, 우리 사랑이 이렇게 쉽게 끝날 리가 없다고 믿으며 버텼다. 연서 경찰서에 배치되어 솔희를 다시 만난 건 우연이 아니었다. 처음부터 욕심낸 건 아니고 그저 멀리서 얼굴이라도 보고 싶다는 생각이었는데 막상 다시 만나니 3년의 공백이 무색하게 심장이 쿵쾅거린다. 그사이 남자 친구가 생겼다지만 얼마든지 기다려줄 수 있다. '다 만나고 와. 마지막만 내가 되면 돼.'

　♥ 샤온 (24세 / 여 / 가수)

민낯마저 화려하고 청바지에 티만 걸쳐도 멋이 흐르는 본투비 연예인. 고등학교 졸업을 앞두고 나간 동네 노래자랑에서 득찬의 눈에 띄어 J 엔터에 들어온 초창

14 • 소용없어 거짓말

기 멤버다. 소름 끼치는 가창력, 방탄유리도 깨뜨릴 것 같은 고음은 없지만 대신 섬세한 감성 표현, 청중을 집중시키는 타고난 목소리와 매력이 있다. 그렇게 한국 가요계의 독보적인 존재로 자리 잡는 데 성공했다. 남다른 팬 사랑에, 일에 있어서만큼은 프로 정신도 투철해 업계에서 소문도 좋은데 이상하게 도하 문제만 얽히면 정신줄을 놓는다. 자신에게 딱 맞는 노래를 만들어주는 도하가 소울메이트로 느껴졌다. 피아노 연주가 잘 어울리는 도하의 긴 손가락도 좋고, 종일 집에 있어서인지 자외선 한번 구경 못 한 것 같은 흰 피부도 좋고, 과묵해서 가끔 들을 수 있는 귀한 목소리도 좋고, 사람들의 시선을 두려워하는 약한 모습조차도 귀여워서 좋고…. 그냥 다 좋다! 어차피 나 말고는 알고 지내는 여자 하나 없으니 5년이 걸리든, 10년이 걸리든 결국엔 해피 엔딩이 될 거라고 확신한다. 우리는 운명이고, 우리의 영혼은 이미 음악으로 뜨겁게 교류하고 있으니까.

: J 엔터테인먼트 사람들 :

조득찬 (31세 / 남 / J 엔터테인먼트 대표)

도하와 샤온이 속해 있는 J 엔터테인먼트의 대표이자 도하의 친한 형. 대표로서의 권위를 보이기 위해서 늘 정장을 차려입는다. 학천에서 알아주는 사업가 집안의 장남으로, 남들 취업한다고 원서 쓸 때 서울에서 엔터테인먼트 사업을 시작했다. 부모에게 돈뿐 아니라 사업가적 기질, 사람 다루는 리더십을 물려받은 덕에 큰 어려움 없이 J 엔터테인먼트를 국내 굴지의 기업으로 성장시켰다. 물론 거기에는 히트곡을 만들어준 도하와 끼 넘치는 샤온의 역할이 컸다. 도하와의 인연은 여러모로 각별하다. 코흘리개 때부터 매일 어울려 논 덕에 동네 친구들은 득찬의 친동생을 재찬이 아니라 도하라고 착각할 정도였다. 대학 진학을 한 후에는 서울에서 함께 타지 생활을 하며 더욱 각별해졌다. 어디 그뿐인가. 시기가 맞아떨어져 도하와 군대까지 동반 입대했으니 도하에 대해서는 가족보다도, 어쩌면 도하 자신보다도 더 잘 알고 있다고 자신한다. 이런 도하가 엄지 사건 후 칩거하며 폐인처럼 살자 작곡과 전공을 살려 대중음악을 해보라며 끊임없이 권유했고, 결국 도하를 샤온의 전담 작곡가로 성공시켰다. 서로에게 은인이 돼준 셈. 속도 위반으로 결혼했지만 단란한 가정도 있고 회사도 안정적으로 굴러가는데, 딱 하나 사업해보겠다며 일 저지르는 동생 재찬이 그의 유일한 골칫거리다.

조재찬 (29세 / 남 / J 엔터테인먼트 기획실장)

득찬의 동생. 공부 잘하고, 성격 좋고, 인기도 많은 형이 늘 1순위였던 집안 분위기 속에서 기죽고 살았다. 그래서 그는 좀 다른 방법으로 관심을 받으려 애썼다. 교실 맨 뒷자리에 앉아 잠만 퍼질러 자는 문제아. 술, 담배는 기본. 친구들 괴롭히는 양아치 짓하며 학창 시절을 보냈다. 성인이 된 후에는 부모에게 손 벌려 와인 바, 이탈리안 레스토랑, 카페… 유행에 맞춰 있어 보이는 가게를 차려봤으나 줄줄이 말아먹었다. 잘나가는 형이 인간답게 살아보라며 서울로 불러 J 엔터의 기획실장이라는 자리까지 내줬지만 제대로 출근도 하지 않고 돈만 받아가는 월급 루팡. 직원들이 대표 동생이라는 이유로 앞에서는 굽실거리지만 뒤에서는 손가락질하며 뭐라고 쑥덕일지 잘 안다. 역시 남 밑에서 일하는 건 체질에 안 맞는다. 사업에 대한 미련을 버리지 못해 최근 수제 버거집을 차렸는데 또다시 파리만 날리자 속이 쓰리다. 형을 미워하고 질투하면서도 한편으로는 선망하고 동경한다. 그런 형 앞에 있으면 꼬리 내린 강아지처럼 온순하지만 만만한 사람 앞에서는 기세등등 소싯적 양아치 짓이 튀어나온다. 그중 가장 만만한 사람한테는 삥까지 뜯는데, 그 상대는 바로 도하다. 5년 전 그 사건 이후로 도하의 약점을 꽉 쥐고 있기 때문이다.

박무진 (42세 / 남 / J 엔터테인먼트 이사 겸 작곡가)

J 엔터테인먼트 이사이자 작곡가. 자칭 김도하의 라이벌. 샤온에게 수많은 곡을 제안해봤지만 결국 샤온이 고르는 건 항상 김도하의 곡이었다. 어쩌다 도하의 곡과 붙어 나란히 1위 후보에 오르면 항상 1위 자리를 빼앗기고 그토록 염원했던 코리아 뮤직 어워드 수상도 도하에게 빼앗기니 영화 '여고괴담' 속 만년 2등

인 양 열등감에 휩싸일 수밖에. 도하를 싫어하지만 알고 보면 도하의 음악을 제일 열심히 듣는 사람이다. 미친 듯이 듣고, 분석하고, 곱씹다가 감탄하고 경멸한다. '미친놈, 왜 이렇게 잘 만들어?' '이 새끼 이거 어디서 표절해온 거 아니야??' 도하를 만나면 묻고 싶은 게 많다. 어떻게 이렇게 쓴 거냐고, 어디서 영감을 얻고 레퍼런스를 찾냐고. 내 곡은 어떻게 생각하냐고, 나처럼 너도 날 라이벌로 생각하냐고.

: 솔희의 주변 인물 :

백치훈 (26세 / 남 / 솔희의 경호원 겸 운전기사)

해맑은 미소가 보기만 해도 미소를 짓게 한다. 뇌는 더 해맑다. 솔희의 경호원이자 운전기사. 탄탄한 팔뚝, 키 190에 육박하는 피지컬. 비주얼만으로도 웬만한 남자들은 자동으로 눈 깔게 만드는 포스를 풍기지만 이름에서 알 수 있듯이 백치미가 넘쳐 흐른다. "영화 '사도'에서 사도세자가 죽는다고요?? 아씨, 아직 안 봤는데 스포하지 마세욧!" 그렇다고 매사 백치미가 흐르는 건 아니다. 맡은 바 임무는 성실하게 수행하며 절대 허술한 모습을 보이지 않는 프로. 샤온의 열혈 팬이라 샤온의 경호원이 되는 것이 원래 꿈이었다. 하지만 인생사 어디 뜻대로 되나. 어쩌다 보니 솔희의 경호원이 됐고, 어쩌다 보니 경호보다는 운전을 더 많이 하게 됐다. 이러려고 경호학과를 나왔나 자괴감을 느낄 때도 있지만 솔희의 사업이 확대되는 것을 지켜보며 뿌듯한 순간도 있었고, 라이어 헌터를 모신다는 나름의 자부심도 있다. 이제는 솔희가 친누나처럼 편하다.

카산드라 (27세 / 여 / 타로술사 겸 바리스타)

솔희가 운영하는 타로 카페의 알바생. 본명은 윤예슬. 똘똘하고 야무지다. 인생사 노력해도 계획대로 되지 않는다는 진리를 일찍 깨닫고 운명론과 허무주의에 빠져 잘 다니던 명문대를 자퇴했다. 사주와 타로, 명리학을 독학하다가 일하게 된 곳이 바로 솔희의 타로 카페. 타로 카페이지만 어쨌든 카페이니까 그에 걸맞게 바리스타 자격증까지 취득했다. 화려한 라테 아트까지 선보이며 타로도, 카페도 제대로 하려고 한다. 진실의 신을 모신다는데 아무리 생각해도 그런 신은 처음이었다. 솔희의 능력을 살짝 의심하던 순간도 있었지만 곁에서 지켜보며 찐임을 인정. 동갑이지만 존댓말을 써가며 깍듯이 모시게 됐다. 솔희가 출장으로 자리를 자주 비우니 타로 카페의 실질적인 안방마님이나 다름없다. VIP 손님의 예약 접수, 솔희의 스케줄 관리는 물론 일반 손님들의 타로점도 봐주고 커피도 내리고…. 몸이 열 개라도 모자란 와중에 솔희의 미묘한 감정 변화까지 빠르게 읽어낸다. 어쩌면 솔희보다 그녀가 더 무당에 어울리는지도 모른다.

차향숙 (50세 / 여 / 솔희의 엄마)

어렸을 때부터 예쁘다는 소리를 질리도록 들으며 자랐다. 주변에선 늘 예쁘니 돈 많은 남자 만나 시집만 잘 가면 된다고 말했다. 잘생긴 부잣집 도련님 태섭과 연애하며 결혼 이야기가 오갈 때만 해도 그 말이 실현되는 것 같았다. 하지만 갑작스러운 부도로 태섭의 집안은 풍비박산 났고, 왕자님 같던 태섭은 순식간에 거지꼴이 됐다. 하지만 그 정도로 태섭을 버리기엔 그녀는 너무 어렸고 뜨거웠다. 그깟 돈 좀 없어도 된다며 시작한 결혼 생활은 고생의 연속이었다. 없는 살림에 덜컥 솔희까지 갖게 되자 고민이 커졌다. 물려줄 숟가락은 없으니 내 배 속에 있는 이 아이가 기가 막힌 재능을 타고나게 해달라고, 평생 먹고살 숟가락을 쥐고 태어나 나도 그 숟가락 덕 좀 보게 해달라고 빌고 또 빌었다. 솔희가 거짓말을 듣는 능력이 있다는 걸 알았을 때 이걸 어떻게 써먹을 수 있을까 행복한 고민을 했었다. 하지만 그 능력이 비수가 돼 등에 칼을 꽂을 줄이야. 더 망가질 게 뭐 있나 싶어 태섭에게 이혼을 요구하고 고삐 풀린 망아지처럼 막 살기로 했다. 그렇게 퇴직한 승무원, 어린이집 원장, 대학 병원 의사, 지방대 교수 흉내를 내며 남자들 주머니를 탈탈 터는 데 소질을 발휘하는 중이다. 딸을 보면 온갖 복잡한 감정에 혼란스럽다. 재를 사랑하는 건지 미워하는 건지… 질투하는 건지 불쌍해하는 건지 잘 모르겠다. 근데 자기 마음은 몰라도 솔희 마음은 잘 안다. 옛날 일을 아직도 미안해하고 입으로만 독한 말하면서 눈으로는 애정을 갈구한다는 걸, 어렸을 때부터 그 눈빛만큼은 변함없다는 걸 세상 그 누구보다 잘 안다.

목태섭 (53세 / 남 / 자연인)

유복한 집에서 외동아들로 자랐다. 향숙을 만나 결혼 이야기를 할 때만 해도 부모님이 아파트 한 채쯤 마련해주시겠지 안일하게 생각했다. 하지만 갑작스러운 부도로 순식간에 빚더미에 앉게 됐고, 결혼은 먼 이야기가 돼버렸다. 괜찮다며 끝까지 가보자는 향숙의 말에 태섭은 맹세했다. 죽을 때까지 이 여자를 사랑하고 책임지겠다고. 막노동도 하고, 대리 기사도 하고, 퀵서비스도 하고… 할 수 있는 건 다 했지만, 손에 물 한번 묻히지 않고 살아왔던 탓인지 오래하지는 못했다. 때로는 쫓겨났고, 때로는 스스로 그만뒀다. 그렇게 살다가 어느 순간 돌아보니 향숙은 사기꾼이 돼 있었고, 사랑하는 딸은 제 엄마를 경찰에 넘긴 불효녀가 돼 있었다. 그때까지만 해도 향숙과 결혼하며 했던 맹세에는 변함이 없었는데… 향숙이 다른 남자를 만나는 것을 알았을 때 그 맹세가 무너졌다. 돈도 사랑도 줄 수 없다면 난 그녀에게 무엇을 줄 수 있을까. 향숙을 더 이상 사랑하지 않아서가 아니라 향숙에게 더 이상 줄 수 있는 게 없음을 깨닫고 순순히 이혼 도장을 찍어줬다. 충격으로 산속 깊은 곳에서 자연인으로 살아가며 세상과 담을 쌓았다. 가끔씩 솔희에게 편지로 안부를 전하는 것이 소통의 전부다.

: 도하의 주변 인물 :

정연미 (50대 / 여 / 국회 의원)

도하의 엄마. 세련되고 고상한 이미지를 풍기지만 그 속에는 권력욕이 가득하다.

교통사고로 남편을 잃고 홀로 도하를 키웠다. 그때 도하 나이 열 살이었다. 학천 토박이. 학천 유지의 딸로 부유하게 자랐고 서울에서 대학을 졸업한 후, 학천 시장이 될 요량으로 다시 학천에 돌아와 결혼했다. 남편을 잃은 비극을 싱글 맘 이미지 메이킹에 활용했고, 도하가 서울대에 진학하자 아이를 성공적으로 키운 엄마 이미지로 교육감 후보가 됐다. 하지만 아들이 살인 용의자가 되자 프로필에서 엄마라는 이름을 지웠다. 도하는 자신이 죽였다고 말했다가 아니라고 말했다가, 또 어떤 날은 아무런 말도 안 하고 입을 다물었다. 뭐가 진실인지 알 수 없었다. 두려웠다. 내 아들이 살인자일 수도 있다는 게 두려웠고, 아들 때문에 지금껏 쌓아온 정치 인생이 끝날까 봐 두려웠다. 가지고 있던 인맥을 총동원해서 사건을 황급히 마무리지었다. 그후 대외적으로 도하는 독일에서 유학 중인 걸로 해뒀다. 이런 이유로 작곡가 김도하의 정체가 드러나지 않길 바라는 건 그녀 역시 마찬가지다.

최엄호 (35세 / 남 / 무직)

엄지의 오빠. 입이 걸고 행동도 거칠지만 총명하고 예리한 눈빛을 가졌다. 정황상 도하가 엄지를 죽였다고 확신했기에 무혐의로 풀려난 도하의 등에 칼을 꽂았다. 살인 미수로 형을 살고 나온 뒤에도 엄지의 실종 사건에만 매달렸다. 경찰청 앞에서 경찰의 수사를 촉구하는 1인 시위도 했다가, 신분증을 위조해 형사 행세를 하고 다니며 엄지의 사건을 파헤치기도 했다. 불우한 가정 환경에서 엄지는 여동생 그 이상이었다. 딸 같기도 했고 때론 엄마 같기도 했다. 그토록 애틋한 동생이라 5년이 넘는 지금까지도 도하를 용서할 수 없다. 도하는 거짓말 탐지기 진술을 거부했고, 도하의 엄마는 자신의 권력으로 사건을 급히 마무리시켰으니까. 이제 그의 목표는 엄지의 시신을 찾는 것과 도하를 죽여 복수하는 것, 이 두 가지뿐이다.

장중규 (50대 초반 / 남 / 재즈 바 '오아시스' 운영)

오아시스 라이브 재즈 바의 사장이자 드러머. 4년 전 위태로워 보이는 도하를 발견하고 무작정 가게로 끌고 와 앉힌 것이 인연의 시작이었다. 그 후 도하는 가끔 오아시스에 찾아와 음악을 듣고 갔다. 피아노 세션이 그만둬 고민이라고 하자 자신이 쳐보겠다고 하면서 한 가지 조건을 달았다. 선글라스든 마스크든 얼굴을 가리고 연주하겠다는 조건. 연주 1분 만에 취미로 배운 솜씨가 아님을 단번에 알아차렸고 무슨 일을 하는지, 피아노는 어디서 배운 건지 궁금했지만 아무것도 묻지 않았다. 제 입으로 말해준 건 김 씨 성뿐이라 김 군으로 부른다. 확실한 건 피아노를 칠 때 행복해 보인다는 것. 어쩌면 이곳이 김 군의 진짜 '오아시스'일지도 모르겠다.

: 연서동 사람들 :

소보로 (34세 / 남 / 연서 베이커리 사장)

내 욕하는 건 참아도 내 빵이 욕먹는 건 못 참는다. '매력 하나도 없으시네요'보다 '빵이 맛없네요'가 더 화난다. 그에게는 누구에게도 말못할 두 가지 비밀이 있다. 하나는 이 나이 되도록 모솔이라는 것, 나머지 하나는 결혼 정보 회사의 장기 회원이라는 것이다. 소심한 성격에 자신감이 부족해서 여자 앞에서는 말도 제대로 못하지만 빵에 있어서만큼은 도전 정신이 충만하고 자부심도 넘친다. 여자는 없어도 자식처럼 키운 빵들이 있으니 자기 인생이 제법 괜찮다 싶다.

오오백 (34세 / 남 / 부어 비어 사장)

연서동 골목길의 수제 맥주집 부어 비어의 사장. 화장품, 향수, 명품 같은 것들에 빠삭한 그루밍족으로 집 앞 편의점에 가더라도 전신 거울 앞에서 30분은 서성거린다. 이렇게 자신을 꾸미게 하는 원동력은 역시 여자. 유튜브에는 '여자 꼬시는 법'에 대한 구독 채널이 한가득이고, 예쁜 여자라면 자다가도 벌떡 일어나 플러팅을 날린다. '오빠가~' 요즘 여자들이 싫어하는 3인칭 오빠 화법을 여전히 애용

하면서도 마음만 먹으면 세상 어떤 여자든 꼬실 수 있다고 굳게 믿고 있다. 이 모든 것이 통하지 않는 딱 한 명의 여자가 있다. 샐러드 가게 사장, 초록.

황초록 (30세 / 여 / 초록 샐러드 사장)

솔희의 타로 카페 근처에 위치한 샐러드 가게 사장. 솔직하다. 하지만 지나치게 솔직하다. 말에 필터링이 없어 본의 아니게 '팩폭'을 시전하는 것이 일상. 신나서 떠들 때는 모르다가 주변 분위기가 싸해지면 그제야 서서히 눈치챈다. 혹시 지금 이 분위기 내 탓? 나 방금 무슨 말했더라…? 그만큼 음흉한 구석이 없고, 남 뒤통수 칠 일이 없는 단순한 성격. 팔고 남은 샐러드를 꾸역꾸역 먹으며 이렇게 다이어트하면 뭐 하나… 하루 빨리 나만 바라봐주는 착한 남자 만나 진하게 연애하고 싶다.

9화 | 18신
펜트하우스, 침실

웃으며 돌아보는 솔희. 하지만 도하가 가져다준 옷을 보고 표정 굳는다. 리버풀 유니폼이다. 애써 웃음 참는 도하. 의도성이 다분해 보인다.

여기서 도하가 솔희에게 건네주는 유니폼은 사실 리버풀이 아닌 맨시티 유니폼이어야 했다. 원래 솔희는 맨유 팬, 도하는 맨시티 팬으로 설정했었다. 씩씩한 솔희가 빨간색 맨유 유니폼을 입고, 차가워 보이는 도하는 하늘색 맨시티 유니폼을 입으면 이미지에도 잘 어울릴 것 같았다. 하지만 편성을 받고 대본을 집필하던 중 맨시티에서 FFP 규칙 위반 이슈가 떠올랐다. 1부 리그에서 강등당할 수도 있다는 이야기까지 돌자 불안해졌다. 솔희가 웨인 루니를 좋아하는 맨유 골수팬인 것은 거북이 루니, 루니 타로 카페 같은 설정 때문에 바꿀 수 없었으므로 도하가 좋아하는 팀을 바꿀 수밖에 없었다. 결국 맨유의 또 다른 라이벌 팀인 리버풀로 변경했다. 하지만 맨시티는 강등은커녕 그 시즌에 리그 우승까지 했다.

9화 | 37신, 44신
호텔 라운지 바, 호텔 라운지 일각 샤온의 대사

"가수가 어디서든 노래 부를 수 있어야 가수지. 난 관객만 있으면 노래방에서도 부를 수 있고, 고깃집에서 소주병에 숟가락 꽂고 노래 부를 수도 있어."

도하에게 실연당한 샤온은 집에서 노래방 기계를 틀어놓고 슬픈 노래를 부르고, 호텔 라운지 바에서 술을 마시다가도 마이크를 건네받고는 실연의 슬픔을 잊고 무대를 휘어잡는다. 힘들 때 샤온에게 위안이 되고 힘이 되는 것은 그래도 노래뿐이라는 것을 보여주고 싶었다. 프로로서 최선을 다하고 자신의 일을 사랑하는 캐릭터로 보이게 하고 싶어 이 신을 넣었고, 이런 샤온의 모습이 좋다.

10화 | 57신
벼룩시장 솔희의 대사

"네. 진짜예요."

솔희는 원래 하얀 거짓말도 싫어하는 사람이다. 사실 하얀 거짓말도 몰랐을 때 의미가 있는 거지 사실을 알게 되면 그때부터 하얀색은 아무 의미가 없어진다. 그런 솔희가 여기서는 도하를 위해 하얀 거짓말을 한다. 자신의 이익을 위해서가 아닌, 사랑하는 사람의 행복을 위한 이 거짓말은 어쩌면 과거 강민이 솔희에게 했던 거짓말과도 비슷할 것이다. 이해하지 못했던 여러 감정을 도하로 인해 깨닫고 변화하는 솔희를 보여주고 싶었다. 여전히 솔희의 집 한 켠에는 루니의 가짜 사인 볼이 전시돼 있을 거다. 과연 언제쯤 도하에게 진실을 알려줄지 궁금해진다.

11화 | 24신
오아시스

솔희가 강민의 말에 흔들려 도하를 잠시 의심하는 장면이다. 8화 엔딩에서 솔희는 도하를 믿기로 결심하지만 한 번쯤은 그 믿음이 흔들리는 위기를 겪는 것이 더 현실적이라고 생각했다. 함께 젓가락 행진곡을 연주하며 솔희는 다시 마음을 다잡는데, 여기서 피아노를 멋지게 치는 황민현 배우도 좋았고 복잡한 감정을 눈빛만으로 연기한 김소현 배우의 연기도 참 좋았다.

12화 | 2신
드림 빌라, 주차장

다시 주차장에 들어와 도하가 챙겼던 것은 조수석에 놓아뒀던 솔희의 도시락 가방이다. 가방을 챙겨 들고 살짝 미소 짓는 도하.

도하가 솔희가 싸줬던 도시락을 챙기느라 엄호에게 죽을 위기를 아슬아슬하게 피해 가는 장면이다. 직접적이진 않지만 결과적으로 솔희는 도하의 목숨을 구한 것이다. 서로가 인식하지 못하는 순간에도 두 사람이 운명적으로 엮여 있음을 보여주고 싶었다.

12화 | 22신
타로 카페 솔희의 대사

"약속해요! 건강하게 아무 일 없이… 최대한 빨리 돌아온다고."

솔희는 원래 약속을 믿지 않았다. 당장 진실로 들린다 해도 시간이 지나면 변할 수 있는 것이 약속이기 때문에. 그런 솔희가 지켜지지 못할지언정 도하에게 약속을 받아내는 이 장면은 솔희의 절박한 마음과 사랑하는 사람으로 인한 변화가 담겨 있다.

13화 | 16신
뒷골목 강민의 대사

"왜라뇨. 이렇게 매달리는 게… 우리 일이에요, 과장님."

강민의 형사로서의 사명감이 느껴져서 좋아하는 대사다. 작가는 없는 이야기는 써도 모르는 이야기는 쓸 수가 없다. 수사 과정 신을 쓰며 막힐 때마다 경찰 남편을 둔 친구에게 도움을 받곤 했는데 현직 경찰이 봐도 오류가 없도록 현실적으로 쓰고 싶었다. 하지만 하나하나 따지면 드라마화하기 힘든 것들이 많았다. 참고인 신분인 도하가 곽 형사와 영상 녹화실에 들어갈 수도 없었고, 구치소로 가는 엄호가 경찰서에 자신의 노트를 두고 갈 수도 없었다. 어떻게든 가능하게 만들려면 신을 더 늘려야 했지만 그렇게까지 분량을 할애할 수는 없어서 어느 정도 포기할 수밖에 없었다.

15화 | 7신
병원, 수술실 앞

도하, 할 말 없는데. 앞에 캔 음료 자판기 보인다. 일어나 지폐를 넣는다.

도하	커피 마실래요?
강민	아뇨. 난 그 옆에 오렌지주스 주세요.

강민은 커피를 좋아하는 솔희의 마음에 들고 싶어서 싫어하는 커피를 좋아하는 척해왔고, 솔희는 그런 강민의 거짓말을 사랑의 증거로 생각해왔다. 하지만 이 장면에서 강민은 커피 대신 좋아하는 음료수를 선택하며 이제는 솔희에게서 자유로워졌음을 보여준다. 연적이었던 두 남자가 함께 사건을 해결한 후 친구처럼 나란히 앉아 말없이 음료수를 마시는 모습은 특히 마음에 든다.

15화 | 62신
도하의 집

솔희와 도하가 대본보다 더 사랑스럽고 달달하게 연기해줘서 좋았다. 사실 초고에서는 키스 신보다 좀 더 수위 높은 엔딩으로 썼었는데, 두 배우의 순수한 이미

지에 어울리지 않는다는 반대 의견이 있어서 이렇게 수정됐다.

16화 | 35신
시상식장 도하의 수상 소감

"살아가는 건 믿기 힘든 것들을 믿으려 애쓰는 과정인 것 같습니다. 꿈을 이룰 수 있다는 믿음, 사랑이 영원할 거라는 믿음… 그런 것들이요."

도하의 수상 소감은 당시의 나 자신에게 하고 싶은 이야기이기도 했다. 드라마가 방영되기 직전이었으니 꿈을 이루기 직전이었고 그렇게 믿어지지 않는 일이 내 인생에서 하나둘 실현되던 때였다. 자칫 오글거릴 수 있는 소감이었는데 황민현 배우가 담백하게 잘 연기해줘서 더욱 빛났던 장면이다. 참고로 이 신은 촬영 여건상 1화의 시상식 신을 찍을 때 함께 찍을 수밖에 없었는데 감정선이 너무 떨어져 있어 배우들이 고생을 많이 했을 것 같다.

S#	장면(Scene). 같은 장소와 시간 안에서 이루어지는 일련의 행동이나 대사가 한 '신'을 구성한다.
INSERT	특정 동작이나 상황을 강조하기 위해 삽입된 화면. 인서트가 없어도 장면을 이해하는 데 큰 지장은 없지만, 인서트가 들어가면 상황이 명확해지고 스토리가 강조된다.
CUT TO	하나의 신이 끝나고 다음 신으로 넘어가는 장면 전환.
플래시백	화면과 화면 사이에 들어가는 순간적인 장면. 주로 회상을 나타낼 때 쓰이며, 사건의 인과나 인물의 성격을 설명하기 위해 쓰이기도 한다.
몽타주	따로따로 편집된 장면들을 짧게 끊어 붙여서 하나의 긴밀하고 새로운 장면을 만드는 기법.
오버랩	현재 화면에 다음 화면이 겹쳐지면서 장면이 바뀌는 기법. 혹은 한 인물의 대사가 끝나기 전에 다른 인물의 대사가 맞물리는 것.
NA	내레이션. 장면 밖에서 들려오는 목소리를 나타낸다.
E	효과음(Effect). 보통 등장인물은 보이지 않고 소리만 나는 경우에 쓰인다.
FADE OUT	화면이 차츰 어두워지는 효과.

9화

평생…

미안한 마음으로 살게요.

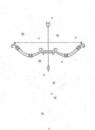

S#1. 펜트하우스, 정원 / 밤

8화 70신에 이어서. 도하에게 자신의 진심을 전하는 솔희.

솔희   설명 같은 거 필요 없어요. 김도하 씨 믿어요. 믿는다구요!

솔희의 진심이 도하의 마음이 와닿는다. 두 사람, 서로를 바라보는데. 멀리서 들어오는 자동차의 전조등이 두 사람을 비추며 지나간다. 안전하지 않은 느낌에 불안한 도하. 주변을 둘러본다.

도하   일단 들어가요.

S#2. 펜트하우스, 거실 / 밤

삐삐삐- 비밀번호 누르는 소리 들린 후 펜트하우스 문이 열린다. 도하의 뒤를 따라 조심스럽게 들어가는 솔희. 여기가 도하의 집이구나…. 도하의 공간에 들어온 것이 신기해서 둘러본다. 그사이 도하는 커다란 통유리 앞에 서서 단지를 내려다본다. 수상한 사람은 보이지 않지만 마음을 놓을 수 없어 불안한데.

도하	진짜 위험했어요…. 큰일 날 뻔했다고요.
솔희	(둘러보며) 집 진짜 좋네요~.
도하	(황당한 얼굴로 돌아보는) 지금 내 얘기 듣고 있어요?
솔희	네. 지금도 들었고, 아까도 들었어요. 김도하 씨 안 다쳤고, 안전하게 집에도 들어왔고. 이제 좀 다른 얘기해도 될 것 같은데.
도하	(솔희의 말이 납득 간다, 한숨 돌리고) ….
솔희	아까 그 남자가… 그 여자 오빠인 거죠?
도하	네.
솔희	(조심스럽게) 어떤 사람이었어요? 그 여자….

'어떻게 이야기해야 할까…' 잠시 생각하는 도하의 표정에서.

S#3. (과거) 학천 고등학교 앞 / 낮

졸업식 풍경. 플래카드로 '39기 졸업생 김승주 서울대학교 음대 입학!' 축하 현수막이 걸려 있다. 화려한 꽃다발 들고 와 도하와 함께 사진 찍으며 행복한 연미. 상대적으로 초라한 꽃다발 들고 온 엄호. 엄지와 함께 사진을 찍는다. 눈치 보며 도하 쪽을 살피는 엄지.

엄호	뭘 쳐다만 보노. (떠밀며) 가봐라.
엄지	(쭈뼛거리며 연미에게 다가가는) 안녕하세요….
연미	(엄지가 마뜩잖다, 차갑게) 어. 그래.
도하	(얼른 엄지 잡아당기며) 어딨었어? 같이 사진 찍자. (엄호 보고) 안녕하세요, 엄호 형!

엄호, 웃으며 도하에게 끄덕 인사한다. 엄지와 함께 사진 찍으려는데 영 마음에 안 드는 연미. 엄호는 연미의 눈치를 보며 주눅 들어 있는 엄지가 안쓰럽다. 일부러 연미 앞에 서서 핸드폰 카메라 들이대는 엄호.

엄호   하나, 둘, 셋! 치즈 김치~.

치즈 김치라는 말에 동시에 풉- 웃음 터지는 도하와 엄지.

도하(E)   서로 첫사랑이었고, 정말 좋아했어요. 나만 서울로 학교 다니게 되면서 떨어지게 됐지만 별문제 없을 거라고 생각했어요. 그때는.

———
S#4.   (과거) 학천 고속버스 터미널 / 낮

버스 기다리며 대합실 의자에 앉아 있는 도하와 그 옆의 엄지. 두 사람 아무렇지 않아 보이는데. 갑자기 눈물을 뚝뚝 흘리는 엄지.

도하   (놀란) 엄지야….
엄지   안 가면 안 돼? 나 너 너무 보고 싶을 것 같은데….
도하   (난감한) 내일부터 개강이라서…. (어떻게든 달래고 싶은) 버스 시간 바꿀까? 이따 저녁에 막차 타고 갈까?
엄지   (울다가 간신히 진정하며) 그냥 가….
도하   (걱정스럽게 보고) ….
엄지   대신… 반지 꼭 끼고 다녀. 절대 빼면 안 돼.
도하   (반지 보여주며) 알겠어.

눈물 가득한 얼굴로 도하 바라보는 엄지.

도하(E) 근데 걔는… 내가 많이 불안했나 봐요.

S#5. (과거) 엄지의 집 앞 / 낮

도하, 마카롱 쇼핑백 들고 엄지의 집 앞에 도착한다.

도하 (반갑게) 엄지야~.

문 열고 들어가려는데 얼른 열리는 문. 당황한 엄지가 나온다.

엄지 왜 이렇게 빨리 왔어?
도하 빨리 보고 싶어서 빨리 왔지. (들어가려 하면)
엄지 (도하 잡아끌고) 딴 데 가자.
도하 (엄지의 빨개진 눈 발견하고 잡는) 너 울었어? 봐봐.
엄지 (눈 피하며) 아니야….
도하 아니긴 뭐가 아니야. 무슨 일 있었지? 너.
엄지 (도하 가만히 보다가) …너 너무 보고 싶어서.
도하 (안 믿는) 진짜 그거 때문이야?
엄지 어. 나 거의 매일 울어. 니가 부담스러울까 봐 말 못했어.

그제야 엄지의 말을 믿는 도하. 엄지를 안아준다.

S#6. 엄지의 집 근처 / 낮

바다 보이는 곳에 앉아 있는 도하와 엄지.

엄지	나 그냥… 서울에서 너랑 같이 살면 안 돼?
도하	(달래듯) 나 지금 학교 기숙사에서 지내는 거 알잖아…. 그리고 다음 주는 못 올 것 같아. 중간고사 때문에.
엄지	시험 저번에 봤잖아.
도하	그건 전공 실기였고.
엄지	너 내가 대학 안 다니니까 아무것도 모를 줄 알고 거짓말하는 거지?
도하	아니야….
엄지	그럼 앞으론 금요일에 와. 하루 일찍 오는 거 어렵지 않잖아.
도하	(지치는) 나 여기 쉽게 오는 거 아니야. 조별 과제, 레슨, 과외… 그런 거 다 주중에 처리하고 시간 최대한 만들어서 오는 거야. 근데 올 때마다 니가 이러면… 나도 힘들어.
엄지	(원망스러운 눈빛) 변했네. 언젠 나 안 보는 게 더 힘들다더니.

엄지, 주변에 있는 날카로운 유리 조각 발견하고 손목을 그으려는데. 그 모습을 발견한 도하. 깜짝 놀라 엄지를 말린다.

도하	뭐 하는 거야. 너??
엄지	너까지 없으면… 난 죽는 게 나아.
도하	(간신히 말리는) 이러지 마!
엄지	(도하 똑바로 보며) 난 꿈 같은 거 없어. 니가 내 꿈이야! 근데 넌 중요한 게 왜 그렇게 많아? 나 자꾸자꾸 뒷번호로 밀려서 이제 더 밀릴 곳도 없어. 낭떠러지로 떨어질 것 같단 말야!
도하	(그냥 엄지 안아주는) 알았어. 미안해…. 내가 미안해.

엄지를 꼭 안고 있는 도하의 모습에서.

도하(E)	그때는… 걔가 날 많이 사랑해서 그러는 거라고 생각했어요. 나만 더 잘 하면… 아무 문제 없을 줄 알았어요.

(과거) 호프집 / 밤

월드컵 분위기로 시끌벅적한 호프집. 화장실에서 나와 자리로 돌아
오는 도하. 핸드폰을 들고 바쁘게 손가락 움직이는 엄지의 뒷모습이
보인다. 뭘 저렇게 하고 있나 싶어서 보면… 자신의 핸드폰이다.

도하   (놀라서) 너… 지금 뭐 해??
엄지   (당황) 어? 아니, 그냥….

도하, 불길함 느끼고 핸드폰 낚아채 보면 '앞으로 연락하지 마, 죽여버
린다' 같은 메시지를 여자들에게 보낸 것이 보인다. 황당한 얼굴로 엄
지 보는데.

엄지   (당당하게) 귀찮게 들러붙는 애들… 내가 너 대신 정리 좀 해줬어. 너 딴
       여자들한테는 되게 다정하더라? 나한테 그 반만이라도….
도하   (지긋지긋하다, 말 끊고 버럭) 진짜 그만 좀 해!!!

도하의 버럭 하는 목소리에 주변의 시선이 집중된다.

엄지   (절절매며 도하 손 잡는) 승주야… 미안해. 일단 좀 앉아…. 응?

도하, 엄지의 손을 뿌리친다. 그 바람에 테이블에 있던 소주병이 바닥
에 떨어져 깨지고. 얼핏 도하가 엄지를 폭력적으로 대하는 것 같은 모
양새다. 웅성거리며 그 모습 보는 사람들. "와 대박 싸움 났다." "저 남
자 저러다 여자 때리는 거 아냐?" 하는 소리 들리고. 누군가는 동영상
을 찍는다. 술집에서 나가는 도하.

엄지   승주야! 승주야! (따라 나가는)

S# 9.　　(과거) 학천 바닷가 / 밤

8화 12신 이전 상황. 사람 없는 한밤의 바닷가를 걷고 있는 도하와 엄지. 생각이 많은 도하. 마음의 결정을 한 듯 발걸음을 멈춘다.

도하	헤어지자.
엄지	(멈춰 서고)
도하	더는 안 되겠어. 우리 그만하자.
엄지	(싸늘한 눈빛으로) 안 돼. 말했잖아. 내 꿈은 너라고.
도하	(지치는) 어떻게 꿈이… 내가 될 수가 있어?
엄지	니 옆에서 같이하는 모든 게 내 꿈이야. (도하 의심스럽게 보며) 너… 서울에서 다른 여자 생겼어?

엄지의 말에 지겨운 듯 한숨 쉬는 도하.

도하(E)	그때 했던 거짓말을… 지금도 후회해요.
도하	(결심한 듯) 응. 맞아. 나 좋아하는 여자 생겼어.
엄지	(세상 무너진 표정 짓다가 다다다 쏘아대는) 누구? 그때 걔야? 오티 때 술 마시고 니 옆에서 울었다던… 동기 여자애. 아니면… 걔가? 너랑 조별 과제하면서 밤샜던 그 후배 있잖아. 니가 걔한테 커피도 사줬었다며. 아니면… 설마 걔야?? 너한테 과외 받았던 부잣집 고등학생?!

도하, 그런 엄지의 모습이 낯설고 소름 끼친다. 무시하고 지나치려는데. 어쩔 줄 모르는 엄지. 바닥에 뒹구는 소주병 조각을 발견하고 손목을 긋는다. 그으면서도 도하가 자신을 말려주길 기다리는 눈치인데. 돌아보지 않는 도하를 보며 더 깊게 찌른다. 생각보다 너무 많이 흘러내리는 피에 스스로도 당황하는데.

도하	(그제야 발견한, 놀라서 말리는) 그만해! 뭐 하는 거야?!

말리다가 도하의 팔에도 생채기가 나지만 엄지를 끌어안고 간신히 진정시킨 도하. 엄지의 손에 들린 소주병 조각을 빼앗는다. 모래사장에 뚝뚝 떨어지는 핏방울. 엄지의 분홍색 샌들도 피로 물든다. 도하, 엄지의 팔을 자신의 리넨 셔츠로 닦아주는데. 엄지, 그 와중에도 도하의 주머니에 있는 핸드폰을 꺼내 어떤 여자를 만나려는지 찾아내려 한다. 도하, 엄지에게서 핸드폰을 빼앗으려 하자 "아악!" 소리 지르며 저항하는 엄지. 이 모든 게 다 지겹고 지옥 같은 도하.

| 도하 | (버럭) 그래! 그렇게 죽고 싶으면 죽어! 죽으라고! |
| 엄지 | (놀라서 도하의 핸드폰 툭 떨어뜨리는) …!!! |

도하, 떨어진 핸드폰을 줍고는 얼른 돌아서서 걷는다. 엄지의 흐느끼는 울음소리가 뒤에서 들리고…. 마음이 아프다. 잠시 발걸음이 느려진다.

| 도하(E) | 돌아보고 싶었어요. 근데 돌아보면… 모든 게 다 반복될 것 같아서. |

결연한 얼굴로 저벅저벅 걷는 도하. 엄지의 울음소리가 점점 멀어진다.

S#10.   (과거) 대학 캠퍼스 / 낮

한낮의 화사한 대학 캠퍼스 풍경. 전공 서적 들고 음대 건물에서 나오는 도하. 엄지 때문에 표정이 밝지 않은데. 곽 형사를 포함한 형사 3명이 도하에게 다가온다.

| 곽 형사 | 김승주 씨? |

도하	(위압적인 분위기에 당황한) 네…. 그런데요? 누구세요?
곽 형사	(신분증 보여주며) 학천서 강력팀 곽진혁 형삽니다. 당신을 최엄지 씨 살인 용의자로 긴급 체포합니다.
도하	('이게 다 무슨 소리지?') 네…?

도하의 손목에 철컥 채워지는 수갑. 바닥에 툭 떨어지는 '응용 화성학' 전공 서적, 끌려가는 도하를 보며 놀라는 학생들, 영문 모른 채 멍한 얼굴로 형사들에게 끌려가는 도하의 모습에서.

―――― **S#11.** (과거) 취조실 / 밤

엄지의 소식에 충격받은 도하를 취조하는 곽 형사. 해변가에 가지런히 놓인 피 묻은 엄지의 샌들 사진이 책상 위에 놓여 있다. 마치 신발 벗고 바다에 빠진 것만 같은 느낌인데. 사진을 멍하게 보는 도하.

INSERT (과거) 9화 9신 학천 바닷가 / 밤
바닷가에서 자해하던 엄지. 손목에서 흘러내린 피가 샌들에 주르륵 떨어진다.

사진을 보며 괴롭고 고통스럽다. 숨이 잘 쉬어지지 않고.

곽 형사	최엄지 실종되던 날 니가 입었던 옷. 니 방 쓰레기통에서 나온 그 옷에서 최엄지랑 니 혈흔이 검출됐다. 최엄지… 니가 죽였어?
도하	(자포자기한, 괴롭게) 네…. 제가 죽였어요….
곽 형사	(순순히 나오는 자백에 내심 놀라는) 어떻게 죽였어? 시신 어딨는데? 어?

(과거) 유치장 면회실 / 밤

가림막 사이로 보이는 도하의 모습이 믿어지지 않는 연미.

연미   자백했다니 그게 무슨 소리야? (목소리 낮추고) 왜 벌써 자백을 해…. 나온 게 뭐가 있다고…!

도하   (괴로운) 걔 나 때문에 죽었어…. 나 때문에….

연미   (버럭) 정신 차려!!! (진정하고) 곧 변호사 올 거야. 아직 걔 시신도 안 나왔고…. 이거 무혐의 받을 수 있어. 엄마 지금 얼마나 중요한 시기인지 알잖아. 영장 실질 심사만 잘 넘기자. 응??

연미의 말에 이러지도 저러지도 못하고…. 도하의 무너질 것 같은 표정에서.

S#13.   펜트하우스, 거실 / 밤

도하의 이야기를 진지하게 듣고 있는 솔희. 같이 숙연해진다.

도하   (여전히 괴롭다, 죄책감 가득한 표정) 그래서 아니라고… 진술을 번복했어요.

솔희, 도하의 표정 보며 같이 마음이 아프다.

도하   득찬 형이 알리바이 만들어주고, 엄지 시신도 발견되지 않으면서… 무혐의로 종결됐어요. 그 후로 이름도 바꿨고.

솔희   무혐의가… 맞잖아요.

도하   (동의 안 되는) 내가 그때 그 말을 안 했으면… 안 죽었겠죠?

솔희	(보는) ….
도하	그 말만 하지 말걸. 다른 나쁜 말 백 마디 천 마디 다 해도, 죽으라는 말은… 하지 말걸.

솔희, 그런 도하 안쓰럽게 바라보다가 순간 깨달은 표정 된다.

솔희	거짓말로 들릴 수밖에 없었네….
도하	(보는)
솔희	말로는 안 죽였다고 하면서… 사실은 죽였다고 생각하는 거잖아요.

솔희에게 마음을 간파당한 도하. 처음으로 모든 것을 이해 받은 기분이다.

솔희	근데 내가 들어보니까. 김도하… 김승주 씨가 안 죽인 거 맞아요. (도하 바라보며 모르는 것 알려주듯) 당신이 죽인 거 아니라고요.

솔희의 위로에 눈물 그렁그렁 맺힌 도하. 애써 고개 돌리고 참는데. 솔희, 그런 도하 안쓰럽게 보다가 안아준다. 솔희의 품에 안기자 그제야 아프게 눈물 흘리는 도하. 그런 두 사람의 모습에서.

S#14.   설렁탕집 / 밤

설렁탕집에서 밥 말아 먹고 있는 엄호. 표정이 심각하다.

S#15.   (과거) 펜트하우스 단지 안 / 밤

8화 69신의 연결. 도하를 쫓다 자신을 부르는 경비원의 목소리에 "하…" 한숨 쉬는 엄호.

엄호   (밝은 얼굴로 돌아보며) 와예?
경비원   (한심한 듯 엄호 위아래로 훑는) 가지가지 하시네…. 기자죠?
엄호   (웃으며) 예. 김도하 여 산다 아입니까. 오죽하면 이라겠습니까? 다 먹고살라고 하는 짓인데…. 좀 도와주십쇼.
경비원   도와주고 말고 할 것도 없고…. 그 사람 집에 들어오지도 않아요. 못 본 지 한참 됐고, 기자들도 발길 끊은 지가 언젠데…. 소식이 좀 느리시네….
엄호   (표정 어두워진) 아예 이사 갔습니까…?
경비원   몰라요. 몰라. 신고하기 전에 빨리 나가세요. 네?

────
S#16.   설렁탕집 / 밤

다시 현재. 우물우물 깍두기 씹으며 경비원의 말을 떠올리던 엄호. 낡고 두꺼운 노트를 꺼내 내용을 적는다.
[펜트하우스 들어온 지 오래됨]
[이사 여부 알 수 없음]
우락부락한 외모와 달리 정갈하고 반듯한 글씨체. 한숨 푹 쉬고 노트를 덮으려다가 맨 뒷장에 꽂힌 엄지의 사진을 물끄러미 바라보는 엄호. 9화 3신에서 찍은 엄지의 졸업식 사진이다. 도하의 모습은 찢겨져 없고, 꽃 들고 활짝 웃는 엄지의 모습만 남아 있다. 엄지를 따라 희미하게 미소 짓는데.

엄호   (중얼거리는) 찾아줄게. 내가 니 꼭 찾아줄게. 응?

덩치 큰 손님(30대 초/남)이 엄호의 테이블을 세게 치며 지나간다. 그 바람에 스테인리스 물컵이 넘어져 엄지의 사진을 적신다. 놀라서 얼른 사진을 집어 드는 엄호. 표정이 일그러진다.

손님   어휴, 미안합다~. (하고 지나가는)

엄호, 물 뚝뚝 떨어지는 사진을 보다가 벌떡 일어난다. 손님의 어깨를 잡아 돌리더니 바로 주먹을 날릴 기세로 무섭게 쏘아본다.

엄호   사람 직여놓고… 미안하다 카면 다가? 어?
손님   (졸아서) 네? 제, 제가 언제….

엄호, 꽉 쥔 주먹 부들거리다가 내려놓는다. 후다닥 도망치는 손님. 주변의 시선 전혀 신경 쓰지 않고 다시 자리에 앉은 엄호. 물에 젖은 엄지의 사진을 속상한 얼굴로 바라본다. 휴지로 살살 닦아보는데.

도하(E)   엄호 형… 솔희 씨 알지도 몰라요.

S#17.   펜트하우스, 거실 / 밤

소파에 나란히 앉아 있는 솔희와 도하.

솔희   (황당) 네? 그 사람이 나를… 왜요?
도하   학천에서 봤었잖아요.
솔희   …??

플래시백 2화 12신 (과거) 고속버스 안 / 낮

당돌하게 자신을 밀어내는 솔희를 보며 황당한 엄호.

엄호	니… 서울서 새로 사귄 아를… 여까지 데꼬 왔나?
솔희	(도하가 답하기도 전에) 아, 그래요! 내가 그 새로운 여자고요! 이
	남자 이제 내 꺼니까 좀 꺼지시라고요오!!
도하	(황당한 얼굴로 솔희 바라보는데)
솔희	(얼른 자리에 앉으며 도하에게) 빨리 앉아요! 버스 출발하게!
도하(E)	그때 내 옆자리였던 거… 기억 안 나요?

도하의 설명으로 그때를 기억해낸 솔희. 놀라서 눈 커진 채 멍하다.

솔희	뭐야… 그게 김도하 씨였어요? 언제부터 알았어요??
도하	(솔희 반응에 좀 머쓱한) 연서동 와서 처음 봤을 때부터….
솔희	(황당) 왜 바로 얘기 안 했어요?? 와… 거짓말 안 하는 줄 알았더니….그
	냥 말을 안 하는 거였네.
도하	(피식) 미안해요. 그땐 내가 김승주인 거 들킬까 봐 마스크도 못 벗던
	때였으니까.
솔희	최엄호 그 사람… 절대 기억 못해요. 여태 그걸 기억하는 김도하 씨가
	신기한 거지.
도하	(솔희 바라보며) 나한텐 솔희 씨… 되게 신기한 사람이었거든요.
솔희	(어색해서 눈 피하고) 칭찬이야 뭐야…. 아무튼 연서동으로 다시 와요.
	최엄호도 거기까지는 모를 거고…. 혹시 찾아와도 내가 거짓말 들어
	줄 수도 있고요.
도하	(고민하는) ….
솔희	다시 오는 걸로 알고 먼저 갈게요. (일어나 가려는데)
도하	(솔희 팔 잡는) 잠깐요.

솔희, 놀라서 돌아본다. 훅 가까워진 두 사람의 눈이 마주치고. 순간
심쿵하는 솔희.

솔희	왜, 왜요?
도하	자고 가요.
솔희	(당황) 네…?!
도하	아직 이 근처에 있을 수도 있고…. 지금 가면 위험해요.
솔희	(왠지 실망) 아… 네….

S#18.   펜트하우스, 침실 / 밤

침실로 솔희를 데려온 도하. 어색해서 괜히 침구류의 주름을 손으로 편다.

도하	여기서 자면 돼요.
솔희	(미안한) 그럼 김도하 씨는요. 나한테 침대 양보하면….
도하	난 원래 소파에서 자요. 침대에선 잠이 잘 안 와서.
솔희	(무안한) 아… 진짜네요.
도하	뭐 또 필요한 거 있어요?
솔희	음… 편안한 옷?
도하	편안한 옷…. 잠깐요.

뚝딱거리며 옷 찾으러 침실에서 나가는 도하. 솔희는 그런 도하가 귀여워서 혼자 피식 웃고 침실을 둘러보는데.

| 도하(E) | 여기요. |

웃으며 돌아보는 솔희. 하지만 도하가 가져다준 옷을 보고 표정 굳는다. 리버풀 유니폼이다. 애써 웃음 참는 도하. 의도성이 다분해 보인다.

솔희	(어쩔 수 없이 받으며 도하 째려보는) 내가… 언젠가 복수해요…?
도하	그럼… 잘 자요.

방문이 닫히고. 침대에 누워보는 솔희. 도하의 침대에 누웠다는 게 어쩐지 기분이 이상한데. 그러다 침대 옆 협탁에 놓인 수면제를 발견한다. 안쓰러운 마음이 든다.

솔희	이렇게 좋은 침대에서도… 잠을 못 자는구나….

S#19.　펜트하우스, 홈 시어터 룸 + 침실 / 밤 (교차)

역시 편안한 옷으로 갈아입고 홈 시어터 룸 리클라이너 소파에 누워있는 도하. 솔희에게 모든 사실을 다 털어놓았다는 게 새삼 믿어지지 않는데. 핸드폰에서 카톡 알림음 들린다. 솔희다.
[솔희 : 자요?]
[도하 : 아직요. 안 자고 뭐 해요?]
솔희, 혹시나 했던 도하에게 답장이 오자 조금 신난 표정 된다.
[솔희 : 잠이 안 와요. 김도하 씨 침대에서 자려니까 좀 이상해서.]
[도하 : 나도 집에 다른 사람 재워본 적 없어서 좀 이상해요.]
[솔희 : 한 번도요?]
[도하 : 네.]

솔희	(중얼중얼) 아… 이런 건 목소리로 직접 들어야 되는데.

[도하 : 10분 뒤에 엘 클라시코 더비인데 같이 볼래요?]
[솔희 : 좋긴 한데요….]
도하, 솔희가 거절하는 것 같아 긴장하는데.

[솔희 : 좀 배고파요.]

S# 20.　　펜트하우스, 주방 / 밤

각자 리버풀 유니폼 입고 주방에서 만난 솔희와 도하. 서로를 보고 피식 웃는다. 도하가 서랍 문을 열자 거의 편의점 수준으로 꾸며진 팬트리를 보고 놀라는 솔희.

솔희　　(눈 휘둥그레진) 이게 다 뭐예요…?

도하　　(유통 기한 확인하며 라면 고르는) 유통 기한 잘 봐야 돼요. 집을 오래 비워서.

솔희　　(둘러보며, 안쓰러운) 그동안 이런 거 먹으면서 살았어요?

도하　　(아무렇지 않게) 배달 음식도 가끔 시켰어요.

솔희, 그런 도하의 옆모습을 바라보며 짠해진다.

솔희　　(냉장고 문 열며) 계란 넣어요?

콜라로만 꽉 차 있는 냉장고를 보고 또 눈 휘둥그레진다.

도하　　계란 안 넣어요.

솔희　　(당황해서 냉장고 문 닫으며) 네. 알아요….
　　　　솔희가 라면을 끓이는 동안 도하는 즉석 컵밥을 데워 닭가슴살 숭덩 숭덩 썰어 넣고 치즈를 뿌려 전자레인지에 데운 뒤 섞는다. 그런 도하의 모습을 슬쩍 보는 솔희.

솔희　　이 집에서는… 얼마나 살았어요?

도하	2년 정도…?
솔희	갑자기 샤온한테 고맙네.
도하	(보는) …?
솔희	걔랑 스캔들 안 났으면… 평생 여기 살았을 거잖아요. 처음 들어올 땐 으리으리했는데…. 여기가 김도하 씨 세상이었다고 생각하니까 쫌… 쓸쓸하네.
도하	(그런 솔희 고맙게 바라보는)
솔희	(불 끄고) 다 됐다. 축구 어디서 봐요?

S# 21. 펜트하우스, 홈 시어터 룸 / 밤

홈 시어터 앞에서 자기도 모르게 "우와~!" 하는 솔희.

솔희	(들어오며) 화면 진짜 크다! 거의 뭐 영화관이네. 미쳤다….
도하	(그런 솔희 귀엽게 보다가 라면과 컵밥 내려놓고) 축구는 언제부터 그렇게 좋아했어요?
솔희	(TV에 시선 고정한 채) 어렸을 때부터요. 울 아빠… 왠지 항상 슬픈 얼굴이었거든요. 근데 축구 볼 땐… 되게 행복한 얼굴이 됐어요.
도하	(진지하게 경청하는)
솔희	연장전, 승부차기까지 가면 아빠가 행복한 시간이 늘어나는 것 같아서…. 그게 좋았어요.
도하	그럼… 아버지 때문에 좋아하게 된 거네요?
솔희	시작은요. 지금은 다른 이유로 좋아해요.
도하	(궁금한 얼굴로 보는) …?
솔희	축구는 거짓말이 필요 없으니까. 보이는 대로 믿으면 되잖아요. 그게 좋아요. (도하 보며) 김도하 씨도… 축구 같아요. 다 진짜라서.

말해놓고 쑥스러워 라면 후루룩 먹는 솔희. 도하도 솔희 따라 라면 먹는다. 컵밥, 제로 콜라까지 먹으며 즐겁게 축구 보는 솔희와 도하.

솔희　　어, 어?? 저거 들어간다! (골키퍼가 막고) 와… 골키퍼 선방!

도하　　선방이라고 하긴 좀 그렇죠. 키퍼가 저 정도는 막아줘야지.

솔희　　(흥분하는) 아니죠. 지금 수비수 맞아서 공 굴절됐고, 역동작까지 걸렸는데!

귀엽게 언쟁하며 TV 보는 두 사람의 모습에서.

S# 22.　　드림 빌라, 5층 현관 / 오전

솔희의 집 앞에 찾아온 향숙. 솔희에게 전화해보지만 전화기 꺼져 있고. 현관문 쿵쿵 두드려보지만 아무 답이 없다.

향숙　　어딜 간 거야…?

S# 23.　　타로 카페 / 오전

카산드라와 치훈뿐인 타로 카페. 카산드라 커피 내리느라 정신없는데.

향숙　　(대뜸) 솔희야!

치훈　　(얼른 경계하며 나서는) 누구세요?

향숙　　(치훈 한심하게 보며) 넌 언제 내 얼굴 기억할래? 너희 사장 어딨어? 밀실에 숨었니? (밀실로 향하는)

치훈	(막으며) 아니… 어딜 들어가세요?!
카산드라	(향숙 알아보고) 오셨어요, 어머님? 사장님 오늘 안 나오셨어요.
향숙	혹시… 솔희 요즘 누구 만나는지 아니?

카산드라와 치훈, 서로 빠르게 눈빛 주고받는데.

카산드라	사장님 스타일 아시잖아요. 저희한테 개인적인 이야기는 하지 않으셔서….
향숙	(말 끊고, 답답한) 내가 요즘 그놈이 신경 쓰여서 밤에 잠이 안 와…. 그렇게 반반~하게 생긴 놈이 능력까지 있을 리는 없는데.
치훈	(도하 이야기구나! 싶은) 반반하게 생긴 남자랑 사장님이랑… 사귄대요?
향숙	그걸 나도 몰라서 알아보려고 온 거 아냐. 전화도 안 받고….
카산드라	커피 한잔 드릴까요?
향숙	(앉으며) 어. 시원한 거로. 내가 옛날에 딱 그랬었거든. 걔 아빠 얼굴 하나 보고 결혼했어. 이것저것 따질 생각도 안 하고 똥멍충이같이…. 그러다 이렇게 신세 망친 거 아냐!
치훈	(혼잣말인지 나한테 말하는 건지 헷갈리는) 네….
향숙	하… 남자 보는 눈도 유전이 되나…?

치훈과 카산드라, 저 아줌마는 여기 와서 왜 저러는 건가… 싶은데.

S# 24.   깊은 산속 / 오전

검정색 아웃도어 바지에 낡은 반팔 티셔츠를 어깨 위로 말아 올린 남자의 뒷모습. 목선을 덮는 기장의 반곱슬머리는 리프 펌을 한 듯 멋이 난다. 능숙하게 도끼로 장작을 패고 있는데. 방송 작가(30대 초/여) 2명이 헉헉거리며 산을 올라오는 데 성공한다. 남자를 발견하고 기쁨의 미소가 번진다.

작가1   (헉헉거리며 다가가는) 저기요, 선생님, 저희… '나는 자연에 산다'라는 프로그램 작간데요. 혹시 잠깐… 얘기 좀 하실 수 있을까요?

작가의 질문에도 뒤 한번 안 돌아보는 남자. 장작 패기를 멈추지 않는다.

태섭   돌아가요. 일 없어요.
작가2   저기… 선생님… 저희 진짜 힘들게 올라왔는데. 아침도 안 먹고 와서… 진짜 쓰러질 것 같아요.

그러자 도끼를 툭 바닥에 던지듯 놓는 태섭. 도끼 손잡이 부분에 각인된 목태섭이라는 이름이 보인다. 남자의 정체는 태섭이었다.

태섭   (귀찮다는 얼굴로 돌아보는) 그럼… 비빔국수 한 그릇 대접하겠습니다. 거기 좀 앉아 있어요.

무뚝뚝해 보이지만 다정함이 엿보이는 태섭의 모습에서.

S#25.   펜트하우스, 홈 시어터 룸 / 오전

홈 시어터 룸에서 함께 잠들어 있는 솔희와 도하. 솔희가 먼저 눈을 뜬다. 일어나려다가 바로 옆에서 곤히 잠들어 있는 도하 보고 멈칫한다.

솔희   뭐야… 잠 잘 못 잔다더니….

도하 가만히 보다가 눈 간지럽히는 머리카락 살짝 손으로 치워주는 솔희.

솔희   무슨 아침에도 이렇게 잘생겼어? 어제 라면까지 먹었는데….

솔희, 도하 깨우지 않기 위해 조심스럽게 소파에서 나와 살금살금 까치발로 걸어가는데…. 바닥에 떨어진 리모컨을 밟는다. 휘청거리면서 소파로 넘어지는 솔희. TV가 갑자기 큰소리를 내며 켜지고. 번쩍 눈뜬 도하. 자신을 덮친 것 같은 자세의 솔희를 보고 놀라는데.

솔희   (당황해서 얼른 일어나며) 아니, 그게 아니구요…. 난 조용히 나가려고 그랬는데…. (바닥 리모컨 줍고) 이걸 밟아버려서…. (얼른 화제 전환하려는, TV 가리키며) 와, 저것 봐요. 저거.

도하, 아직 정신없는 얼굴로 TV 보면. 예능 프로그램에서 캠핑장에 텐트 치고 바비큐 구워 먹는 장면이 나오고 있다.

솔희   와~ 진짜 너무 좋다~. 저런 거 해본 적 있어요?
도하   (눈 비비고) 아뇨.
솔희   나도 완전 어릴 때 빼곤 없는데…. 너무 재밌겠네…. (TV 끄고) 나 욕실 좀 쓸게요. (방에서 나가는)

솔희 나가면 다시 TV를 켜보는 도하. 캠핑장 장면을 유심히 보는데. 연미에게서 전화가 온다. 고민하다 거절 버튼 누르고 핸드폰 전원 꺼버리는 도하.

S# 26.   국회, 복도 / 낮

복도 끝 사람 없는 곳에 서서 도하에게 전화를 걸고 있었던 연미. 전화가 되지 않아 답답하다. 손에는 구겨진 포스트잇 메모지가 들려 있다. [1층 카페에서 기다리고 있겠습니다. 김도하]
누가 볼세라 다시 메모지를 주머니에 넣고 아무 일 없었다는 듯 걸어가는데. 멀리서 그런 연미 보고 뛰어오는 지훈(30대 중/남).

지훈   (서글서글한) 안녕하세요, 의원님!
연미   아, 네. 안녕하세요?
지훈   TV 토론회 준비 잘 하고 계세요? 전 너무 떨리네요.
연미   엄살 부리네요. 대변인 출신이. 어차피 질문은 정해져 있으니까….

그때 지훈 옆으로 다가오는 당 대표를 보고 말을 멈추는 연미. 꾸벅 인사한다.

당 대표   언제 경선 후보자들 다 같이 모여서 밥 한번 먹자고. 우리 당원들한테 건강하게 경쟁하는 모습… 보여주자 이거야. 응?
연미   네, 대표님. 열심히 하겠습니다.
당 대표   (연미 마뜩잖게 보며) 떨어지더라도 선출된 후보한테 진심으로 박수 쳐주는 모습 보여주자고. (지훈에게) 가지?

지훈을 챙기며 걸어가는 당 대표. 연미, 멀어지는 두 사람 보며 위기감 느낀다. 이럴 때가 아니다 싶다. 마음 다잡으며 어딘가로 전화를 건다.

연미   (보좌관과 통화하며 걷는) 지역 경제 활성화 방안… 지금 정도 답변으로는 안 돼. 오늘 야근이야.

S# 27.   펜트하우스 단지, 도하의 차 안 / 낮

주차장에서 나오는 도하의 차. 도하, 혹시 주변에 엄호가 있나… 경계하며 살피는데.

솔희(E)   거, 빨리 좀 가죠?

도하, 조수석 보면 핸드폰으로 솔희와 스피커폰 통화 중이다.

S#28.   펜트하우스 단지, 솔희의 차 안 / 낮

앞서가는 도하의 차를 보며 뒤따라가는 솔희. 말로는 센 척했지만 솔희 역시 주변을 예리하게 살피고 있다. 핸드폰 스피커폰으로 들려오는 도하의 목소리.

도하(E)   가까이 붙어요. 나 놓치지 말고.
솔희   알았어요. 알았어~.

S#29.   캠핑장 / 낮

벙찐 얼굴로 주변을 둘러보는 솔희. 먼저 캠핑 온 사람들이 능숙하게 폴대를 척척 세워 텐트를 치고. 트렁크에서 테이블과 의자까지 꺼내 세팅하고 있다. 예쁜 테이블보에 와인 잔까지 꺼내놓고…. 다른 쪽에서는 바비큐 그릴에 불을 붙이고 고기와 새우를 치익- 굽는다. 딱 봐도 초짜 냄새 물씬 나는 솔희와 도하를 보며 피식 비웃는데.

솔희   (당황) 아니, 갑자기 여길 이렇게 오면….

도하	캠핑하고 싶었다면서요.
솔희	준비를 해서 와야지 이렇게 맨몸으로 오면 어떡해요? 초보일수록 장비빨인데…. 저 사람들 봐요. 지금 뭐 식기세척기 빼고는 다 있네….
도하	(두리번거리며) 잠깐만요. 올 때가 됐는데….

저쪽에서 작은 트럭 한 대가 다가와 선다. '트럭이 여기 왜 왔지?' 솔희가 어리둥절한 얼굴로 바라보는데. 트럭에서 각종 캠핑 용품 들고 내려오는 도하.

도하	풀 세트로 빌렸어요.
솔희	아니, 저걸 다요…?? (어버버하다가 돕는)

솔희와 도하, 텐트 조립하고 매트 깔면서 협동심 발휘한다. 간이 테이블과 의자, 바비큐 그릴까지 착착 세팅하고. 점점 완성되어가는 두 사람의 캠핑장 풍경 스케치. 마지막으로 텐트에 꼬마전등까지 설치하며 즐거워한다.

S# 30. 캠핑장 / 해 질 녘

목장갑 끼고 능숙하게 숯불을 붙이는 도하. 바비큐 그릴에는 고기는 물론 해산물 모둠, 소시지, 각종 채소가 먹음직스럽게 익어간다. 잘 익은 고기 먹고 동시에 감탄하는 두 사람. 솔희를 위해 이번에도 새우를 까주는 도하. 솔희는 그 모습에 피식 웃고. 짠- 하고 와인 잔도 부딪친다. 행복해 보이는 두 사람의 모습에서.

화로대 앞에 캠핑용 의자 나란히 놓고 앉아 불멍하고 있는 솔희와 도하. 주변에는 사람 없이 한적하다.

솔희　　(둘러보고) 여기 진짜 울 아빠가 딱 좋아할 만한 곳인데. 너무 좋다…. 고마워요, 김도하 씨.

도하　　(피식 웃고) 그게… 잘 안 고쳐지나 봐요?

솔희　　…?

도하　　저번에 성 없이 이름만 부르기로 하지 않았나?

솔희　　(생각난) 아… 이게 한번 입에 붙어버리니까…. 그리고 도하 씨나 김도하 씨나… 비슷하지 않아요?

도하　　(살짝 서운한) 네, 목솔희… 씨.

솔희　　알겠어요…. 노력할게요.

도하　　(피식 웃고, 진지해지는) 근데… 갑자기 왜 날 믿어준 거예요? 거짓말로 들렸으면서.

솔희　　나도 모르겠어요. 27년 동안 의지한 내 귀보다… 김도하…. (하다가 얼른) 도하 씨를 더 믿고 싶었나 보죠. (피식 웃고)

도하　　(감동적이다, 솔희 바라보고) ….

솔희　　근데 진짜 신기하다…. 5년 전 버스에서도 옆자리였고, 하필이면 내 옆집으로 이사 오고, 지금은 또… 이렇게 옆에 있고.

도하　　그러게요. (어색하다, 담백한 말투로) 솔희 씨가… 내 운명의 여잔가 봐요.

솔희　　(피식) 또 신기하네….

도하　　(보는) …?

솔희　　나도 예전에 도하 씨가 운명의 남잔 줄 알았거든요.

도하　　아니에요?

솔희　　…!

서로를 바라보는 두 사람. 자연스럽게 키스하는 분위기인데. 솔희, 막상 도하가 다가오니 긴장되고. 솔희의 움찔한 모습을 본 도하는 성급했던 건가 싶어서 그만둔다. 뻘쭘해지는 분위기.

도하   좀… 걸을까요?
솔희   (아무렇지 않은 척) 네.

도하가 먼저 일어나 걸어간다. 뒤늦게 일어나며 "후~" 참았던 숨 내쉬는 솔희.

S# 32.   연서 경찰서, 형사과 / 밤

강민과 황 순경을 비롯한 형사들이 팀장 주변에 모여 CCTV 화면 보고 있다.

팀장   용의 차량 위치 확인은 됐으니까. (약도 가리키며) 이쪽, 이쪽, 이쪽에서 퇴로 막고 잠복한다. 강민이 넌 이쪽 맡아.
강민   네. 바로 출동하겠습니다.

강민, 자리에서 차 키와 지갑을 챙기다가 문득 솔희 생각이 난다.

INSERT 8화 56신 연서동 공원 / 밤
솔희   나… 이런 순간에 딴 남자 생각나면… 미친 거지?

마음이 아프지만 생각 떨쳐내고 일에 집중하려고 애쓰는 강민.

연서 경찰서, 복도 / 밤

차 키 챙겨 저벅저벅 빠르게 걷는 강민. 황 순경이 뒤에서 허둥지둥 쫓아온다.

황 순경 같이 가요. (같이 걸으며 강민 눈치 보는) 혹시 뭐 기분 안 좋은 일 있으세요?
강민 기분 좋으면 돼? 지금 사람 찌르고 도망친 놈 잡으러 가는 거야.
황 순경 아니, 그것 때문이 아니라 좀… 평소랑 다른 것 같아서.
강민 내 기분 신경 쓰지 말고 용의자만 신경 써.

S# 34. 캠핑장 호숫가 / 밤

호숫가 걷고 있는 솔희와 도하.

도하 궁금한 게 있는데요. 그럼… 약속은 어떻게 들려요? 진심으로 한 약속이지만 나중에 마음이 변할 수도 있잖아요.
솔희 말하는 당시에 진심이면… 진실로 들리는 거죠.
도하 그럼 영원히 사랑하겠다, 뭐 그런 말도… 진실로 들리겠네요.

도하, 고백할 생각에 긴장하는데. 그런 마음 모른 채 라이어 헌터로서 답변하는 솔희.

솔희 근데 그런 건 변수가 커서 별로예요. 의뢰인한테는 약속이나 다짐 같은 건 너무 믿지 말고, 확실한 답을 받아내라고 얘기해요.
도하 확실한 답은 뭐 어떤….
솔희 "내가 지금 제일 좋아하는 사람은 너다." 뭐 이런 식의 답이 정확하고 깔끔하죠.

도하, 작게 고개 끄덕이는데. 호수 바라보고 멈춰 선 솔희.

솔희   와, 예쁘다. 그죠? (하면서 도하 보다가 아차 싶은) 아… 물 싫어하죠? 이제
         슬슬 갈까요?
도하   아뇨. 이제 물 안 싫어해요. 좋아요. 여기.
솔희   (멈칫, 보는)
도하   그리고… 난 솔희 씨 좋아해요. 지금…. 제일 많이.

도하, 솔희를 바라본다. 천천히 다가가 조심스럽게 입을 맞춘다. 오랫
동안 서로 원했던 것처럼 키스하는 두 사람의 모습에서.

──────
S#35.   득찬의 집 / 밤

식탁에 앉아 밥 먹으면서도 계속 핸드폰을 들여다보는 득찬. 도하에
게 보냈던 카톡방 들어가면 모두 읽지 않음으로 표시되어 있다.
[너 지금 어디야? 아직도 펜트하우스야?]
[왜 연락이 안 돼… 걱정되니까 연락 좀 줘]
같은 내용들이다.
얕게 한숨을 쉬는데. 맞은편에서 딸 옆에 앉아 밥 먹이는 득찬의 아내.
얼핏 보기엔 아이를 잘 돌보는 것처럼 보이는데…. 식탁 밑에서 핸드
폰으로 카톡 중이다.
[서준 씨 : 너무 보고 싶다.]
[서준 씨 : 오늘 통화할 수 있나?]
아내, 고민하다가 [남편 자면 살짝 연락할게] 라고 메시지 보낸다. 그
사이에 이유식 그릇 허벅지에 엎고 우에엥- 울음 터트리는 아이.

아내   (얼른 아기 안고) 어머, 어떡해!

득찬	괜찮아? (엎어진 이유식 치우며) 뜨겁진 않네.
아내	애 피부가 얼마나 약한데! (애 안고 욕실로 달려가는)

식탁에 혼자 남아 엎어진 이유식 치우던 득찬. 식탁에서 아내의 폰이
진동하고. 슬쩍 보면 미리 보기로 보이는 메시지.
[서준 씨 : 알았어. 전화하기 전에 톡 줘.]
[서준 씨 : 사랑해♥]
심각해지는 득찬의 표정. 핸드폰 들고 자세히 보고 싶은데. 그사이에
욕실에서 나오는 아내. 수건으로 아이 허벅지 닦아준다.

득찬	여보.
아내	어?
득찬	(뭔가 말하려다 참는) 애 이유식… 새로 데울까?
아내	어. 그거 2분만 돌리면 돼.

냉장고에서 이유식 담긴 통 찾아 그릇에 옮겨 담고 전자레인지에 2분
돌리는 득찬. 아내의 외도가 놀랍긴 하지만 크게 상관도 없다. 어쩌면
차라리 잘됐다 싶기도 하다. 무표정한 득찬의 표정에서.

S# 36. 부어 비어 / 밤

한창 영업 중인 부어 비어. 무슨 일인지 우울해 보이는 초록이 구석 테
이블에 앉아 혼자 맥주 벌컥벌컥 마시고 있다. 빈 잔을 보고 호출 벨 누
른다. 오백, 안쓰러운 얼굴로 초록에게 다가가는데.

초록	500 하나 더. 아니다. 배부르니까 소주로.
오백	너 섞어 마시면 다음 날 머리 아프잖아. 그만 마셔.

초록	나 여기 손님으로 왔어.
오백	(술잔 빼앗으며) 그만 좀 마시라니까.
초록	그럼 다른 술집 가면 되지. 뭐, 술집이 여기밖에 없나?

초록, 주섬주섬 가방 챙기고는 비틀거리며 일어난다. 넘어질까 싶어 오백이 얼른 초록을 잡아주는데.

초록	(뿌리치며) 놔. 이거.
오백	야. 소개팅 애프터 안 들어온 게 뭐 이렇게까지 힘들어할 일이야?? 너 그 남자랑 세 시간 만났어…. 왜 3년 연애한 것처럼 굴어?
초록	진짜 마음에 들었단 말이야!
오백	난 니가 이렇게 금사빠인지 몰랐다? 나랑은 키스도 한 달 걸렸으면서.
초록	(화들짝 놀라서) 조용히 해! 누가 들으면 어쩌려고.
오백	(핸드폰으로 음악 볼륨 키우고) 이럼 됐냐?
초록	(눈 감고 음악 음미하는) 어… 나 이 노래 좋아해.

초록, 갑자기 노래에 맞춰서 춤을 추기 시작한다. 창피한 오백, 주변 눈치 보며 초록 말리려 한다.

오백	뭐 하는 거야….

때마침 고장 난 술집 조명이 깜빡거리고. 무아지경이 된 초록. 춤 더욱 격해진다.

오백	(전등 보며) 아, 이거 갈아야 되는데….

손님들이 춤추는 초록 보며 킥킥거린다. 초록을 말릴 수 없음을 직감한 오백. 에라 모르겠다. 옆에서 함께 커플 댄스 추기 시작한다. 두 사람이 함께 추자 제법 그럴듯해진 춤사위. 손님들의 비웃음이 환호로

바뀐다. 아무 생각 없이 들어왔다가 흠칫 놀란 보로. 얼떨결에 다른 손
님들처럼 환호한다.

S# 37. 호텔 라운지 바 / 밤

고급스러운 호텔 라운지 바 구석에서 선글라스 쓰고 술 마시는 샤온.
이미 술에 취해 있지만 애써 멀쩡한 척 노력하는 모습이다. 바텐더가
샤온임을 알아본 듯 자꾸만 흘끗거리는데.

샤온   네. 저 맞아요. 그만 좀 쳐다보세요.
바텐더   죄송합니다…. (시선 거두고, 다른 쪽으로 가는)

그런 샤온에게 슬쩍 다가오는 한 남자(30대 중반). 딱 떨어지는 정장에
비싼 시계, 아이비리그 헤어스타일. 엘리트 느낌이 물씬 풍기는데.

엘리트남   안녕하세요?
샤온   (들렸지만 대답 안 하는)
엘리트남   이런 자리에서… 아는 척 안 하고 사생활을 존중해드리고 싶지만….
          저는 팬이 아니라 남자로서 대화하고 싶어서요. (샤온이 마시는 잔 보
          고) 같은 거로 한잔 사드려도 될까요?
샤온   하… 왜 이렇게 남자가 꼬여…. 귀찮게….
엘리트남   (살짝 당황)
샤온   오해하지 마세요. 지금 가수가 아니라 여자로서 말한 거예요.
엘리트남   (피식) 남자가 꼬이는 건 너무 당연하죠. 이렇게 아름다우신데.
샤온   (엘리트남 바라보며) 그럼… 나 싫다는 남자는 대체 뭘까요? 뭐 어떻게
          꼬셔야 돼요?
엘리트남   그런 남자는… 그냥 여자를 싫어하는 남자 아닐까요?

샤온	(쓸쓸하게 웃는)
엘리트남	샤온 씨 같은 사람도… 사랑받으려고 노력하는 줄은 몰랐네요. 도대체 어떤 남자예요?
샤온	그쪽하고는 반대예요. 날 여자로는 안 좋아하지만… 가수로는 좋아하는 남자…. 그럼 노래를 불러서 꼬셔야 되나….

그때 라이브 공연이 시작된다. 로라 피지의 'I love you for sentimental reasons'가 흘러나오는데. 음악 소리에 바로 감상에 빠지는 샤온. 선글라스 살짝 내리고 무대를 바라본다. 밴드의 훌륭한 실력에 비해 노래 부르는 여자는 살짝 어설픈 느낌인데. 샤온을 알아본 보컬. 마이크를 들고 샤온에게 다가온다. '설마… 나한테 오는 거 아니겠지…' 외면하는 샤온. 하지만 역시나 샤온에게 마이크를 대며 한 소절 부탁하는데. 그냥 본격적으로 마이크 잡고 노래 부르기 시작하는 샤온. 취한 모습이 역력하지만 그 와중에 노래는 잘 부른다. 보컬, 이렇게까지 하려고 한 건 아닌데… 당황한 모습으로 박수 치며 호응한다. 사람들 "샤온 목소리랑 비슷하지 않아?" "헐, 샤온 맞는 것 같은데?" 하며 웅성거리는데. 어느 순간 에라이 모르겠다 싶어 선글라스 벗고 당당한 무대 매너 선보이는 샤온. 사람들 "꺄악!" 소리 지르며 무대 앞으로 몰려와 핸드폰으로 샤온의 모습 담는다. 콘서트인 듯 무대를 휘젓다가 어느 순간 가사를 까먹은 샤온. 잠시 당황하다가 즉석에서 가사를 만들어버린다.

샤온	어쨌든 대충 사랑한다는 얘기야~ 그래 사랑해~ 너무너무 사랑해~ 죽도록 사랑해~

여기저기서 웃음과 함께 샤온의 순발력에 환호하며 박수 친다. 술에도 취하고, 스스로에게도 잔뜩 취해 있는 샤온. 그렇게 노래로 슬픔을 승화한다.

　　골목, 강민의 차 안 / 밤

용의 차량이 주차된 빌라 앞 골목에 차 대놓고 황 순경과 잠복 수사 중인 강민. 황 순경, 자기도 모르게 하품하고는 강민의 눈치를 본다. 역시 피곤하지만 사방을 주시하고 있는 강민.

황 순경　너무 졸려서…. 잠깐 뭐 좀 틀게요….

황 순경, 유튜브에서 '알고 싶은 이야기 하이라이트' 찾아 영상을 틀어놓는다.

차 PD(E)　2018년 6월, 이제 막 여름이 시작되던 그날. 당시 스물셋 꽃다운 나이였던 최엄지 씨는 학천 해수욕장에서 사라져버렸습니다. 핏자국으로 가득한 샌들만을 남겨놓은 채 말입니다.

학천 해수욕장 실종 사건이 흘러나오고 있지만 별 관심 보이지 않는 강민.

황 순경　이 사건 범인… 실물 보셨죠? 명문대생에 엄청 잘생겨서 살인자인데도 막 팬클럽 생기고 그랬잖아요.
강민　(창밖 주시하며 무심히) 살인자도 아니고 용의잔데…. 그렇게 누가 신상털어놓은 거… 막 봐도 돼? 경찰이?
황 순경　그놈인 거 뻔하잖아요. 마지막까지 같이 있었지, 둘이 엄청 싸웠지, 옷에서 여자 혈흔까지 검출됐지. 시신만 나왔으면 끝나는 건데….
강민　(엄호 생각하며) 실종된 여자 오빠… 계속 그 용의자 찾고 있던데….
황 순경　얼마나 죽이고 싶겠어요. (핸드폰으로 뭔가 검색하는) 찾았다! 다시 봐도 잘생겼네.

황 순경, 강민에게 핸드폰 들이대며 도하의 사진을 보여주는데. 별 관심 없이 귀찮아하던 강민이 깜짝 놀라 몸을 일으켜 세운다. 황 순경의 핸드폰을 아예 가져가 얼굴을 유심히 살피는데… 아무리 봐도 도하다. 솔희 옆에 있던 그놈!

황 순경 (너무 놀란 강민 의아하게 보며) 그 정도예요? 그 정도로 잘생겼나…?
강민 (눈빛 떨리는) 이놈 확실해…?
황 순경 네?
강민 (흥분한) 이놈이 그 사건 용의자인 거 확실하냐고!
황 순경 (당황한) 네….

강민, 정신이 하나도 없다. 당장 솔희에게 전화를 거는데 '전화기가 꺼져 있어…' 안내 멘트 나온다.

황 순경 (덩달아 놀란) 형님… 왜 그러세요?

강민, 일단 문자라도 보내보려 한다. 정신없이 타자 친다. [솔희야 너 그 옆집 남자] 까지 쓰다가 멈칫한다.

INSERT 6화 40신 타로 카페 앞 / 낮
환하게 미소 지으며 도하를 바라보는 솔희의 모습.

도하를 향한 솔희의 마음을 잘 알기에 이 사실을 말하기가 어려운 강민. 쓰던 메시지 지우고 [문자 보면 연락 줘] 라고만 써서 보낸다. 초조하고 불안하다.

S# 39. 드림 빌라, 5층 현관 / 밤

엘리베이터에서 내리는 솔희와 도하. 아쉬운 듯 잡고 있는 손 쉽게 놓지 못한다.

도하   잘 자요.

솔희   김도하 씨… 아니, 도하 씨두요.

도하   (피식 웃는)

아쉽게 손 놓고 각자의 집으로 돌아서는 두 사람. 솔희, 슬쩍 돌아봤다가 역시 돌아보고 있는 도하와 눈 마주친다. 어색하게 웃고 얼른 집으로 들어간다.

S# 40.   **솔희의 집 / 밤**

집에 들어온 솔희. 아무렇지 않아 보이는 얼굴로 침실로 곧장 걸어간다. 피곤한 듯 침대에 대자로 뻗어 누웠다가 베개로 입을 막고 소리친다.

솔희   (기쁨의 몸부림) 으아아! 뭐야아! 어떡해!!! 아악!!!

S# 41.   **도하의 집 / 밤**

집에 들어온 도하의 표정은 다시 어둡다. 엄호가 언제 들이닥칠까 불안한데. 핸드폰 전원을 켜본다. 띠링- 전원 들어오면 쏟아지는 메시지와 부재중 전화 안내들. 득찬과 연미의 연락이 대부분이다.

뉴스 패치 앞 / 밤

핸드폰으로 샤온의 실시간 영상을 보면서 건물에서 나오는 오 기자.

오 기자   (중얼중얼) 얘 차였나…? 쓰읍… 그럼 안 되는데….

아쉬워하며 핸드폰 집어넣는데. 그런 오 기자의 앞을 가로막고 선 누 군가. 뭔가 싶어 앞을 보면… 엄호다.

오 기자   (잠시 생각하다 엄호를 알아본) 어…? 당신은 그때 그….
엄호   (대뜸) 김도하 집에 기자들 철수한 지 한참 됐다 카데요. 네?
오 기자   (피식) 아~ 거기 갔다 왔어요…?
엄호   (오 기자의 웃음이 마음에 안 드는) 김도하… 지금 어딨는데?
오 기자   (기막힌) 아, 내가 어떻게 알아요? 알았으면 내가 갔지…. 그리고 언제 봤다고 반말이에요? (무시하며 지나쳐 가려는데)

엄호, 오 기자를 빤히 보며 오 기자 앞을 자꾸만 가로막는다.

오 기자   (졸았지만 센 척) 왜, 왜 이래요?
엄호   언제 보긴. 우리 두 번째 보는 거잖아. 꼬우면 니도 반말하든가. 어? (벽 으로 툭 밀치는)
오 기자   (종이 인형처럼 뒷걸음질 치며) 가, 갑자기 생각났는데…! 샤온 지금 강남 팰리스 호텔에서 노래 부르고 있던데요? 샤온 따라가면… 김도하 만 날 수도 있을 것 같은데…요?

오 기자 빤히 보는 엄호의 표정에서.

　　호텔 라운지 바 / 밤

여전히 노래 부르고 있는 샤온. 이제 밴드들도 조금은 지쳐 보인다. 하지만 손님들은 훨씬 더 많이 와 있고…. 거의 게릴라 콘서트 분위기. 휴대폰 높이 든 누군가 라이브 방송으로 샤온의 노래를 송출하고 있는데. 노래 끝나자 얼른 샤온을 무대에서 끌어내리는 매니저.

샤온　　　뭐야아… 나 한 곡 더 부르려고 했는데….
매니저　　(울상, 쩔쩔매는) 너 진짜… 어쩌려고 이래?
샤온　　　(할 수 없이 인사하는) 감사합니다, 여러분~. (꾸벅 인사하고)

손님들, 박수 치며 호응하고. 꾸벅꾸벅 인사하며 악수해주는 샤온을 말리느라 진땀 빼는 매니저.

　　호텔 라운지 일각 / 밤

샤온 손목 잡고 끌고 나온 매니저.

매니저　　(울상) 진짜… 샤온아… 나 요즘 너 땜에 미치겠다….
샤온　　　마이크 주니까 불렀지…. 나 그런 거 안 빼는 거 알잖아.
매니저　　누가 부르지 말래? 그렇게 아무 데서나 노래하면….
샤온　　　(말 끊고) 가수가 어디서든 노래 부를 수 있어야 가수지. 난 관객만 있으면 노래방에서도 부를 수 있고, 고깃집에서 소주병에 숟가락 꽂고 노래 부를 수도 있어. (앞장서서 걸어가는)

S# 45.   샤온의 집, 지하 주차장 / 밤

방금의 당당했던 모습과 달리 쓸쓸한 샤온의 표정. 도하 생각에 가슴
이 휑하다. 밴에서 내리는데. 매니저가 부축하려고 얼른 옆에 붙는다.

샤온   됐어…. 들어가.

터벅터벅 엘리베이터 쪽으로 걸어가는 샤온. 매니저, 그런 샤온 보다
가 운전석에 탄다. 혼자 걷던 샤온. 어디선가 자신의 발소리가 아닌 다
른 발소리가 들리는 것 같고.

샤온   괜찮다고 했잖아…. (돌아보는)

하지만 아무도 보이지 않는다. 밴은 이미 지하 주차장을 빠져나가고
있고. 섬뜩한 느낌에 찬찬히 주변을 살피다가 빠르게 다시 걷는데. 그
만큼 빨라지는 발소리가 가까워지고. 저쪽에서 자동차들 사이로 뛰
어오는 모자 쓴 남자의 모습이 보인다.

샤온   아악!!!

샤온, 덜덜 떨며 엘리베이터 출입문 앞에 서는데. 핸드백에서 카드 키
찾다가 떨어뜨린다. 허리 숙여 카드 키 줍는 순간, 장갑 낀 손으로 샤
온의 입을 막는 엄호. 샤온, 악! 소리조차 지르지 못한다. 샤온 끌고 잘
보이지 않는 차 사이 구석으로 들어가는 엄호. 공포로 가득한 샤온의
눈 똑바로 보며 샤온의 옆구리에 칼 살살 찌른다.

엄호   김도하 어딨노?
샤온   모, 몰라요. 살려주세여…. 사, 살려주세요….

엄호, 샤온의 가방 뒤진다. 꼭 진짜 강도처럼 보이는데. 가방에서 샤온의 핸드폰 꺼낸다.

엄호	모르면… 연락해서 일로 오라 캐라.
샤온	(두려운 와중에도 엄호를 보며 뭔가 떠오른) 아저씨… 그 사람이죠…? 도하 오빠 죽이려던 사람…!
엄호	니가 대신 디질래? 연락해라.
샤온	(자포자기, 배 째라) 그래요! 나 어차피 오늘 딱 디지고 싶었거든요? 마음대로 하세요. 도하 오빠한테 해줄 수 있는 게 남아 있어서 행복하네요! 죽여요. 죽여!
엄호	(살짝 당황) 이게… 미쳤나….

엄호, 할 수 없다는 듯 강제로 샤온의 손가락 잡고 핸드폰 열려고 하는데. 그 와중에 저항하는 샤온. 엄호의 손 콱 깨물어보지만 목장갑 때문에 별 타격 없다. 당황하고 절망하는 샤온의 표정에서.

S#46.   도하의 집, 침실 / 밤

침대에 누워 있지만 잠이 잘 오지 않아 뒤척이는 도하. 샤온에게 전화가 걸려온다. 전화를 받을까 말까 망설이다가 받는데.

도하	너 이 시간에 왜….
샤온(E)	(다급하게) 오빠! 얼른 전화 끊어!
도하	…??
엄호(E)	승주… 아니지. (피식) 김도하, 오랜만이다.

엄호의 목소리 바로 알아듣고 놀란 도하.

도하	걘 건들지 마요. 우리 둘이 얘기해요. 지금 어디예요?

S# 47.   드림 빌라, 5층 현관 / 밤

다급히 집에서 나온 도하. 엘리베이터 기다리다가 맞은편 솔희의 집 현관문을 보며 마음이 복잡해진다. 혹시 다시 못 보는 건 아닐까… 하는 불안한 마음인데. 엘리베이터 문 열리고.

S# 48.   공터 / 밤

공사 중인 건물이 뒤로 보이는 으슥한 공터에서 서성거리며 엄호를 찾고 있는 도하. 어느 순간 뒤에서 인기척이 느껴지고. 뒤돌아보면 역시나 엄호가 그림자를 드리우고 위압적으로 서 있다.

엄호	반갑데이…. 드릅게 반갑데이.
도하	(엄호 똑바로 보며) 네. 오랜만이에요.
엄호	그래…. 니 그때도 이런 표정이었다. 아~무 일도 없었다는 얼굴.

엄호, 도하의 멱살을 잡고 마음에 안 드는 도하의 얼굴을 노려본다.

엄호	내가 제일 후회되는 두 가지가 뭔지 아나? 그날 엄지가 니 만난다고 할 때… 잘 놀고 오라고 용돈까지 쥐여 보낸 거. 니가 엄지를 죽이고 가는 그날 아침에…! 버스에서 널 그냥 보내줬던 거.
도하	형….
엄호	니 그날… 엄지 죽는다는 문자에도… 표정 하나 안 바뀌고 서울 간다

캤다. 니는 지금 또! 그 표정이다!

엄호, 결국 평정심 잃고 짐승처럼 도하에게 달려들어 주먹을 날린다.
도하, 각오한 것처럼 일단 엄호에게 맞아준다.

엄호   (멱살 잡고) 와 이리 멀쩡한데! 어?! 오늘… 니를 토막토막 내가 길거리
아무 데나 하나씩 던져놓을 끼다. 니 엄마도 평생 내처럼 니 찾아다니
게! 어?!

S# 49.   솔희의 집, 침실 + 테라스 / 밤

침실

악몽을 꾼 듯 잠에서 깬 솔희. 핸드폰을 확인해보면 아무런 연락이 없
다. 그러다 강민이 보냈던 메시지를 본다.
[문자 보면 연락 줘]
연락 못했던 게 마음에 걸리는데. 이미 시간은 너무 늦었다.

테라스

테라스에 나온 솔희. 당연히 자고 있을 거라 생각하며 불 꺼진 도하의
집을 바라본다.

솔희   잘 자고 있죠…? 잘 자요.

S# 50.   공터 / 밤

쓰러진 도하의 멱살을 잡고 일으켜 세우는 엄호.

엄호   우리 엄지 어쨌노? 고통스럽게 죽였나? 많이 힘들어했나…? (울컥하
        는, 더 소리 지르는) 걔 지금 어딨는데!? 말해봐라. 쫌!!

그 와중에 솔희의 위로가 떠오르는 도하.

INSERT 9화 13신 펜트하우스, 거실 / 밤
솔희   김승주 씨가 안 죽인 거 맞아요. 당신이 죽인 거 아니라고요.

도하, 다시 자신을 향해 오는 엄호의 주먹을 손으로 막는다.

도하   형… 저 엄지 그렇게 안 했어요. 엄지한테 잘못한 거… 진짜 많은데….
        죽이지는 않았어요. (똑바로 보며, 진심으로) 제가 안 죽였다구요.
엄호   (피식) 자살했다, 또 그 소리가? 지겹다, 새끼야…. 걔가 와 죽는데?
도하   제가 걔의 꿈이었으니까요.

뭐 때문인지 도하의 말에 잠시 혼란스러운 듯 멍한 엄호. 언젠가 자신
이 엄지에게 했던 말이 떠오른다.

엄호(E)   니 꿈은 이제 승주다. 알겠나?
도하   그런데 제가… 헤어지자고 했으니까요. 나 없으면 죽겠다고 하는 거…
        그냥 말뿐인 줄 알았어요. 정말 그럴 줄은 몰랐어요.
엄호   (잠시 흔들리다가 다잡는) 그래…. 엄지한텐 니뿐이 없었다. 니뿐이 없었
        는데 와 그랬노!?
도하   아뇨. 형도 있었잖아요.
엄호   (뜨끔한) …!
도하   (내심 원망스러웠던) 형이 좀만 도와주지 그랬어요. 걔 좀 잡아주지 그
        랬어요? 네…?

잠시 할 말을 잃은 엄호. 눈앞의 도하를 죽여야 하는데… 뭐가 뭔지 혼란스럽다.

도하   제 잘못인 거 알아요. 평생… 미안한 마음으로 살게요. 그거라도 할게요.

잠시 엄호를 바라보다가 입가 피 닦고 비틀거리며 돌아서는 도하. 멍하던 엄호의 눈빛이 다시 번뜩인다. 도하의 뒷모습을 보며 이대로 보낼 수 없다는 생각이 든다. 안주머니에서 칼을 꺼내 도하를 찌르기 위해 달려온다. 엄호의 매서운 눈빛! 도하, 탁탁 들려오는 달려오는 발소리에 돌아보지만 이미 늦었는데. 엄호의 손목을 발로 차는 누군가. 쨍- 소리를 내며 바닥에 떨어진 엄호의 칼. 도하, 누군가 싶어서 보면… 강민이다. 놀란 도하를 의심 가득한 눈으로 바라보는 강민. 두 사람의 시선에서. 엔딩.

10화

솔희 씨 행복하게

해줄 겁니다.

난 내 방식대로

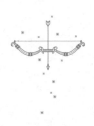

S#1.   골목, 강민의 차 안 / 밤

9화 38신의 연결. 솔희에게 [문자 보면 연락 줘] 라고만 써서 보내고는
계속 초조하다. 황 순경이 그런 강민을 걱정스럽게 보는데. 무전 온다.

팀장(E)   용의자 검거 완료. 서로 복귀해라.
황 순경   (얼른 답하는) 네. 알겠습니다, 팀장님. (강민 눈치 보는)

여전히 심각한 얼굴로 차 시동 거는 강민의 모습에서.

S#2.   연서 경찰서, 형사과 / 밤

수갑 차고 앉아 있는 피의자(20대 후반/남) 앞에 두고 조서 쓰고 있는
형사1. 옆 책상에 앉아 있는 강민은 심각한 얼굴로 모니터 보고 있다.
'학천 해수욕장 실종 사건'을 검색하며 드륵드륵 스크롤을 내린다. 바
쁘게 기사를 읽는 강민의 눈동자. [최엄지 씨가 실종된 날 밤, 학천의
한 술집에서 남자 친구 김 씨와 심하게 다투는 장면이 목격됐다.] 라
는 문장을 읽고 있는데.

피의자	(억울한 듯) 걔가 맨날 싸우면 헤어지자길래… 홧김에 그랬어요. 그냥 위협만 하려고 했는데….

강민, 슬쩍 피의자를 바라보고.

형사1	위협만 하려고 칼로 세 번을 찔렀어?
피의자	걔가 나 신고한 거예요? 만나서 얘기 좀 할게요. 지금 어딨어요?
형사1	(이 악물고 대답) 피해자 지금 중환자실에 누워 있다….
피의자	데려와요…. 걔 얼굴 보기 전까진 아무 말도 안 해. 데려오라고요!

피의자, 난동 부리다 의자 넘어지고 졸지에 바닥에 엎어진다. 그 와중에도 "데려와! 데려와!" 하며 계속 발버둥 치는데. 강민, 조용히 벌떡 일어나 피의자의 멱살을 잡아 질질 끌고 와 의자에 앉힌다. 피의자의 얼굴을 보는 강민의 눈빛이 경멸로 가득하다.

S#3.   연서 경찰서, 형사과 복도 / 밤

사무실에서 나온 강민. 황 순경, 후다닥 따라 나온다.

황 순경	수고 많으셨습니다! 이제 집에 가시는 거죠? 저도 좀 태워주시면.
강민	아니. 집에 안 가.
황 순경	네…? 그럼 이 시간에 어디….

강민, 대답 없이 앞서간다. 얼떨떨한 황 순경의 표정에서.

드림 빌라 앞 / 밤

9화 47신 이전의 상황. 강민의 차가 빌라 앞에 멈춰 선다. 차에서 내리며 핸드폰을 확인하는 강민. 여전히 솔희에게는 연락이 없고. 솔희에게 전화를 걸려던 순간. 빌라에서 급하게 나오는 도하가 보인다. 형사답게 본능적으로 잽싸게 몸을 숨기는 강민. 도하의 차가 빠져나가는 것을 수상하게 보다가 얼른 자신의 차에 타 도하를 뒤따라간다.

공터 근처 + 공터 / 밤

9화 50신의 상황. 주변을 경계하며 도하를 찾고 있는 강민. 저쪽에서 남자의 목소리가 들려온다. 공터로 들어가자 도하 때리려는 엄호 발견한다. 당장 끼어들어 말리려는 순간. 엄호의 주먹을 손으로 막는 도하.

도하 형… 저 엄지 그렇게 안 했어요. 엄지한테 잘못한 거… 진짜 많은데… 죽이지는 않았어요. (똑바로 보며, 진심으로) 제가 안 죽였다구요.

강민, 도하의 말이 진심인가 싶어서 일단 들어본다.

엄호 (피식) 자살했다, 또 그 소리가? 지겹다, 새끼야…. 걔가 와 죽는데?
도하 제가 걔의 꿈이었으니까요. 그런데 제가… 헤어지자고 했으니까요. 나 없으면 죽겠다고 하는 거… 그냥 말뿐인 줄 알았어요. 정말 그럴 줄은 몰랐어요.
엄호 (잠시 흔들리다가 다잡는) 그래…. 엄지한텐 니뿐이 없었다. 니뿐이 없었는데 와 그랬노!?
도하 아뇨. 형도 있었잖아요.

엄호	(뜨끔한) …!
도하	(내심 원망스러웠던) 형이 좀만 도와주지 그랬어요. 걔 좀 잡아주지 그랬어요? 네…?

강민, 주춤하는 엄호의 반응도 유심히 살피는데.

도하	제 잘못인 거 알아요. 평생… 미안한 마음으로 살게요. 그거라도 할게요.

잠시 엄호를 바라보다가 입가 피 닦고 비틀거리며 돌아서는 도하. 강민, 그런 도하와 엄호를 불안하게 바라본다. 이대로 마무리되는 건가 싶은데. 엄호, 품에서 칼을 꺼내더니 돌아선 도하를 찌르려 달려든다. 그 모습에 본능적으로 몸이 반응하는 강민. 엄호의 손목을 발로 찬다. 바닥에 떨어지는 칼. 엄호, 갑작스러운 강민의 등장에 놀라서 매섭게 바라본다. 강민 역시 달빛에 비치는 엄호의 얼굴을 바라보는데.

INSERT 2화 57신 학천 경찰서, 형사과 / 낮

엄호	(악쓰는) 그새끼 와 풀어줬노? 그새끼가 범인인 거 니도 알잖아!

학천에서 붙잡았던 엄호의 얼굴을 기억해낸 강민. 엄호 역시 강민을 기억해낸다.

엄호	맞네…. 학천 그 형사. (도하 보며) 짭새 붙이고 나왔나?
강민	(수갑 꺼내며) 두 분 다 서로 가시죠?
도하	(강민에게) 아뇨. 그럴 필요 없어요.

도하의 반응에 의아해 주춤하던 사이 잽싸게 칼 주워 도망치는 엄호.

강민	(잡으러 뛰어가며) 거기 서!

S# 6.   공터 근처 골목 / 밤

미친 듯이 뛰어가는 엄호를 쫓는 강민. 강민의 속도가 엄호보다 빠르다. 점점 좁혀지는 두 사람의 간격. 엄호, 자꾸 뒤를 돌아보며 속력을 내보지만 이미 숨이 찬다. 엄호의 뒷덜미를 낚아채려고 손을 뻗는 강민. 엄호, 강민에게 잡히기 일보 직전인데. 다른 골목에서 튀어나와 강민을 안고 바닥을 구르는 도하. 엄호, 헉헉거리며 놀라서 돌아보는데.

도하   (엄호 보며 다급하게) 가세요! 얼른!

엄호, 도하의 모습에 놀란 얼굴로 주춤거리다가 이내 도망친다.

강민   (도하를 떼어내려 애쓰며) 아, 이거 놔요!

도하, 있는 힘껏 강민을 안고 있다가 엄호가 충분히 멀어지자 그제야 강민을 놓고 바닥에 누워 헉헉거린다. 강민, 얼른 일어나 엄호를 쫓으려는데. 이미 어디로 갔는지 보이지 않는 엄호.

도하   (간신히 일어나는) 그 칼… 나 때문에 들고 다니는 거예요. 다른 사람은 안 찔러요. 걱정 마요.
강민   (화난) 당신이 괜찮다고 하면 다 되는 줄 알아요? 특수 폭행. 반의사 불벌죄 해당 안 됩니다. (도하 똑바로 보며) 왜요? 정체 드러날까 봐 겁나서 그런가…? 김승주 씨.

예상했지만 이름이 불리자 긴장하는 도하. 서로를 바라보는 시선에서.

S# 7.   공터 근처 / 밤

공터 앞에 서 있는 도하와 강민.

강민   솔희 걱정돼서 찾아갔다가… 그쪽이 급하게 어딜 가길래 따라와봤습니다. (도하 보며) 솔희도 알아요? 당신이 김승주인 거?

도하   네.

강민   (어이없는) 알고도 만난다는 거예요…?

도하   날 범인이라고 생각 안 하니까요. 어쨌든… 도와줘서 고맙습니다.

강민   고마울 거 없어요. 솔희한테 무슨 일 생기면… 그땐 최엄호가 아니라 내가 당신 죽일 거니까.

도하   아직 미련 있어요?

강민, 살인자일 수도 있는 도하가 자신에게 이런 질문을 하는 것이 황당한 듯 잠시 도하를 바라본다.

강민   솔희… 원래도 많이 힘들었던 애고, 이제 좋은 일만 있어야 돼요. 그러니까 당신이 사람을 죽인 놈이어도 안 되고, 누군가한테 죽어서도 안 된다는 겁니다. 지금 얼굴 그 모양 된 것도… 잘 숨겨요. 안 들키게.

도하   못 숨겨요. 솔희 씨한테는.

강민   (잠시 무슨 말인지 의아하다가) 거짓말 들린다는 그것 때문에요?

도하   (강민 표정 보며 확신하는) 안 믿나 보네요.

강민   ….

도하   그쪽 마음은 알겠는데…. 난 내 방식대로 솔희 씨 행복하게 해줄 겁니다. 걱정 말아요.

돌아선 도하를 바라보는 강민. 도하가 영 못 미덥다.

S#8.   유흥가 / 밤

유흥가를 터덜터덜 걷고 있는 엄호.

INSERT 10화 6신 공터 근처 골목 / 밤
도하   (엄호 보며 다급하게) 가세요! 얼른!

도하가 굳이 자신을 경찰로부터 구해주기까지 한 이유는 뭘까… 혼란
스러운데.

INSERT 9화 50신 공터 / 밤
도하   제가 걔의 꿈이었으니까요.

그 말을 하던 도하의 진심을 느꼈던 엄호. 모든 게 자기 탓인 것 같아
괴로운데.

S#9.   (과거) 엄지의 집, 마당 / 낮

9화 5신 이전의 상황. 마당에 서서 떨고 있는 엄지. 집 안에 있는 누
군가가 온갖 가재도구를 집어 던지며 난동 부리고 있다. 꽃다발이
들어 있는 화병이 내동댕이쳐져 깨진다. 도하가 선물해준 꽃인데….
엄지, 슬퍼하며 바닥에 널브러진 꽃을 줍는데. 어느 순간 조용하다.
용국이 씩 웃으며 통장집(막도장과 통장이 들어 있는) 하나를 들고 집
에서 나온다.

용국   (헤- 웃으며) 냉동실에 숨겨놨나? 기똥차네.
엄지   (빼앗으려 달려드는) 그건 안 돼…!

용국, 거칠게 달려드는 엄지 밀쳐낸다. 엉덩방아 찧으며 주저앉는 엄

지. 용국, 얼른 집에서 나가려는데. 엄지, 다시 벌떡 일어나 용국에게 달려든다.

엄지   안 된다고!

용국   이게 확 마!

용국이 엄지 때리려고 손 높이 든 순간 용국을 막아선 엄호.

엄호   (무섭게 노려보며) 엄지 때리지 말라 캤지예.

용국, 엄호에게 졸아 주춤거리다가 냅다 도망친다.

엄지   (따라가려는) 안 돼. 안 돼!

엄호   (말리며) 못 잡는다. 됐다.

엄지   (분한) 지금까지 받은 월급 다 모아놓은 통장이란 말이야!

엄호   어차피 내일도 오고 모레도 온다. 니 회사까지 찾아갈 끼다. 저 인간!

엄지, 주저앉아 서럽게 운다. 안타까운 얼굴로 그 모습 바라보는 엄호.

엄지   저거로 야간 대학이라도 들어가려고 했는데….

엄호   대학? 니 대학 가고 싶나?

엄지   나도 꿈 같은 거 있으면 좋겠어. 승주 앞에서 너무 초라해….

엄호   (엄지와 눈높이 맞추며) 꿈이 와 필요하노. 니 꿈은 승주여야지.

엄지   (보는) …?

엄호   니 여서 구해줄 수 있는 제일 확실한 사람은… 승주다. 알겠나?

엄호의 말에 생각에 잠기는 엄지의 표정에서.

유흥가 / 밤

다시 현재. 만약 정말로 엄지가 도하를 향한 집착으로 자살했다면….
그 죽음에 자신의 탓이 있을 수도 있다는 생각에 마음이 복잡한 엄호.
하염없이 길을 걷는다.

S#11. 샤온의 집 + 도하의 집 / 밤 (교차)

집에서 무릎 끌어안고 앉아 덜덜 떨고 있는 샤온. 도하에게 전화가 온다.

샤온   (얼른 받는) 오빠!

집에 들어와 형광등 켜며 통화 중인 도하.

도하   너 괜찮아?

샤온   (급하게) 응. 오빠는? 오빠는 괜찮아??

도하   난 괜찮아.

샤온   (안도하는) 다행이다….

도하   그 사람 어디서 어떻게 만난 거야?

샤온   (다시 생각해도 무서운) 몰라…. 우리 집 주차장에서… 갑자기 튀어나왔
         어. 너무 소름 끼쳐…!

도하   너 지금 혼자 있어? 매니저는?

샤온   아무한테도 말 안 했어…. 괜히 오빠한테 피해 갈까 봐….

도하   얘기해야지. 경호도 더 붙여달라고 하고. (더 말하려다 마는) …미안
         해. 나 때문에….

샤온   아니야…. 오빠 목소리 들었으니까 됐어. 나 이번에 알았어…. 오빠가
         죽는 것보단… 다른 여자 옆에 있더라도 살아 있는 게 백만 배, 천만 배

는 더 낫다는 거. (울음 터지는) 어허엉… 내가 미안해…. 죽지 마….

도하   문 단속 잘 하고. 항상 몸 조심해. 끊을게.

샤온, 끊어진 전화에 대고 "잘 지내, 오빠…." 하고 중얼거린다. 소파에
얼굴 파묻고 운다.

S#12.   도하의 집 / 밤

소파에 누운 도하. 갑자기 긴장이 풀리며 피곤하고 지친다. 스르륵 잠
이 든다.

S#13.   드림 빌라 전경 / 아침

화창한 드림 빌라 전경에서 딩동 초인종 소리 선행하며.

S#14.   도하의 집 / 아침

초인종 소리에 눈을 뜨는 도하. 어느새 아침 햇살이 환하게 들어오는
창문을 바라본다. 다시 딩동- 벨 소리 들려서 도어 폰 보면… 솔희가
서 있다. 바로 문을 열려다가 아차 싶다. 거울에 비친 얼굴이 엉망이
다. '어떡하지…' 막상 이 얼굴을 보일 생각을 하니 아찔한 도하.

드림 빌라, 5층 현관 / 아침

샌드위치와 커피 들고 서 있는 솔희. 벨을 눌러도 문 안 열리자 실망한 얼굴로 돌아서려는 찰나. 문 열리는 소리 들린다. 얼른 돌아보는데. 의아한 얼굴 되는 솔희. 도하가 검정 마스크를 쓰고 솔희 앞에 서 있다.

솔희   뭐…예요? 갑자기?

도하   (어색하게 웃으며) 아침부터 무슨 일이에요…?

솔희   (들고 온 샌드위치와 커피 보여주며) 샌드위치 시키는 김에 같이 시켜서…. 아니, 왜 갑자기 마스크예요?

도하   (샌드위치와 커피 받으며 딴소리) 아우, 맛있겠다. 고마워요.

솔희   아, 알겠다!

도하   …!

솔희   감기 걸린 거죠? 어제 그 캠핑장이 좀 춥다 했어요.

도하   감기 아니에요. 잘… 먹을게요. (얼른 들어가려는데)

솔희   보고 싶은데….

도하   (멈칫)

솔희   (입 나와서 투덜투덜) 샌드위치는 핑계고. 보고 싶어서 왔다구요. 얼굴 좀 보여주지….

도하, 그런 솔희가 귀엽고. 할 수 없이 마스크를 내린다. 깜짝 놀라는 솔희.

솔희   (도하의 얼굴 만지며) 누, 누가 이랬어요…? 무슨 일이에요. 이게!?

S#16. 도하의 집 / 아침

구급상자 들고 도하의 집에 들어온 솔희. 잽싸게 이런저런 약 꺼내서 도하의 상처를 치료해준다. 따가운지 "쓰읍-!" 하는 소리 내는 도하. 솔희의 손길이 더욱 조심스러워지는데.

솔희   (속상한) 무슨 생각으로 거길 간 거예요? 이만하길 다행이지 진짜….

도하   샤온한테까지 찾아갔잖아요. 그냥 한번 만나는 게 낫겠다 싶었어요. 하고 싶은 말도 있었고.

솔희   얼굴 이렇게 만든 사람이… 말할 기회나 주겠어요? 경찰에 바로 신고를 했어야죠.

도하   신고는 안 했는데…. 경찰이 나타나긴 했어요.

솔희   네…?

도하   솔희 씨도 아는 사람.

솔희   (약 바르다가 멈칫) 설마… 강민 오빠요…?

도하   내가 김승주인 거 알고 솔희 씨 걱정돼서 집 근처 왔다가… 나 따라왔더라고요. 덕분에 도움 받았어요.

솔희   (연락하라던 강민의 문자 떠오르고) 그래서 연락하라고 했구나….

도하   (씁쓸한) 그 사람한테 난 거짓말 안 할 거라고 했는데… 막상 솔희 씨한 테 이 모습 보여주기는 싫었어요.

솔희   그래서요? 강민 오빠가 그 사람 잡았어요??

도하   아뇨. 내가 그냥 보내달라고 했어요.

솔희   네?? 왜요??

도하   엄호 형한테 하고 싶었던 말 다 말했어요. 어쩌면 형도… 생각이 바뀌었을지도 몰라요.

솔희   (불안한) 안 바뀌면요. 또 찾아오면요.

도하   모르겠어요….

솔희, 도하의 마음을 이해하면서도 걱정되고 속상한 마음을 감출 수 없다.

타로 카페 / 낮

카산드라, 혼자 온 손님 타로점을 봐주고 있고. 솔희는 심각한 얼굴로 카운터에 서 있다. 때마침 들어온 치훈을 반기는 솔희.

치훈   안녕하세….

솔희   (인사 끝나기도 전에 치훈을 끌어 앉히는) 너 이리 좀 와봐.

치훈   (당황) 왜, 왜 그러세요?

솔희   (은밀하게) 너 경호학과 졸업했잖아. 사설 경호 그런 거… 부탁할 사람 주변에 좀 있어?

치훈   있죠. 많죠. 경호할 사람이 누군데요?

솔희   (조심스럽게) 그게… 옆집 남자.

치훈   옆집이면… 김도하 그 형이요??

솔희   어. 비용은 얼마쯤 들까? 시급으로 줘야 돼, 일당으로 줘야 돼?

치훈   (눈 반짝이며) 그냥 제가 할까요? 싸게 해드릴게요.

솔희   넌 나랑 일하고 있잖아. (팔짱 끼며) 너… 아주 널널하구나?

치훈   (당황) 그, 그게 아니구여….

그때 카페에 들어온 누군가.

치훈   (솔희와의 대화 피하기 위해 얼른 일어나며) 어서 오세요~.

솔희, 돌아보면 강민이 서 있다. 서로 할 말이 있는 눈빛이다.

CUT TO
솔희와 강민, 둘뿐인 타로 카페. 마주 앉은 두 사람.

솔희   도와줬다면서. 고마워.

강민   (냉랭하게) 너한테 고맙다는 소리 들으려고 그런 거 아니야. 솔직히 그냥 냅두고 싶었어.

솔희   오빠, 그 사람… 진짜 아니야.

강민   나도 알아. 그놈 무혐의인 것도 알고. 다 안다고. 근데… 니가 만나는 남자잖아. 니 옆집에 살고, 너랑 밥 먹고…. 너무 걱정돼. 계속 신경 쓰여.

솔희   (잠시 생각하다가) 우리 처음 데이트했을 때 기억나?

강민   말 돌리는 거야?

솔희   그때 내가 커피 좋아한다니까 오빠도 커피 좋아한다고 나랑 같은 거로 시켰잖아. 난… 그 거짓말이 좋았다?

강민   …?!

솔희   언젠가 저 거짓말이 끝나면… 오빠의 사랑도 끝나는 거라고 나 혼자 그렇게 생각했었어. 그리고 오빠 나랑 헤어질 때쯤… 진짜 커피 안 마셨고.

강민   솔희야, 그때는….

솔희   알아. 지금은 다 알겠는데 그때는 모든 게 다 맞아떨어지는 것 같았어. (강민 보며) 우리가 헤어진 이유는… 내가 거짓말을 들어서야.

강민   그래서… 그 남자 말을 믿는다는 거야?

솔희   응. 그러니까 오빠도 내 걱정하지 말라고.

단호한 솔희의 모습에도 아직 불안한 강민의 표정에서.

S#18.   J 엔터, 대표실 / 낮

호텔 라운지 바에서 노래하는 샤온의 동영상을 태블릿으로 보고 있는 득찬. 골치 아픈 듯 눈 질끈 감으며 관자놀이 누른다. 치우라는 듯 손 휘젓는데.

홍보팀장   (그런 득찬 보고 얼른) 이것까지 보셔야 되는데요.

홍보팀장, 얼른 화면 내려 댓글 보여준다.

[이제 샤온 라이브로 까지 마라]

[샤온 가창력 ㄷㄷㄷ]

[직관한 사람들 넘 부럽다ㅠㅠ]

[언니 사랑해 하고 싶은 거 다 해]

[계좌 열어주세요ㅠ 이걸 공짜로 들을 수 있다니 샤온이 복지다]

[차기 노래 장르 스포인가염?? 너무 잘해 실력이 말이 안 되는데ㅠㅠㅠ]

홍보팀장	의외로 반응이 좋습니다.
득찬	(황당한 웃음) 하여튼 대중들 마음은 알 수가 없다?
홍보팀장	(웃다가 정색하며) 근데 이게… 어쩌다 한 번은 괜찮지만 두 번, 세 번이 되면 샤온 브랜드 가치도 떨어지고….
득찬	(말자르며) 알지. 알지. 다신 이런 일 없어야지. 샤온한텐 내가 잘 말할게.
홍보팀장	네.

꾸벅 인사하고 나가는 홍보팀장. 혼자 남은 득찬, 샤온에게 연락한다.

득찬	어, 지온아. 라이브 잘 봤다. 난 너 왜 그러는지 딱 알겠던데? 도하 때문이지? (사이, 표정 굳어지는) 너 근데… 목소리가 왜 그러냐? (놀란) 뭐…?

S#19. 도하의 집 / 밤

현관

벨 소리에 문 열어주는 도하. 앞에는 득찬이 서 있다. 반창고 붙어 있는 도하의 얼굴 보고 착잡한 득찬. 말없이 문 열어주는 도하.

거실

거실 소파 아래에 나란히 앉아 있는 도하와 득찬. 득찬, 도하로부터 어제의 이야기를 전해 들었다.

득찬   죽지 않고 살아 있는 게 기적이네….

도하   (피식)

득찬   웃음이 나오냐? 다음엔 죽을 수도 있다는 소리야. 연락은 왜 안 했어??

도하   미안. 형이 나 또 멀리 보내려고 할 것 같아서.

득찬   (걱정스럽게) 너… 진짜 여기 계속 있으려고?

도하   응. 솔희 씨는 걱정할 거 없어. 나 믿어줘.

득찬   (잠시 망설이다가) 전에 너희 어머님께 들었는데….

도하   (보는)

득찬   누가 어머님 사무실에 전화해서… 김도하 이름으로 메모 남겼다더라. 엄호 형이겠지?

도하, 연미 걱정에 마음이 좋지 않다. 잠시 말없이 생각에 잠기고. 득찬은 그런 도하의 눈치를 살피는데.

도하   (어렵게 입 여는) 형.

득찬   응?

도하   이제 형이랑은 같이 일 안 하는 게 맞겠다.

득찬   (놀란) 갑자기 그게 무슨 소리야?

도하   엄호 형이 혹시라도 내 정체 알면… 제일 곤란할 사람 형이잖아.

득찬   (당황한) 야, 얘기가 갑자기 왜 거기로 튀어. 너는 안 곤란해? 제일 곤란할 사람은 너야.

도하   그건 내가 감당하는 게 맞고. 주변에 피해 끼치는 거… 더는 못하겠어.

득찬   그럼 솔희 씨는…? 니가 여기 있으면 솔희 씨는 피해 안 갈 것 같아?

도하   여기 있으면서… 옆에서 지켜줘야지.

득찬   얼굴은 이렇게 돼가지고…. 뭘 어떻게 지킬 건데?

| 도하 | (힘없이 웃으며) 맞아. 그냥 핑계고…. 내가 그 여자 필요해. 그냥 내가 옆에 있고 싶은 거야. |

그런 도하를 보며 솔희를 향한 진심을 느끼는 득찬. 서운하지만 어쩔 도리가 없다.

S# 20. **타로 카페 / 밤**

마감 중인 타로 카페. 카산드라 혼자 카드 정리하고 있는데. 죽집 쇼핑백 들고 서둘러 들어온 솔희.

솔희	미안. 마감 혼자 다 했어?
카산드라	괜찮아요. 근데 웬 죽이에요?
솔희	어… 누구 좀 주게.
카산드라	(문득 생각난) 아, 어제 어머님 찾아오셨었어요.
솔희	진짜? 왜…?
카산드라	헌터님 남자 친구 있는지 물어보시던데. 일단 모른다고 거짓말은 했거든요.
솔희	잘했어. (잠시 생각하다가) 거짓말…? 그게 어떻게 거짓말이 돼? 너 뭐 알아?
카산드라	(당연하다는 얼굴로) 그 옆집 남자랑 썸 타잖아요.
솔희	(당황) 왜, 왜… 그렇게 생각해?
카산드라	티 엄청 나는데요? (죽 쇼핑백 보며) 그것도 그렇고.
솔희	(뻘쭘한) 썸 그런 거 아냐….
카산드라	(깨달은 듯) 아~ 사귀세요? (무미건조하게) 축하드립니다.
솔희	(갑자기 심각한) 그러고 보니까 좀 이상하네?
카산드라	(보는) …?

솔희	사귀자는 말을… 못 들은 것 같은데…?
카산드라	그럼 헌터님은 왜 사귄다고…. (바로 깨달은) 아, 스킨십 먼저…?
솔희	(얼굴 화끈) 아, 아니라고오!

S# 21. **드림 빌라, 5층 현관 / 밤**

심란한 얼굴로 도하의 집에서 나와 엘리베이터 기다리는 득찬. 엘리베이터 문이 열리자 솔희가 내린다. 두 사람, 서로 당황하는데.

솔희	어? 안녕하세요…?
득찬	(멈칫, 표정 관리 잘 안 되는) 아… 안녕하세요?
솔희	아, 혹시 저번에 얘기했던 비밀 유지 계약서 가져오셨으면….
득찬	(말 끊고) 괜찮아요. 이제 필요 없어졌어요. (지나가려다 멈칫, 솔희 보며) 솔희 씨, 도하… 진짜 믿어요?
솔희	(단호한) 네. (슬쩍) 조득찬 씨는요?
득찬	당연히… 저도 도하 믿어요.

솔희, 득찬의 진실에 미소가 지어진다. 떨떠름했던 감정이 풀리고. 득찬 역시 솔희의 손에 들린 죽 쇼핑백을 보며 솔희의 진심을 느낀다.

득찬	도하한테 얘기 들었어요.
솔희	(보는) …?
득찬	둘이 사귄다면서요. 축하해요.

솔희, 득찬의 거짓말에 순간 당황하는데. 도하의 집 문이 벌컥 열린다.

| 도하 | 어? 솔희 씨. (득찬 보며) 둘이 여기서 뭐 해? |

득찬	얘기 좀 했다. 갈게. (엘리베이터 타고)
솔희	(도하에게) 나 잠깐 들어가도 되죠?

솔희, 자연스럽게 도하의 집으로 들어가고. 그런 두 사람의 모습을 바라보는 득찬. 엘리베이터 문이 닫힌다.

S# 22.　　도하의 집 / 밤

도하의 집에 들어와 포장해온 음식 풀어놓는 솔희. 호박죽, 단팥죽, 토마토주스 같은 것들이다.

도하	(어리둥절) 이게 다 뭐예요…?
솔희	다 도하 씨 거예요. 밥 먹기 불편할 것 같아서. 붓기에도 좋대요.
도하	(내심 기분 좋은) 이렇게까지 아픈 건 아닌데…. 고마워요.
솔희	아, 맞다. 나 아까 조득찬 씨한테 도하 씨 믿냐고 물어봤거든요?
도하	(궁금한 얼굴로 보는)
솔희	(웃으며) 믿는대요. 진심이던데요?
도하	(안도의 미소 짓는)
솔희	(새초롬하게) 그리고… 우리가 사귄다는 얘기도 전해 들었어요.
도하	(당황) 아니었어요? 난 당연히 사귀는 줄 알고….
솔희	(다 들리게 구시렁거리는) 뽀뽀하면 당연히 사귀는 건가…. 당연한 게 어딨어….
도하	(그런 솔희 보며) 나랑 사귈래요?
솔희	…!
도하	(살짝 애교 부리듯) 나랑 좀 만나줘요. 네?
솔희	(좋지만 쑥스러워 눈 피하는) 알았다구여….

편의점 / 밤

편의점 문 열리는 소리 들리고. 무표정하게 앉아 있는 영재가 무미건
조하게 인사를 한다.

영재   어서 오세요….

그런 영재 앞에 서는 손님. 검정 마스크를 쓴 모습인데.

영재   (뭐야? 하며 봤다가, 반갑게) 형?

영재를 보며 씩 웃어주는 사람… 에단이다.

S# 24.   편의점 앞 / 밤

편의점 앞 파라솔에 마주 보고 앉은 영재와 에단. 여느 형제들처럼 분
위기가 좀 서먹서먹하다. 제로 음료 2캔 들고 나와 에단에게 하나 건
네는 영재.

영재   맥주 한잔하지. 왜?
에단   맥주 칼로리 높아. 안 돼.
영재   여긴 갑자기 왜 왔어?
에단   나 요즘 이 근처 보컬 레슨 다니거든. 지나가는 길에.
영재   그런 거 회사에서 해주지 않아?
에단   부족한 것 같아서…. 따로 좀 더 하고 있어.
영재   (칭찬하고 싶지만 투박하게) 노래 잘 부르는데 뭘 또.
에단   (피식) 너 이제 끝날 시간이지? 집에 데려다줄게.

| 영재 | (당황) 어? 나 아직 좀 남았는데….

| 에단 | …?

| 영재 | 어차피 할 일도 없고 해서…. 야간까지 계속하기로 했거든.

영재가 고생하는 것을 몰랐다는 생각에 순간 미안해서 표정 어두워지는 에단. 그때 편의점에 들어오는 누군가.

| 영재 | 나 좀 갔다올게. (다시 기계적인 말투) 어서 오세요. (하며 손님 따라 들어가는)

습관적으로 마스크 올리고 편의점을 슬쩍 바라보는 에단. 카운터 앞에 서 있는 영재를 보니 짠하고 안쓰럽다. 영재, 두통약 하나 꺼내 앞에 있는 손님에게 건네는데…. 손님의 모습이 낯이 익다. 득찬이다.

| 에단 | (작게 중얼거리는) 대표님…?

계산하고 나오는 득찬을 보며 확실히 득찬임을 인지하는 에단. 두통약을 바로 까서 입에 넣으며 차에 타는 득찬. 골목을 빠져나간다. 그사이 다시 에단 앞에 앉는 영재.

| 영재 | 머리 되게 아픈가 보네.

| 에단 | (멀어지는 차 보며) 우리 대표님이야.

| 영재 | 진짜? (돌아보는)

| 에단 | 이 동네까지 왜 오셨지…?

| 영재 | (갑자기 생각나 피식 웃으며) 우리 동네에 김도하 작곡가도 있는데 뭐.

| 에단 | 뭐…?

| 영재 | 동네 백수 같은데 이름이 김도하래.

| 에단 | (피식 웃고 농담처럼) 그럼 곡 좀 달라고 해봐. 김도하 곡만 있으면… 우리 아틀란티스도 뜰 수 있는데.

이내 수심 가득해지는 에단. 제로 콜라를 술처럼 마신다. 그런 에단을 보며 같이 착잡해지는 영재.

S# 25.　부어 비어 / 밤

어딘지 조금은 심각한 분위기의 상가 번영회. 보로가 미리 준비한 작은 수첩 보며 사람들 앞에서 수줍게 이야기하고 있다.

보로　　지난 불미스러운 사건으로 인해… 연서 부동산 사장님 대신 이번에 새로 임명된… 연서 베이커리 소보로입니다. 잘 부탁드립니다.

절반쯤 되는 사람들은 박수를 쳐주고, 나머지 절반은 떨떠름한 얼굴이다. 함께 앉은 오백과 초록은 그런 보로에게 당연히 박수 치는데.

오백　　그 부동산 사장… 아직도 귀 파면 밀가루 나온대.
초록　　(눈 가늘게 뜨고) 다시 생각해도 신기해…. 타로 사장… 어떻게 알았을까?
오백　　(대수롭지 않게) 타로점 봤다잖아~. (둘러보며) 오늘따라 분위기 왜 이래? 쫌 썰렁하다?
초록　　(목소리 낮춰서) 부동산 사장 부인이 이 동네에 갖고 있는 건물이 몇 갠데…. 그 건물에서 일하는 사람들은… 다 그 인간 편이란 말야.
오백　　(이해 안 가는) 아니, 바퀴벌레 사건을 보고도??
초록　　보로 오빠한테만 그 난리 쳤지… 딴 사람들한테는 잘했대. 이따 봐. 이번 축제 참여 안 한다고 할 수도 있어.

오백, 불안한 표정 되는데. 때마침 축제 이야기를 하는 보로.

보로　　(수첩 살짝 보며) 그럼 첫 번째 안건으로… 이번 연서동 축제….

상인1   (얼른 손 들고, 차갑게) 저는 안 해요.

상인2   (손 들고) 저도 이번엔 참여 못합니다.

보로   (노트에 메모하며 당황) 잠시만요. 한 분씩….

여기저기서 "저도 못해요!" 하며 손 드는 사람들 쏟아진다. 어쩔 줄 모르는 보로. 이 정도일 줄을 몰랐던 초록과 오백도 당황한다.

―――
S# 26.   수제 버거집 / 아침

재찬의 수제 버거집. 재찬은 정신이 하나도 없어 보이는 얼굴로 어딘가로 전화 중이다. 출근하지 않은 재찬의 친구 때문. 신호만 갈 뿐 계속 받지 않는데.

재찬   아오, 이 새끼… 이 시간까지 처자나?? 아, 미치겠네….

업체남(E) 안녕하세요~.

그때 누군가 들어오고. 손님인가 싶어서 보면 납품업체 직원이 묵직한 박스를 바닥에 내려놓는다.

업체남   현금 주시기로 했죠?

재찬   네?? 뭔 소리예요? 계좌로 돈 받아놓고.

업체남   오늘 배달 오면 바로 현금으로 주겠다면서요. 사정사정해서 믿고 가져왔더니, 참나….

재찬   (싸울 기세로 업체남에게 다가가는) 내가 언제 사정사정했어요? 계좌 까봐요. 지금.

업체남   (지지 않는) 그쪽 말고. 한 명 더 있잖아요. 요리하는 사람.

재찬   그 자식이 그랬어요?

업체남	(주방으로 들어가려 하는) 여기요! 좀 나와보세요!
재찬	아, 알았어요. 알아요. 일단 줄 테니까…. 나중에 계좌 가서 돈 준 거 확인되면… 나한테 두 배로 배상하는 거예요. 알겠어요?
업체남	(기막혀서 코웃음) 참나….

재찬, 급한 대로 포스기라도 열어 현금 꺼내 주려 하는데 현금이 하나도 없이 싹 비워져 있다. 순간 멍한 재찬. 이내 친구에게 뒤통수 맞은 것을 깨닫는데.

업체남	아, 빨리 줘요. 나 바빠요.
재찬	없어요….
업체남	(황당) 네?
재찬	(버럭) 돈 없다고!!! 씨….

업체남, "일을 이런식으로 하면 어떡합니까?" 하며 불평 쏟아내는데. 그러든지 말든지 친구에게 전화를 걸어보는 재찬. 하지만 전화기 꺼져 있다는 안내 음성 나오고.

재찬	(핸드폰 계산대에 쾅 내리치며) 아이씨… 내 코인… 내 코인은!

미칠 것 같은 재찬. 분함을 못 참고 씩씩거린다.

S# 27.   도하의 집 / 오전

작업실에 앉아 있지만 집중하지 못하는 도하. 핸드폰을 집어 들고 생각에 잠긴다.

INSERT 10화 19신 도하의 집 / 밤

득찬   누가 어머님 사무실에 전화해서… 김도하 이름으로 메모 남 겼다더라. 엄호 형이겠지?

연미가 걱정된다. 통화 버튼을 누를까 고민하는데. 솔희에게 도착한 메시지.
[잠깐 카페에 좀 와요]

S#28.   타로 카페 / 오전

타로 카페에 찾아온 도하.

카산드라   어서 오세요. (하다가 도하 얼굴 보고 놀라는)
솔희   (반갑게) 왔어요?
치훈   형! (하다가 놀라는) 형… 어쩌다가….
도하   (반응에 머쓱한) 별거 아니에요.
솔희   (도하 얼른 자리에 앉히며) 여기 앉아요. (치훈에게) 치훈아~ 얼른!

치훈, 기다렸다는 듯이 도하 옆자리에 앉아 태블릿으로 검은 정장 입은 남자들의 사진(프로필 사진 또는 증명사진 느낌)을 하나씩 보여준다.

치훈   이 형은 우리 과 에이스였는데요. 특기는 주짓수예요. 인상 되게 좋죠?
도하   (어리둥절) 네…?
치훈   (넘기고) 얘는 가수들 콘서트 위주로 경호하는데…. 샤온 콘서트에서 도 몇 번 봤을걸요? 요즘 시간이 될지 모르겠네….
도하   (이게 다 무슨 말인지 모르겠고) 아니, 뭘….
치훈   그리고 얘는 제 후밴데요….

도하	아니, 잠깐, 잠깐만요. 지금 이게 다 뭔데요??
치훈	(어리둥절) 형 지금 쫓기고 있다면서요. 나쁜 사람한테.
솔희	(얼른) 도하 씨 경호해줄 사람들 후보 리스트예요.
도하	(황당) 네?? 필요 없어요. 종일 이분들이랑 같이 생활해야 한다는 건데…. 불편해요.
솔희	지금 불편한 게 문제예요?
치훈	그래요, 형! 불편하면 제가 할까요?
솔희	(치훈 째려보는데)
도하	(힘없이 웃으며) 진짜 괜찮아요. 할 얘기 다 끝났죠?

솔희가 말릴 새도 없이 일어나 나가는 도하를 보며 한숨 쉬는 솔희.

S# 29. 연서동 골목 + 타로 카페 앞 / 낮

'연서동 축제 참가 리스트' 들고 난감한 얼굴로 돌아다니던 보로. 솔희의 타로 카페 지나치려다가 마음먹고 들어간다.

S# 30. 타로 카페 / 낮

쭈뼛거리며 카페 들어오는 보로.

보로	저기… 안녕하세요….
솔희	아, 네. 안녕하세요.
보로	혹시… 이번 축제… 참여하시나요?
솔희	아뇨. 저는 늘 그랬던 것처럼 참여 안 하는 걸로.

보로	알겠습니다…. (하고 가려다가 다시 용기 내는) 참여 한번 해보시는 건 어때요?
솔희	(억지로 웃으며) 왜…요…? 자율적으로 하는 걸로 알고 있는데.
보로	제가 번영회 대표가 되는 바람에… 안 하겠다는 분들이 많아서요. 과반수 못 넘으면… 축제 못하는데 지금 딱 반반이라서….
솔희	(난감한) 제가 지금 신경 써야 될 게 많아서요…. 죄송해요.
보로	아니에요…. 제가 죄송하죠….

보로, 카페에서 나간다. 그 모습 안쓰럽게 보는 치훈과 카산드라.

치훈	(슬쩍 다가오는) 축제 준비… 제가 도와드릴 수 있는데.
솔희	김도하 씨 얼굴 봤죠? 지금 나 혼자 신나서 축제 하게 생겼어?
카산드라	다친 것도 있지만…. 표정이 우울하던데요. 같이 축제 참여하면 기분 전환도 되고 좋지 않을까요?
솔희	(순간 솔깃한) 같이…? 안 돼~. 집에 가만히만 있어도 불안한데.
카산드라	우울할 때 집에만 있으면 더 우울해져요.
치훈	축제 때는 제가 옆에서 눈 부릅뜨고 있으면 되죠!

치훈과 카산드라의 얘기를 듣고 있자니 설득되는 솔희. 고민하는 표정 되는데.

S# 31.   등산로 / 낮

화려한 등산복을 입고 등산남(70대 초반/남)과 함께 산을 오르는 향숙. 어딘지 불편해 보인다. 등산남, 손 내밀어 향숙을 끌어주는데.

향숙	아직이에요…?

등산남   (어이없다는 듯) 아직 한참 멀었죠.

향숙, 등산남의 뒷모습 보며 계속 불편한 표정 짓다가 안 되겠는지 샛길로 빠진다.

S# 32.   깊은 산속 / 낮

수풀이 우거진 깊은 곳으로 들어온 향숙. 알고 보니 볼일이 급했던 것. 핸드백에서 티슈 찾아 쪼그려 앉아 볼일을 보려는 순간. 인기척을 느끼고 동작을 멈추는데. 낫으로 잡초를 쳐내고 있는 누군가… 태섭이다! 설마설마 하다가 눈 커지는 향숙. 전보다 나이는 들었지만 여전히 향숙 스타일이다. 그을린 피부에 잔근육이 보이는 마른 팔뚝, 우수에 찬 눈빛…. 자기도 모르게 그 모습을 홀린 듯 바라보는데.

작가(E)   선생님! 좀 들어와보세요~.
태섭   갑니다….

누군가 싶어서 날카롭게 보면 솔희 나이 또래로 보이는 웬 어린 여자가 오두막집에서 나와 태섭을 기다리고 있다. 여자가 있는 집으로 들어가는 태섭을 보며 기가 막히는 향숙. 왜인지 가슴이 와르르 무너지는 기분이다.

S# 33.   드림 빌라, 5층 복도 / 밤

태섭의 편지 한 손에 들고 엘리베이터에서 내리는 솔희. 그때 막 집에서 나오는 도하. 검정 마스크를 쓰고 있다.

솔희   (안쓰러운) 그거… 다시 쓰는 거예요?
도하   (솔희 마음 알고 풀어주려는) 괜히 사람들 놀래키기 싫어서요.

도하, 솔희의 손에 들린 편지를 바라보는데.

솔희   아, 이거… 아빠가 보내주신 거예요.

하늘, 숲, 나무, 다람쥐 사진 같은 것들을 한 장씩 넘기며 보여주는 솔희.

도하   (의아한) 이렇게 사진만 보내주시나 봐요…?
솔희   네. 이게 편지예요. 다 아빠가 찍은 거거든요. (아련하게) 잘 지내고 있다는 뜻이에요.

도하, 봉투 소인에서 보내는 사람 주소가 적혀 있지 않은 것을 발견한다.

솔희   근데 어디 가려고요?
도하   잠깐 편의점에요.
솔희   (얼른) 같이 가요!

S# 34.   편의점 / 밤

폐기 삼각김밥 먹으며 편의점을 지키고 있는 영재. 연필을 들고 뭔가를 끄적이고 있다. 오선지가 인쇄된 악보 노트에 음표를 그리는 중이다. 필체가 예쁘지는 않고 듬성듬성한 게 콩나물 대가리 같지만 있어야 할 것들은 다 표현된 악보. 음을 흥얼거리며 꽤 진지한데. 누군가 들어오는 소리 들리고. 남은 삼각김밥 크게 입안 가득 집어넣는 영재.

영재   어서 오…. (김밥 때문에 말이 잘 안 나오고 우물거리는)
도하   (예의 있게) 안녕하세요.

영재, 얼른 악보를 숨기려다가 한 장이 사라락 바닥에 떨어진다. 얼른 주우려고 카운터에서 나오는데. 하필 도하의 발밑에 떨어진다. 영재보다 먼저 악보를 주운 도하. 눈으로 대충 악보를 훑어봐도 영재의 실력이 어느 정도인지 금방 파악되는데. 솔희 역시 도하의 옆에서 악보 물끄러미 바라본다.

영재   (부끄러워하며 얼른) 주세요.
도하   (생수 가져와 카운터 앞에 서며) 요즘 손사보♦ 쓰는 사람 잘 없는데. 음대생이에요?

영재, 당황하는데. 솔희, 캔 맥주 2개와 마른안주 같이 올린다. 얼른 바코드 찍으며 대답 피하는 영재.

영재   (무미건조하게) 11,800원입니다.

도하, 뭔가 더 묻고 싶지만 영재가 원하지 않는다는 느낌에 관둔다. 솔희와 함께 나가려는데.

영재   (도하 뒷모습에 대고) 음대생 아니고요. 이번 축제 때 부를 거예요.

돌아보는 도하. 다시 외면한 채 악보를 그리는 영재. 솔희는 영재를 관심 깊게 보는 도하의 옆모습을 바라본다.

♦   손으로 직접 그린 악보.

솔희 집에 들어온 도하. 캔 맥주 2개 테이블에 올려놓는 솔희.

솔희   잠도 안 오는데… 맥주 한 캔씩 하자고요. (캔 맥주 따려고 하는데)

도하   (얼른 가져가서 대신 따주는) 축제 때… 노래자랑 같은 것도 하나 봐요.

솔희   (맥주 캔 받으며 살짝 설레고) 근데 이번 축제는… 열리려나 모르겠어요.

도하   왜요?

솔희   참여하는 가게가 적대요. 과반수가 넘어야 된다는데… 지금 딱 반반 이래요.

도하   (안타까운) 그래요? 솔희 씨는요?

솔희   난 아직… 결정을 못 했는데.

도하   해요.

솔희   왜요…?

도하   아까 그 친구 꺼 들어보고 싶어서요. 곡이… 꽤 재밌었어요.

솔희   (생각 없다가 이거다! 싶은) 근데… 나 축제 한번도 안 해봐서요. 누가 좀 도와주면 또 모르겠는데. (도하 눈치 살피는)

도하   (눈치 못 챈) 같이 일하는 분들 있잖아요.

솔희   걔네들로는 부족하죠. (도하 바라보며 대놓고) 쫌 도와줘요.

도하   내, 내가요?

솔희   나도 그런·거 귀찮고 별론데… .재밌을 수도 있잖아요. (쑥스러워서 작아지는 목소리) 우리 둘이… 같이하면.

도하   (고민하는) 얼굴… 그전에 다 낫겠죠?

솔희   낫죠. 완전 낫죠! 그럼 해요? 같이하는 거예요?

도하, 끄덕거린다. 신난 솔희를 보며 함께 웃는 도하의 모습에서.

　방송국 스튜디오 / 밤

'특집 생방송 함께우리당 경기도지사 경선 후보자 토론회'. 깔끔한 정장을 차려입고 메이크업과 헤어까지 완벽하게 세팅된 상태의 연미. 3개의 준비된 단상들 중 왼쪽 단상에 서 있다. 가운데에는 유지훈 후보가 서 있고. 맨 오른쪽에는 60대 남성 후보가 서 있다.

사회자　정책 과제 토론은 끝이 났고요. 자유 주제로 넘어가겠습니다. 주도권, 유지훈 후보님께 먼저 드리겠습니다.

지훈　네. 저는 정연미 후보님께 질문드리겠습니다. 그동안 한결같이 민생을 걱정하는 모습, 늘 존경하고 있습니다. 하지만 아드님에 대한 이슈가 마음에 걸리는 것도 사실인데요. 만약 의혹이 사실이라면, 아들을 제대로 키워내지 못한 어머니한테 우리 경기도를 맡길 수 있을지 우려의 목소리도 있습니다. 여기에 대한 답변을 해주신다면요?

연미　(여유롭게 웃으며) 유지훈 후보님? 제 아들이 그 사건으로 어떤 처분을 받았는지 알고 계십니까?

지훈　네. 무혐의 나오지 않았습니까?

연미　잘 알고 계시네요. 네. 검사가 무혐의로 판단을 끝냈는데 왜 자꾸만 이슈가 되는 걸까요? 그건 진범이 밝혀지지 않았기 때문이라고 저는 생각합니다. 일례로 제 아들을 대놓고 살인자로 몰아간 한 유명한 시사 교양 프로그램은 이미 그전에도 같은 방식으로 무혐의 처분을 받은 최 모 씨를 범인으로 몰았던 적이 있습니다. 최 모 씨는 계속 고통받다가 미국으로 이민을 갔고, 3년 후 진범이 밝혀지고 나서야 다시 한국 땅을 밟을 수 있었습니다. 하지만 제 아들의 경우, 타살이 아닌 자살이었기 때문에 진범이 나올 수조차 없습니다.

지훈　자살이 아닐 가능성도 있지 않습니까?

연미　(아랑곳 않고) 이렇게 죽을 때까지 살인자라는 손가락질을 받겠죠. 저는 그 사람들을 비난하지 않겠습니다. 하지만 그 일 때문에 제가 아들을 잘못 키워낸 엄마이고, 경기도를 이끌 재목이 아니라는 비난까지는 받아들일 수가 없습니다. 저와 제 아들의 가슴 아픈 사건을 우리 경기도민의 미래를 위한 토론장에 끌고 온 유지훈 후보님께 실망감을 감출 수가 없네요.

똑 부러지고 진정성까지 느껴지는 연미의 발언에 할 말을 잃고 당황하는 지훈.

S# 37.   연서동 골목 / 낮

인부들이 사다리에 올라가 현수막을 걸고 있다. '제5회 연서 플레이 뉴트로 축제' 현수막. 뉴트로 느낌이 물씬 풍기는 옛날 스타일 폰트.

S# 38.   타로 카페 / 낮

한 테이블에만 손님이 있어 한가한 분위기. 솔희, 치훈, 카산드라가 함께 앉아 축제 회의 중이다. 처음이라 뭘 해야 할지 막막한 솔희.

솔희   그냥 똑같이 커피 팔고… 타로점 봐주면 되나?
카산드라   뉴트로 컨셉에 맞게 해야죠. 식혜랑 달고나 커피도 같이 팔면 어때요?
치훈   와, 좋다! 좋다!
카산드라   타로점은 5분 정도 짧게 봐주는 거로 해요. 시간 딱 정해서.
솔희   그래. (좀 아쉬운) 근데 음료만 사는 사람들한테도 오늘의 운세 정도는 봐주면 좋을 것 같은데.

그때 어느 틈에 나타난 도하. 치훈이 마시는 일회용 커피 잔의 컵 홀더를 가리킨다.

도하   그럼 여기에 오늘의 타로 카드 인쇄하면 어때요? 컵 홀더는 손님들이
직접 뽑게 하고요.

도하의 아이디어에 다들 "오~!" 하며 감탄하는데. 치훈, 무슨 생각에
서인지 커피 급하게 빨아 마신다. 컵 홀더 안쪽이 서서히 보이기 시작
하는데.

치훈   (컵 홀더 안쪽을 가리키며) 그리고 이 안쪽에 무료로 타로점 볼 수 있는
행운권을 숨겨놓는 거예요! 커피를 다 마셔야만 보일 수 있게!

카산드라 (컵 홀더 빼며) 그냥 이렇게 하면 보이는 거 아냐?

치훈   (아차) 아… 그렇네….

도하   (치훈 보고 피식 웃음 터지고)

치훈   아, 형, 웃지 마요…. 아우, 배불러.

웃는 도하를 다행스럽게 바라보는 솔희의 모습에서.

S#39.   연서 경찰서, 형사과 / 낮

이어폰 끼고 '알고 싶은 이야기' 보고 있는 강민.

차 PD(E) 평소 김 씨와 잘 알고 지냈다던 조 씨는 자신의 부모님이 운영하는
호프집에서 김 씨와 함께 축구를 봤다고 주장했습니다. 그 증거로
CCTV 영상까지 제출했지만 화질이 좋지 않아 얼굴은 정확히 보이지
않았습니다.

화면 속, CCTV 영상. 국대 유니폼 입은 남자의 뒷모습을 보고 있는 강민.

황 순경	형님.
강민	(모니터 시선 고정한 채) 어…?
황 순경	이번 주말에 비번이시잖아요. 뭐 하세요?
강민	(그제야 황 순경 보며) 왜?
황 순경	아니, 그날 딱 연서동 축제 하거든요. 볼 것도 많고 재밌어요. (가까이 다가와서 작게) 타로 카페 사장님한테 눈도장 찍기에도 좋고.
강민	나 그날 일 있어.
황 순경	(의아한) 뭐예요, 혹시 차이셨…. (까지 말하다가 입 다무는)

황 순경의 말이 귀에 들어오지 않는 강민. 핸드폰으로 어딘가에 전화를 건다.

강민	잘 지내셨어요? 제가 너무 오랜만에 연락드렸죠? (사이) 안 그래도 한번 찾아뵐까 해서요.

애써 웃고는 있지만 의혹으로 가득한 강민의 표정에서.

S# 40. 학천행 고속버스 안 / 밤

버스 앞 유리에 '동서울 ↔ 학천' 표지판 붙어 있다. 버스 뒷자리에 앉아 있는 엄호. 피곤한 듯 눈을 감고 있다.

　　타로 카페 / 아침

축제 때 쓸 물건들을 챙기느라 정신없는 솔희, 치훈, 카산드라. 솔희
와 카산드라는 손수건으로 만든 머리띠에 꽃무늬 앞치마를 두르고
있고, 치훈은 청 멜빵바지를 입고 있다. 타로 카페 앞으로 도하의 차가
멈춰 서고.

도하　　（차에서 내려 카페에 들어오는） 차 가져왔어요. 차에 실어요.

도하의 무난한 의상에 당황하는 솔희.

솔희　　지금 그렇게 입고 온 거예요?
도하　　입을 만한 게 없어서….
솔희　　（급히 머리 굴리는） 카산드라~ 벼룩시장 위치가 어디지?

S# 42.　　벼룩시장 / 아침

오픈 준비로 분주한 벼룩시장. 2000년대 음악이 흘러나오고, 행거에
옷가지들이 쫙 걸려 있다. 상인1, 남녀 마네킹에 뉴트로 복장을 입히
고 있는데.

솔희　　잠깐만요!
상인1　　네?
솔희　　（마네킹에 입히려던 정장을 눈으로 살피고） 저 축제 참여하는 타로 카페
　　　　사장인데요. 이거 저희가 미리 좀 사가면 안 돼요?
상인1　　（곤란한） 제일 예뻐서 마네킹 입히려고 했는데….
솔희　　가격은 따블로 드릴게요.

도하	(의상을 보고 기겁하는) 이걸 무슨… 따블로….
상인1	(얼른) 좋아요.
솔희	(도하 등 떠미는) 급해요. 얼른 입고 나와봐요. 네?

도하, 할 수 없이 이동식 탈의실에 들어간다. 이걸 어떻게 입지… 싶은데. 탈의실에 놓인 축구공 상자를 발견한 도하. '맨체스터 유나이티드의 전설, 웨인 루니 사인 볼'이다. 설마 진짜인가? 도하의 눈이 휘둥그레지는데. 초조하게 도하 기다리는 솔희. 탈의실에서 나오는 도하를 보고 방긋 웃는다. 촌스러운 듯 잘 어울리는 복고 스타일의 정장.

상인1	옷걸이가 좋으니까 저런 것까지 소화하네요.
솔희	(진실에 으쓱하는) 그죠? 저걸로 할게요.

솔희, 계산하고 얼른 나가려는데. 도하, 상인1에게 가까이 다가가 은밀하게 무슨 이야기를 한다.

솔희	(돌아보며) 얼른 나와요!
도하	네! (상인에게 작은 목소리로) 아셨죠?
상인1	(웃으며 끄덕이는) 네. 그럴게요.

S# 43.   천막 부스 / 아침

보로 부스

사극에서나 볼 법한 하얀 노비 옷에 하얀 머리띠를 두른 보로. 퀭한 눈에 다크서클까지 어우러져 노동에 찌든 노비 느낌이 나는데.

보로	(개성 주악 진열하며 중얼중얼) 드디어… 손님들께 선보일 수 있는 퀄리

티로 완성됐구나….

옆 부스에서 나팔바지를 입고 통닭 튀기던 오백. 보로를 보며 피식 웃는다.

오백	아니, 뉴트로가 조선 시대까지 간 거야?
보로	(기분 상하지만 침착하게) 약과는 고려 시대부터 먹던 과자야. 역사적 사실에 충실하려고 어렵게 구한 옷이고.
오백	(보로의 퀭한 눈 보며) 노비 컨셉으로 메이크업까지 했네?
보로	(오백의 놀림에도 그러려니) ….

　　솔희 부스
변신한 도하를 데리고 부스로 돌아온 솔희. 처음 보는 도하의 모습이 신기하고 웃긴 치훈과 카산드라.

S#44.　　연서동 광장 / 낮

드디어 열린 '연서 플레이 뉴트로 축제' 풍경 스케치. 사람들이 바글바글하다. 벼룩시장, 버스킹하는 밴드들 덕분에 더욱 흥겨운 분위기가 산다. 천막 부스에는 각자 상호를 뉴트로식으로 변경한 현수막이 걸려 있다. '루니 타로 다방, 연서 빵집, 부어 호-프…' 식이다.

S#45.　　천막 부스 / 낮

오백 + 초록 부스

위아래 청청으로 입고 오백과 손님맞이 중인 초록. 주문 밀려 정신없는데.

소개남   (굵직한 목소리) 주문할게요.

초록   네~. (하다가 얼굴 보고 반갑게) 어머, 상철 씨!

초록의 확 변한 목소리에 누군가 싶어서 보는 오백. 위아래 청청으로 옷 입은 소개남(30대 초/남)이다.

소개남   뉴트로 컨셉이라서 입어봤는데…. 초록 씨도…?

초록   어머! 그러네요. 어떻게 이럴 수가 있죠? 너무 신기하다…. 옛날 통닭 반 마리에 생맥주 세트 맞죠?

초록, 얼른 메뉴 준비하는데. 옆에 다가온 오백.

오백   저 새끼 누구냐?

초록   누구 보고 새끼래. 그때 그 소개팅남이야.

오백   니 연락 씹었다며.

초록, 새침하게 오백 무시하고는 얼른 미소 장착하고 메뉴 들고 간다.

소개남   와, 맛있겠네요. (지갑 꺼내는데)

초록   아니에요. 그냥 드세요.

소개남   아이, 아니에요~.

두 사람, 카드를 두고 실랑이하는 것 보고 있던 오백. 카드 가져가서 계산한다.

오백   (뚱하게) 영수증 드려요?

솔희 부스

타로를 보러 오는 사람도, 음료를 사러 오는 사람도 없다. 생각보다 장
사가 잘 되지 않아 당황스러운 솔희, 도하, 치훈, 카산드라.

솔희	뭐야… 왜 우리만 이렇게 손님이 없어?
카산드라	우리 가게가 축제 참가가 처음이라서 그런 걸 수도 있어요.
치훈	아… 금방 팔릴 줄 알고 음료도 다 세팅해놨는데….
솔희	안 되겠어요. 도하 씨가 손님인 것처럼 먹어봐요.
도하	(당황) 네…?
카산드라	(거드는) 맞아요. 손님이 하나도 없으니까 더 못 오는 걸 수도 있어요.

도하, 어쩔 수 없이 손님처럼 천막 앞에 선다.

치훈	(식혜 건네는) 식혜 나왔습니다. 맛있게 드십쇼, 손님!

도하, 식혜 한 모금 쭉 빨아 마시고 모두 들으라는 듯 어색한 연기를 해
본다.

도하	아, 맛, 있, 다!

솔희, 도하의 어색한 연기에 품! 웃음이 나는데. '이 정도로는 안 되나?'
그냥 뚜껑 열고 벌컥벌컥 식혜를 마시는 도하. 뒤로 살짝 젖힌 머리, 꿀
렁거리는 목젖, 일회용 컵에 맺힌 물방울이 도하의 손목을 타고 흐른
다. 지나가던 여자들이 그런 도하의 모습에 멈칫한다. 손등으로 입가
를 훔쳐 마무리하는 도하. 우르르 몰려오는 여자 손님들.

여자1	(도하 흘끗 보며) 같은 거로 주세요.
여자2	저두요.
여자3	저는 타로점도 볼게요!

도하 효과로 손님들 몰려오기 시작한다. 갑자기 바빠진 가게. 자신의 덕분인지도 모르고 어리둥절한 도하. 바빠서 허둥대는 치훈 옆에 선다.

도하   (치훈에게) 일단 식혜 두 잔 만들어요. 내가 주문 받고 계산할게요. 다음 분!

S# 46.   학천 경찰서, 형사과 / 낮

강민, 건강 식품과 간식거리 들고 형사과에 들어온다. 그런 강민을 반기는 형사들.

학천 형사1   이게 누꼬? 강민이 아이가!

강민   안녕하세요~.

학천 형사2   여까지 우쩐 일이고? 반갑다.

강민   (웃으며) 그냥 오랜만에 보고 싶어서 왔어요. (둘러보며) 근데… 과장님은요?

학천 형사3   쭉 계시다가… 딸내미 땜에 급하게 병원 갔다.

학천 형사2   (강민이 가져온 것들 보며) 빈손으로 오지~. 이게 뭐꼬?

강민   (건강 식품과 간식거리 꺼내며) 맨날 믹스 커피만 드시잖아요. 당 관리도 하시라고요.

형사들, 강민 주변으로 모여 건강 식품 꺼내 먹으며.

학천 형사1   (강민한테 건강 식품 하나 까주며) 니도 묵으라~.

강민   (건강 식품 먹으며) 해수욕장 실종 사건 때 수사 담당했던 분… 과장님 맞죠?

학천 형사1   과장님 맞다. 와?

강민	궁금해서요. 아직까지도 가끔 얘기가 나오니까.
학천 형사2	내 보기엔 그거 그냥 단순 자살이다. 괜히 TV 나와가지고 부풀려진 기다.

학천 형사2의 말에 "맞다. 맞다." 하는 다른 형사들. 강민, 웃으면서도 영 찜찜한데.

곽 형사	어? 강민이 아이가?
강민	(반갑게) 과장님!

S#47.　J 엔터, 대표실 / 낮

심각한 얼굴로 대표실 의자에 앉아 있는 득찬. 모니터에는 유튜브에 올라온 '함께우리당 경기도지사 경선 후보자 토론회(10화 36신) 풀 영상'이 틀어져 있다. 똑 부러지게 답변하는 연미를 보며 생각에 잠기는 득찬.

연미(E)	(의아한) 연서동? 거긴 왜?

S#48.　(과거) 연미의 선거 사무실 / 밤

과거. 연미를 찾아왔었던 득찬. 선거 사무실 내 연미의 방에서 은밀히 이야기 중이다.

득찬	(망설이다가 어렵게) 거기… 여자 친구가 있거든요.

연미	(순간 놀라지만 어느 정도 예상은 했다) 뭐 하는 앤데?
득찬	카페 해요. 타로 카페.
연미	(기막힌 웃음) 허….
득찬	너무 걱정하지 않으셔도 돼요. 엄호 형도 도하 거기 있는 것까지는 모르고…. 도하도 거기서는 좀 편해 보이구요.
연미	(솔깃한) 거기가 어딘데? 그 카페는 또 어디고?
득찬	지금 선거에 집중하셔야 되는데…. 제가 괜한 말씀을 드렸네요.

난감한 척하면서도 연미가 도하를 만나 해결해주기를 바라는 득찬.

S#49.   J 엔터, 대표실 / 낮

다시 현재. 연미에게 다 말하긴 했지만 내심 마음이 불편한 득찬의 표정에서.

S#50.   타로 카페 앞 / 낮

타로 카페 앞에 찾아온 연미. closed 팻말 걸려 있다. 난감한데…. '축제에서 만나요!'라고 손으로 쓴 A4 용지 발견한다.

| 연미 | 축제…? |

그제야 펄럭거리는 축제 현수막을 발견한 연미.

S#51.　천막 부스, 솔희 부스 / 낮

5분 타로점도 보고, 음료도 팔며 순조로운 솔희의 부스. 무슨 일인지 도하는 보이지 않고. 연미, '루니 타로 다방'이라는 상호명을 보며 슬쩍 가까이 다가가 본다. 나란히 앉아 있는 솔희와 카산드라 중 누가 도하의 여자 친구인지 알 수 없는데.

도하(E)　솔희 씨!

컵 홀더 들어 있는 박스를 들고 황급히 뛰어오는 도하가 보인다. 연미가 가까이에 있는 것도 모른 채 연미를 스쳐 가는 도하. 솔희와 함께 컵 홀더 정리하며 웃는 도하를 보며 '저 애한테 저런 표정도 있었지…' 새삼 깨닫는 연미. 멀찍이 서서 그 모습을 한참 바라보고 서 있다. 솔희와 함께 손님을 응대하고 치훈과 카산드라와도 어울리는 도하를 보며 방해하고 싶지 않은 연미. 결국 그냥 돌아간다.

S#52.　삼겹살 집 / 밤

강민과 곽 형사, 마주 보고 앉아 소주에 삼겹살 먹는다. 고기 열심히 굽는 강민.

곽 형사　(집게 가져가려 하는) 줘봐라, 참나.

강민　드세요. 제가 구울게요.

곽 형사　(내심 좋은, 소주 한잔하고) 이게 얼마 만인지 모르겠다.

강민　술… 거의 못 드시죠?

곽 형사　쉬는 날엔 딸내미 봐야 되니까.

강민　저… 궁금한 게 있는데요.

곽 형사	(웃으며) 뭔데?
강민	학천 해수욕장 실종 사건이요.
곽 형사	(표정 굳는)
강민	그거 진짜 자살 맞아요? 보니까 그 알리바이 CCTV도 화질 안 좋아서 김승주라고 단정 짓기가 좀.
곽 형사	(말 끊고) 그 알리바이가 가짜라 캐도… 김승주가 범인이라는 증거는 없다.
강민	….
곽 형사	서울까지 가놓고 이제 와서 그기 와 궁금한데?
강민	그냥… 그 남자가 수상해서요.
곽 형사	자살 맞다. 그 죽은 애… 집안 환경이 억수로 안 좋았다. 어렸을 때 엄마는 교통사고로 죽고, 아빠는 맨날 술 먹고 노름하고…. 평소에 자해도 여러 번 했다 카더라. 그 와중에 남자가 헤어지자 하니까… 콱 죽어삔 거지.

강민, 명쾌하지는 않지만 그럴 수도 있겠다 싶은데.

곽 형사	칙칙한 얘기 그만하고 술이나 따라봐라.
강민	아, 네. (얼른 곽 형사의 빈 잔에 술 따르는)

S#53.   연서동 광장 / 밤

어느새 밤이 된 연서동 광장. 각 부스마다 설치된 꼬마전등 때문에 더욱 운치 있는 분위기인데. 가운데 작게 마련된 무대에서는 버스킹 공연이 한창이다. 공연 중인 버스킹 밴드를 멀찍이 서서 구경 중인 영재. 손에는 기타가 들려 있다. '길거리 뮤-직 페스티벌' 현수막 아래 '1등 상금 100만 원' 문구를 보며 마음을 다잡는 영재.

천막 부스, 솔희 부스 / 밤

한차례 정신없이 손님이 빠지고. 잠시 좀 한가해진 솔희 부스. 솔희와
도하, 지쳐서 영혼이 나간 듯한 표정으로 멍하게 서 있다.

카산드라	이제 손님 좀 빠졌는데 나가서 구경 좀 하고 오세요. 여긴 저희한테 맡기시구요.
솔희	(내심 좋은) 그럴까?
도하	그럼 가서 먹을 것 좀 사가지고 올게요. 가요. (솔희 손 덥석 잡고 가는)
치훈	(흠칫 놀란) 봐, 봤어. 지금? 두 사람… 손잡는 거?
카산드라	(아무렇지 않게) 응. 사귀잖아. 둘이.
치훈	(더 놀란) 사긴다고??

S# 55.　연서동 광장 / 밤

푸드 트럭 앞
솔희와 도하, 손잡고 함께 여기저기 돌아다니며 구경하다가 푸드 트
럭에서 음식을 사 먹고 포장도 한다.

벼룩시장
얇은 가죽 팔찌 팔고 있는 벼룩시장 매대 앞에서 한참을 구경하는 솔희.

도하	우리 이거 커플로 같이 찰까요?
솔희	(쑥스러운) 네? 아, 뭐… 그냥 본 건데….
도하	난 검정색으로 할게요. 솔희 씨는 음…. (하나씩 대보는) 이거 잘 어울린다.

벽돌색과 검정색 팔찌 하나씩 골라 계산하는 도하. 예쁘게 포장된 팔찌 건네받고. 솔희, 기분 좋아서 자꾸 몰래 웃는다.

S# 56.   연서동 광장 / 밤

기타 조율하며 자신의 차례를 기다리고 있는 영재. 도하와 벼룩시장에서 나온 솔희가 그 모습을 발견한다.

솔희   어…? 저 알바생… 노래할 건가 봐요?

도하, 솔희의 말에 영재를 보는데. 심각한 얼굴로 누군가의 전화를 받고 있다.

영재   지금 올라가야 되는데 어디야? 뭐?? 야… 도와주기로 했잖아. (낙담한)
        알았어. 할 수 없지 뭐….

영재, 어쩔 수 없이 기타를 들고 혼자 무대로 향하다가 솔희, 도하와 마주친다.

솔희   (아무것도 모른 채) 잘해요!
도하   (의아한) 혼자 해요? 건반 있는 곡 아니었어요?
영재   키보드 쳐주기로 한 친구가… 안 와서요.

영재, 속상하고 막막해서 곧 울 것 같은 얼굴로 무대에 올라간다. 도하, 그런 영재를 안쓰럽게 바라보는데. 그런 도하 쭉 지켜보고 있던 솔희.

솔희	도와줘요.
도하	(보는)
솔희	도와주고 싶잖아요.

갈등하던 도하. 주변을 둘러본다. 바로 앞에서 공연했던 버스킹 밴드가 키보드를 철수하는 것을 보고 다가가 양해를 구한다. 결국 키보드 들고 무대에 올라간다. 영재, 무대 난입인가 싶어 당황하는데.

도하	(악보 가져가며) 악기 세팅 기다려달라고 양해 구하고, 그사이에 곡에 대한 설명도 좀 하고…. 대충 아무 말이나 좀 하고 있어요.
영재	(당황스럽지만 그래도 곧잘 말하는) 어… 죄송합니다. 잠시 악기 세팅만 좀 할게요. 아… 제가 부를 곡의 제목은 '24시간'이고요. 제가 편의점에서 일하면서 느꼈던 것들을 풀어낸 곡입니다….

영재가 그러는 사이 키보드 세팅하며 빠르게 눈으로 악보를 익히는 도하. 그러다 문득 주변을 둘러본다. 바글거리는 사람들 모두 무대에 집중하고 있다. 그들 중에는 자신을 걱정스럽게 바라보는 솔희도 있다. 오아시스와는 사뭇 다른 환경과 분위기에 긴장하는 도하. 이내 영재의 기타 연주가 시작되고. 도하, 떨리는 손을 키보드에 조심스럽게 올린다. 물 흐르듯 자연스럽게 노래에 녹아드는 피아노 반주. 영재가 기교 없이 담백하게 노래 부르고. 긴장하던 도하의 표정에 옅은 미소가 번진다. 한 손에 맥주를 들고 지나가던 여자1. 도하를 유심히 바라본다.

여자2	뭘 그렇게 봐?
여자1	저 남자… 어디서 본 것 같은데.
여자2	누구? 저 잘생긴 남자? (웃으며 옆구리 찌르는) 번호 물어봐.
여자1	그런 거 아니고…. (눈 커지며) 생각났다! (여자2에게 귓속말하는)
여자2	(놀라서) 정말??

여자1, 도하의 모습을 동영상으로 담는다.

CUT TO

버스킹 공연 시상 시간. 누구보다 간절하게 손 모으고 있는 영재.

진행자   24시간을 부른 이영재 씨!

사람들, 박수 쳐준다. 한번도 본 적 없는 환한 미소를 지으며 상금 봉투를 받는 영재. 도하, 그 모습을 흐뭇하게 바라보는데.

솔희   멋있었어요.

도하   그쵸. 곡 참 잘 썼더라고요.

솔희   도하 씨요.

도하   (보는)

솔희   (쑥스러운) 내가 곡이 좋은지 뭐 그런 거 아나…. 나 이제 천막 철수하러 가야 돼요.

가려는 솔희의 손목을 잡는 도하.

도하   잠깐 이리 좀 와봐요.

―――― S#57.   벼룩시장 / 밤

솔희 데리고 벼룩시장에 들어온 도하. 돈 세며 정산하고 있던 상인1이 그런 도하를 반긴다.

상인1   안 오시는 줄 알고 걱정했네. (쇼핑백 건네는) 여기요.

도하	(받으며) 맡아줘서 고맙습니다. (솔희에게 다시 건네는) 받아요.
솔희	이게 뭐예요?

솔희, 쇼핑백 열어보고 놀라서 눈 커진다.

솔희	설마… 설마…!
도하	(자신 없는) 아까 탈의실에 있길래 몰래 샀는데…. 진짜인지는 모르겠어요.
솔희	(이미 아무것도 안 들리는) 세상에… 이 귀한 걸….

도하, 좋아하는 솔희 보며 뿌듯한데. 벼룩시장 찾아와 상인1에게 돈 건네받는 상인2가 그 모습 보고 멈칫한다.

상인2	어!? 누가 내 꺼 사갔나 했더니…. 반갑네요.
도하	(얼른) 이거 진짜 루니한테 받은 사인 볼 맞죠?
상인2	아, 그럼요! 내가 2010년도에 올드 트래포드 가서 직접 받은 거예요. 득템하신 겁니다. (엄지척하며 가는)
도하	(얼른 솔희 보며 작게) 어때요? 진짜예요?

순간 망설이는 솔희. 상인2는 이미 5만 원권 두둑이 챙겨 벼룩시장에서 나간다. 이 가짜 때문에 도하가 저 돈을 다 줬구나 싶어서 속이 쓰리지만…. 제발 진짜이길 바라는 간절한 도하의 눈빛에 그냥 피식 웃는 솔희.

솔희	네. 진짜예요.
도하	(가슴 쓸어내리는) 아, 다행이다.

솔희, 도하의 표정을 보며 더 기분이 좋다. 밖에서 펑! 하는 소리와 "와아!" 하는 사람들의 함성이 들려오고.

솔희   어!? 불꽃놀이 시작했나 봐요!

S#58. ## 연서동 광장 / 밤

솔희 손잡고 벼룩시장에서 나온 도하. 하늘에서 불꽃이 펑펑 터진다. 황홀한 눈으로 불꽃 바라보는 솔희와 도하. 불꽃 바라보는 도하의 옆모습을 물끄러미 바라보던 솔희. 도하의 볼에 쪽 뽀뽀해준다. 놀라서 솔희 보는 도하. 솔희는 아무 일 없었다는 듯 태연하게 불꽃 바라본다. 그런 솔희가 귀여운 도하도 솔희의 볼에 쪽 뽀뽀한다. 수줍게 웃으며 서로의 손을 꼭 잡은 두 사람. 그렇게 밤하늘의 불꽃을 바라본다.

S#59. ## 학천, 야산 / 밤

파도 소리가 가까이에서 들려오는 학천 해수욕장 근방의 야산. 제대로 관리되지 않고 오래 방치된 무덤에 삽을 든 인부 3명이 헤드 랜턴을 켜고 삽질을 하고 있다. 인부1의 삽에 턱 하며 뭔가 단단한 것이 걸리는 소리가 나고.

인부1   뭐야… 돌덩이가 있나?

흙을 더 파내던 인부1의 표정이 심상치 않다. 돌인가 싶어 꺼내보는데. 길다란 뭔가가 쑥 빠진다.

인부1   으… 으아악! 으아아악!

인부1, 놀라 넘어지며 엉덩방아 찧는다. 하얗게 드러난 사람의 뼈가 보이며. 엔딩.

11화

다들 그 사람 좀 믿어주면 좋겠는데… 진짜 아니거든. 진짜 착한 사람이거든.

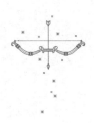

S#1.　　학천, 야산 / 밤

10화 59신 이전의 상황. 파도 소리가 들려오는 학천 해수욕장 근방의
야산. 제대로 관리되지 않고 오래 방치된 무덤에 삽을 든 인부 3명이
모여 있다.

인부1　　아니, 왜 이 밤중에 파묘를 하래?
인부2　　용한 점쟁이가 어두울 때 안 파면 큰일 난다고 했대.
인부1　　원래 윤달 있는 해에는 많잖아. (수북한 풀 보며) 에휴~ 관리 하나도
　　　　　안 돼 있구만. 이제 와서 좋은 자리로 이장한다고 조상님이 복 내려
　　　　　주겠어?
인부3　　자, 조용. 인사드리고 시작하자. "편한 자리로 모시려 하니 움직이거
　　　　　나 놀라지 마십시오~."

인부3의 말에 맞춰 손 모으고 잠시 묵념하는 인부 셋. 헤드 랜턴을 켜
고는 곧 삽질을 시작한다. 헉헉거리며 한참을 삽질하는데. 인부1의 삽
에 턱 하며 뭔가 단단한 것이 걸리는 소리가 나고.

인부1　　뭐야… 돌덩이가 있나?

흙을 더 파내던 인부1의 표정이 심상치 않다. 돌인가 싶어 꺼내보는데 길다란 뭔가가 쑤욱 빠진다. 사람의 뼈다.

인부1   으… 으아악! 으아아악!

인부1, 놀라 넘어지며 엉덩방아 찧는다.

인부3   (인부1이 발견한 뼈를 보며) 뭐야, 이거… 뼈야?
인부2   (대수롭지 않게) 묻을 때 탈관한 거 아냐?
인부3   (이상한) 그래도… 뼈가 벌써 나온다고?

인부2, 계속 삽질하는데 또 발견된 사람의 뼈. 인부들, 진짜로 심상치 않음을 느낀다. 삽질 멈춘 채 놀란 얼굴로 서로를 바라보는데.

S# 2.   삼겹살집 / 밤

10화 52신의 연결. 불판에는 고기 몇 점만 남아 있다.

강민   1인분 추가할까요? 술도 한 병 더 시키고.
곽 형사   됐다. 혼자 마시니 재미없다.
강민   저도 마시고 싶은데요…. 또 서울 올라가야 돼서요.

그때 걸려온 전화를 받는 곽 형사.

곽 형사   어. 뭔 일 있나? (사이) 뭐가 나와? 사람 뼈?
강민   (보는)
곽 형사   어디서? (심각하다가 별거 아니라는 표정 되는) 무덤에서 나왔으면 거기

	묻힌 시신 아이가? 알겠다. 거서 보자. 주소 찍어놔라. (전화 끊는)
강민	뼈가 나왔대요?
곽 형사	(뒤늦게 난감한) 어. 이래서 형사는 술도 함부로 못 마신다.
강민	(선뜻) 제가 모셔다 드릴게요. 어디래요? (일어나는)
곽 형사	(따라 일어나며) 그 야산 하나 안 있나? 학천 해수욕장 뒤에.
강민	학천 해수욕장… 뒤에요?

혹시 엄지의 시신이 아닐까 싶어 사뭇 심각해지는 강민의 표정에서.

――― S# 3.　학천, 야산 / 밤

학천 야산에 도착한 강민과 곽 형사. 학천 형사1이 먼저 도착해 있다.

학천 형사1	(곽 형사 보고) 오셨습니까. (강민 보고) 어? 니도 왔나?
곽 형사	(인부1에게) 이거 여기 묻힌 시신 아닙니까? 관 없이도 묻는 거 있잖아 아예?
인부3	탈관을 했어도 이렇게 얕은 데서는 뼈 안 나와요. 저희도 혹시나 해서 더 파봤는데….

인부1, 백골이 발견된 곳 반대편에서 땅 판 것을 보여준다. 삽으로 관을 툭툭 친다.

인부1	밑에 관 있어요.

곽 형사, 학천 형사1의 손에 들린 플래시를 가져가더니 쪼그려 앉아 뼈를 비춰본다. 그사이 인부들에게 이런저런 질문을 하는 학천 형사 1. 강민은 우거진 나무 틈새로 학천 해수욕장을 바라본다. 상당히 가

깝구나… 싶다. 그러던 중 뼈 사이에서 반짝이는 뭔가를 발견한 곽 형사. 반지다. 순간 자기도 모르게 플래시를 끄고 주변을 살피다가 반지를 몰래 손 안으로 숨기는데.

강민   과장님!

곽 형사   (놀라서 보는) 어, 어…?

강민   이거 혹시… 실종됐던 최엄지 씨 아닐까요?

곽 형사   (애써 태연한 척하며) 그, 그기 뜬금없이 뭔 소리고…?

강민   (별 뜻 없는) 이 동네 흉악 범죄 잘 없잖아요. 생각난 게 그 사건밖에 없어서요. 마침 바닷가 근처이기도 하고.

곽 형사   (괜히 뜨끔한데) …!

강민   (적극적인, 인부2에게) 혹시 유류품 발견된 건 없었어요? 옷이라든가, 소지품이라든가.

인부2   네. 그런 건 없었어요.

곽 형사   (예민하게) 니는 와 여까지 따라와 그런 거 물어보노. 우리 일이다. 이제 가봐라. (학천 형사1에게 다가가며) 흥식아, 감식반 연락했나?

갑자기 예민하게 구는 곽 형사를 보며 당황하는 강민의 표정에서.

S# 4.   연서동 거리 / 밤

화려했던 축제가 끝나고 천막과 접이식 테이블 정리 중인 연서동 상인들. 솔희, 도하, 카산드라, 치훈도 정리하느라 바쁘다. 그 와중에 도하와 눈이 마주치면 그때마다 솔희 보며 빙긋 웃어주는 도하. 솔희, 기분이 좋다.

솔희   (큰마음먹고) 우리 오늘 고생했는데…. 다 같이 술이라도 한잔할까?

카산드라	(의외의 제안에 놀란, 다소 냉정하게) 야근 후 회식 제안이네요?
솔희	(당황) 그게… 그렇게 되나?
카산드라	저는 좀 피곤해서. 죄송합니다.
치훈	저도 내일 일찍 조조 영화 봐야 돼요. 샤온이 OST 부른 영화라서 10회 차 채워야 되거든요.
솔희	(뻘쭘해서 애써 아무렇지 않은 척) 그래. 나도 좀 피곤하네. 그냥 해본 말이야.

도하, 그런 솔희가 좀 안쓰러운데. 옆에서 정리하던 보로, 대화 내용을 다 들었다. 몰래 살짝 웃는다.

보로	(솔희에게 다가오는) 저기… 괜찮으면 우리 뒤풀이라도 합류할래요?
도하	(솔희가 답하기 전에 얼른) 네. 좋아요. (솔희 보며) 좋죠?
솔희	(어색하게 웃는 모습에서)

S#5. 부어 비어 / 밤

짠- 하며 부딪치는 맥주잔. 어쩌다 보니 뒤풀이에 함께하고 있는 솔희와 도하. 소개남도 초록 옆에 앉아 있다. 소개남, 초록에게 김 과자 까서 주면 평소와 다르게 얌전히 "고마워요." 하며 받아서 먹는 초록. 영재도 수줍은 얼굴로 함께 앉아 있는데.

초록	(영재 보며) 너 웬일이야? 여길 제발로 찾아오고?
영재	(스스로도 어색하다, 맥주만 홀짝거리고) ….
오백	오늘 상금도 받고, 기분 좋은가 보지. 나 아까 진짜 놀랐다?
보로	상금으로 뭐 할 거야?
영재	오디오 인터페이스 살 거예요…. 비싼 걸루.

도하는 영재의 말을 알아 듣지만 나머지 사람들은 알아듣지 못한다.

오백	오디오… 뭐?
소개남	(불쑥 끼어드는) 근데… 상금 6대 4 정도로 나눠야 하는 거 아니에요? (도하를 턱으로 가리키며) 피아노 공이 크던데.
도하	(얼른) 아니에요. 급하게 치느라 실수 많았어요. 곡이 좋았죠.
소개남	(솔희와 도하 보며) 근데 두 분은 관계가….
솔희	(당황) 네…?
도하	(솔희 손 잡으며) 여자 친구예요.
솔희	(쑥스러운) 그걸 뭘 여기서 얘기하고 그래요…. 다들 놀라게.
오백	(어리둥절) 뭘 놀래요? 공식 커플 아니었어요?
보로	난… 100일은 넘은 줄 알았는데….

당연하다는 반응에 혼자 호들갑 떤 것 같아 민망한 솔희.

초록	(소개남 슬쩍 보고 솔희와 도하에게) 저기, 그럼… 우리는 어떤 사이로 보여요?
도하	(난감한, 고민하는) 음….
소개남	첫눈에 반한 사이죠.
초록	(심쿵) …!
보로	(소심한 야유) 오오….
오백	(목이 탄다, 맥주 마시고)
소개남	(초록 달달하게 바라보며) 사실 보자마자 반했어요.
초록	(수줍게) 그럼 바로 애프터 신청하시지…. 난 딴 여자 있는 줄 알았잖아요.
소개남	딴 여자 같은 거 없어요. 신중하고 싶은 거라고 말했잖아요.

소개남의 거짓말에 표정이 굳는 솔희. 소개남을 수상하게 보며 맥주 마신다.

　　　부어 비어, 화장실 / 밤

세면대 거울 앞에서 퍼프 빠르게 두드리며 화장을 수정하는 초록. 솔희가 그런 초록 발견한다.

초록　　　(기분 좋은 듯 흥얼거리는) 우~ 우리 집으로 가자~ 단 아무도 모르게~♪

솔희　　　(걱정스러운) 진짜… 집으로 가려고요?

초록　　　네…?

솔희　　　오늘 저 남자분 집으로 갈 건가 해서요.

초록　　　뭐… 봐서요?

솔희　　　(진지하게) 좀 더 시간을 두고 지켜보는 게 좋을 것 같아요. 믿을 만한 사람인지 확인도 좀 하시고요.

초록　　　(빈정 상한다, 팩트 탁- 소리 나게 닫고) 왜요?

솔희　　　내가 그렇다면 그런…. (까지 말하다가 관두고) 어쨌든 저는 얘기했어요. 선택은 직접 하세요. (나가는)

초록　　　(찝찝한) 뭐야…? (번뜩 생각난) 진짜 무당이야??

S#7.　　　부어 비어 / 밤

솔희가 자리를 비운 사이 도하 옆에 딱 붙어 술 마시는 영재. 솔희, 옆자리 빼앗기고 앉을 자리 없어 황당하다.

도하　　　(영재 보며 난감하게) 저… 자리 좀….

영재　　　(거의 들리지 않는 목소리로 중얼거리는) 혹시 진짜… 김도하 작곡가님이세요?

도하　　　네…?

영재　　　절…. (점점 커지는 목소리) 제자로 삼아주세요!

이게 무슨 말인가 싶어 어리둥절한 연서동 상인들. 다행히 소개남은 부어 비어 앞에서 누군가와 통화하느라 바쁘다.

오백	취했네…. 뭘 제자로 삼아? (도하 보며) 무술 하세요?
영재	저 다 알아요. 얼마 전에 J 엔터 대표님도 여기 찾아왔었죠? 그죠…?
도하	(놀란) …!
영재	제자로 삼아주세요, 김도하 작곡가님! 네?
도하	(진지하게) 이미 재능 있는데 내 제자 돼서 뭐 하려고요?

도하의 말에 다들 진짠가 싶어 놀라는 분위기. 솔희도 화들짝 놀라 도하를 말리려는데. 상황은 이미 걷잡을 수 없다.

보로	진짜… 그 김도하였어요…? (입 가리는)
오백	헐, 그럼 전여친이 샤온??
솔희	(그 와중에 발끈) 둘이 아무 사이 아니었거든요!?
오백	(입 앙다무는)
솔희	(사람들에게) 저기요, 죄송한데 이건… 비밀로 좀 해주세요. 네…?
초록	아니, 비밀로 해줄 수는 있는데…. (정말 궁금한) 왜 그러는 거예요?
도하	(결심한 듯 진지하게) 제가… 예전에 잘못한 게 있어서 그래요.
오백	(심각하게) 학폭?
보로	(오백 쏘아보며) 가만 좀 있어봐….
도하	그게 그러니까….

다들 도하의 말에 집중하고. 솔희, 도하가 어디까지 말하려고 저러나 조마조마한데. 마침 통화 끝내고 부어 비어로 들어오는 소개남.

소개남	(두리번거리며 해맑게) 어? 분위기 뭐예요? 비밀 얘기 중?
도하	다음에 기회가 되면… 그때 얘기할게요.
소개남	뭔데요? 얘기해봐요.

초록	(거짓말 잘 못하는) 별거 아니에요. 그냥 뭐….
보로	(얼른) 저, 전여친, 전여친 얘기…!
오백	(괜히 도하에게 버럭) 현여친 앞에서 그런 얘긴 하는 거 아니죠. 눈치가 없으시네~.

어색하지만 거짓말 얼른 만들어내는 연서동 상인들 보며 안도의 미소 짓는 솔희.

S# 8.   연서동 골목 / 밤

도하와 함께 집으로 걸어가는 솔희.

솔희	어디까지 말하려고 했어요? 중간에 방해꾼 없었으면… 아주 다 말할 기세던데?
도하	나한테 솔희 씨 비밀 말해주면서 그랬잖아요. 절대로 들키지 않으려고 잘 숨기고 살았는데. 가끔은 다 말해버리면 후련하지 않을까… 싶었다고. 나도 아까 그랬던 것 같아요.
솔희	(도하 마음 이해되지만 걱정되는) 그래도… 그 사람들이 어떻게 나올 줄 알고요. 내 잘못이야. 내 잘못. 내가 쉽게 믿어주니까 남들도 다 그럴 거라고 생각하는 거잖아요.
도하	쉽게 믿어주진… 않았던 것 같은데….
솔희	(째려보는)
도하	(피식 웃고) 솔희 씨 덕분인 건 맞죠.
솔희	…?
도하	아직도 신기해요. 마스크 벗고 이렇게 돌아다니는 거요. 밤바람이 피부에 닿는 것도, 사람들 사이에 섞여서 웃고 떠드는 것도…. 진짜 오랜만이에요. 고마워요.

솔희	나는 다 처음이에요. 축제도 처음, 사람들이랑 어울리는 것도 처음. 그니까… 더 고마운 건 나예요.

가로등 아래에서 갑자기 우뚝 멈춰 선 도하. 솔희, 왜 그러나 싶어서 쳐다보는데.

도하	(솔희 사랑스럽게 보며) 그래도 제일 신기한 건… 당신이에요.

도하, 솔희에게 가까이 다가간다. 두 사람, 입 맞추기 직전인데.

도하	으허억!
솔희	(지그시 눈 감다가 깜짝 놀란) 뭐, 뭐야! 뭐예요!

누군가가 좀비처럼 바닥에 붙어 도하의 발목을 잡고 있다. 영재다.

영재	(간신히 올려다보며) 제자로 삼아주세요…. 음악이… 하고 싶어요.

황당한 도하와 솔희의 표정에서.

S#9.   도하의 집 / 밤

결국 영재를 들쳐 업고 집에 들어온 도하. 솔희가 대신 문도 열어주고, 영재의 신발도 벗겨준다. 도하, 소파에 영재를 눕히고 한숨 돌린다.

솔희	세상에… 언제부터 따라왔길래.

그때 영재의 핸드폰으로 진동이 온다. 발신자는 '형'.

| 도하 | (잠시 망설이다가 받는) 전화 대신 받았습니다. (사이) 아… 동생분 지금 저희 집에 있습니다. 술에 많이 취해서…. 괜찮아요. 그냥 여기서 하루 재울게요. |

말이 끝나자마자 드르렁~드르렁~ 집이 떠나갈 정도로 코를 골기 시작하는 영재. 솔희, 놀라서 눈이 휘둥그레지고. 도하, 갑자기 여기서 재울 자신이 없다.

| 도하 | (급하게) 네. 그럼 데려가실래요? 여기가 어디냐면요. |

S#10. **호텔 앞 / 밤**

3성급 호텔 앞에서 뭔가를 기다리듯 서성거리고 있는 소개남. 누군가에게 전화가 온다. 발신자는 '둘째 이모'.

소개남	수진아~ 전화 좀 그만하라니까? 오늘 회식이야. 내일 보면 되잖아. 응? 나도 사랑해~. (쪽- 하고 끊는데)
오백	(불쑥 나타난) 너 뭐냐?
소개남	아, 깜짝이야!
오백	너 방금 누구랑 통화했냐고오. 사랑한다며!
소개남	(바로 양아치처럼) 사랑하는 올 엄마랑 통화했다. 왜? 넌 여기 또 왜 왔냐?
오백	이 새끼… 세상 젠틀한 척하더니…. 내가 너 이런 놈일 줄 알았다.
소개남	알면 어쩔 건데. 너 그 여자 좋아하지?
오백	(뜨끔) …!
소개남	딴 여자 찾아봐~. 얘는 너무 쉬워서 재미없다.

부들거리던 오백. 소개남의 얼굴에 눈 돌아 그대로 주먹을 날린다.

소개남	(예상치 못한 일격에 당황한, 턱 만지며) 컥….
초록(E)	(날카롭게) 뭐 하는 거야!?

어느 틈에 로비로 내려온 초록. 오백이 소개남 때리는 장면을 목격하고 놀라서 달려온다.

초록	(소개남 살피며 걱정스럽게) 괜찮아요? (오백 확 노려보며) 오빠!
오백	(할 말 많아서 급한) 야… 너 정신 차려. 이 새끼 이거….
소개남	(여유롭게, 초록에게) 이분이… 수진 씨 많이 좋아하나 봐요.
초록	(황당) 네?? 누구요? 수진… 씨요?
소개남	아니, 그게 아니라…. (기억 더듬는) 연두… 초록! 초록 씨 맞죠?

초록, 혼란스러운데. 그 와중에 세 사람 앞에 서는 배달 오토바이 한 대.

배달원	엽떡 시키셨죠?

S#11.   도하의 집 / 밤

딩동- 벨 소리에 현관문을 열어주는 도하. 에단이 검정 마스크 쓰고 찾아왔다. 영재의 코 고는 소리는 그사이 더욱 심해졌고.

에단	정말 죄송합니다.

에단, 꾸벅 인사하고 영재를 흔들어 깨우려 한다.

에단	야… 일어나.
영재	(누운 채로 비몽사몽) 어, 형… 잘됐다. 인사드려. (손바닥으로 도하 가리키

며) 김도하 작곡가님이셔~.

에단	(당황) 뭐라는 거야…. 일어나. 얼른!
영재	(에단의 마스크 벗기고, 도하에게) 우리 형 아시죠? J 엔터 소속… 아틀란티스 메인 보컬, 에단!

도하, 영재의 말에 에단을 바라본다. 그러고 보니 얼굴이 살짝 낯익기도 한데. 에단, 할 수 없이 영재 그냥 들쳐 업는다. 주머니에서 툭 떨어지는 흰 봉투. 도하, 얼른 봉투 주워 에단에게 준다.

도하	이거 잘 챙기세요. 오늘 축제 때 받은 상금이거든요.
에단	축제요? (어리둥절한 얼굴로 봉투 받고) 아, 네. 고맙습니다….
도하	동생분이… 음악에 재능이 많더라고요.
에단	…?
도하	조심히 가세요. (꾸벅 인사하는)

S#12. **드림 빌라, 5층 현관 / 밤**

에단, 도하의 집에서 나와서야 영재에게 한소리한다.

에단	너 진짜… 왜 안 하던 짓을 해? 술 마시고 남의 집에 막 들어가고. 김도하니 뭐니 헛소리하고.
영재	혀엉… 진짜야…. 진짜 김도하 맞다구우….

에단, 그냥 술주정이라 생각하고 영재 부축해 엘리베이터에 탄다.

S#13.   호텔 / 아침

환한 아침 햇살 들어오고. 침대 속에서 뒤엉킨 남녀의 발이 보인다. 호
텔 침대에 누워 있는 초록과 오백. 초록, 나른한 듯 눈을 뜨는데. 바로
앞에 보이는 잠든 오백의 얼굴! 꿈인가 싶다.

초록   (중얼중얼) 뭐야… 나 왜 이런 꿈꿔? 미친 거야?

그때 오백 역시 잠에서 깨어난다. 눈앞에 보이는 초록을 보며 역시 꿈
인가 싶다.

오백   뭐야… 꿈이야?
초록   (슬슬 현실감 느껴지는) 아니. 꿈 아닌 것 같애.
오백   꿈이니까 뭐…. (다시 눈 감으며 초록 껴안으려 하는)
초록   (밀어내며) 꿈 아니라고오!

침대에서 우당탕 굴러 떨어지며 잠에서 깬 오백.

오백   뭐, 뭐야!?
초록   (테이블 위 엽떡 바라보며) 떡볶이만 먹고 나가기로 했잖아, 하….
오백   (역시 정신 돌아온) 그랬지…. 그랬어….
초록   없었던 일인 거야. 우리 진짜 꿈꾼 거야. 악몽.
오백   (약간 상처) 악몽은 좀… 말넘심 아니냐?
초록   악몽이지! 호빠 출신 남자랑…. (더 말하기도 싫은) 어휴.
오백   (얼른) 아, 그거 오해라고 몇 번을 말해??
초록   (들은 척도 안 하고) 나 씻고 나왔을 땐 오빠 없었으면 좋겠어. (욕실로 향
          하는)
오백   (핸드폰 잡고 태연하게) 해장국만 먹고 가자.
초록   (황당, 돌아보며) 뭐어??

오백	(이미 주문하고 있는) 오징어 사리에 청양 고추 추가할게.
초록	(됐다고 하려다가 침이 꼴깍 삼켜진다, 뭔가를 보고 멈칫) 근데 오빠 아직도 그 팬티 입어?
오백	(얼른 이불로 가리며) 아, 왜?
초록	나 만나기 전부터 입었던 거잖아. 좀 버려라.
오백	이거 명품이야~.

초록, 욕실로 들어가고. 혼자 남은 오백.

| 오백 | (중얼중얼) 언제 봤대…. |

S#14.　해장국집 / 오전

3화 67신의 해장국집에 마주 보고 앉은 솔희와 도하.

솔희	음~ 역시 술 마신 다음 날은 여기야~.
도하	(그런 솔희 사랑스럽게 보다가) 사장님, 여기 깍두기 좀 더 주세요.

솔희, 그런 도하를 보며 문득 예전 생각이 난다.

플래시백 3화 67신 해장국집 / 밤

마스크로 얼굴 가리고 솔희 앞에 앉아 있는 도하.

솔희	(할 수 없이 수저통에서 수저 꺼내주며) 뭐 이렇게 된 거… 먹고 가요. 여기 맛있어요.
도하	나는… 밖에서 뭐 안 먹습니다.

그때를 떠올리고 피식 웃는데. 사장, 깍두기 가져다준다.

도하	(공손하게 받는) 고맙습니다. (솔희 앞에 깍두기 그릇 놔주며) 먹어요.
솔희	(갑자기 도하 흉내 내는) 나는… 밖에서 뭐 안 먹습니다.
도하	네…?
솔희	그랬었잖아요. 저 구석에 앉아서 마스크도 못 벗고.
도하	(그제야 깨닫고 머쓱한 미소) 아….
솔희	그때 어쩌다 마스크 벗고 밥 먹을 생각을 했어요?
도하	(당연하다는 듯) 맛있게 먹었잖아요. 엄청. (국물 한 숟갈 떠먹고, 아저씨처럼) 어흐~.
솔희	내가 그랬다구요?

두 사람, 그렇게 장난치며 즐거운 모습인데. 식당에 설치된 오래된 TV 에서 뉴스 타이틀이 뜬다. 하단 자막으로 지나가는 뉴스 한 줄.
[경남 학천 야산에서 백골 시신 발견돼… 국과수로 넘겨져 부검 중]

S#15. 연서 경찰서, 형사과 / 낮

심각한 표정으로 책상 앞에 앉아 있는 강민. 생각에 잠겨 있다.

플래시백 11화 3신 학천, 야산 / 밤
강민의 시선으로 허리 숙여 뭔가를 보고 있는 곽 형사가 보인다. 강민 이 다가가자 화들짝 놀란다.
강민 과장님!
곽 형사 (놀라서 보는) 어, 어?

어딘지 수상했던 곽 형사의 행동.

플래시백 11화 3신 학천, 야산 / 밤

곽 형사   (예민하게) 니는 와 여까지 따라와 그런 거 물어보노. 우리 일이
             다. 이제 가봐라.

아무리 생각해도 곽 형사의 평소 모습과는 뭔가 다르다. 어딘가로 전
화를 거는 강민.

강민   어. 나야. 오랜만이다. 너 아직 과수대에 있지? 혹시… 국과수에 아는
      분 있을까?

S#16.   **국과수, 부검실 / 낮**

백골 시신 부검 중인 3명의 법의관들. 수술복, 부검복, 일회용 앞치마
에 장갑 2겹으로 끼고 있다. 모양대로 반듯하게 진열해놓은 백골 시
신. 사다리에 올라가 부감으로 사진을 찍는 막내 법의관.

법의관   (골반뼈 보고) 여성. 출산 경험 없고…. 연령은 20대 초중반. (뼈를 하나씩
      살피며) 골절은 없는데…. (두개골을 확인하고) 두개골에 외상이 있네?

S#17.   **학천 경찰서, 형사과 / 낮**

점심시간. 아무도 없는 텅 빈 사무실에 혼자 남아 있는 곽 형사. 심각한
얼굴로 학천 해수욕장 실종 사건 파일에서 엄지의 실종 전단지를 발
견하는데…. 착의 사항에 '네모난 큐빅이 박혀 있는 백금 반지 착용'이
라는 문구를 본다. 주변을 확인하고 몰래 주머니 속 반지를 꺼내보는
곽 형사. 네모난 큐빅이 박혀 있는 반지가 맞긴 하지만 자신의 손가락

에도 들어가는 반지 사이즈에 갸웃하는데. 갑자기 울려온 책상 위 유선 전화. 화들짝 놀라 전화 받는 곽 형사.

곽 형사	네. 형사곽입니다. (심각해지는) 아, 1차 소견 나왔어예? (듣다가 놀라는) 네…? 20대 여성이요?
법의관(E)	두개골에 외상이 있는데…. 직접 사인인지는 알 수 없고요. 사체가 5년은 된 걸로 보여서… DNA 채취는 시간이 좀 걸릴 것 같은데…. 채취되는 대로 일단 실종자 DB랑 대조해보겠습니다.
곽 형사	(엄지가 맞다는 확신에 멍한) ….
법의관(E)	여보세요?
곽 형사	네, 네…. 잘 알겠습니다.

전화 끊고 멍한 곽 형사. 책상 위에 놓인 반지를 바라본다.

S#18.　함께우리당 당사, 회의실 / 낮

단상 앞에 서서 경선 투표 결과를 발표하는 최 의원.

최 의원	당원 투표 50%, 국민 여론 조사 50%를 합산한 결과, 정연미 후보가 총 52.1%로 과반을 득표해 결선 투표 없이 후보로 확정됐습니다!

의원들의 박수를 받으며 앞으로 나오는 연미. 여기저기서 "정연미! 정연미!" 외치는 소리가 들려온다. 지훈과도 악수를 나누고, 당 대표에게도 꾸벅 인사를 한다.

연미	(벅찬) 감사합니다! 여기 계신 모든 선배님들, 후배님들… 많이 도와주십시오. 최선을 다해서 승리로 보답하겠습니다!

연미, 꾸벅 인사하고 뿌듯한 미소 짓는데. 정장 주머니에서 진동하는 핸드폰. 폰 꺼내지 않고 슬쩍 발신자 확인하면 '곽진혁'이다. 무시하는 연미의 모습에서.

S#19.　　도하의 집 / 밤

오아시스에 가려는 듯 정장을 차려입는 도하. 거실 TV에서 뉴스가 흘러나오는데.

아나운서(E) 지방 선거 최대 격전지로 꼽히는 경기도에 대한 관심이 뜨거운 가운데 경기지사 경선에서 함께우리당 정연미 의원이 경기도 대변인 출신 유지훈 의원을 꺾고 후보로 확정됐습니다.

경선 토론장 속 연미의 모습이 자료 화면으로 나오고 있다. TV에서만 볼 수 있는 연미의 의욕 넘치는 모습을 낯설게 바라보는 도하의 씁쓸한 표정에서.

S#20.　　타로 카페 앞 / 밤

솔희, 타로 카페 마감 끝내고 막 나가는데 또각또각 빠르게 다가오는 하이힐 소리 들린다. 돌아보면… 향숙이다.

솔희 왜 왔어? 뭐 또 다 때려 부수려고?

근데 어째 분위기가 심상치 않다. 취한 듯 살짝 풀려 있는 눈빛.

솔희	(당황) 뭐야…? 술 마셨어?
향숙	물 좀 줄래? 차가운 걸로.

S# 21.   타로 카페 / 밤

솔희, 할 수 없이 얼음 가득 퍼서 물 한 잔 놔준다. 벌컥벌컥 물 마시는 향숙을 애써 싸늘하게 바라보는 솔희.

향숙	너 지금 만나는 그 남자… 뭐 하는 놈이야? 돈 좀 있어?
솔희	그거 물어보려고 온 거야? (아차 싶은, 뻔뻔하게) 내가 누굴 만난다고 그래…?
향숙	저번에 그 뺀질뺀질하게 생긴 놈! 돈 있어, 없어?
솔희	돈은 나도 있어.
향숙	(그럴 줄 알았다 싶은) 아휴, 없는 놈이네…. 없는 놈이야…. (설득 조로) 니 나이면 사랑하고 돈 둘 다 되는 남자 충분히 만날 수 있는데 왜 그런 놈을 만나. 팽팽한 피부 아깝게!
솔희	(한숨 쉬다가 슬쩍 떠보는) 그럼… 사랑하고 돈 둘 다 되는 남자면… 다른 건 상관없는 거지?
향숙	그 둘이 되면 다 된 거지. 다른 거 신경 쓸 게 뭐 있어?
솔희	(슬쩍 안도의 미소 짓는데)
향숙	범죄자만 아니면 됐지.
솔희	(물 마시다가 당황하는) 크흡… 흠.
향숙	(당황한 솔희 눈치 못 채고) 저번엔… 내가 좀 과했어.
솔희	(보는) …?
향숙	(딴 곳 쳐다보며) 미안.
솔희	일찍도 사과하시네요.
향숙	너도 잘한 건 없잖아. 니가 그때 훼방 놔서 나 돈 없으니까… 카드 한도

좀 올려줘. 소박하게 500만.

솔희　그게 결론이구나? 그치…. 그렇지.

향숙, 용건 끝났다는 듯 벌떡 일어나는데. 사실 제일 묻고 싶은 말이 남아 있다.

향숙　(망설이다가 슬쩍) 너… 니 아빠 어떻게 지내는지 알아?

솔희　(갑작스러운 아빠 얘기에 놀란) 아니? 왜…?

향숙　새 여자 생겼다거나… 뭐 그런 거 모르냐고.

솔희　(놀란) 아빠 여자 생겼대??

향숙　모르니까 물어보는 거잖아. 모르니까~.

솔희　(거짓말에 심각해진) 아네. 어떻게 알았어?

향숙　(당황) 나 피곤해. 택시 불러줘. 모범으로. (나가려는)

솔희　(막아서며) 어떻게 알았는데. 어?

향숙　산에서 봤어!

솔희　아빠 괜찮아? 잘 지내?

향숙　걱정할 거 하나도 없어! 새파랗게 어린 년이랑…. (헛웃음) 하! 외모 하나 반반하니까 그 나이 먹고 돈까지 없어도 여자가 꼬여.

충격받은 솔희의 모습에서.

S#22.　오아시스 / 밤

피아노 연주 중인 도하. 중규도 오랜만에 드럼 연주 중이다. 다른 연주자들과 호흡하며 무대를 즐기는 도하. 애드리브도 넣고, 사람들의 환호를 이끌어내기도 한다. 변한 도하의 모습을 보며 미소 짓는 중규.

타로 카페 / 밤

솔희, 타로 카페에 혼자 남아 있다. 태섭의 소식에 아직 충격받은 모습인데. 똑똑 유리문 두드리는 소리에 누군가 싶어서 보는 솔희의 모습에서.

CUT TO

찾아온 사람은 강민이다. 솔희, 그런 강민에게 줄 음료를 컵에 따른다.

솔희   (중얼중얼) 오늘 무슨 날이야? 왜 이렇게들 찾아와….

솔희, 강민에게 음료 건네고 맞은편에 앉는다.

강민   니 얘기… 믿기로 했어.

솔희   (살짝 놀란 얼굴로 보는)

강민   거짓말 들리는 능력, 그 능력 때문에 그 남자 믿는다는 거… 다.

솔희   진심이네.

강민   (보는)

솔희   고마워.

강민   (조심스럽게) 근데 혹시… 니 능력에 허점 같은 건 없어?

솔희   (잠시 생각하다가) TV나 핸드폰 같은 소리는 안 돼. 옆에서 직접 들은 소리만 구별 가능해. 그리고… 팩트랑은 상관없어. 스스로 진짜라고 믿는 게… 진실로 들리는 거야.

강민   그럼… 이건 만약인데.

솔희   (보는)

강민   누가 사람을 죽여놓고도… 자기가 죽였다는 걸 모르고 있다면… 너한테는 진실로 들린다는 거네?

솔희   (또 도하를 의심하는 건가 싶은) 그게 무슨 소리야…?

강민   만약을 얘기하는 거야.

솔희   (할 수 없이) 만약이라면 그렇긴 한데…. 절대 그런 사람 아니야.

강민	(생각에 잠긴) ···.
솔희	나 믿는다면서. 자꾸 이러는 이유가 뭐야?
강민	학천에서 20대 여성 백골 시체가 발견됐어.
솔희	(멈칫) ···?!
강민	최엄지 실종됐던 바닷가 근처 야산에서. 아직 DNA는 분석 중인데···. 죽은 지 5년쯤 됐대. 다 맞아떨어져.
솔희	다른 사람이겠지. 그 여자일 리가 없어.
강민	(고민하다가 조심스럽게) 김승주 그 사람··· 당시에 신경 안정제랑 수면제 복용 중이었어. 그거 부작용이 인지 기능, 기억력 저하야. 혹시 지금도 약 같은 거 먹는 거 아냐?
솔희	(기분 나쁜) 아니야.

솔희, 얼른 그렇게 말은 했지만 문득 떠오르는 기억.

INSERT 5화 9신 도하의 집, 침실 / 밤
도하의 침실에 있었던 수면 유도제.

INSERT 9화 18신 펜트하우스, 침실 / 밤
침대 옆 협탁에 놓여 있었던 수면제.

솔희	(애써 부정하는) ···그랬으면 지금처럼 일상생활도 못하지.

이런 상황에서도 흔들림 없이 도하를 믿는 솔희를 보며 씁쓸한 강민.

강민	(혼잣말처럼) 부럽다···.
솔희	(보는)
강민	(씁쓸한) 그냥 좀 부럽네···. (애써 괜찮은 척 솔희 보며) 집엔 언제 들어가? 바래다줄까?
솔희	아니. 약속 있어···.

오아시스 / 밤

중규와 단둘이 남아 마감 중인 도하. 대걸레로 바닥 닦으면서도 즐거운 표정이다.

중규	(테이블 닦으며) 김 군, 뭐 기분 좋은 일 있어?
도하	그래 보여요?
중규	어. 완전.
도하	(피식 웃는데)
중규	아까 콘트라베이스 하던 친구… 너 탐나나 봐. 이름이 뭐냐, 소속이 어디냐… 엄청 캐묻더라~.
도하	그래서요?
중규	그냥 김 씨라고 했지. 딴 건 나도 모른다고.
도하	(중규 가만히 보다가 결심한 듯) 제 이름… 김도하예요.
중규	…?
도하	소속은… 지금은 없고요.

도하, 그렇게 말하고 다시 아무렇지 않게 바닥 걸레질하는데. 중규는 갑자기 도하의 이름을 듣게 되어 꽤나 감격한 모습이다.

중규	(애써 덤덤하게) 이름이… 잘 어울리네.

그때 누군가 들어오는 소리 들린다. 솔희다.

중규	(반갑게) 오랜만이네요.
도하	어? 솔희 씨?
중규	쫌만 일찍 오지. (도하 가리키며) 도하 얘가… 오늘 공연 찢었는데.
솔희	(어색하게 웃는) 제가 너무 늦게 왔네요.
중규	(도하에게) 나 먼저 간다, 도하야. 마무리하고 가.

의식적으로 이름 불러주는 중규 모습에 미소 짓는 도하. 그러다 웃고는 있지만 어딘지 불안해 보이는 솔희를 바라본다.

CUT TO

도하가 잠시 자리를 비운 동안 무대 위에 올라가보는 솔희. 도하가 늘 치는 피아노를 보며 가까이 다가가는데.

도하(E) 한번 쳐봐요.

솔희 (놀라서 물러나며) 나 피아노 못 쳐요.

도하 우리나라 사람들 다 치는 곡 하나 있잖아요.

솔희 …?

도하, 피아노 의자에 앉아 시범 삼아 젓가락 행진곡을 살짝 쳐본다. 피식 웃는 솔희.

도하 젓가락 행진곡은… 이름은 행진곡이지만 사실은 왈츠예요. 막 씩씩하게 치는 곡이 아니라… 기분 좋게 몸이 들썩이도록. 그런 느낌으로 쳐야 돼요.

솔희 (도하 바라보는) ….

도하 한번 쳐봐요.

솔희, 도하 옆에 앉아 젓가락 행진곡을 연주한다. 옆에서 반주를 쳐주는 도하. 재즈 느낌이 나는 근사한 곡으로 변한다. 어설픈 곡이 멋지게 변하자 신기한 듯 미소 짓는 솔희. 연주가 끝나고 자신을 바라보며 웃는 도하를 가만히 바라본다. 잠시나마 도하를 또 의심했다는 게 미안한데.

도하 (일부러 가볍게) 무슨 일 있어요?

솔희 네??

도하	표정이 안 좋아서.
솔희	아닌데. 나 계속 웃고 있었는데.
도하	내가 거짓말은 안 들려도… 표정은 잘 알아보거든요.
솔희	(피식 웃고) …미안해요.
도하	뭐가요?
솔희	그냥... 잠깐 미안할 일이 있었어요. 아주 잠깐. (일어나는)
도하	뭔지는 말 안 해줄 거예요? 네? (따라가는) 솔희 씨~.

S# 25.   영화관 건물 전경 / 밤

S# 26.   상영관 앞 / 밤

영화관을 찾은 치훈. 대기실 의자에 앉아 애니메이션 브로슈어를 얼굴 옆에 두고 셀카를 찍는다. '드디어 10회 차 관람, 샤온 OST 들을 때마다 최고!' 글귀와 함께 인스타에 올린다. 멀리 깨알같이 찍힌 모자 쓴 여자의 옆모습. 샤온이다. 아무것도 모른 채 콜라와 팝콘 들고 상영관으로 들어가는 치훈.

S# 27.   상영관 / 밤

심야 영화라 사람이 하나도 없는 상영관 안에 들어가는 치훈.

치훈	뭐야…? 나 혼자야?

치훈, 이 상황이 신기해서 아직 광고 중인 스크린 앞에서 3D 안경을 쓰고 또 한번 셀카를 찍는다. 가운데 자리에 앉아 영화관 전세 낸 것처럼 팔 양쪽에 뻗고 왕처럼 앉는다. 콜라와 팝콘도 양쪽 받침대 이용해서 편하게 쓰는데. 어둠 속에서 상영관으로 들어오는 여자 하나.

치훈   (아쉬운) 혼자 볼 수 있었는데….

CUT TO

집중해서 영화 보고 있는 치훈. 바로 뒤에서 훌쩍훌쩍 울음소리가 들려온다. '저 장면이 슬픈가…?' 스크린을 유심히 본다. 귀여운 애니 캐릭터들이 일상적인 대화를 나누는 평범한 장면이다.

치훈   (갸웃) 내가 영화를 제대로 이해 못했나…?

잠시 잠잠하다가 다시 훌쩍이는 소리가 들리는데…. 아까보다 좀 더 심하다. 이번에는 좀 화가 나는 치훈, 한마디할 생각으로 뒤를 돌아보는데…. 맙소사, 3D 안경을 머리띠처럼 올려 쓴 샤온이다.

치훈   (3D 안경 눈 밑으로 내리고) 샤온… 맞아요?

샤온, 놀라서 모른 척하며 얼른 안경 쓰는데…. 안경 밑으로 다시 주르륵 흐르는 눈물. 무슨 일인가 싶어 속상한 치훈. 말없이 손을 뒤로 뻗어 티슈를 건네는데. 티슈 잡은 손이 사시나무처럼 부들부들 떨린다. 순간 당황하던 샤온. 티슈를 받아 눈물을 닦는데.

치훈   저… 샤온님이 부른 OST 들으려고 이 영화 열 번째 보는 거거든요.
샤온   ….
치훈   저는 그래서… 열 번 다 행복했고…. 샤온님도 음악하면서 행복하면 좋겠는데…. 만약 그게 너무 힘든 거면… 좀 쉬셔도 되고, 오래 쉬셔도 되고. (상상만으로도 아찔한) …그만두셔도 돼요.

샤온   (놀라는) …!

치훈   그럼 저는 불행하겠지만…. 더 중요한 건 샤온님의 행복이니까요. 무리하지 마세요. 팬으로서 부탁해요.

어느새 눈물을 멈추고 치훈의 말을 경청 중인 샤온. 마침 엔딩 크레디트가 흘러나오는 스크린. 치훈, 먼저 자리에서 일어난다.

치훈   불편하게 아는 척해서 죄송해요. 참고로… 쿠키는 없어요.

치훈, 그렇게 말하고 얼른 상영관 계단을 내려간다. 스크린 빛에 얼핏 보이는 치훈의 옆모습에 과거를 떠올리는 샤온.

플래시백 7화 40신 연서동 놀이터 근처 / 밤

치훈   가자! 애기야!

행인들, 황당한 얼굴로 서 있다가 치훈의 기세에 눌려 주춤주춤 물러난다. 샤온, 그제야 치훈이 1센티 정도 어깨와 거리를 둔 매너 손 하고 있는 것을 발견한다. 후덜덜덜 사시나무 떨듯 떨리는 매너 손에 피식 웃음 나는 샤온.

멀어지는 치훈의 옆모습을 보며 동일 인물임을 깨달은 샤온. 미소가 번진다.

S#28.   영화관 앞 / 밤

영화관에서 나와 "후~!" 하고 참았던 숨 내쉬는 치훈.

| 치훈 | (후회되는) 아이씨… 괜히 떠들었나? 우는 사람한테….

중얼거리며 걸어가는 치훈의 모습에서.

S# 29.   학천 경찰서 / 낮

주변 사람들의 만류에도 막무가내로 형사과로 쳐들어온 엄호.

| 엄호 | 야, 이 개새끼들아!!! 뼈 나왔다며. 보여봐라! 보여달라꼬! 이 새끼들아!!!
| 학천 형사1 | (다가와 말리는) 그거 아직 조사 중입니다.
| 엄호 | (학천 형사1 밀어내고 곽 형사에게 다가가는) 우리 엄지… 우리 엄지 맞재?
| 곽 형사 | (침착하게) 백골은 DNA 나오려면 시간 걸린다.
| 엄호 | DNA 그딴 거 필요 없다! 내 좀 보여봐라! 내는… 뼈만 봐도 우리 엄지 인지 아닌지 알 수 있다!
| 곽 형사 | 신원 일치하면! 일치하면 알아서 보여준다.
| 엄호 | 뭘 알아서 해!!! 니를 또 믿으라꼬? 어!?

엄호, 흥분해서 곽 형사 멱살을 잡는다. 컥컥거리는 곽 형사와 여기저 기서 말리는 형사들. 하지만 엄호의 힘이 너무 세다.

| 엄호 | 내 모를 줄 아나?! 니가 정연미 그년 돈 받은 거 다 안다! 그년이 니 딸 있는 병원 들락거리는 거 내가 다 봤다!
| 곽 형사 | (애써 아무렇지 않은 척) 니 또 그 말도 안 되는 소설 쓰나? 아주 신물이 난다.
| 엄호 | 내도… 엄지 딸처럼 키웠다…. 동생 아이다! 딸처럼 키웠다!

간신히 형사들에게 제압당해 곽 형사로부터 떨어진 엄호. 경찰서 밖

으로 끌려나가는 와중에도 고래고래 소리친다.

엄호   죽인 새끼 죽여달라는 것도 아이고, 죽인 새끼 잡아만 달라는 긴데…. 경찰이 그것도 못해주면 그기 경찰이가!? 어?!

곽 형사, 고통스러운 듯 목을 매만지지만 양심의 가책 때문에 마음이 더 괴로운데.

S# 30.   J 엔터, 대표실 / 낮

심각한 얼굴로 모니터 보고 있는 득찬. [경남 학천의 야산에서 신원 미상의 20대 여성 백골 시신 발견돼… DNA 분석 중] 이라는 기사다. 초조하고 심란한 득찬의 표정. 그때 똑똑 노크 소리 들린다.

득찬   (얼른 인터넷 창 닫고) 네.

문이 열리면 평소와는 달리 단정한 차림새에 화장기 없는 수수한 모습으로 찾아온 샤온이 보인다. 어리둥절한 득찬의 모습에서.

CUT TO

소파에 마주 보고 앉은 득찬과 샤온. 샤온, 득찬에게 할 말이 있지만 하기 어려워 뜸을 들이는데 득찬이 먼저 입을 연다.

득찬   생각해봤는데… 앞으로는 도하 말고 다른 작곡가랑 일하는 게 좋겠다.
샤온   그럴 필요 없어. 이제 내 곡은… 내가 써보려고.
득찬   뭐…?
샤온   나 원래 작곡도 좀 했었잖아. 음악 공부도 하고. 좀 쉬면서 재충전할래.

득찬	(마음에 안 드는) 언제까지 쉬려고?
샤온	그건 모르겠어. 그냥… 내가 준비됐을 때.
득찬	야… 최소한 기한은 정해야지.
샤온	내 마음이 언제 괜찮아질지 나도 모르는데 그걸 어떻게 정해? 이 부탁 안 들어주면… 나 재계약 못해.
득찬	…!!
샤온	나도 오빠한테 의리 지키고 싶으니까… 오빠도 이해 좀 해줘.

샤온의 단호한 표정을 보며 말릴 수 없다는 걸 깨달은 득찬.

| 득찬 | (심란한) 그래. 알았어…. |

S#31. J 엔터, 회의실 / 낮

회의실에 모여든 J 엔터 직원들. 갑작스러운 회의에 무슨 일인가 싶어 웅성거린다. "갑자기 무슨 일이래?" "몰라. 대표님이 다 모이랬어." 득찬이 심각한 표정으로 회의실에 들어오고…. 순식간에 조용해진다. 상석에 선 득찬.

| 득찬 | 딱 세 가지만 얘기하겠습니다. 첫째, 이제부터 저희 J 엔터는 김도하 작곡가와는 일하지 않을 겁니다. |

직원들, 술렁인다. "왜요?" "그럼 샤온은요?" 같은 질문이 나오는데.

| 득찬 | 둘째, 샤온은 휴식기를 갖기로 했습니다. 언제 복귀할지는… 저도 모릅니다. |

다들 더욱 심각해져서 술렁거린다. "어떡해." "언제 복귀할지 모르는 게 뭐야…"

득찬	회사에 위기가 왔다고 느낄 수도 있습니다. 우리는 제2의 김도하, 제2의 샤온을 찾아야 합니다. 될 것 같은 애들 빨리 데뷔시키고, 안 될 것 같은 애들은… 정리하세요. 이게 마지막 세 번쨉니다.
직원	(눈치 보다가) 그럼… 아틀란티스는요…?
득찬	(보는)
직원	지금 앨범 컨셉 잡고 선곡 중인데….
득찬	(냉정하게) 여지껏 안 됐으면… 안 되는 겁니다. 정리하세요.

───────
S# 32.   J 엔터, 연습실 / 낮

보컬 트레이너와 보컬 연습 중인 에단. 고음이 매끄럽게 올라간다.

트레이너	와~ 너 엄청 늘었다?
에단	(기뻐하는) 정말요? 다행이다….
트레이너	다른 데서 트레이닝 더 받지?
에단	(뜨끔) 아… 선생님 레슨이 부족한 게 아니고요. 그냥 좀 더 잘하고 싶어서.
트레이너	알아. 알아~. 기특하다구. 너. 참 한결같이 열심히 해?
에단	명색이 메본데요. 앨범 낼 때마다 실력도 늘어야죠.

아직 아무것도 모르는 채 씩 웃는 에단의 모습에서.

S#33.   연미의 선거 사무실, 연미의 방 +
         학천 경찰서 뒷문 / 오전 (교차)

펜으로 중요한 곳 밑줄 긋고, 강조할 부분을 표시하며 중얼중얼 연설
문 읽어보던 연미. 전화가 온다. 발신자는 '곽진혁'. 망설이다가 받는다.

연미   (귀찮은) 무슨 일이죠? 제가 요즘 좀 많이 바빠서….
곽 형사   최엄지 시신이 나왔습니다.

생각지도 못한 이야기에 놀라 멍한 연미. 학천 경찰서 뒷문 쪽 으슥한
곳에서 서성이며 통화 중인 곽 형사.

연미   어디서요…?
곽 형사   학천 해수욕장 근처… 야산에서요. 무덤에 매장돼 있었습니다.

INSERT 9화 12신 (과거) 유치장 면회실 / 밤
도하   (괴로운) 걔 나 때문에 죽었어…. 나 때문에….

스쳐 가는 도하의 말과 표정. 역시 도하가 죽인 게 맞았구나… 싶어 정
신이 없는데. 누군가 문을 벌컥 열고 들어온다. 선거 띠를 두른 최 의원
이다.

최 의원   (해맑은) 나야~. 깜짝 방문! 오늘 선거 유세 도와주러 왔지.
연미   (아무렇지 않은 척하고 싶지만 힘든) 아… 지금… 통화 중이라서요.
최 의원   (김샌다) 반응이 싱겁네…? 알겠어…. (나가는)

연미, 책상에 놓인 연설문과 옷걸이에 걸린 선거 띠를 본다. 정신 차려
야겠다 싶다.

곽 형사	의원님…?
연미	(애써 다시 냉정해진, 펜 들고) 증거 될 만한 거… 뭐 나왔나요?
곽 형사	딴 건 없고…. 반지가… 하나 있었는데….
연미	반지요…?
곽 형사	커플링 같은데…. 남자 것만 나왔습니다.
연미	(침착하려 애쓰는) 우리 아들 반지가… 시체랑 같이 나왔다는 거죠?
곽 형사	다행히 제가 먼저 발견해가…. (말하면서도 마음이 불편한) 알아서 처리했습니다. 걱정 마이소.
연미	(안도의 한숨) 하… 잘하셨어요. 너무너무 잘하셨고…. 다른 거는요? 부검했으면 뭐 더 나왔을 거 아니에요.
곽 형사	이게 백골이라…. 범인 특정할 증거는 발견 안 된 상황입니다.

자신의 연설문에 '남자 반지, 백골, 증거 없음' 같은 단어를 낙서하는 연미.

연미	그럼… 앞으로 수사는 어떻게 진행되죠?
곽 형사	일단 참고인 조사까지는 나와야 하는데….
연미	(단호한) 아뇨. 걔 지금 독일에 있는 거예요. 거기 못 가요.
곽 형사	(난감한) 그래도… 어차피 연락은 갈 거고….
연미	(뭔가 생각하는) 알겠어요. 다시 연락드릴게요. (끊으려다가 멈칫) 아! 그 반지는 지금 어디 있죠?
곽 형사	(고민하는) 제가… 알아서 잘 버렸습니다.

전화를 끊은 연미. 정신없이 나갈 준비하는데 연설문에 낙서된 '남자 반지, 백골, 증거 없음' 단어들을 보며 흠칫 놀란다. 연설문을 파쇄기에 갈아버리는 모습에서.

다시 영혼 없는 표정으로 돌아와 계산대 앞에 서 있는 영재. 누군가 들어온다.

영재   어서오…. (도하인 것 발견하고 놀라는) 세요….

도하, 피식 웃으며 대충 제로 콜라 하나 집어 들고 영재 앞에 선다.

영재   (바코드 찍고, 눈 잘 못 마주치는) 처, 천이백 원인데요…. 계산 안 하셔도 돼요.
도하   (보는) 왜요?
영재   그때… 제가 실례가 많았습니다. (고개 숙이며) 죄송합니다….
도하   그래도 콜라 값은 내야죠.

도하, 챙겨온 오디오 인터페이스를 계산대에 올려놓는다. 영재, 갑자기 이게 뭔가 싶어서 보는데.

도하   그때 상금으로 이거 사고 싶다고 했잖아요.
영재   ('나한테 준다는 건가!?') 네…?
도하   근데 새거 아니고 내가 쓰던 거예요.
영재   (안 믿기는) 저… 주신다는 거예요?? 이거 비싼 건데….

영재, 감격에 겨워 오디오 인터페이스를 집어 들려다가 갑자기 정신이 차려진다. 너무 염치없다 싶다.

영재   (손 멀리 떼며) 아, 안 돼요. 못 받아요.
도하   난 다른 거 또 있어요. (제로 콜라 가져가며) 이걸로 퉁쳐요. (나가려는)
영재   (어버버거리다가 얼른) 고맙습니다!

도하   (씩 웃어주고 나가는)

<u>S# 35.</u>   타로 카페 앞 / 낮

        타로 카페 앞을 지나가던 도하. 블라인드 내려가 있고, 고급 승용차가
        주차되어 있다. VIP가 와 있구나… 싶어 지나가며 핸드폰을 확인하는
        데. 표정 굳는다. 연미로부터 부재중 전화 2통이 와 있다. 무슨 일인가
        싶은데 낯선 번호로 걸려온 전화.

도하   (망설이다 받는) 여보세요?
학천 형사1(E) 김승주 씨 맞으시죠?
도하   (김승주라는 이름에 긴장하는) 누구시죠…?

        마침 블라인드 올라가고, 선글라스로 얼굴 가린 VIP 손님이 카페에서
        나온다. 따라 나와 VIP 손님에게 인사하던 솔희. 도하를 발견하고 반
        갑게 다가가려는데. 긴장한 표정의 도하를 발견하고 멈칫한다.

학천 형사1(E) 아, 맞다. 그건 개명 전 이름이고…. 지금 이름은 김도하 씨죠? 여기 학
        천 경찰서 형사굡니다. 실종됐던 최엄지 씨 일로 참고인 조사 요청하
        려고 전화했습니다.
도하   갑자기… 왜요?
학천 형사1(E) 야산에서 최엄지 씨 사체가 발견됐습니다.

        충격받은 도하. 이게 다 무슨 말인가 싶다.

도하   네? 야산에서요…?

솔희, 심각한 도하를 걱정스럽게 바라보며 가까이 다가간다.

솔희   왜 그래요? 무슨 일인데요?

도하   발견된 곳이… 바다가 아니라… 야산이라고요…?

엄지에 관련된 전화임을 직감한 솔희. 그때 강민이 말한 거구나 싶어
가슴이 철렁 내려앉는다.

S#36.   **방송국, 시사 교양국 / 낮**

따르릉- 전화벨 소리가 여기저기서 울리는 시사 교양국. '알고 싶은 이
야기' 팻말이 붙어 있는 파티션 옆에 앉아 있는 차 PD.

차 PD   (모니터 보며 중얼거리는) 와… 미친… 드디어 나왔다.

차 PD 옆 프린터에서 징징- 인쇄되어 나오는 기사. [학천 야산에서 발
견된 백골 시신… 5년 전 실종된 20대 여성으로 밝혀져] 헤드라인과
함께 폴리스 라인 쳐진 무덤 사진이 나온다.

차 PD   (옆자리에 앉은 조연출에게) 정연미 대놓고 우리 프로 디스하더니…. (의
욕 충만) 야, 이거 후속 편 만들어서 내보내려면 빨리 움직여야 된다?
아주 제대로 준비하자고. 응?

차 PD, 특종을 잡았다는 생각에 설레고 흥분되는데. 조심스럽게 옆으
로 다가오는 막내 작가(20대 중반/여).

막내 작가   (차분하게) 피디님, 저… 진짜 대박 있는데.

| 차 PD | (프린트된 기사 보여주며) 어. 나도 알아. |
| 막내 작가 | 그거 말고요. 방금 뜬 동영상이거든요. |

막내 작가, 자신의 핸드폰을 차 PD에게 보여준다. 귀찮은 얼굴로 보던 차 PD의 표정이 진지해진다. '학천 해수욕장 실종 사건 용의자 근황'이라는 제목으로 올라온 유튜브 동영상. 도하가 연서 플레이 축제에서 피아노를 치고 있는 모습이다. 영재와 다른 사람들의 모습은 블러 처리되어 있는데.

| 차 PD | 얘… 연서동 사는구나? (씩 미소 짓는) |

S# 37.   국과수, 안치실 / 낮

곽 형사와 학천 형사1의 안내로 안치실에 놓인 엄지의 백골 사체 앞에 선 엄호. 앙상한 뼈를 보는 엄호의 눈빛이 흔들린다.

| 엄호 | (애써 덤덤하게) 좀… 나가주이소. 둘이 있게. |

난감해하는 학천 형사1을 데리고 안치실에서 나가는 곽 형사. 그렇게 혼자 남아 엄지의 백골 사체를 찬찬히 훑어보는 엄호. 이제야 서서히 실감이 난다.

| 엄호 | 세상에… 이게 뭐꼬, 엄지야…. |

덜덜 떨리는 손을 뻗어 뼈만 남은 앙상한 손 위에 조심스럽게 올려보는데. 닿는 촉감이 너무 차고 딱딱하다. 처음 느껴보는 이질감에 울컥하는 엄호.

엄호	이래될 때까지 얼매나 외로웠노…. 얼매나 무서웠노…. (눈물이 줄줄 흐르는) 이제 괴안타. 오빠 왔다, 엄지야… 엄지야아….

S# 38.　국과수, 안치실 앞 / 낮

안치실 앞 벽에 기대어 서 있는 곽 형사와 학천 형사1. 곽 형사, 엄호의 괴로운 흐느낌을 들으며 마음이 좋지 않은데. 전화가 온다. 놀라 굽신거리며 받는 곽 형사.

곽 형사	네, 서장님.
학천 형사1	(서장이라는 말에 흘끗 보는)
서장(E)	그 최엄지 사체 나온 거… 추가 증거 더 없지?
곽 형사	네….
서장(E)	그럼 참고인 조사… 그냥 형식적인 거잖아. 적당히 하고 수사 끝내. 그때처럼. 응?
곽 형사	(연미가 뭔가 했구나 싶은) 네…. 알겠습니다….

S# 39.　도하의 집 + 연미의 선거 사무실, 연미의 방 / 밤 (교차)

어두운 집 안. 소파에 멍하게 앉아 있는 도하. 연미로부터 전화가 온다.

도하	네….
연미	(대뜸) 참고인 조사 걱정할 거 없다. 혹시라도 곤란한 질문 나오면 모른다고 해.
도하	…경찰한테 미리 연락 받으셨어요?

연미	(살짝 당황) 미리 연락을 받아야 아니? 절차가 그렇겠지.
도하	제가 아는 건 다 얘기할 거예요.
연미	무슨 얘기?! (간절한) 제발… 그냥 가만히 있어! 엄마 위해서 가만히 있는 거 정도는 할 수 있잖아. 어?
도하	제가 범인이면… 가만히 있어야겠죠. 근데 저 아니에요.
연미	(순간 당황하지만 이내 냉정 되찾고) 너… 죽은 개랑 같이 끼던 반지 있었지? 그거 지금 어디 있니?
도하	버렸어요. 학천 바닷가에. 갑자기 그건 왜….
연미	(그럼 그렇지 싶은, 싸늘하게) 그래…. 걱정 없네. 가서도 지금 나한테 한 것처럼만 대답해. 끊는다. (전화 끊는)

끊긴 전화를 보며 참담한 도하.

S# 40. 　드림 빌라, 5층 현관 / 밤

걱정스러운 얼굴로 도하의 집 앞에 서 있는 솔희.

솔희	(문 똑똑 두드리고) 나예요. 문 좀 열어봐요. 네?

아무 답이 없어 돌아서려는데. 문 열리는 소리 들린다. 멍한 얼굴의 도하.

솔희	(무슨 말을 해야할지 모르겠고) 도하 씨….
도하	(혼란스러운) 뭐가 어떻게 된 건지 모르겠어요…. 엄지가 왜… 그런 데 있었던 건지….
솔희	(애써 위로) 다 밝혀질 거예요. 잘 해결될 거라구요.
도하	한번도 생각해본 적 없어요. 바다가 아닌 다른 곳에서 엄지가 발견되

는 건….

솔희   (진심으로) 최엄지 씨… 너무 안됐네요.

도하   (결심한) 내일… 참고인 조사 받으러 학천 다녀오려고요.

뭐라 해줄 말이 없는 솔희. 혼란스러운 도하를 그냥 안아준다.

S# 41.   드림 빌라 앞 + 주차장 / 아침

아침 일찍 빌라에서 나온 도하. 주차장으로 향한다. 막 차에 타려는데.
어느 틈에 따라온 솔희. 도하에게 쇼핑백 하나 건넨다.

솔희   세 시간 반은 걸리더라고요. 가면서 먹어요. 오면서 먹어도 되고.

도하   (받으며) 고마워요.

솔희   (조심스럽게) 같이… 가줄까요?

도하   아뇨. 걱정 마요. 잘 다녀올게요.

도하, 차에 탄다. 멀어지는 도하의 차를 걱정스럽게 바라보는 솔희의
모습에서.

S# 42.   타로 카페 / 오전

솔희, 카산드라, 치훈, 함께 모여 오픈 전 스케줄 정리를 하고 있다.

카산드라   오늘 세 시에 성북동 김 씨 할머니 유산 문제로 자택에서 의뢰 있으시
            고요. 내일은 두 시, 네 시에 VIP 상담 있습니다.

| 솔희 | (침울한) 그래….
| 치훈 | (어플 보며 중얼중얼) 성북동까지 최단 거리가….

아까부터 솔희의 표정을 신경 쓰던 카산드라. 구석에 앉은 솔희에게 슬쩍 다가간다.

| 카산드라 | (조심스럽게) 혹시… 이거 보셨어요?

카산드라, 솔희에게 '학천 해수욕장 실종 사건 용의자 근황'이라는 제목으로 올라온 유튜브 동영상(11화 36신)을 보여준다.

| 솔희 | (당황) 이, 이게 뭐야??
| 카산드라 | 어제까지만 해도 조회 수 별로 안 높았는데…. 오늘 시신 나왔다는 뉴스 때문인지… 조회 수 점점 늘고 있어요. 어떡해요?
| 솔희 | (억울한 듯 뭔가 말하려다가 의아) 넌… 의심 안 해?
| 카산드라 | 헌터님이 설마 살인자랑 만나겠어요? 다 물어보고 검증 끝났으니까 사귀는 거겠죠.
| 솔희 | 고맙네. 믿어줘서. (속상하고 답답한) 다들 그 사람 좀 믿어주면 좋겠는데…. 진짜 아니거든. 진짜 착한 사람이거든.

카산드라, 솔희 안타깝게 보다가 기계 팔인 듯 어색하게 솔희의 어깨를 토닥인다.

S# 43. J 엔터, 복도 / 낮

스냅백에 선글라스 쓰고 얼굴 가린 무진. J 엔터 복도 서성서리며 J 엔터 홍보팀장과 은밀하게 이야기 중이다.

무진   진짜 조 대표가 김도하랑 일 안 한다고 했으면… 작곡가도 필요하고 곡도 필요할 거 아니야. 내 곡 좀 들이대보라니까?

홍보팀장   아휴, 지금 그런 분위기 아니라고요. (주변 눈치 보며) 이제 가세요.

그때 검정 마스크 쓰고 지나가는 에단이 보인다. 흐르는 눈물을 손등으로 훔친다.

무진   쟤 에단 아냐? (우는 것 보고) 왜 저래?

홍보팀장   (안타까운) 아틀란티스 해체할 거예요….

무진   (놀란) 뭐?

S# 44.   J 엔터 후문 + 편의점 / 낮 (교차)

후문 쪽으로 걸어가며 계속 흐느껴 우는 에단. 진정하려 애쓰며 마음을 가라앉힌다. 지푸라기라도 잡고 싶은 심정으로 영재에게 전화를 걸어본다.

에단   (아무렇지 않은 척) 어. 난데…. 너 그때 그 김도하 작곡가 얘기… 진짜야? 진짜면… 그분한테… 나 곡 좀 달라고 부탁해줄 수 있어?

손님 없는 편의점에서 재고 채우며 통화 중인 영재.

영재   (난감한) 갑자기? 그런 건 회사에 물어봐야….

에단   (말 끊고) 이제 회사에서 김도하랑 일 안 한대. 그리고 나도…. (까지 말하다가 말문 막히는) 니가 말하기 좀 그러면… 자리만 마련해봐. 부탁은 내가 직접 할게. 응?

어느 틈에 따라나와 에단의 말을 엿듣고 있던 무진. 이게 다 무슨 말인가 싶은데.

영재   형 내 말 믿지도 않다가 갑자기 왜 그래? 내가 쫌 더 친해지면 그때 얘기해볼게. (편의점에 누군가 들어오고) 손님 오셨다. 끊어.

에단, 전화 끊고 표정 절망적으로 변하는데.

무진(E)   무슨 말이야…?
에단   (놀라서 돌아보는) …!
무진   너 김도하 알아?

에단의 당황스러운 표정에서.

S# 45.   학천 경찰서, 조사실 / 낮

조사실에서 곽 형사와 마주 보고 앉아 참고인 조사를 받고 있는 도하. 도하를 보는 곽 형사의 눈빛이 싸늘하다.

곽 형사   자살했다더니…. 사체가 나왔네? 그것도 야산에서.
도하   ….
곽 형사   그날 일에 대해서 다시 한번 얘기를 해줘야겠다. 최엄지랑 바닷가에서 심하게 다투고. 그 후 상황. 다시 말해봐.
도하   엄지를 바닷가에 내버려두고…. 정신이 없었어요. 그냥 계속 걸었어요.

곽 형사, 당황하며 녹화 중인 카메라를 끈다. 도하, 그런 곽 형사를 의아하게 보는데.

곽 형사	와 말이 달라졌노. 너 그때 호프집 가서 축구 안 봤나?
도하	(이미 결심한) …아니에요. 안 갔어요.

도하가 자백이라도 하려는 건가. 당황스러운 곽 형사.

곽 형사	시간이 흘러가 기억이 뭐 잘못됐나 본데…. 헛소리하지 마라.
도하	이게 진짜 기억이에요. 그때… 밤새 걷다가 동틀 때쯤 집에 도착했어요. 잠도 오지 않고, 더는 거기 있고 싶지가 않아서… 옷만 갈아입고 바로 터미널로 갔던 거예요.
곽 형사	니가 이러면… 조득찬 금마는 뭐가 되노? 니네 어머니는?
도하	…!
곽 형사	시체 나오니까 무섭나? 자백해야 될 것 같나?
도하	(단호하게) 아뇨. 제가 안 죽였어요.
곽 형사	('그럼 그렇지.' 피식 웃고, 도하에게 가까이 다가가 은밀하게) 니… 최엄지 걔랑 같이 끼던 커플링 있었재. 그거 우쨌노?

연미도 같은 질문을 했던 게 떠오른 도하. 순간 이상하다는 생각이 들고.

도하	학천 바닷가에 버렸어요. 그건 왜요?
곽 형사	(싸늘한 눈빛으로) 그래. 알았다. (다시 녹화 버튼 켜고 형식적으로) 최엄지 주변에 의심 가는 사람은 없고?
도하	(잠시 생각) 네. 없어요.
곽 형사	알겠다. 가봐라.
도하	다 끝난 거예요?
곽 형사	어. 끝났다.

S# 46.　학천 경찰서, 형사과 / 낮

조사실에서 나온 도하를 싸늘하게 바라보는 학천 형사들.

학천 형사1   조심해라, 니.

도하   (보는)

학천 형사1   최엄호 그놈… 완전 눈 돌았다. 안 마주치게 조심하라고.

다시 돌아서서 가는 도하의 모습에서.

S# 47.   뉴스 패치 앞 / 낮

점심 먹은 후 뜨거운 커피 호로록 마시며 뉴스 패치에 들어가려는 오
기자에게 다가선 엄호. 엄호를 바로 알아본 오 기자. 깜짝 놀라 커피 걸
려서 컥컥거리는데.

엄호   (대뜸) 그 새끼가… 내 동생을 죽였다.

오 기자   (뭔 소린가 싶어서 멈칫)

엄호   김도하 그 새끼… 얼굴 가리는 거. 그거 살인자라서 그런 거라고.

오 기자   (헛소리라 생각하며) 아, 그래요…? 그렇구나….

엄호   원래 이름은 김승주. 학천 해수욕장 실종 사건…. 모르나?

오 기자   그게 왜… 아니, 그럼 그 죽은 여자 오빠가… 그쪽이라는 거예요? 그
            럼… 이 사람이 김도하라는 건가??

오 기자, 자기도 모르게 살짝 흥분해서 엄호에게 연서동 축제 영상을
보여준다. 피아노 치며 즐거워 보이는 도하의 모습에 더 울화가 치미
는 엄호.

오 기자   (혼자 깨달은) 맞네! 이 사람도 연서동이고, 김도하도 연서동이고….

엄호	(싸늘하게) 알고 있었네. 주소 구체적으로 불러봐라.
오 기자	그, 그것까진…. 왜요? 무슨 짓하시게요. 저 이런 일 엮이기 싫어요.
엄호	내가 지금 큰 거 하나 안 줬나? 내가 찾아가서 그 새끼를 줘 패서 경찰서라도 가야 니가 그걸로 기사 쓸 거 아이가? 지금처럼 아무것도 없으면 화면 속 이놈이랑 김도하… 어떻게 엮을 낀데?
오 기자	(생각해보니 맞는 말이다 싶고) 그래요. 이것도 정의 구현을 위한 거니까…. 근데 김도하 맨날 마스크 쓰고 다녀서 알아보기 쉽진 않을 겁니다.

핸드폰 지도 어플을 켜는 오 기자를 바라보는 엄호. 복수할 생각뿐이다.

S#48.　　학천 국도, 도하의 차 안 / 해 질 녘

차 타고 서울로 향하다가 학천 해수욕장 이정표를 발견한 도하. 잠시 고민하다가 핸들을 꺾는다.

S#49.　　학천 바닷가 / 해 질 녘

바다를 바라보며 만감이 교차하는 도하. 뒤로 보이는 야산으로 고개를 돌리는데.

S#50.　　학천, 야산 / 해 질 녘

아직 폴리스 라인이 쳐 있는 현장. 엄지가 죽어 여기에 묻혔다는 것이 믿기지 않는다.

도하   (작게) 엄지야….

엄지가 살해당했다는 것에 괴로운 도하의 표정에서.

S#51.   학천 국도, 도하의 차 안 / 밤

다시 차에 탄 도하. 엄지에 대한 생각으로 괴로워 바로 운전대를 잡기
힘든데. 그때 문득 조수석에 놓인 쇼핑백을 발견한다. 안에서 보온병
과 음료수, 도시락 통을 꺼내는 도하. 도시락 뚜껑을 열어보고 희미한
미소를 짓는다. 유부 초밥에 깨소금과 단무지로 병아리 얼굴을 만든
다고 만들었는데 우스꽝스러운 모양새. 김밥은 옆구리가 터져 있고,
케첩으로 그린 하트는 뚜껑에 뭉개져 있다. 자신을 걱정하며 도시락
을 쌌을 솔희 생각에 울컥하는 도하의 모습에서.

S#52.   솔희의 집 / 밤

어항 앞에 쪼그려 앉아 루니에게 밥을 주고 있는 솔희.

솔희   들어올 때가 됐는데…. 너무 늦네…?

옆에는 도하에게 싸주고 남은 걸로 보이는 유부 초밥과 김밥이 담긴
접시가 있다. 도하 걱정에 유부 초밥 맛없게 우물거리는 솔희. 밖에서
차 소리가 나서 얼른 테라스로 나가보면 그냥 지나가버리는 차. 실망

하는 솔희의 모습에서.

S#53.   드림 빌라, 5층 현관 / 밤

배달 오토바이가 부르르~ 소리 내며 드림 빌라 앞에 선다. 501호에 호출 버튼 누르는 배달원. 곧 삑- 하며 공동 현관 출입문이 열린다. 배달원이 들어가고 문이 닫히려는 사이 얼른 발을 집어넣는 누군가. 엄호다.

S#54.   드림 빌라 1층 / 밤

엘리베이터를 탄 배달원. 엄호와 같이 타기 싫어서 빠르게 닫힘 버튼 누르고. 문이 닫힌다. 엘리베이터가 어디까지 올라가나… 올려다보는 엄호. 혹시 5층일까 싶어 후다닥 뛰어 올라가본다.

S#55.   드림 빌라, 계단 / 밤

계단을 빠르게 올라가는 엄호. 올라갈 때마다 켜지는 센서 등이 영 신경 쓰이는데. 3층에서 멈추는 엘리베이터.

S#56.   드림 빌라, 5층 현관 / 밤

5층에 도착해 502호를 노려보는 엄호. 초인종을 누르고 도어 폰 렌즈를 손으로 가린 뒤 현관문에 귀를 바짝 대본다. 아무런 소리도 들리지 않는다. 한번 더 초인종을 눌러보지만 여전하다. 도하가 없다는 것을 확신하는 엄호.

S# 57.   연서동 골목 / 밤

연서동 골목을 지나가는 도하의 차.

S# 58.   드림 빌라, 5층 현관 / 밤

엄호, 센서 등을 올려다보다가 품에서 회칼을 꺼낸다. 까치발을 들어 회칼로 센서 등을 툭툭 쳐 부숴버린다. 플라스틱 커버가 복도 바닥에 떨어지며 탁! 소리를 낸다.

S# 59.   솔희의 집 / 밤

물 틀어놓고 설거지하던 솔희. 복도에서 들린 소리에 수도꼭지 잠가보는데…. 아무 소리도 들리지 않는다. 잘못 들었나 싶어 다시 물 틀고 설거지한다.

드림 빌라, 5층 현관 / 밤

센서 등이 안 들어오는 것을 확인한 엄호. 5층과 옥상 사이의 계단에 쪼그려 앉아 어둠 속에 몸을 숨기고 도하가 오기만을 기다린다.

INSERT 9화 50신 공터 / 밤

도하   형… 저 엄지 그렇게 안 했어요. 엄지한테 잘못한 거… 진짜 많은데… 죽이지는 않았어요. (똑바로 보며, 진심으로) 제가 안 죽였다구요.

진심 같았던 도하의 말과 표정을 떠올리는 엄호. 스스로에게도 화가 난다.

엄호   (비장하게 중얼중얼) 넌 오늘… 죽는다….

S#61.   드림 빌라 주차장 앞, 도하의 차 안 / 밤

드림 빌라 주차장에 들어가려던 도하. 창밖으로 서성거리는 누군가를 발견한다. 카메라를 메고 있는 오 기자다. 누군가와 통화하고 있다. 한숨 쉬는 도하. 주차한 뒤 글러브 박스에서 오랜만에 마스크 꺼내 쓴다.

S#62.   드림 빌라, 5층 현관 / 밤

몸을 숨기고 있던 엄호. 엘리베이터가 움직이는 소리 들리고. 얼른 엘

리베이터 숫자판 쳐다본다. 2, 3, 4, 5…까지 올라온 엘리베이터. 엄호, 도하가 왔다는 확신으로 눈이 번뜩인다. 회칼을 잡은 손에 힘이 들어간다. 엘리베이터에서 내리는 남자의 실루엣. 검정 마스크를 쓰고 있지만 도하로 보이는 체형이다. 502호 앞에 서는 순간. 타다닥- 빠르게 다가가 순식간에 남자의 옆구리를 찌른 엄호. 급소를 찔린 남자의 옷이 금세 피로 물들고, 바닥에 주르륵 피가 흘러내린다. "으헉!" 하며 바닥에 주저앉는 남자. 서늘한 얼굴로 남자를 내려다보는 엄호의 표정에서. 엔딩.

12화

나 휩쓸린 거 아니에요.

그냥 좋아하는 사람

옆에 있는 거지.

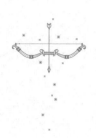

S#1. 드림 빌라 앞 / 밤

11화 61신 이전의 상황. 오 기자, 일단 드림 빌라 앞에서 대기 중인데 무섭고 불안하다.

오 기자   (누군가와 통화 중인) 너 왜 안 와. 나 혼자는 무섭단 말이야. 오늘 여기서 누구 한 명 죽을 것 같다구. 백퍼!

나 기자(E)   (어이없는) 그니까 선배님… 그 무서운 사람한테 거기 주소는 왜 알려줬어요? 그냥 경찰에 신고해요.

오 기자   특종 잡으려고 왔지! 너 언제 와? (전화 끊긴) 여보세요??

그런 오 기자 발견하고 마스크 쓰고 주차장에서 나와 빌라로 향하던 도하. 무슨 일인지 다시 차로 되돌아간다. 오 기자, 아무래도 안 되겠는지 고민하다가 발걸음을 돌리는데. 그사이 검은 옷에 검은 마스크를 쓴 에단이 빌라 앞에 서서 호출 버튼을 누르려는데. 때마침 빌라에서 나오는 주민 덕에 바로 빌라로 들어가는 에단.

S#2. 드림 빌라, 주차장 / 밤

다시 주차장에 들어와 도하가 챙겼던 것은 조수석에 놓아두었던 솔희의 도시락 가방이다. 가방을 챙겨 들고 살짝 미소 짓는 도하.

S# 3.   드림 빌라, 5층 현관 / 밤

11화 62신의 연결. 엘리베이터에서 내리는 에단. 어둠 속에서 502호 표시를 확인하고 문 앞에 선다. 엄호, 순식간에 에단에게 달려들어 옆구리를 칼로 찌른다. 억 소리도 내지 못한 채 당한 에단. 천천히 바닥에 주저앉는다. '드디어 해치웠다…' 도하의 고통스러운 표정을 보기 위해 거칠게 마스크를 벗겨낸 엄호. 하지만 마스크 속 얼굴은 도하가 아닌 에단이다.

에단   (공포에 떨고 있는) 허헉… 헉!
엄호   (낯선 얼굴에 당황하는) …!!!

엄호, 모르는 남자를 찌른 당혹감에 어쩔 줄 모르는데. 그때 도시락 가방 챙겨 들고 엘리베이터에서 내리는 도하. 눈앞의 상황에 정신이 없는데. 도하를 보자마자 다시 칼 들고 덤비는 엄호. 도하, 엄호의 양 손목을 꽉 쥐고 저지한다. 바닥에 떨어지는 도시락 통. 소란에 문을 열고 나와본 솔희. 깜짝 놀란다.

솔희   도하 씨! (바닥의 에단 보고) 아악!
도하   (단호하게) 문 절대 열지 마요! (솔희 들여보내고 문 닫아버리는)

S# 4.   솔희의 집 / 밤

일단 집으로 들어온 솔희. 이게 다 무슨 일인가… 간신히 정신 부여잡는다. 벌벌 떨리는 손으로 핸드폰 들고 급히 112 누른다.

솔희   여기요. 칼 든 괴한이 있어요. 빨리 좀 와주세요. 연서동 135번지… 드림 빌라 5층이요. 사람도 많이 다쳤어요…!

전화 끊고 안절부절못하던 솔희. 곧장 다시 누군가에게 전화를 건다.

솔희   오빠… 지금 어디야? 좀 도와줘…!

S#5.   드림 빌라, 5층 현관 / 밤

엎치락뒤치락 몸싸움 중인 도하와 엄호. 도하가 엄호를 제압할 뻔하지만 이내 역전된다. 엄호의 이글거리는 눈빛을 보며 정말 죽을 수도 있겠다 싶은데.

솔희(E)   이야!!

솔희, 급한 마음에 장우산 들고 나와 엄호를 마구 때려본다. 여기저기 맞지만 별 타격감 없는 엄호. 거슬리는 듯 솔희 노려보더니 우산 끝 꽉 잡았다가 내동댕이친다. 휙 끌려갔다가 휘청이며 넘어지는 솔희. 발목을 접질리고 아파하는데.

도하   솔희 씨!

화나서 엄호에게 달려드는 도하. 두 사람 몸싸움하는 사이 강민이 계단으로 올라온다. 뒤에서 칼 든 엄호의 손목을 잡고 제압하며 바닥에 엎어트린다. 그 와중에도 칼 꽉 잡고 놓지 않는 엄호.

엄호   놔라! 죽일 끼다! 저 새끼… 내가 꼭 죽일 끼라고! 아아악!

강민   (손목 비틀며) 칼 버리세요! 칼 버리라고!

엄호, 차가운 바닥에 얼굴을 맞대자 정면으로 에단이 보인다. 의식 없는 듯 눈 감고 있는 에단을 보며 뒤늦은 죄책감이 밀려와 괴롭다. 그 순간 손목에 차가운 수갑이 철컥 채워지고. 다 끝났구나 싶은 엄호. 바닥에 툭 떨어지는 칼. 도하, 솔희에게 가까이 다가간다. 걱정스럽게 도하 올려다보는 솔희. 도하, 그제야 긴장 풀린 듯 솔희 옆에 털썩 주저앉는다. 그런 두 사람을 바라보는 강민. 구급차 사이렌 소리가 가까워지며.

S#6.   **연서 경찰서, 형사과 / 밤**

진술 녹화실
형사1, 엄호를 심문 중이다. 황 순경은 긴장한 얼굴로 뒤에 서 있다.

형사1   (지퍼 백에 담긴 엄호의 회칼 보여주며) 보세요. 사용한 흉기 맞습니까?

엄호   (당당한) 그래. 맞다. 다 맞다! 빨리 감옥에 넣어라! 하루라도 빨리 들어가야 출소해서 그놈 죽일 거 아이가.

형사1   (그런 엄호 빤히 보다가) 빨리 출소한다고 누가 그래요? 지금 아무 상관 없는 사람이 당신 칼에 찔려서 병원에 누워 있는데.

엄호   (찔리는) 다 김승주 그놈 때문이다…. (걱정은 되는) 죽었나…?

황 순경   수술 중입니다. 아직 몰라요.

도하에 대한 원망과 죄책감, 억울함이 뒤엉킨 엄호의 표정에서.

사무실

도하와 솔희도 강민 앞에서 진술 중이다.

도하   엘리베이터 문이 열리니까… 쓰러진 사람이 바로 보였고, 절 발견한
       최엄호가… 칼을 들고 달려들었습니다.

강민   (솔희 보며) 두 사람이 몸싸움하는 걸 목격하고 집에 들어와서 112에
       신고를 했고요?

솔희   (슬쩍 강민 눈치 보고) 네….

모르는 사람처럼 딱딱하게 솔희와 도하를 대하며 키보드를 두드리던
강민. 갑자기 손을 멈춘다.

강민   (더는 못 참고, 솔희 보며) 신고를 했으면 집에서 가만히 기다렸어야
       지…. 겁도 없이 집 밖에는 왜 나왔어?

솔희   어떻게 집에 가만히 있어? 난 도와주려고….

강민   (말 끊고, 버럭) 칼 든 사람이었잖아! (도하 노려보며) 그 칼 김도하 당신
       만 찌른다면서요? 지금 다른 사람이 찔려서 병원 실려 갔고, 애도 죽
       을 뻔했어요.

도하   (할 말 없다, 자책하는) ….

솔희   (도하 걱정하며) 그만해, 오빠. 왜 그래. 이 사람도 피해잔데!

강민   뭐가 피해자야? 피해 입은 게 뭐 있어? 지금 당신만 멀쩡해…. 주변 사
       람들 다 힘들게 하고 당신 혼자 멀쩡하다고요.

황 순경 (놀라서 달려와 강민 말리는) 형님, 왜 이러세요?

참담한 도하, 강민의 말에 하나도 반박할 수 없다. 고개 푹 숙이면 운동
화 밑창에 묻은 에단의 핏자국이 보인다. 괴롭다.

수술실 앞 대기실 / 밤

대기실 의자에 앉아 수술실에 들어간 에단을 기다리는 영재. 어찌나 급하게 왔는지 편의점 조끼를 그대로 입은 모습이다. 초조한 듯 다리를 덜덜 떤다. 핸드폰을 보며 '엄마'에게 연락을 할까 말까 망설이는데. 인기척을 느끼고 앞을 보면 도하가 서 있다. 영재의 표정이 굳는다.

도하	(조심스럽게) 형 상태는 좀 어때요…?
영재	(도하 가만히 올려다보다가) 진짜… 그 사람이에요? 김승주…?
도하	…네.
영재	(자리에서 일어나 도하 똑바로 보며) 사람 죽였던 거… 맞아요?
도하	아뇨….
영재	(안 믿기는) 아닌데 그 사람은 왜 그런 거예요? 왜 우리 형 찌른 건데요? 네??
도하	(할 말 없는) 미안합니다. 미안하다는 말밖에는… 할 말이 없네요.
영재	(울음 터지는) 다 나 때문이에요….
도하	…?
영재	형이 원래 나한테 부탁했었어요. 작곡가님 좀 만나게 해달라고…. 근데 내가 싫다고 했어요. 그때 그냥 알겠다고 했으면 됐는데….

자책하며 괴로워하는 영재를 보며 과거 자신의 모습을 보는 것만 같은 도하. 영재를 위로하고 싶지만… 그럴 자격이 있나 싶다. 무력감을 느끼는데. 수술실 문이 열린다. 마스크 벗으며 나오는 의사. 영재와 도하, 긴장한 얼굴로 의사를 바라보는데.

의사	간이 찢어지면서 복강 내에 피가 차 있는 상태였거든요. 다행히 다른 장기나 혈관 손상은 없어서 회복만 하면 생명에는 지장 없을 겁니다.
영재	(안도하며, 울먹이는) 감사합니다. 감사합니다….

도하도 옆에서 조용히 안도의 한숨을 쉬는데. 뒤늦게 병원에 도착해 두리번거리던 솔희. 도하를 찾아낸다.

S#8.   병원 복도 / 밤

병원 복도 벤치에 나란히 앉아 있는 솔희와 도하.

솔희   (얘기 듣고 안도하는) 하… 천만다행이네요.
도하   (마음 무거운) 영재가 자기 탓이라고 하는데… 철렁했어요.
솔희   (보는)
도하   그 죄책감이 어떤 건지 아니까요…. 내가 저 형제 인생을 다 망칠 뻔했어요.
솔희   얘기가 왜 그렇게 돼요? 칼로 찌른 사람이 나쁜 거지.
도하   그 칼 쥐게 만든 게 나잖아요. 아까 이강민 씨 말 다 맞아요. 나 빼고… 내 주변 사람들만 피해 보고 있어요.
솔희   왜 도하 씨는 쏙 빼요? 지금도 봐. 제일 힘들어하면서.
도하   (위로가 되지 않는) …회복실 가봐야겠어요. (일어나는)
솔희   같이 가요.

솔희, 도하 따라 얼른 일어나는데 발목 통증 느끼고 살짝 휘청인다.

도하   (놀라서 얼른 잡아주며) 왜 이래요…? 어디 아파요?
솔희   (숨기려고 했는데 들킨) 아니… 아까 넘어지면서 살짝….

도하, 그제야 솔희의 발목이 부어 있는 것을 본다. 속상하고 괴롭다.

S#9.   J 엔터, 대표실 / 밤

늦은 밤까지 대표실 책상 앞에 앉아 일하고 있던 득찬. 갑자기 찾아온 재찬을 앞에 두고 잔뜩 짜증 난 얼굴이다.

득찬   뭐…?

재찬   (어쩔 줄 모르는) 그 새끼가 내 돈 다 들고 튀었다고…. 가게 대출 이자에 월세에…. 나 지금 카드 론으로 돌려막기하고 있어…. 형… 이번 한번 만… 마지막으로 딱 한번만 도와주라. 응?

득찬   (전혀 흔들림 없는) 너 매번 마지막이라고 하지 않았냐? 나 이제 그만 속 고 싶다.

재찬   진짜루… 이것만 정리되면 여기서 월급 받으면서 착실하게 일할게.

득찬   (황당한 듯 재찬 보며) 여기 니 지정석이라도 있어? 지금 있는 직원도 자 를 판이야….

재찬   (절망적인, 울 것 같은 얼굴로) 형….

득찬의 핸드폰이 진동한다. 홍보팀장이다.

득찬   (받은) 무슨 일이야? 이 시간에?

홍보팀장(E) (다급한 목소리) 대표님, 김도하 작곡가…. 학천 실종 사건 용의자 김승 주였어요?

득찬   (놀란) …!!!

홍보팀장(E) 지금 기사 다 터지고… 난리 났어요.

득찬   (애써 침착하려 애쓰는) 알았어. 일단 끊어. (끊는)

득찬, 마우스 움직여 모니터 켠다. 키보드 타다닥 치며 따로 기사를 찾 아본다.
[샤온의 작곡가로 알려진 김도하… 학천 해수욕장 실종 사건의 용의 자 김승주로 밝혀져]

[아틀란티스 멤버 에단, 김도하 작곡가 자택에 찾아갔다가 피습…충격!]
마치 도하가 에단을 해쳤다는 느낌이 드는 자극적인 기사 제목들…
심란한데.

재찬 (상황 파악 못하고) 형, 내가 진짜… 각서라도 쓸게. 형이 안 도와주면 나
   죽어~. 진짜 방법이 없다구….

득찬 나 지금 회사 일로도 머리가 터질 것 같거든? 니 일은 니가 알아서 해
   라. 나가봐.

재찬 (구질구질) 혀엉….

득찬 아니다. 내가 나갈게. (재찬 두고 대표실에서 나가는)

───────
S#10. J 엔터, 복도 / 밤

복도를 걸어가며 홍보팀장에게 전화 거는 득찬.

득찬 (냉정하게) 어. 기사 봤는데…. 우리 회사는 김도하 작곡가랑 더는 같이
   일 안 하고, 사생활도 전혀 몰랐다고 대응해.

허둥지둥 따라나온 재찬. 득찬 찾아 두리번거린다.

재찬 (다급한) 형! 형! (이내 낙담하는) 하….

───────
S#11. 병원 앞 거리 / 밤

발목에 붕대 감은 솔희 업고 택시 정류장 쪽으로 걸어가는 도하.

솔희	(머쓱한) 봐요, 별것도 아닌데 괜히 엑스레이까지 찍었네…. 이제 진짜 내려줘요. 걸을 수 있다니까요?
도하	앞으로는 그런 상황에서 절대 나서지 마요. 알겠어요?
솔희	(잠시 생각) 그건… 약속 못해요.
도하	(황당한, 돌아보며) 네??
솔희	도하 씨가 죽을지도 모르는데 어떻게 가만있어요? 그게 좋아하는 거예요?
도하	(솔희의 마음이 느껴지는) …미안해요. 이런 일에 휩쓸리게 해서.

도하, 마침 서 있는 택시를 발견하고 솔희를 내려준다.

도하	(차에 태우며) 집에 도착하면 연락해요.
솔희	(의아한) 같이 안 가요?
도하	나는… 그 친구 깨어난 거 보고 가야죠.
솔희	(끄덕이는) 그래요. 그게 맞겠네…. 저기, 도하 씨!
도하	(보는)
솔희	나 휩쓸린 거 아니에요. 그냥 좋아하는 사람 옆에 있는 거지.

솔희를 태운 택시가 출발하고. 멀어지는 택시를 바라보는 도하.

S#12. 병원, 회복실 / 새벽

에단 옆에 앉아 있는 영재. 마취에서 깨어나지 못한 에단을 걱정스럽게 바라보는데…. 힘겹게 눈을 뜨는 에단.

영재	형! (의료진 찾으며 소리치는) 여기요! 환자 깨어났어요!

마침 에단의 침대로 다가오는 간호사.

간호사　이민재 환자분? 1인실 맞으시죠?
영재　　아뇨. 저희 그냥 8인실로….
간호사　이미 수납 다 되셨는데요?
영재　　(의아한) 네…?

S#13.　병원, 1인실 / 새벽

1인실로 옮겨진 에단. 영재가 물 채운 가습기 통을 꽂아 넣는데. 똑똑
노크 소리 들리고. 도하가 들어온다. 에단, 몸 일으키려는데.

도하　　아니에요. 그냥 누워 있어요. (조심스럽게) 몸은… 좀 어때요?
에단　　괜찮아요. 수술비도 다 내주시고 병실도 잡아주셔서… 고맙습니다.
도하　　나 때문인데…. 당연하죠.
에단　　아니에요. (자조적으로) 벌 받은 거예요, 저….

도하, 무슨 말인가 싶다. 영재도 의아한 얼굴로 에단 보는데.

에단　　(도하 보며) 저… 박무진 선배님 부탁 받고… 거기 찾아갔던 거예요.

S#14.　(과거) J 엔터 후문 / 낮

11화 44신의 연결. 에단, 무진이 통화 내용 엿들은 것 보고 놀라는데.

무진	너 김도하 알아?
에단	(당황) 아니, 그게….
무진	(안타깝다는 표정 지으며) 아틀란티스… 해체됐다며?
에단	(고개 숙이고) 네….
무진	더케이 엔터에 있는 내 후배놈이 보이 그룹 하나 만들고 있거든? 근데 딱 메보 자리가 비었다네? 나한테 추천할 애 없냐고 물어보던데….
에단	(절박한 얼굴로 무진 바라보는) …!
무진	너 노래는 곧잘 하잖아. 생각 있어?
에단	정말요…? 저야 당연히….
무진	(말 자르고) 대신 김도하 좀 캐봐.
에단	네…?
무진	(당당한) 그놈이 나한테 표절 작곡가 누명 씌운 거 너도 다 알잖아? 김도하는 지 신상 까지는 걸 제일 무서워하는 놈이니까… 뒤 좀 밟아서 그 새끼 정보 좀 넘기라고.
에단	(난감한) 저도… 그분이 진짜 김도하인지 확실한 게 아니라서….
무진	으응~. 그럼 뭐… 나도 너 확실하게 추천 못하겠네. 알겠어~. (돌아서는)
에단	(고민하다가) 자, 잠깐만요!

S#15.   병원, 1인실 / 새벽

다시 현재. 에단의 이야기를 듣고 당황스러운 영재. 도하는 오히려 덤덤하다.

에단	(피식) 준비 중인 그룹에… 저를 왜 끼워주겠어요? 나이도 많고, 새로운 얼굴도 아닌데…. 정신 차리라고 이런 일 생긴 것 같아요. 이제 그만 해야죠.
영재	(마음 아픈) 형….

도하	(안타까운) 다 나으면… 내가 좋은 곡 써줄게요.
에단	(보다가 차갑게) 아뇨. 괜찮아요. 신경 써주셔서 감사합니다.

에단의 시선에서 이미 살인자로 낙인찍혔음을 깨닫는 도하. 이해하면서도 이 상황을 받아들이는 게 힘들다.

S#16. 병원 안 + 앞 / 아침

어느새 아침 햇살이 들어오는 병원 정문. 도하, 혼란스러운 얼굴로 힘없이 병원에서 걸어 나오는데…. 도하를 알아보고 모여드는 기자들. 여기저기서 "김도하 작곡가 맞죠?" "원래 이름이 김승주가 맞습니까?" "사람 죽인 거 맞나요?" 같은 질문이 쏟아진다. 당황한 도하, 앞으로 나아갈 수 없는데.

솔희	(도하 도와주러 가는) 도하 씨! (기자들에게) 아, 지금 뭐 하시는 거예요? 비켜요.

하지만 오히려 기자들에게 밀려나는 솔희. 넘어질 듯 살짝 휘청거리는데. 그런 솔희를 보며 정신 차린 듯 눈빛이 바뀌는 도하.

도하	네. 제가 김도합니다.

기자들, 놀라서 잠시 조용하더니 이내 다시 술렁거린다. "살인 용의자라서 그동안 정체를 숨겼던 겁니까?" "앞으로 음악 활동 계속하실 건가요?" "샤온이나 조득찬 대표는 이 사실을 다 알고 숨겨준 겁니까?" 더 적극적으로 쏟아지는 질문들.

도하	네. 제가 살인 사건의 용의자였기 때문에 정체를 숨긴 것도 사실입니다.
기자1	최엄지 씨를 죽인 게 맞나요?
도하	(질문한 기자 똑바로 바라보며) 아뇨. 안 죽였습니다.
기자2	그렇게 떳떳하셨다면 그동안 왜 숨어 있었죠?
도하	아무도 믿어주지 않으니까요. 지금처럼요.

도하, 그렇게 말하고 걸어 나가는데. 자꾸만 길 막아 세우는 기자들.

기자3	김도하 씨 음악을 좋아했던 팬들의 충격이 큰데요. 하고 싶은 말씀 있을까요?
도하	계속 제 음악 좋아하셔도 됩니다. 진실이 밝혀지도록 최선의 노력을 다하겠습니다. (꾸벅 인사하고 가는)

S#17.　　밀실 / 아침

밀실에 도하 데려온 솔희.

솔희	(앉으며) 역시… 여기만큼 안전한 곳은 없죠.
도하	(일단 앉고) 병원은 또 왜 찾아왔어요? 다리도 아프면서.
솔희	(도하 바라보는) ….
도하	나서지 말라고 했더니 또 나서고…. 넘어지기라도 할까 봐 걱정했어요. 왜 이렇게 말을 안 들어요?
솔희	괜찮아요…?
도하	…?
솔희	기자들 앞에서 그렇게 말한 거… 괜찮냐구요.
도하	사실을 말한 거예요.
솔희	안 괜찮은 거네….

도하	이 상황에… 나 혼자 괜찮고 싶지 않아요.
솔희	(보는)
도하	어제 학천 다녀올 때는… 누가 엄지를 거기에 묻었는지… 범인이 누구고… 왜 엄지한테 그랬는지… 그런 게 궁금했거든요.
솔희	(듣는)
도하	근데 이제는… 내가 범인 찾아내고 싶어요.
솔희	마음을 알겠는데…. 어떻게 찾아요? 그건 경찰이 할 일이고. 도하 씨는 기다리면 돼요.
도하	아뇨. 나 때문에 사람이 죽을 뻔했어요. 주변에 피해는 다 줘놓고 알아서 괜찮아지길 기다리는 거… 이젠 하기 싫어요.

도하, 자신을 걱정스럽게 바라보는 솔희의 손을 잡는다.

도하	(스스로에게 다짐하듯) 내가 할 수 있는 일이… 더 있을 거예요. 찾아낼 거예요.

S#18.　　연미의 선거 사무실 / 낮

사무실에 있던 참모진들. 여기저기 빗발치는 전화를 받느라 바쁘다. 최 의원, 두르고 있던 띠를 신경질적으로 벗어 던진다. 모두가 보고 있는 가운데 큰소리치는 최 의원.

최 의원	아들 독일에 있다면서? 자살 확실하다면서? 지금 정 의원 때문에 나까지 욕먹고 있어!
연미	죄송합니다. 근데… 정말 제 아들 범인 아니에요.
최 의원	국민들이 제일 싫어하는 게 거짓말이야. 처음부터 솔직하든가, 끝까지 안 들키게 하든가.

연미	최선을 다해서 결백을 밝히도록….
최 의원	(말 자르고) 지금 정 의원이 할 수 있는 최선은 후보에서 물러나는 거야.
연미	(눈빛 흔들리는, 간절하게) 제가… 어떻게 여기까지 왔는지 잘 아시잖아요…. 저 지더라도 끝까지 완주하고 싶어요.
최 의원	뭘 착각하고 있네…? 그래. 정치판에서 한번 지는 거? 길게 봤을 때 아무것도 아니야. 근데 문제는… 이제 자기한텐 질 기회조차 없다는 거야.
연미	…!

사무실에서 나가버리는 최 의원. 멍하게 서 있는 연미의 모습에서.

S#19.   도하의 집 / 낮

소파에 앉아 핸드폰으로 엄지와 관련된 기사를 찾아보고 있는 도하. [학천 살인 사건 추가 증거 없어… 수사 난항] 같은 기사들만 검색된다. 오히려 도하의 신상에 관련된 기사들이 더 많다. [아틀란티스 멤버 에단 피습당한 김도하 작곡가의 자택] 이라는 설명과 함께 드림 빌라 사진이 그대로 노출되어 있는데. 때마침 딩동- 현관 호출 소리 들린다. 기자인가 싶어 도어 폰 확인해보는데…. 재찬이다. 문을 열어줘야 하나… 고민하는 도하의 표정에서.

CUT TO
도하의 집에 들어와 소파에 앉아 있는 재찬. 어제 득찬과 함께 있을 때 입던 옷 그대로다. 딱 봐도 밖에서 밤새우고 들어온 듯 꾀죄죄한 모습인데. 멀리 떨어져 앉는 도하.

| 도하 | 무슨 일이야? |
| 재찬 | (갑자기 눈물 뚝뚝 흘리는) 도하야…. |

도하	(어리둥절) …??
재찬	(무릎까지 꿇으며) 나 좀 도와주라. 같이 사업하던 놈한테 뒤통수 맞아서 지금 이 순간에도 빚이 불어나고 있어…. 니가 안 도와주면 나 이제 갈 곳은 한강밖에 없다….
도하	(결국 또 돈인가 싶은, 난감한) 하….
재찬	내가 예전에 너 도와줬던 거 생각해서라도… 마지막으로 딱 한번만 더 도와주면 안 돼? 나도 그때 쉬운 결정 아니었어. 엄지 인생… 너무 불쌍하기도 하고….
도하	(보는)
재찬	(도하 눈치 보고) 물론 너도 불쌍하고, 다 불쌍하지! 그래도… 최엄지는 진짜 불쌍했잖아. 지 아빠한테 돈 뺏기고 처맞고….
도하	뭐…?
재찬	(얼른) 니가 그랬다는 게 아니라… 엄지 아빠가….
도하	(당황) 걔네 아빠… 집에 잘 들어오지도 않았잖아?!
재찬	그래. 어쩌다 한번 들어와서 집 뒤집어엎었지. (도하 표정 보다가 황당한 듯) 설마… 너 몰랐어?

도하의 혼란스러운 표정에서.

INSERT 9화 5신 (과거) 엄지의 집 / 낮

도하	(엄지의 빨개진 눈 발견하고 잡는) 너 울었어? 봐봐.
엄지	(눈 피하며) 아니야….
도하	아니긴 뭐가 아니야. 무슨 일 있었지? 너.
엄지	(도하 가만히 보다가) …너 너무 보고 싶어서.

INSERT 9화 6신 (과거) 엄지의 집 근처 / 낮

엄지	나 그냥… 서울에서 너랑 같이 살면 안 돼?

엄지가 그토록 떠나고 싶었던 이유에는… 폭력적인 아빠가 있었구

나… 뒤늦게 깨달은 도하. 충격으로 멍한데.

재찬	너까지 알게 하긴 쪽팔렸나 보네. (씁쓸한 미소, 혼잣말처럼) 나한텐 못하는 소리가 없었는데…. 뭐 어차피 그때 엄지 안 죽었어도… 언젠간 그 인간이 엄지 때려죽였을 거야.
도하	(문득 용국이 범인일 수도 있겠다는 생각이 들고) 그 사람… 엄지 아빠… 지금 어디서 뭐 하는지 알아?
재찬	(도하 눈치 살피며) 그거 말해주면… 돈 줄 거야…?

S#20.   타로 카페 / 낮

손님 없이 솔희, 카산드라, 치훈 셋만 있는 타로 카페.

치훈	(충격받아서 말문 막히는) 와… 진짜… 와… 찐으로 샤온의 작곡가였다니…. (카산드라 보며) 누나는 왜 하나도 안 놀라?
카산드라	그냥 뭐… 예상 가능한 일이니까.
치훈	그럼 살인자인 것도 예상했어?
솔희	(얼른) 살인자 아니랬지? 내가 들었어. 신령님 통해서.
치훈	(솔희 옆에 앉으며 진지하게) 그럼 헌터님, 이참에… 헌터님 정체를 밝히는 건 어때요?
솔희	(황당) 뭐…?
치훈	지금 샤온 앨범… 살인자가 만든 거라고 불매 운동하고 난리예요. 헌터님이 나 사실 라이어 헌턴데 김도하 작곡가 말 다 사실이다, 내가 들었다… 이렇게 말하면 어때요? 헌터님도 그분 결백 밝히고 싶잖아요. 네?
솔희	(황당한 얼굴로 뭔가 말하려는데)
향숙(E)	절대 안 돼!

갑자기 등장한 향숙을 동시에 쳐다보고 놀란 세 사람.

향숙   왜 그런 놈 때문에 니 밥줄이 끊겨야 되는데? 너 니 정체 알려지면… 아무도 니 앞에서 거짓말 안 한다? 정신 차리고 안전 이별해!

솔희   사랑이랑 돈, 둘 다 되면 나머지는 상관없다며. 그 남자… 그거 둘 다 돼!

향숙   범죄자는 안 된다고 했지? 딴 것도 아니고 살인?? 간도 커….

솔희   (답답한) 살인자 아니라고! 내가 안다고오!

향숙   그니까 너만 아는 거잖아! 세상 사람들이 봤을 땐 넌 그냥 살인자 여자친구인 거야.

솔희   (지지 않는) 세상 사람들이 뭐!? 아닌 거 내가 아는데 왜 그만둬? 절대 안 헤어져!

솔희의 기에 눌려 당황하는 향숙. 카산드라와 치훈도 그런 솔희의 모습 보며 눈 동그래진다.

S#21.   연서 베이커리 / 낮

후다닥 가게에 들어온 오백. 이미 와 있는 초록을 보고 순간 멈칫한다.

오백   (어색하게) 안녕…?

초록   뭘 갑자기 안녕이래…?

오백   (얼른 보로에게) 너 그거 봤지? 김도하…!

보로   어….

오백   대박이지 않냐? 이게 그때 말한 과거였나 봐. 와… 난 학폭도 세게 부른 거였는데. 살인자였을 줄은… 어후~.

보로   (정색) 아직 아니야. 밝혀진 거 아무것도 없어.

| 오백 | 그래? 그런 건 모르겠고 그냥 살인자 분위기길래….

| 초록 | (단호하게) 나도 아닌 것 같아.

| 오백 | 넌 또 왜?

| 초록 | 타로 사장 남친이잖아. 그 여자… 신기 장난 아니야. 그날도 소개팅 그 새끼. (까지 하다가 관두고) 여튼 몰래 신당까지 차린 그런 여자가 살인 자를 남자 친구로 뒀겠어?

크루아상 한 판 새로 꺼내 진열하는 보로. 순간 멈칫한다.

INSERT 7화 21신 연서 베이커리 / 낮

| 도하 | (파마남 옆에 서며) 안 사실 거죠?

| 파마남 | 네? 네.

| 도하 | 그럼…. (크루아상 접시째 들고 가는) 이거 다 계산해주세요.

바퀴벌레 사건 때 크루아상 한 판을 다 사줬던 도하가 떠올라 어두워 지는 보로.

| 오백 | (웃으며) 그래. 뭐… 니들이 그렇다면 나도 중립 기어 박지 뭐.

| 보로 | (버럭) 난 중립 아니야! 확실히 믿어. (오백 보며) 너도 야… 그러지 마. 이 게 웃을 일이야?

보로의 반응에 놀란 오백과 초록. 진지한 보로의 표정 보며 아무 말 못 한다.

S#22. 타로 카페 / 밤

마감 끝나고 가게에 혼자 남아 있는 솔희. 병원 앞에서 도하가 말하는 영상(12화 16신)에 대한 댓글 반응을 보고 있는데…. 대부분 욕이다.

[살인자가 혀가 기네]

[증거 없다고 뻔뻔한 거 보소]

[응 그래 봤자 살인자~]

[그 얼굴 그렇게 쓸 거면 나 주라고;; 생긴 놈들이 더한다더니]

[고딩 때 쟤네 커플 유명했음ㅇㅇ 남자 범인 빼박임 저번에 동창 나와서 썰 풀었음]

[샤온 애 때문에 일찍 활동 접은 거 아니냐?ㅋㅋㅋ]

[샤온도 똑같지 뭐ㅋㅋ 몰랐겠음 설마?]

[유언비어 신고합니다. 제 누나가 신내림 받은 용한 무당인데 아니라고 했어요.]

[대댓글 : 이거 미친놈 아님? 정신 차려라ㅋㅋㅋㅋ]

[대대댓글 : 너나 딥카페인 커피 마시고 정신 차려라]

솔희　　(중얼중얼) 딥카페인…? 이거 백치훈아냐?

그때 타로 카페에 들어온 도하. 솔희, 얼른 핸드폰 엎어놓는다.

솔희　　(아무 일 없었다는 듯이) 왔어요? 같이 저녁 먹을까요?

그러다 카페 앞에 잠시 세워둔 도하의 차를 발견하고.

솔희　　아… 어디 가요? 오아시스? (도하의 옷차림 보고) 공연 의상이 아닌데…?

도하　　네. 나 지금 학천 가요.

솔희　　왜요…? 경찰이 또 오래요?

도하　　아뇨. 엄지에 대해서 알게 된 게 있어서… 누구 좀 만나보려고요.

솔희　　(걱정되는) 누굴요…. 그 동네 위험하잖아요. 다들 도하 씨 범인이라고 생각하는 사람들인데.

도하　　(피식) 안 그런 곳이 있어요?

솔희	그럼… 나도 같이 가요! (얼른 핸드백 챙겨서 나가려는데)
도하	(손목 잡고) 나 혼자 가요. 솔희 씨 또 위험하게 할 수 없고…. (애써 웃으며) 그런 상황에서 가만있지도 못하잖아요.
솔희	(울상, 할 수 없이) 가만있을게요….
도하	(미소) 나도 솔희 씨 거짓말은 들려요?

도하, 울상이 된 솔희를 다정하게 안아준다.

도하	내 걱정 말고 평소처럼 솔희 씨 일상을 살아가는 게… 나는 더 좋아요. 내 말 진실인 거 들리죠?

솔희, 도하를 말리고 싶고 따라가고 싶지만 더는 어쩔 수 없다.

솔희	(대뜸 새끼손가락 내밀며) 약속해요!
도하	…?
솔희	건강하게 아무 일 없이… 최대한 빨리 돌아온다고.
도하	알겠어요. 대신 솔희 씨도 여기서 잘 지내는 거예요?

끄덕이는 솔희. 도하, 손가락을 걸어준다. 엄지로 도장까지 꾹 찍는 두 사람.

S# 23.   연서 경찰서 복도 / 낮

구치소로 가는 호송차를 태우기 위해 엄호를 데리고 나오는 강민. 수갑을 찬 엄호. 모든 것을 다 내려놓은 것 같은 표정이다.

엄호	내 동생 사건… 어찌 되어갑니까?

강민	그건 저희 서 관할이 아니라… 저도 모릅니다.
엄호	내 소지품함에 노트 하나 놓고 왔습니다. 그거… 한번만 읽어보이소.
강민	(무슨 말인가 싶은) 네…?
엄호	학천 토박이 형사들… 절대 믿으면 안 됩니다. 다 한통속입니다.

S# 24.   연서 경찰서 앞 / 낮

호송차에서 나와 대기 중인 경찰. 엄호를 태우려고 재촉한다.

경찰	최엄호? 빨리 타.
엄호	(강민 보며 간절하게) 한번만… 딱 한번만 읽어주이소. 네? (경찰에게 잡혀 호송차에 들어가는)

엄호의 말을 믿어야 하나 말아야 하나… 혼란스러운 강민의 표정에서.

S# 25.   유치장, 관리팀 / 낮

유치장에 다시 돌아온 강민. 관리팀 책상에 앉아 있는 여경에게 다가간다.

강민	최엄호가 놓고 간 소지품이 있다고 해서 찾아왔는데요.
여경	아… 그거 안 가져간다고 하던데요. 어디 있더라….

여경, 책상 밑에서 주섬주섬 엄호의 노트를 찾아내 강민에게 건넨다.
낡은 노트를 받은 강민. 노트를 후루룩 넘겨보다가 맨 마지막 장에 꽂

힌 엄지의 사진을 본다. 안타까운 마음이 드는데.

S# 26.   필라테스 센터 / 낮

필라테스 막 끝낸 샤온. 수건으로 땀 닦으며 인스타 확인하는데. 자신
의 셀카 피드 사진 아래 댓글에서 도하의 욕을 발견한다.
[살인자 사이코패스 김도하 전 재산 기부하고 지옥이나 가라]

샤온   (기막힌) 허! 뭐어??

샤온, 반박 댓글로 [누구 보고 사이코패스래 그러는 넌 키보드 워리어
주제에 막상 김도하 앞에 서면 아무 말도 못] 까지 쓰다가 멈칫한다.

샤온   하… 이러면 안 돼…. 도하 오빠 더 욕먹어….

할 수 없이 댓글 지우는 샤온. 분명 삭제 버튼 누른 것 같은데…. 자신의
눈을 의심한다.
[김도하가 사이코패스면 넌 방구석 키보드 워리어 아님??]
댓글이 달려 있다.

샤온   (심각해진) 뭐야… 나 안 지웠어? 삭제한 거 아니었어??

샤온, 당황해서 댓글 다시 보는데 작성자는 다른 사람이다. 안도의 한
숨 쉬는데. 누가 이렇게 내 마음 같은 댓글을 달았나… 신기해서 작성
자 계정으로 들어가 보면. 각종 허세 사진이 가득한 치훈의 인스타 화
면이 나온다. 샐러드 가게에서 얼굴 위주의 셀카 찍은 피드를 클릭하
면…. '#OOTD #오늘의훈남 #닭가슴살남 #갈수록일취얼짱 #장례회

망샤온보디가드' 태그.

샤온   어…? 이 사람…!

치훈임을 알아본 샤온. 신기하고 반가운 표정에서.

_____ S# 27.   J 엔터, 대표실 / 낮

심각한 얼굴로 자리에 앉아 모니터 보고 있는 득찬.
[J 엔터도 몰랐다! 김도하 상대로 고소까지 갈 수도]
[J 엔터… 과거 '김도하 살인 사건'과 전혀 관련 없어… 법적 대응 검토 중]
[J 엔터, '김도하' 살인자인 것 모르고 영입해… 바로 퇴출 신속 대응]
득찬, 더는 못 참겠다는 듯 사무실 유선 전화로 어딘가에 전화를 건다.

득찬   이거 기사 왜 이래? 고소는 뭐고, 퇴출은 뭐야?? 내가 이렇게까지 하라
고 했어? 그냥 우린 김도하 정체 몰랐다, 샤온 활동 중단하면서 김도
하하고도 일 안 하게 됐다, 그런 식으로 정리하랬잖아!

전화 끊고 씩씩거리던 득찬. 바로 핸드폰 들고 도하에게 전화를 거는
데. 신호만 갈 뿐 받지 않는다. 급하게 문자를 쓰는 득찬.
[도하야 기사 그거 내 의도랑은 다르게 나간 거야. 너 지금 괜찮은 거
야? 어디야?]
메시지 보내고 이마 만지며 한숨 쉬는데. 바로 전화가 걸려온다. 모르
는 번호다. 혹시 도하인가 싶어서 얼른 받는다.

득찬   여보세요? 도하야?
변호사(E)   안녕하세요? 조득찬 씨 되시죠?

득찬	(여자 목소리에 실망하는) 네…. 그런데요? 누구시죠?
변호사(E)	안녕하세요. 저는 법무 법인 사람의 김보형 변호사입니다. 아내분께서 이혼을 원하셔서 전화를 드리게 됐는데요.
득찬	네…? 뭐라고요?

당황한 득찬의 모습에서.

S#28.   학천 시장 입구 + 안 / 낮

학천 시장 입구에 서 있는 도하. 시장 안에 들어가야 하는데… 용기가 나지 않는다. 멀리서 봤을 땐 화기애애하고 인간미 넘쳐 보이는 시장 분위기.

재찬(E)	최엄지 아빠… 시장에 있는 분식집 사장이랑 새살림 차렸다는 얘기 들었어.

재찬의 말을 떠올리고 결심한 듯 앞으로 걸어 나간다. 그런 도하를 알아본 시장 상인. 웃으며 떡을 권하다가 표정 차갑게 굳는다. 얼른 옆 상인을 툭툭 쳐 손가락질하고…. 순식간에 모두가 쑥덕거리며 도하를 노려본다. 도하, 신경 쓰지 않으려 애쓰며 앞만 보고 걷는데. 상인(40대/남성) 한 명이 그런 도하를 향해 굵은소금을 뿌린다.

상인	살인자 새끼가 여긴 왜 왔노? 어?
도하	(소금 털어내고, 상인 똑바로 보며) 저… 살인자 아닙니다. (다시 걸어가는)

도하의 말에 더욱 술렁이는 분위기.

상인	(도하 뒤에 대고) 저, 저 뻔뻔한 거 보소. 어? 저러니 마 사람 직이지…!

S# 29.   학천 시장, 분식집 / 낮

시장 끄트머리에 자리한 작은 분식집에 들어간 도하. 손님 없이 휑하다. 힘없이 앉아 있던 야윈 여자(50대)가 그런 도하를 맞이하는데…. 눈에 시퍼런 멍이 들어 있다.

분식녀	(자리에서 겨우 일어나 물통 꺼내며) 어서 오이소….
도하	혹시 최용국 씨 아십니까?
분식녀	(멈칫하는) 그 사람은 와예?
도하	만나서 물어볼 게 있는데요.
분식녀	여 없습니다. (물통 다시 냉장고에 넣어두는)
도하	그럼 어딜 가야 만날 수 있죠? 여기… 다시 오긴 하나요?
분식녀	(적대적인) 니 뭔데? 손님 아니면 꺼지라.

도하, 할 수 없이 나가려다가 분식집 앞에 쌓인 재활용 쓰레기들 중 받는 사람에 '최용국' 이름이 쓰여 있는 '행복 생명 보험' 서류봉투를 발견한다. 여기에 오긴 오는 구나… 싶은 도하.

S# 30.   연서 경찰서, 형사과 / 낮

자리에서 엄호의 노트를 찬찬히 살피고 있는 강민. 나름의 수사 일지, 기사 스크랩에 감탄하는데…. 엄호가 기록해둔 메모에 멈칫한다.
[6월 24일 밤 12시 10분경 학천 해수욕장 근처 편의점 사장, 엄지와 김

승주가 함께 있는 것을 목격. 경찰에 제보했지만 대수롭지 않게 넘김.]

강민   (중얼중얼) 목격자가… 있었어…?

그때 핸드폰 진동해서 보면. '솔희'다.

강민   (얼른 받는) 어. 솔희야.

S# 31.   **소갈비집 / 낮**

불판에 맛있게 익어가는 소갈비.

강민   점심부터 무슨 소갈비야?

솔희   그날 오빠 아니었으면 큰일 날 뻔했잖아. 맛있는 거라도 사야겠다 싶어서.

강민   (자연스럽게 솔희 손에 들린 집게 가져가 대신 구우며) 너… 김도하 사건 어떻게 돼가는지 물어보고 싶어서 왔지?

솔희   (뜨끔한) 어? 아니, 뭐 그렇다기보단…. (강민 표정 살피며 조심스럽게) 혹시 뭐 아는 거 있어…?

강민   기사 나온 그대로야. (솔희 앞접시에 고기 놓아주며) 범인 특정할 추가 증거가 없어.

솔희   그럼… 그냥 미제로 끝날 수도 있다는 거네?

강민   난 왜 이렇게… 김도하 그 사람을 못 믿겠지…?

솔희   (보는)

강민   거짓말 탐지기에도 예외는 있어. 세상에 100퍼센트는 없는 거 너도 알잖아.

솔희   그 사람이 예외일 거라고 생각하는 이유가 뭔데?

강민	(잠시 고민) 5년 전에 학천서에서 그 사건을 빨리 묻었던 것 같아. 위에서 압력이 들어왔다는 건데…. 죄가 없으면 왜 그렇게까지 했겠어?
솔희	자살을 증명하기가 힘드니까, 범인으로 몰렸으니까….
강민	이젠 자살이 아니잖아.
솔희	….
강민	이렇게 된 이상 진범이 무조건 나와야 돼. 그래야 혐의를 벗을 수 있어. 안 그러면 그 사람… 살인자 소리 들으면서 계속 도망치듯이 살게 될 거야. (솔희 걱정스럽게 보며) 너… 괜찮겠어?

솔희의 복잡한 표정에서.

S#32. 학천 병원, 병실 / 밤

잠든 딸(10세) 옆에서 간호 중인 곽 형사. 연미에게 전화가 온다.

S#33. 학천 병원, 병실 앞 +
        연미의 선거 사무실, 연미의 방 / 밤 (교차)

조용히 병실에서 나와 연미의 전화를 받는 곽 형사.

곽 형사	네, 의원님.
연미(E)	조용히 받으시는 걸 보니까… 병원인가 보네요?
곽 형사	네…. 그렇죠 뭐.
연미(E)	이번 일만 잘 마무리되면 서울에 좋은 재활 병원 소개해드릴게요.
곽 형사	(더 부담스러운) 아, 아입니다. 괜찮습니다. 그동안 도와주신 것도 많

	은데….
연미(E)	맞아요. 많긴 하죠.
곽 형사	…!
연미(E)	그러니까… 절대 내 아들 범인이어서는 안 됩니다. 아시죠?
곽 형사	(양심의 가책 느끼는) 네…. 당사자도 부인하고 확실한 증거도 없는 상태라… 유죄 입증 어렵습니다. 걱정 마이소.
연미(E)	그럼 믿겠습니다.

곽 형사가 뭐라 말하기도 전에 툭 끊겨버린 전화.

S# 34.   연미의 선거 사무실, 연미의 방 / 밤

곽 형사와 통화를 마치고 혼자 생각에 잠겨 있는 연미.

연미	(스스로 최면 걸 듯 중얼거리는) 됐어…. 걸릴 거 아무것도 없어…. 당당해야 돼….

누군가 문을 벌컥 열고 들어온다. 굳은 표정의 당 대표다. 예상하고 있었던 연미.

CUT TO
연미, 당 대표와 마주 앉아 있다.

당 대표	이쯤에서 알아서 물러나는 게… 그나마 낫지 않겠습니까?
연미	저… 경선 투표로 정정당당하게 후보 선출됐습니다. 제 아들이 살인자인지 아닌지는 아직 밝혀지지도 않았고요.
당 대표	그게 중요합니까? 민심이 등을 돌렸는데. 사퇴하세요.

연미	(단호한) 못합니다.
당 대표	…!?
연미	제 아들 결백만 밝혀지면 저는 기존 지지층은 물론이고, 동정표까지 끌어올 수 있습니다. 오랫동안 누명에 시달리다가 결백을 인정 받는 스토리…. 충분히 드라마틱하죠.
당 대표	(살짝 설득되는) 그건… 아들이 범인이 아닐 때 얘기고.
연미	(당 대표 표정 보고 몰아가는) 유지훈으로는 못 이깁니다. 상대 후보랑 경력 차이가 너무 커요. 조금만 더 지켜봐주세요. 기회로 만들겠습니다.

확신으로 밀어붙이는 연미에게 어느 정도 설득된 당 대표. 고민하는 모습에서.

S# 35.   깊은 산속 / 오전

힘겹게 산을 오르는 향숙. 등산화를 신었지만 옷은 하늘하늘 원피스다. 멀리 태섭의 오두막이 보이자 등산화 벗고 미리 준비해간 구두를 꺼내 신는 향숙. 얼른 가방에서 거울을 꺼내 손수건으로 흐르는 땀을 닦고 메이크업을 수정한다. 립스틱도 다시 바르고 향수도 칙칙 뿌리고… 머리도 다시 매만지는데. 달달한 향수 향기 때문인지 말벌이 꼬인다.

향숙	어머, 뭐야? 어머, 어머!!!

향숙, 질색하며 말벌을 피하면서 산속 여기저기를 뛰어다니는데. 소란에 오두막에서 나오는 태섭! 향숙을 보고 눈을 의심하듯 가만히 서 있다. 향숙 역시 자신을 바라보는 태섭을 보며 잠시 멍한데…. 다시 다가오는 말벌. 정말 이러기 싫지만 뛰어다니며 호들갑

떨게 되는 향숙.

향숙　　어머, 어머!

보다 못한 태섭이 오두막에서 나와 향숙의 어깨를 잡는다.

태섭　　(카리스마) 가만있어.

무섭지만 가만히 서 있는 향숙. 윙윙거리며 얼굴 앞에서 맴도는 말벌 때문에 눈 질끈 감는 향숙. 말벌, 이내 멀어진다. 본의 아니게 가까이 붙어 있다가 뒤늦게 어색해하며 떨어지는 향숙. 태섭, 잠시 그런 향숙을 보다가 아무 일도 없었다는 듯이 오두막으로 향한다.

향숙　　(태섭의 뒷모습 보다가) 그냥 가는 거야…?
태섭　　(돌아보지도 않고) 가.
향숙　　(이게 아닌데…) 당신 딸…! 남자 생겼어.
태섭　　(우뚝 멈춰 선, 역시 돌아보지 않고) 결혼한대…?
향숙　　그게 아니라… 살인자야!

그제야 이게 무슨 소린가 싶은 얼굴로 돌아보는 태섭. 일단 내지르고 태섭의 반응 살피는 향숙의 모습에서.

S# 36.　　타로 카페 / 낮

솔희, 도하 생각에 핸드폰 붙들고 한숨 푹푹 쉬고 있다.

카산드라　　(조심스럽게) 헌터님.

솔희	어, 어…?
카산드라	많이 힘드시면… 좀 쉬실래요?
솔희	아니야. 할 일이라도 있어야 딴생각 안 하지.
카산드라	할 일이 있어도 딴생각하시는 것 같아서.
솔희	(찔리는) 아니야. 지금 들어오는 손님. 내가 진짜 최선을 다해서 모신다.

그때 마침 문이 열리고 누군가 들어오는데….

| 솔희 | (한껏 친절하게) 어서 오세요~. |

솔희의 표정이 일그러진다. 들어온 사람은 무진이다.

무진	(솔희에게 대뜸) 이 사기꾼년…!
치훈	(얼른 나서는) 욕은 하지 마시죠…?
무진	(치훈의 등장에 움찔하며) 니들… 다 한통속이지? 사기꾼 새끼들….
솔희	또 무슨 일이신데요, 고객님…. 네??
무진	너! 김도하랑 언제부터 그렇고 그런 사이였어!?
솔희	…!
무진	다 봤어…. 그 새끼랑 꽁냥거리는 거.

S# 37. (과거) 병원 앞 거리 / 밤

12화 11신의 연결. 초조한 얼굴로 병원 앞에서 서성거리는 무진.

무진	아이씨… 뭐야… 나 때문에 이렇게 된 거야? 미치겠네….

들어갈까 말까 갈등하다가 솔희 업고 나오는 도하를 발견한다.

| 무진 | 어? 저 여자…? |
| 솔희 | 도하 씨가 죽을지도 모르는데 어떻게 가만있어요? |

도하 씨라는 말에 놀라는 무진. 솔희를 업고 있는 도하를 본다.

| 무진 | 도하 씨…? 김도하…? |

두 사람이 가까이 다가오자 얼른 뒤돌아 얼굴을 숨기는 무진. 솔희와 도하의 뒷모습을 바라보며 기막힌 듯 피식 웃는다.

| 무진 | 하… 저것들 봐라…? |

샤샤샥 두 사람의 뒤를 밟는 무진의 모습에서.

S#38. 타로 카페 / 낮

다시 현재. 솔희 몰아붙이고 있는 무진.

| 무진 | 그래서 그때 100퍼센트 진실이라고 사기 친 거지? 어쩐지 말이 안 된다 했어…. 어? |

혹시 누가 들어올까 싶어 눈치껏 문 잠그는 카산드라. 치훈은 블라인드를 친다.

| 솔희 | (침착하게) 아니에요. 그때는 우리 아무 사이도 아니었고, 김도하 씨가 했던 말… 다 진실이었어요. |
| 무진 | 그렇게 말할 줄 알았지. |

무진, 기다렸다는 듯 핸드폰 사진을 솔희 얼굴에 들이댄다. 솔희가 도하에게 업혀 있는 사진이다. 사진 슬쩍 본 카산드라와 치훈이 놀라서 서로 눈 마주치는데.

무진 이 사진 쫙 풀어서 니 장사 끝나게 할 거야. 살인자랑 사귀는 무당을 누가 믿고 찾아와? 안 그래?

솔희 (들으며 진지하게 생각에 잠긴) 음… 그런 방법이 있었네…. (무진 보며) 좋은 생각 같아요.

무진 …??

솔희 내가 진짜 그 사람 쫓아가고 싶었는데…. 여기서 하던 일하면서 기다리겠다고 약속을 했거든요. 근데 그렇게 되면… 일이 없어지는 거니까…. 쫓아갈 좋은 핑계가 될 것 같아요.

무진 (당황) 뭐라는 거야…?

솔희 그 사진… 얼른 여기저기 공유하세요.

무진 (약 오르는) 아이씨… 너, 내가 못할까 봐 배짱 부리는 거지? 어!?

치훈, 잽싸게 무진 핸드폰 낚아채듯 가져가서 사진 삭제한다.

치훈 삭제했습니다, 헌터님.

무진 (헉! 하다가 얼른 표정 바꾸고) 파하하~. 내가 바보야? 핸드폰에 저장된 거 하나 달랑 믿고 여기까지 왔을 것 같아? 클라우드에도 올렸고, 메일로도 보내놨고, 외장 하드에도 있어!

솔희 (무진 빤히 보며 여유롭게) 내가 라이어 헌터인 거 진짜 안 믿으시나 보네…. 이렇게 거짓말 줄줄이 하시는 거 보니까?

무진 (졸아서, 침 꿀꺽) 좋아. 그럼... 내 의뢰비만이라도 도로 뱉어내.

솔희 왜요? 저는 진실되게 일해드렸고, 고객님이 가져온 협박 사진도… 이제 완전히 없어졌는데. 제가 왜요?

무진, 부들거리다가 나가려고 돌아서는데 카페 문 닫혀 밀폐된 것 그

제야 발견한다. 갑자기 훅 두려워진 무진. 나가려고 타로 카페 문 여기
저기 만져본다.

솔희 (대신 문 열어주며) 그리고 라이어 헌터로서 하나만 더 말씀드자면….
　　　김도하 씨… 살인자 아닙니다. 만약 살인자였다면…. (속삭이는) 박무
　　　진 씨 당신은 이미 죽어 있겠죠?

무진 (소름 끼치는) 흐아악!

화생방 탈출하듯 뛰쳐나가는 무진. 솔희, 그런 무진 보며 피식 웃는데.

치훈 헌터님….

솔희 (보는)

치훈 진짜 일 그만하시는 거 아니죠…?

그런 치훈 보며 미소 짓는 솔희의 모습에서.

S# 39. 건물 앞 / 낮

고등학교 동창과 이야기 중인 도하.

동창 (떨떠름한) 내한테 무슨 볼일이 있는데?

도하 예전에 너희 아버지 공장에… 엄지네 아빠 최용국… 일했던 적 있지?

동창 동네 아재들 울 아부지 공장에 한두 번은 다 들락거렸다.

도하 아버지께 좀 물어봐줘. 혹시 최용국 그 사람 요즘 어딨는지 아냐고.

동창 (도하 빤히 보다가) 니… 지금 내한테 복수하나?

도하 …?

동창 (흥분한) 내가 그 인터뷰 그거 쪼까 했다고 복수하는 거 아이가? 이렇

게 남 일하는 데까지 찾아와가…!

도하   (보다가 담담하게) 나… 너한테까지 복수할 여유 없어. 그냥 필요해서
              물어보는 거야.

동창   (잠시 생각하는) 예전에… 최엄지 일하던 은행에서 엄지 아빠 본 적 있
              다. 최엄지 죽어서 없는데도 여태 거길 들락거리는 게 좀 이상하긴 했
              다…. 내도 더는 모른다.

도망치듯 건물 안으로 들어가는 동창. 생각에 잠긴 도하의 표정에서.

S#40.   타로 카페 / 밤

마감 끝난 타로 카페. 솔희, 카산드라, 치훈이 모여 앉아 있다. 어딘지
심각한 분위기.

솔희   우리… 좀 쉬자.

치훈   (하늘 무너지는) 헌터님!

솔희   (진정시키듯) 무급아니고 유급으로.

치훈   (이해 못하고) …??

카산드라   (치훈에게 작게) 월급은 주시겠다고.

치훈   아~.

솔희   어차피 지금 내가 일을 제대로 할 수 있는 상태도 아니고…. 의뢰인들
              을 대할 때마다 이게 뭐 하고 있는 건가 싶어. 정작 내 능력이 제일 필
              요한 사람은 따로 있는데.

카산드라   (응원의 눈빛) 그래요. 잘 생각하셨어요.

솔희   (그런 카산드라 보며) 고마워.

치훈   (울상) 헌터님! 저는 잘 모르겠어요. 이게 맞는 건지!

솔희   (달래듯) 생각보다 휴가 빨리 끝날 수도 있으니까 열심히 놀아. 오늘 마

감 잘 하고…. 먼저 간다.

카산드라　(담백하게) 네. 잘 다녀오세요.

솔희, 한번 웃어주고 카페에서 나가는데.

치훈　잘 다녀오라니 어딜?

카산드라　(어이없는) 뭐 들었어. 지금까지?

치훈　혹시… 헌터님 이제 신빨 떨어지신 거 아닐까? 좀 이상하지? 그지?

카산드라　신빨 떨어진 게 아니라 사랑에 빠진 거야….

_____
S#41.　　드림 빌라, 주차장 + 솔희의 차 안 / 오전

차에 탄 솔희. 내비게이션에서 '목적지를 입력하십시오' 안내 나오는데 막상 뭘 쳐야할지 모르겠다. '학천'을 입력하자 자동 검색어로 나오는 '학천 해수욕장'을 일단 누르고 출발하는 모습에서.

_____
S#42.　　타로 카페 앞 / 낮

태섭을 데리고 타로 카페로 향하는 향숙.

향숙　(다급한) 걔가 내 말은 안 들어도 당신 말은 듣잖아. 잘 좀 설득해봐. 응?

태섭　(차분한) 일단 걔 얘길 들어보고 설득을 하든 말든 해야지.

막상 도착하자 컴컴한 타로 카페. 문이 닫혀 있고 '임시 휴업' 종이가 붙어 있다.

향숙	(당황하는) 뭐야 이거…? 휴업이라니. 일자리 끊겼나?? (다급하게 전화 거는)
태섭	(불 꺼진 가게 안 찬찬히 둘러보며 따뜻하게) 여기서 일하는구나… 우리 솔희….
향숙	(전화 끊으며) 아우! 안 받아. 어떡할까? 근처에서 좀 기다려볼까?
태섭	임시 휴업이면 며칠은 쉬겠다는 건데 뭘 근처에서 기다려?
향숙	(머쓱한) 그냥. 뭐… 혹시 모르니까….
태섭	여기인 거 알았으니까…. 내가 다음에 다시 와볼게. (돌아서는)
향숙	(자기도 모르게) 여보!
태섭	(놀라서 보는) …!
향숙	순간적으로 나도 모르게…. 딱히 다르게 부를 말도 없고….
태섭	(차분하게) 우리 이혼했어. 안 보고 산 지가 몇 년인데…. 아무 일도 없었던 것처럼 그러지 마. (다시 돌아서는데)
향숙	(대뜸) 그년한테 가는 거야?
태섭	(뭔 소린가 싶어서 돌아보는) …?
향숙	그 어린 년한테 가는 거냐구!
태섭	(어리둥절) 그게 무슨….
향숙	그래! 가라! 가! 나도 돈 많은 놈한테 갈 거야!

씩씩거리며 돌아서는 향숙을 멀뚱히 보다가 가던 길 가는 태섭.

| 향숙 | (돌아보며, 기막힌 듯) 안 잡아?? |

S# 43.　도로, 솔희의 차 안 / 낮

학천에 진입한 솔희. '목적지 부근입니다' 내비 안내가 나오고. 창밖을 보면 푸른 학천 해수욕장이 보인다. 창문을 열고 바다 냄새를 맡는다.

잠시 기분 좋은 미소가 지어지는데. 얼른 정신을 차리려는 듯 고개를 젓는다.

솔희   놀러 온 거 아니야. 놀러 온 거 아니라고.

S# 44.   **학천 바닷가 / 낮**

해변에 서서 도하에게 전화를 걸어보는 솔희.

도하(E)   솔희 씨.
솔희   잘 지냈어요?
도하(E)   그냥요. 별 성과가 없어요. 솔희 씨는요?
솔희   나도 뭐 그냥….
도하(E)   (대뜸) 보고 싶네요.
솔희   (심쿵) 나두요. 우리 볼까요? 지금 어디예요?
도하(E)   네? 지금요…?

그때 초등학생쯤 되는 애들이 가지고 놀던 축구공이 솔희의 발밑에 굴러온다. 아이들을 향해 축구공을 차는 솔희. 하지만 이상한 곳으로 향하는 축구공. 그대로 두면 바다에 빠질 것 같은데… 축구공을 잽싸게 발로 잡은 누군가…. 도하다. 솔희가 그런 도하를 발견한다. 아직 솔희를 보지 못한 채 아이들에게 축구공 정확히 차주는 도하.

도하   나는 지금… 바닷가예요.
솔희   (그런 도하 바라보며 다가가는) 축구… 보기만 하는 줄 알았더니 하는 것도 잘하나 봐요?

깜짝 놀란 도하. 설마 싶어 주변을 둘러보다가 솔희를 발견한다. 도하에게 뛰어오는 솔희. 그 모습 보고 도하도 뛴다. 그렇게 마주한 두 사람.

솔희 　기다리기로 약속했는데…. 역시 난 안 되겠어요.

도하, 솔희 사랑스럽게 보다가 솔희를 안아준다. 축구 하던 아이들이 "우워어~!" 하면서 놀리는 소리가 들린다. 창피해하며 도하 밀어내는 솔희. 서로를 보며 웃는 두 사람의 모습에서.

S#45. 　수협 은행 / 낮

엄지가 일했던 수협에 찾아간 솔희와 도하. 일단 번호표부터 뽑는다.

여직원 　(번호표 땡기는) 131번 고객님~.
도하 　(앞에 서는) 혹시 여기… 죽은 최엄지 씨랑 같이 일했던 직원… 아직 있나요?

여직원, 도하의 질문에 당황하는데.

수협남 　(귀찮다는 듯) 혹시 차세광 피딥니까?

솔희와 도하를 수상하게 바라보는 수협남의 표정에서.

S#46. 　수협 은행 뒷골목 / 낮

수협 은행 뒷골목에 서서 이야기하는 솔희, 도하, 수협남.

수협남	요즘 '알고 싶은 이야기'에서 다시 취재 중이라고 몇 번 전화가 오길래… 당연히 방송국에서 온 사람인 줄 알았죠. (도하 슬쩍 보며) 이렇게 유력 용의자가 직접 올 줄은….
솔희	(화 참으며) 최엄지 씨 죽인 진,짜, 범인 찾고 싶어서요.
수협남	(도하 보며) 나는 그쪽 의심 안 했습니다. 엄지 걔 인생 고달팠거든요. 맨날 빚쟁이들 회사까지 찾아오고. 그것도 아니면 걔 아빠가 찾아와서 돈 달라고 난리 치고…. 못 버틸 것 같았어요.

알면 알수록 엄지의 상황을 너무 몰랐다는 생각에 참담한 도하.

도하	엄지가 죽은 뒤에도 걔네 아빠가 여기 계속 왔었다던데…. 그건 뭐 때문이었죠?
수협남	(지긋지긋한) 보험금 때문에요.
도하	…!
수협남	엄지 앞으로 든 생명 보험이 있었나 봐요. 실종됐어도 돈 나와야 되는 거 아니냐고… 맨날 와서 통장 정리해달라고 귀찮게 하고. 보험 회사랑 통화하면서 소리 지르고…. (절레절레) 엄지 뼈 나오고 나서 얼마 전에 보험금 타갔어요. 얼마나 좋아하던지….
도하	(참담한 와중에 더욱 의심 가는) 좋아했다고요…?
수협남	네. 죽은 애만 불쌍하죠. (혼잣말처럼) 아깝다. 아까워…. 예뻤는데….
솔희	(그런 수협남 이상하게 흘끗 보고) 뭐가 그렇게 아까워요?
수협남	걔 덕에 은행에 남자 손님들 득실거렸거든요. 서울에 애인 있다면서 쌀쌀맞게 구니까 더 안달 내고…. 난 뭐 관심 없었지만~.
솔희	(거짓말에 찌릿 째려보는)
수협남	괜히 걔 죽은 날 연락해가지고…. 나도 조사 받느라 경찰서 몇 번 들락거렸습니다. 지금 생각하면… 그런 복잡한 애랑 안 엮인 게 천만다행이죠.

도하	(불쾌한) 그럼 그날 연락은 왜 했습니까?
수협남	(당황) 그냥… 같은 회사 선배로서….
솔희	(계속된 거짓말에 수협남 똑바로 보며) 혹시 최엄지 씨 죽이셨어요?

수협남, 솔희의 돌직구에 당황하더니 헛웃음 짓는다.

수협남	(어이없는 웃음) 제가 미쳤어요? (정색하며) 안 죽였습니다.
솔희	(진실에 머쓱한) 죄송해요. 혹시나 해서요….
수협남	(불쾌한) 여튼… 난 이제 결혼도 했고. 이런 일에 엮이기 싫으니까… 더는 찾아오지 마세요.

수협남, 다시 은행으로 들어간다. 한숨 쉬는 도하.

솔희	또 갈 만한 데 있어요?

S# 47.　　학천 시장, 분식집 / 낮

다시 분식집을 찾아간 솔희와 도하. 경계심 가득한 눈빛으로 바라보는 분식녀.

분식녀	(투덜투덜) 백날 천날 찾아와봐라. 어딨는지 내도 모른다.
솔희	(거짓말 듣고) 아시잖아요~. 그냥 좀 알려주세요.
분식녀	그 사람 만나가 뭐 할 낀데?
솔희	그냥 물어볼 거예요. 최엄지 씨 죽었는지, 안 죽었는지.
분식녀	내도 물어본 적 있다. 안 죽었다 카드라. 됐재? (손 휘저으며 쫓아내려 하는) 가라. 니들한텐 밥 안 판다. 가라!

INSERT 12화 29신 학천 시장, 분식집 / 낮

'최용국' 이름이 쓰여 있는 '행복 생명 보험' 서류봉투.

도하   혹시 최용국 씨가 사장님 앞으로 보험 가입하지 않았어요?

분식녀   그런 거 없다니까 참말로….

솔희   (거짓말 듣고, 얼른) 가입하신 거 다 알고 왔어요.

분식녀   나중에 적금처럼 돈 나오는 거라 캤다. 이율 높다고!

도하   최용국 씨… 딸 사망 보험금 받아갔어요.

분식녀   그게 뭐?! 나온 보험금을 안 받나? 술 먹으면 손버릇 좀 안 좋은 거지…. 딸자식 직일 그런 사람 아이다!

도하   그거 받고 엄청 좋아했대요. 은행 직원이 말해줬어요. 어쩌면 다음 차례… 사장님일지도 몰라요.

분식녀   …!

솔희   (분식녀의 당황한 표정 읽고 얼른) 그러니까… 그 사람 어딨는지만 알려 주세요. 네?

갈등하는 분식녀의 모습에서.

S# 48.   불법 도박장 앞 / 밤

얼핏 지하 나이트클럽 같은 분위기의 불법 도박장 앞. 살벌한 덩치 2명 이 도박장 앞을 지키고 서 있다. 멀리서 그 풍경 지켜보는 솔희와 도하.

솔희   저길 어떻게 들어가죠…?

도하   따로 확인하는 것도 없이 얼굴만 보고 입장시키는 것 같은데….

솔희   우리도 한번 자연스럽게 들어가보자구요. (앞장서는)

솔희와 도하, 자연스럽게 웃으며 들어가려는데.

덩치1	(막아서는) 뭐꼬?
솔희	(뻔뻔하게) 저 모르세요? 어제도 왔었는데?
덩치2	어젠 문 안 열었는데 뭔 소리고?
솔희	(더 뻔뻔하게) 그저께였나? 그저께였다!
덩치1	(피식 웃고, 위협적으로) 그제도 안 열었다!
도하	(얼른 솔희 보호하며) 판돈 많이 들고 왔습니다. 들어갈게요.
덩치2	돈만 있으면 들어올 수 있는 줄 아나? 얼마나 들고 왔는데? 응?
솔희	그럼 뭐 어떻게 해야 들여보내줄 건데요? 도박하고 싶어서 미치겠는데! 잠도 안 오는데!
덩치1	(위협적으로 손 올리며) 이 쪼그만 게…!
보스(E)	헌터님 아니십니까? 맞지예?

솔희, 헌터라는 소리에 돌아보면 보스(2화)가 반가운 얼굴로 서 있다.
'누구였더라…' 잠시 기억을 더듬는 솔희.

INSERT 2화 2신 (과거) 폐공장 앞 / 밤
긴가민가한 표정으로 솔희에게 다가가는 보스.

보스	(솔희를 의심스럽게 보다가) 라이어 헌터…?

그때보다 조금 더 늙고 푸근한 인상이 됐지만 보스를 알아본 솔희.

솔희	(조직명까지는 생각이 잘 안 나는) 어? 뭐더라…? 불곰파셨었나요?
보스	신령님 덕분에 그때 뿌락지 잡아내서 불곰파는 제가 싹 정리했고 저희는 흑곰파입니다. 하하~ 덕분에 사업 많~이 커졌습니다.

보스의 등장에 아까부터 허리 푹 숙이고 있는 덩치1, 2. 도하는 어리둥절한 얼굴로 그 광경 바라본다.

솔희	(넉살 좋게) 저 만나고 잘 풀리는 경우 많더라고요~. 축하드려요.
보스	헌터님은 그땐 마 얼라 같았는데 숙녀가 다 됐네예. 훨~씬 더 이뻐졌습니더. 내 말 진짜지예? 하하~.
솔희	(도하 시선 느끼고) 아, 맞다. 저… 여기 좀 들어가고 싶은데…. 안 될까요?
보스	안 되긴 왜 안 됩니까?! (솔희에게 길 안내하며) 퍼뜩 들어가이소. 마. (덩치1, 2 툭툭 치며) 비키라! 마, 이것들… 덩치는 산만해가지고. 지나갈 수가 없네! 으이구!
솔희	아… 근데 제 일행이 있어서요.
보스	(얼른 웃으며) 일행분도 들어오셔야지요~.

상황에 놀라 로봇 미소 지으며 따라 들어가는 도하의 모습에서.

<hr>

S# 49.   불법 도박장 / 밤

그렇게 보스의 안내를 받으며 도박장에 들어온 솔희와 도하.

도하	(솔희에게 가까이 다가가 슬쩍) 대체 어떤 인생을 살아온 거예요?
솔희	나도 도하 씨 못지않게 인생 빡셌어요.

여기저기 홀덤 게임하는 사람들 보인다. 어디서 뭘 어떻게 용국을 찾아야 할지 막막한데.

보스	내 동생들한테 다 얘기해놨으니까 필요한 거 있으면 언제든 말씀하이소.
솔희	혹시… 최용국이라는 사람… 아세요?
보스	최용국? 우리끼리는 마 이름은 모릅니다. 얼굴만 알지.
솔희	네…. 제가 한번 찾아볼게요.

솔희, 도하와 함께 도박장을 돌아다니며 용국을 찾는다. 그러다 도하, 누군가를 발견하고 미간을 찌푸린다. 넋이 나간 얼굴로 홀덤 중인 재찬이다. 설마 싶어서 가까이 다가가 보는데. 재찬도 뒤늦게 도하를 발견하고 놀란다.

도하 (놀란) 너…!

재찬 (더 놀란) 아이씨, 깜짝이야! 너… 여긴 어떻게 알고 왔냐??

도하 넌 여기 왜 있는데??

재찬 (불쌍한 척) 니가 준 돈으로는 빚 감당이 안 돼서 여기서 좀 불려보려고…. 야, 근데 나 판돈 다 떨어졌다…. 너 지금 돈 좀 있지?

도하 (의심스러운) 너… 최용국 여기 있는 것도 알았어??

재찬 (천연덕스럽게) 여기 있었대? 전혀 몰랐는데?

어느새 다가와 재찬의 거짓말을 들은 솔희. 도하를 보며 작게 고개를 젓는다.

도하 왜 거짓말했어…. 어?

재찬 (갑자기 성질) 니가 그 인간 못 찾으면 또 연락할 줄 알았지! 그럼 난 또 돈 받을 수 있었고!

도하 최용국 어딨어? 불러내. 나 엄지 죽인 놈 꼭 찾아야 돼.

재찬 아오씨! 사귈 때나 잘해주지 왜 이제 와서 주접이야? 야… 걘 니밖에 없었어. 알어?

도하 (그런 재찬 가만히 보다가) 너… 엄지 좋아했었어?

재찬 …아니.

도하, 얼른 솔희 바라본다. 고개 젓는 솔희. 재찬을 의심하며 더 몰아붙이려는 그때. 다른 쪽에서 와장창 술병 깨지는 소리가 들린다. 돌아보면 용국이 누군가와 시비 붙어서 몸싸움 중이다. 얼핏 익숙한 얼굴에 설마 싶어 용국을 바라보는 도하. 시비 붙은 남자와 엎치락뒤치락하느라 얼굴을 알아보기 힘든데. 그러다 자세 바뀌며 얼굴 정면이 확실히 드러난다. 용국이다! 잠시 도하의 시선이 용국에게 팔린 순간, 눈치 보다가 후다닥 도망치는 재찬. 도하, 재찬과 용국 중 누구를 쫓아야 하나 망설이다가 결국 용국을 선택한다. 누군가를 미친 듯이 때리는 용국의 팔을 잡아 바닥에 내팽개치는 도하.

도하   말해! 당신이 엄지 죽였어? 죽였냐고!

갑작스러운 도하의 등장에 놀란 용국. 긴장한 얼굴로 대답을 기다리는 솔희의 모습에서. 엔딩.

13화

그건 믿는 게 아니지.

99프로 믿고, 1프로 의심하면…

100프로밖에 없는 거야.

원래 믿음이란 건

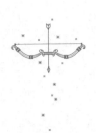

S#1.   불법 도박장 / 밤

12화 49신의 연결. 용국을 무섭게 몰아붙이는 도하.

도하   말해! 당신이 엄지 죽였어? 죽였냐고!

갑작스러운 도하의 등장에 놀란 용국. 솔희, 긴장한 얼굴로 대답을 기
다리는데.

용국   (순간 도하 못 알아보는) 니 뭐꼬? 놔라! (도하 가만히 쳐다보다가 깨닫는)
아… 니… 엄지 애인이었재?
도하   (멱살 잡고) 죽였는지, 안 죽였는지… 그것만 말해요.
용국   내 아니다! 안 죽였다!

용국의 진실을 듣고 허탕이구나… 실망하는 솔희. 이만 놓으라는 듯
도하의 팔을 살짝 잡는다. 솔희의 표정에 진실임을 깨달은 도하. 맥이
빠지는데.

용국   (피식, 중얼거리는) 누가 좀 죽여줬으면 싶긴 했지….
도하   (들었지만 귀를 의심) 뭐요…?

용국	빚쟁이들이 그랬다. 그년 장기라도 팔아가 돈 받아가겠다고. 어느 날 갑자기 죽어도 놀라지 말라고. 아니, 근데… 내도 남는 게 있어야 될 거 아이가. 어?
도하	(기막힌) 설마….
용국	(당당하고 억울한) 기껏 비싼 보험금 부어놨더니! 자살한다는 거 아이가!

——— S#2. (과거) 엄지의 집 / 밤

집안 난장판 만들어놓고 씩씩거리던 용국. 엄지에게 전화를 건다.

용국	(버럭) 니 와 집에 없노? 언제 들어올 낀데?
엄지(E)	나 들어가도 아빠한테 줄 돈 없어.
용국	이년이… 죽기 싫으면 당장 집에 기 들어와라!?
엄지(E)	누가 그래. 죽기 싫다고…. 나 죽으면 장례식 같은 것도 하지 마. 아빠가 내 조의금 받아 챙기는 것도 싫으니까.
용국	뭐라? (전화 끊긴) 여보세요! 야!!!

——— S#3. 불법 도박장 / 밤

다시 현재. 용국의 말을 듣고 놀란 도하.

도하	그 얘기… 왜 경찰한테는 안 했어요?
용국	장난하나? 자살이면 보험금 못 받는다 아이가!
도하	(기막힌, 화 억누르며) 아빠라는 사람이… 어떻게….
용국	난 그래도 죽이지는 않았다. 죽인 건 너잖아. 어?

솔희   (보다 못해 나서는) 이 사람 아니에요!

용국   (눈 부라리며) 니는 또 뭔데? 다음으로 죽을 년이가?

도하, 용국의 멱살 잡으며 노려보는데. 보다 못해 용국을 발로 차는 보스. 나가떨어지는 용국의 멱살을 잡아 일으켜 세운다.

보스   이게 보자보자 하니까 감히 누구 앞에서…. 아니라면 아닌 줄 알고, 진짜 범인 불어라. 어?!

용국   (바로 겁먹은, 울상) 제, 제가 그걸 어떻게 알아요….

그때 용국의 시선에 잡힌 재찬의 모습. 멀리서 이 소란스러운 광경을 구경하고 있는데.

용국   (손가락질) 저, 저놈이요! 점마가… 우리 엄지 억수로 쫓아다녔습니다! 거의 스토커였습니다. 스토커!

솔희와 도하, 용국이 가리키는 방향을 본다. 재찬의 당황스러운 표정.

플래시백 12화 49신 불법 도박장 / 밤

도하   (그런 재찬 가만히 보다가) 너… 엄지 좋아했었어?

재찬   …아니.

용국의 말에 방금 전 재찬의 거짓말을 떠올린 솔희.

솔희   잡아요!

솔희의 말이 끝나자마자 잽싸게 도망치는 재찬. 도하, 그런 재찬을 따라 뛰어간다.

보스   점마 잡아라!

보스의 지시에 부하들까지 합세하지만 요리조리 피하고 도박장 테이블 엎으며 도망치는 재찬. 결국 도박장 안에서 빠져나가는 데 성공한다.

S#4.   불법 도박장 앞 / 밤

도박장 앞 지키고 있던 덩치에게 부딪쳐 넘어진 재찬. 아프지만 얼른 털고 일어나 자신의 오토바이 타고 도망친다. 부하들 우르르 쫓아 나왔다가 당황하는데. 도하, 바로 앞에 주차해둔 차를 타고 얼른 재찬 따라간다. 뒤늦게 도박장에서 나온 솔희. 어쩔 줄 몰라 우왕좌왕하는데. 솔희 앞에 멈춰 선 검정색 세단.

보스   (뒷좌석 창문 열고) 헌터님! 퍼뜩 타이소!

어느새 운전석에 부하들 대동하고 나타난 보스. 솔희, 얼른 보스의 옆자리에 탄다.

S#5.   도로 / 밤

앞서가는 재찬의 오토바이를 쫓는 도하의 차. 그리고 어느새 그런 도하의 차 뒤로 따라붙은 보스의 차와 부하의 차. 도하, 멈추라는 듯 오토바이 뒤에 바짝 붙어 클랙슨 빵빵 울리지만 재찬은 오히려 더 속도를 낸다. 결국 오토바이 추월해 1차선으로 나란히 달리는데. 도하에게 눈길도 주지 않고 계속 달리던 재찬. 옆으로 빠질까 하는데 어느새 오른쪽 3차선으로 보스의 차가 따라붙는다. 양옆으로 퇴로를 막힌 재찬. 갑자기 속력을 확 줄여버린다. 끼익하며 급하게 브레이크 밟는 도하와 보스의 부하. 재찬, 잽싸게 방향을 틀어 논길로 들어간다.

S#6. 논길 / 밤

차 한 대 겨우 지나갈 만한 논길을 달리는 재찬의 오토바이. 도하, 그런 재찬을 힘겹게 쫓는데.

논길 일각
갑자기 옆 반대편에서 튀어나온 조폭 부하의 자동차. 재찬, 급히 오토바이를 멈춰 세우다가 중심을 잃고 넘어진다. 따라오던 도하, 차에서 내려 아파하는 재찬의 멱살을 잡고 일으켜 세운다.

도하	말해! 너야? 니가 엄지 죽였어?
재찬	아이씨! 너 왜 자꾸 나 쫓아오는데! 너 도박장 조폭들이랑 언제 그렇게 친했냐? 어?
도하	니가 엄지 죽였냐고!
재찬	(도하 가만히 보다가 차분하게) 그래. 내가 죽였어.
도하	(놀란) …!!!
재찬	(싸늘한 표정 짓다가 품! 웃음 터지는) 아씨, 진짜 속네? 농담, 농담~.
도하	(허무하기도 하고, 헷갈리기도 하고, 화도 나는) 야… 조재찬….
재찬	너 이렇게까지 할 거 없어. 엄지… 나랑도 만났어.
도하	…!?
재찬	걔가 하염없이 너만 기다렸을 것 같아? 우리… 되게 잘 맞았는데.

도하, 당연히 아닐 거라 생각하면서도 순간 흔들리는데.

솔희(E)   거짓말이에요!

부하의 차 뒤로 멈춰 선 보스의 차에서 내린 솔희, 두 사람 앞에 선다.
솔희의 등장에 바로 긴장하는 재찬.

도하   (솔희 온 것 보고 얼른) 똑바로 말해. 니가 엄지 죽였어?

그때 솔희 뒤로 슬금슬금 다가오는 보스와 부하들. 당황하는 재찬.
갑자기 도하 밀치고 품 속에서 잭나이프를 꺼내 솔희 목에 대고 위
협한다.

재찬   가까이 오지 마! 오면… 이 여자 죽인다…. 찌를 거야!
솔희   (재찬의 거짓말 듣고 의연하게) 쫄 거 없어요. 거짓말이니까.
보스   (솔희의 말에 안심하고) 가서 잡아라. 저놈.
도하   (부하들 움직이려 하자 제지하는)
솔희   뭐 해요? 나 괜찮다니까!?
도하   (재찬 진정시키려 애쓰는) 너 안 잡을 테니까… 그 여자만 놔주고 가….
재찬   그러면… 니 차 키 넘겨. 던져!

도하, 재찬에게 망설임 없이 차 키 던져준다. 재찬의 발밑에 툭 떨어
진 도하의 차 키. 재찬, 차 키 얼른 줍고는 솔희 끌고 도하의 차까지 가
더니 솔희를 도하 쪽으로 밀치고 얼른 도하의 차에 탄다. 보스와 부하
들, 빠르게 빠져나가는 재찬을 추격하려 하지만 좁은 논길로 들어오
는 다른 차에 막혀 옴짝달싹할 수 없는 상태가 되고. 그렇게 재찬을 놓
친다. 아쉬워하는 보스와 부하들.

솔희   (아쉬운, 도하에게) 왜 그랬어요? 그 사람 찌를 배짱도 없었는데.

도하, 그런 솔희에게 다가가 칼에 닿았던 부분을 걱정스럽게 살핀다. 아무 상처 없는 것을 확인하고 나서야 안도하며 솔희를 안아준다. 도하의 마음을 느끼고 말없이 도하에게 안겨 있는 솔희의 모습에서.

S#7.   도로, 솔희의 차 안 / 밤 – 새벽

운전석에서 운전 중인 도하. 조수석에 탄 솔희가 그런 도하를 걱정스럽게 본다.

솔희   운전… 내가 할 수 있는데.

도하   내가 해요. 솔희 씨는 눈 좀 붙여요.

솔희   (다시 생각해도 아쉬운) 아… 쫌만 일찍 도착했으면 거짓말인지 아닌지 들을 수 있었는데…. 굳이 죽였다는 농담은 왜 했을까요? 몰래 사귀었다고 거짓말한 것도 이상해. 그죠?

도하   솔희 씨.

솔희   네…?

도하   고마워요.

솔희   뭐…가요?

도하   다요. 이것만 끝나면 더는 힘든 일 없게 할게요. 약속해요.

솔희   (잠시 생각) 맞아요. 힘들었을 것 같아요. 보통 사람이었으면…. 다들 자긴 범인 아니라고 하는데… 그게 진짠지 아닌지 알 수 없으면 얼마나 답답할까….

도하   (보는)

솔희   난 그동안 거짓말 들려서 힘들다고만 생각했는데. 요즘은 이거 없었으면 어쩔 뻔했나 싶다니까요? 그러니까… 나 하나도 안 힘들어요.

도하, 오른손으로 솔희의 손을 잡아준다. 서로를 바라보는 두 사람의 모습에서.

CUT TO

그렇게 한참을 달리는 차. 옆에서 곤히 잠든 솔희 보고 작게 미소 짓는 도하. 하지만 이내 표정 어두워진다.

플래시백 13화 1신 불법 도박장 / 밤

용국   (당당하고 억울한) 기껏 비싼 보험금 부어놨더니! 자살한다는 거 아이가!

플래시백 12화 46신 수협 은행 뒷골목 / 낮

수협남   나는 그쪽 의심 안 했습니다. 엄지 걔 인생 고달팠거든요. 못 버틸 것 같았어요.

플래시백 2화 12신 (과거) 고속버스 안 / 낮

엄호   (급히 핸드폰 보여주며) 이봐라… 엄지가 새벽에 죽어버리겠다고 이래 보내놓고… 연락이 안 된다. 이 무슨 일이고?

여러 정황이 엄지의 자살로 느껴지고, 머릿속이 복잡한데. 서서히 동이 터온다. 창문으로 따스하게 햇빛이 들어온다.

S#8.   드림 빌라 주차장, 솔희의 차 안 / 낮

잘 자다가 눈을 뜬 솔희. 놀라서 둘러보면 차 안이고 주차장이다. 왜 여기에 있지? 싶은데. 운전석에서 솔희를 향해 잠들어 있는 도하 보인다. '나 재워놓고 기다리다가 잠들었구나….' 바로 눈치챈 솔희. 피식 웃는다.

솔희	(도하 어깨 살살 흔들며) 도하 씨, 김도하 씨?
도하	아… 좀 기다린다는 게… 나도 같이 잠들었네요.
솔희	(안전벨트 풀고) 얼른 들어가요. 들어가서 자요.
도하	아, 나는 득찬 형한테 가보려고요.
솔희	지금요??
도하	네. 조재찬이 어디서 뭘 할지 형이 제일 잘 알 것 같아서요.
솔희	자기 동생 의심하는 거 알면 화낼 것 같은데…. (번뜩 떠오른 아이디어) 그거 내가 물어볼게요!
도하	네…?
솔희	도하 씨는 전혀 그런 생각 없는데 그냥 나 혼자 의심하는 척한다구요.
도하	그렇게까지 안 해도 돼요. 형은 걱정할 거 없어요.
솔희	(살짝 당황) 두 사람 친형제 같은 사이인 건 잘 아는데요…. 조득찬 씨랑 그 사람은 진짜루 친형제예요.
도하	득찬 형은 내가 잘 알아요. 솔희 씨도 저번에 그랬잖아요. 형이 나 믿는다는 말 진짜였다고.
솔희	지금 생각해보니까… 그 말도 좀 수상해요. 동생이 진범인 거 알고 그런 걸 수도 있잖아요. 그러니깐 이번엔 내가 가서.
도하	(이건 너무 갔다 싶은, 말 끊고) 솔희 씨.
솔희	(보는)
도하	득찬 형… 절대 그런 사람 아니에요. 의심 안 했으면 좋겠어요
솔희	(답답한 듯 뭔가 더 말하려다가 마는) 그래요. 알겠어요.
도하	(눈치 보는) 화난 거 아니죠…?
솔희	(누가 봐도 화난 표정) 내가 무슨 화가 나요? 잘 다녀와요.

솔희, 서운한 얼굴로 차에서 내린다. 도하, 잠깐 솔희를 보는 듯하더니 이내 차 출발시킨다.

S#9.   학천 경찰서 앞 / 낮

학천 경찰서 앞에서 서성거리는 차 PD. 누군가와 통화 중이다.

차 PD   어. 나 지금 학천. 위에서 편성 안 해준다니까 나 혼자 취재해서 내 개
         인 유튜브에 올리려고 그런다. (곽 형사 발견하고 얼른 전화 끊는) 곽진혁
         형사님 맞으시죠? 몇 가지만 물어보고 싶은데요.

곽 형사   (차 PD 알아본) 방송국 피디… 맞지예?

차 PD   최엄지 씨 사체가 발견된 야산 근처… 더 수색해봐야 하는 거 아닙니
         까? 유류품이 발견될 가능성이 있을 것 같은데요.

곽 형사   (빤히 보다가) 정식으로 공문 요청하이소. (가는)

차 PD   (따라가며) 5년 전에도, 지금도 수사가 너무 안일한 것 같은데. 혹시 다
         른 이유가 있으신 거 아닙니까?

정문에 서 있던 의경이 그런 차 PD를 제지한다.

차피디   (얼른 명함 건네며) 언제든 할 얘기가 있으면 연락 주세요! 네?

받기 싫은 전단지 받듯 명함 받아가는 곽 형사. 멀어지는 곽 형사 뒷모
습 보며 답답해하는 차 PD의 모습에서.

S#10.   학천 슈퍼마켓 / 낮

동네 작은 학천 슈퍼에 들어간 강민. 목격자(30대/남)를 만나고 있다.

강민   죽은 최엄지 씨가 김승주랑 같이 있는 장면을 봤다고 하셨죠?

목격자   참내… 그땐 제보해도 신경도 안 써놓고 와 이제 와서 이런답니까?

엄호   학천 토박이 형사들… 절대 믿으면 안 됩니다. 다 한통속입니다.

목격자의 말에, 모두 한통속이라던 엄호의 말이 진짜인가 싶어 착잡한 강민.

강민   죄송합니다. 한번만 더 자세히 말씀해주시겠어요?
목격자   잠깐 차 세우고 바람 쐬다가 본 긴데….

S#11.   (과거) 학천 바닷가 근처 / 밤

도로에 차 대고 바람 쐬러 나온 목격자(30대/남)와 일행(30대/여).

일행   아우, 멀미야….
목격자   (일행을 걱정스럽게 보며) 숨 크게 쉬어라.
엄지(E)   승주야!

웬 여자의 목소리에 바닷가 쪽 바라보면. 모래사장에 앉아 있던 엄지가 남자를 발견하고 벌떡 일어서더니 달려간다. 맞은편에서 걸어오는 남자로 시선을 옮기는 목격자. 빨간 국대 유니폼을 입은 남자가 엄지를 향해 천천히 걸어오고 있다.

목격자(E) 근데 저쪽에서 빨간 유니폼 입은 남자가 하나 걸어오데예. 그걸 보고 여자가 "승주야!" 부르면서 막 달려갔어예.

두 사람, 잠시 대화를 나누는 듯 보이고. 목격자는 그 모습을 슬쩍 보는데.

일행	이제 좀 괘안타. 온 김에 바다 한 바퀴 쭉 걸을까?
목격자	(짜증) 축구 봐야 한다 안 했나? 가자.

그렇게 다시 차로 돌아가는 목격자와 일행.

<u>S#12.</u>   **학천 슈퍼마켓 / 낮**

다시 현재. 목격자의 말을 집중해서 듣고 있는 강민. 아리송하다.

강민	그럼… 김승주 얼굴을 정확히 본 건 아니네요?
목격자	멀리서 그까진 안 보이지예. 근데 그 여자가 분명히 "승주야!" 이래 불렀습니다. 그럼 맞는 거 아입니까? 둘이 애인이었다 카던데.
강민	그 후 상황은 더 못 보셨고요?
목격자	네. 확실한 건… 남자가 없어졌다가 다시 돌아온 그런 분위기였거든예. 근데 뉴스 보니까 그 여자 냅두고 축구 보러 가버렸다 카데예. 그게 이상하더라고.
강민	네. 잘 알겠습니다. 협조 감사합니다.

의문만 더 가득해진 강민의 표정에서.

<u>S#13.</u>   **J 엔터, 복도 / 낮**

J 엔터 복도를 걸어가는 도하. 지나가던 직원들이 그런 도하를 알아보고 수군거린다. 다 느껴지지만 개의치 않는 도하의 단단한 표정에서.

학천 관련 기사를 보고 있던 득찬, 심각한 표정인데. 똑똑 노크 소리 들린다.

득찬   네.

도하   (들어오며) 오랜만이야, 형.

득찬   (의외인) 어. 그래. 오랜만이네…. 앉아.

두 사람, 대표실 소파에 마주 보고 앉는다. 어쩐지 어색한 정적이 흐르는데.

도하   나 때문에 이것저것 수습하느라 고생 많았지? 미안해.

득찬   아니야…. 니가 더 힘들었겠지.

도하   나… 학천 다녀왔어.

득찬   (긴장한) 거긴 왜? 경찰이 부른 거야?

도하   아니. 내가 범인 찾고 싶어서 갔어. 그리고 거기서… 조재찬 봤어.

득찬   (별로 놀라지 않는) 걔 또 거기서 도박하고 있냐?

도하   (살짝 놀란) 형, 알았어…?

득찬   (아무렇지 않게) 어. 걔 학교 때 어울리던 양아치 친구들… 아직도 거기 다니잖아. 이제 안 간다고 하더니….

도하   그럼… 재찬이가 엄지 좋아했던 것도… 알았어?

살짝 당황하는 득찬. 도하, 그 표정을 읽는다.

득찬   (변명하듯) 알잖아. 엄지 너밖에 없었던 거. 재찬이 걔 혼자 좋아했고, 괜히 너한테 말해봤자 신경 쓰이기만 할 것 같아서.

도하   (말 끊고) 재찬이 지금 어딨는지 알아?

득찬   재찬이는 왜…? (도하 표정 보다가) 설마… 너 걔 의심하냐?

도하	어.
득찬	(배신감 느끼는, 기막힌) 야… 걔가 아무리 양아치여도… 사람 죽일 애는 아니야.
도하	형, 학천에서 엄지 아빠 만났는데 재찬이가 범인 같다고 했어.
득찬	야… 그 알콜 중독자 말을 믿냐?
도하	내가 봐도 수상한 점이 많아서 그래.
득찬	(버럭) 니가 이러면 안 되지! 우리가 너한테 어떻게 했는데…!
도하	(예상치 못한 반응에 당황하는) 형….
득찬	진짜 실망이다…. 가라.

예상치 못한 득찬의 반응이 낯설고 당황스러운 도하. 대표실에서 나온다. 도하가 나간 후 닫힌 문을 바라보는 득찬의 모습에서.

S#15. 학천 경찰서 앞 / 낮

경찰서에 들어오던 곽 형사. 누군가를 발견하고 한숨을 쉰다. 차 PD 인가 싶은데…. 그는 강민이다.

S#16. 뒷골목 / 낮

인적 없는 뒷골목에 서서 이야기 중인 강민과 곽 형사.

강민	사건 당일에 김승주 본 목격자 제보도 있었는데 무시했다면서요?
곽형사	(살짝 놀란) 누가 그르드노?
강민	최엄호 노트에서 봤고, 목격자 만나서 확인했어요. (곽 형사 똑바로 보

며) 왜 그러셨어요? 진짜 정연미한테 돈이라도 받았어요?

곽 형사 (강민 날카롭게 보는) 니 지금… 선 넘는다?

강민 저 과장님 존경하고 좋아해요. 병가 끝내고 복귀해서 다들 저 걱정스럽게 볼 때… 과장님은 저 믿어주셨잖아요. (살짝 미소 스치는) 포승줄 쉽게 묶는 법도 알려주셨고요.

곽 형사 (생각 많아지는) ….

강민 지금도 과장님 나쁜 분이라고 생각 안 해요. 뭔가 이유가 있었겠죠. 근데 이제 5년이나 지났고, 시신도 나왔어요. 바로잡을 수 있어요.

곽 형사 (괴로운) 그만해라. 쫌! 니 그 사건에 와 이리 매달리는데? 어?

강민 (당연한 듯) 왜라뇨. 이렇게 매달리는 게… 우리 일이에요, 과장님.

정곡을 찔린 곽 형사. 잠시 혼란스러운데.

곽 형사 이거… 니 사건 아이다. 한번만 더 찾아오면… 니네 서에 연락해가 정식으로 공조 수사 요청하라고 할 끼다. 알겠나!? (가는)

강민 (한숨 쉬는) 하….

골목 일각
근처에서 두 사람의 대화를 엿듣고 있었던 차 PD. 눈을 반짝이는데.

S#17. 학천 경찰서, 곽 형사 자리 / 낮

강민과의 대화 후 화난 얼굴로 자리에 돌아온 곽 형사. 하지만 이내 수심 가득한 얼굴로 길게 한숨 쉰다. 안주머니에서 조심스럽게 뭔가를 꺼내는데…. 현장에서 나왔던 반지다. 버리지 않고 몰래 가지고 있던 것.

연서동 골목 / 낮

솔희, 뽀로통한 얼굴로 연서동 골목 지나가며 핸드폰 확인한다.

솔희   왜 연락도 없어. 걱정되게…. 아, 몰라.

그러다 가게에서 나온 초록과 마주친다. 어색한 눈인사하고 지나치
려는데.

초록   저기… 그쪽 카페에 요즘 어떤 아저씨가 자꾸 찾아오던데요?
솔희   네? 아저씨요?
초록   네. 누군지 물어봤는데 말은 안 해주더라고요.
솔희   손님인가…?
초록   (망설이다가) 저기….
솔희   (보는) ?
초록   그… 남친 때문에 휴업한 거면… 다시 문 열어요. 우린 그런 거 신경 안
쓰고, 당연히… 아니라고 생각하니까.
솔희   (진실에 놀란) …!

초록, 말해놓고 쑥스러워서 얼른 다시 가게에 들어가려는데.

초록   (누군가 발견하고 손가락질하는) 어? 저기, 저 아저씨예요!

솔희, 초록이 가리키는 방향으로 돌아보면 태섭이 서 있다. 긴가민가
하는 솔희와 달리 솔희를 한번에 알아본 태섭. 미소 짓는다.

솔희   (오랫동안 그리워했다, 반갑고 애달픈) 아빠….

백반집 / 낮

소박한 백반집에 마주 앉은 솔희와 태섭.

솔희   (앉으면서도 마음에 안 드는) 좋은 거 사주겠다는데 왜 여기로 와.

태섭   아빠 이런 데가 좋아.

종업원   주문하시겠어요?

태섭   저는 된장찌개요. 너는?

솔희   (메뉴판 보며) 이거… 오늘의 정식으로 하면 된장찌개도 포함이죠?

종업원   네.

솔희   이걸로 두 개 주세요.

태섭   그거 비싼 거잖아. (종업원에게) 저는 된장찌개로 주세요.

솔희   (갑갑한, 한숨 쉬고) 하….

태섭   그렇게 부탁드려요.

종업원   (가는)

태섭   돈 쓰지 마. 니가 어떻게 번 돈인데…. 아까워.

솔희   (질문 쏟아내는) 그래서 아빠는 지금 어떻게 생활하는데? 응? 그동안
        어디서 어떻게 지냈어? 아픈 덴 없고?

태섭   (물 한 모금 마시고) 나… 니 남자 친구 때문에 왔어….

솔희   엄마한테 들었지? 걱정 마. 그 사람 살인자 아니야. (손으로 귀 톡톡 치
        며) 내가 확실하게 들었어.

태섭   (그 모습이 안쓰러운) 내가 널 그렇게 낳아줘서 넌 없는 게 많았어. 어릴
        땐 산타클로스도 없었고, 학교에서는 친구도 없었고, 제일 필요한 시
        기에… 엄마도 없었고.

솔희   (보는) ….

태섭   그래서… 니 옆에 있어줄 남자는 좀 평범했으면 좋겠어. 특별해서 힘
        든 건 너 하나로 됐잖아.

솔희   (잠시 생각) 그 사람은… 나 특별하다고 생각 안 해.

태섭   …?

솔희	내 능력 알고도 아무렇지 않아 했어. 그리고… 평소에 거짓말도 안 해. 그래서 같이 있으면 나 그냥 평범한 사람 된 것 같다?
태섭	(그런 솔희 가만히 바라보는)
솔희	근데… 확실히 나랑은 달라. 나는 무조건 의심부터 하고 보는데 그 사람은 믿으면… 100프로 다 믿는 것 같아. 부럽기도 하고, 답답하기도 하고….
태섭	원래 믿음이란 건 100프로밖에 없는 거야. 99프로 믿고, 1프로 의심하면… 그건 믿는 게 아니지. 너도 그 남자 믿을 거면… 그냥 100프로로 믿어.

미소 짓는 솔희. 된장찌개 퍼먹는 태섭에게 고기반찬 밀어준다.

S#20.　백반집, 카운터 / 낮

솔희, 계산하려는데. 태섭, 주머니에서 꼬깃꼬깃한 천 원짜리 한 장 한 장 꺼낸다.

솔희	아휴, 됐어. 내가 사~.
태섭	(기어이 내려고 하는) 찌개 값 6천 원….
솔희	(밀치고 얼른 카드 내미는) 이걸로 한꺼번에요.

S#21.　백반집 앞 / 낮

태섭과 백반집에서 나온 솔희. 솔희, 지갑에서 카드 하나 꺼내 태섭에게 준다.

솔희	이거 써.
태섭	됐어~.
솔희	써~.
태섭	괜찮다고. 아빠 말 진심이잖아.
솔희	(속상한) 그니까 그게 왜 진심이냐고. 엄마는 맨날 더 달라고, 더 달라고 해서 잘 먹고 잘 사는데….

때마침 향숙으로부터 전화가 온다.

솔희	(어이없는 웃음) 타이밍 봐. (태섭에게) 아빠, 엄마랑 통화할래?
태섭	(강한 부정의 손사래)
솔희	(받는) 어, 엄마. 나 지금 누구랑 있는지 알….
향숙(E)	(대뜸) 너 지금 엄마 계좌로 500만 쏴줘.
솔희	(당황) 어…?
태섭	(솔희의 반응 보고 얼굴 굳는)
향숙(E)	5분 내로 보내. 급하니까.

핸드폰 너머로 들려오는 목소리에 상황 파악한 태섭. 솔희의 핸드폰을 낚아챈다.

태섭	(근엄하게) 돈 달라는 말 그만해. 맡겨뒀어? 애 키우며 든 돈보다 당신! 열 배, 스무 배… 백 배는 더 가져갔어! 우리가 낳고 싶어서 낳았고 건강하게 큰 걸로 애는 자식 역할 다 했어. 당신 돈줄로 살게 하지 마.

태섭, 그렇게 말하고는 전화 끊어버린다. 생각지 못한 태섭의 모습에 놀란 솔희.

태섭	(핸드폰 돌려주며) 차단 걸어놔.

고급 레스토랑 / 낮

화려한 차림새로 고급 레스토랑에 앉아 있던 향숙. 툭 끊긴 핸드폰을
들고 있다.

향숙   (황당한) 기가 막혀…. 지가 언제부터 나한테 큰소리를 쳤다고…. 어린
        년이랑 살더니 아주 기고만장해졌네. (코웃음) 하!

그때 향숙의 맞은편 자리에 앉는 싱글남(60대 초/남). 키 작고 왜소한
몸을 명품으로 휘감았지만 남성적인 매력이 전혀 느껴지지 않는 외
모에 어딘지 음흉한 분위기가 풍겨 나온다. 향숙, 얼른 수줍은 미소를
지어 보이는데.

싱글남   죄송합니다. 제가 좀 늦었죠?
향숙   아니에요. 괜찮아요.
싱글남   이게 생각보다 포장이 좀 오래 걸려서요.

싱글남, 그렇게 말하며 리본으로 포장된 고급스러운 상자를 테이블
에 올려놓는다.

향숙   (알면서 시치미) 이게 뭐예요? (놀란 연기) 설마… 제 꺼…?
싱글남   (끄덕) 풀어보세요.

향숙, 포장 풀어보면 다이아몬드가 반짝이는 목걸이와 팔찌 세트가
들어 있다.

향숙   (홀린 듯한 눈빛) 어머나… 어머나… 세상에….
싱글남   (조심스럽게) 마음에 드세요?
향숙   네. 어쩜… 너무 반짝거려요.

| 싱글남 | 제가… 해드려도 될까요? |

싱글남, 자리에서 일어나 향숙의 뒤에서 목걸이를 대신 걸어준다. 싱글벙글 웃고 있던 향숙. 싱글남의 손길이 목덜미에 살짝 닿자 불쾌한 듯 표정 안 좋아진다.

싱글남	너무 예쁜데요?
향숙	(얼른 미소 지으며 표정 관리) 그래요?
싱글남	팔찌도 해드릴게요.
향숙	(내키지 않는) 네? 아니… 제가 할 수 있는….

향숙의 손목에 팔찌를 채워주는 싱글남. 그러더니 손목에서부터 자연스럽게 내려와 향숙의 손을 잡는다.

| 싱글남 | (손잡은 채로) 제가 생각한 것보다 더 잘 어울려서 놀랐습니다. |
| 향숙 | (억지 미소) 워낙 예쁜 걸 잘 골라주셨으니까…. (싱글남에게 잡힌 손을 빼 점원 향해 번쩍 드는) 여기요~ 메뉴판 좀 주시겠어요? |

겨우 위기를 모면하고 싱글남을 향해 가식적인 미소 짓는 향숙의 모습에서.

_____
S#23.   도하의 집 / 밤

거실
거실 소파에 앉아 생각에 잠겨 있는 도하.

INSERT 13화 14신 J 엔터, 대표실 / 낮

득찬   (버럭) 니가 이러면 안 되지! 우리가 너한테 어떻게 했는데…!

득찬의 화난 모습을 떠올리고 심란하다.

테라스

테라스로 나와 바람 쐬며 솔희에게 전화 걸어보는데. 전화 받지 않는 솔희. 집에 없는 건가? 싶어서 옆을 보면 불이 환하게 켜져 있고 작게 전화벨 소리도 들려온다. 결국 음성 사서함으로 넘어가는 전화.

도하   (중얼중얼, 걱정스럽게) 아직 화 많이 났나….

S# 24.   드림 빌라, 5층 현관 / 밤

착잡한 얼굴로 솔희의 집 앞에 서 있는 도하. 현관문을 두드린다.

도하   솔희 씨, 솔희 씨, 얘기 좀 해요. 솔희 씨…?

문도 안 열어주는 건가 싶은 그때 열리는 문. 사색이 된 솔희가 도하를 보고 있다.

도하   아까 미안했어요. 솔희 씨 말 들었어야 했는데…. (하다가 솔희의 표정 보고) 솔희 씨…? 왜 그래요? 괜찮아요?
솔희   루니가… 없어졌어요.

S# 25.   솔희의 집 / 밤

텅 비어 있는 루니의 수조. 솔희 옆에서 침착하려 애쓰며 핸드폰 검색하는 도하.

도하 (핸드폰 보며) 보통… 어둡고 구석진 곳에서 발견된 경우가 많아요. 침대 밑, 옷장 밑, 냉장고 밑… 그런 곳이요.

솔희 (불안한) 루니 한번도 이런 적 없었어요. 배수구 같은 곳에 들어간 거면 어떡해요? 화장실…! (화장실로 들어가는)

도하 (핸드폰 플래시로 소파 아래 비춰보다 뭔가를 발견한) 어?

도하, 소파 밑에 팔 쭉 뻗어 안에 있는 뭔가를 잡는다. 하지만 손에 잡힌 것은 돌돌 말린 검은색 천 뭉치. 이게 대체 뭔가 싶어 미간을 찌푸리는데. 잠시 후 망연자실한 얼굴로 화장실에서 나온 솔희. 뭔가를 보고 놀라서 눈이 커진다. 솔희의 팬티를 허공에 펼쳐서 보고 있는 도하.

솔희 아아악!

솔희, 질색하며 도하가 들고 있는 자신의 팬티를 낚아채간다.

솔희 뭐 하는 거예요!!

도하 (어버버) 아니, 나는… 소파 밑에… 루니인 줄 알고….

얼굴 새빨개져서 팬티 들고 침실로 들어가는 솔희. 창피하고 머쓱한 건 도하도 마찬가지다.

CUT TO

도하는 계속 플래시로 바닥을 살피고, 솔희는 루니의 먹이통을 흔들며 돌아다닌다.

솔희 루니야, 어디 있어. 좀 나와봐. 응? (하다가 테라스 쪽 보며 아찔한, 심장에 손 없고) 혹시… 저 밑으로 떨어진 거 아닐까요?

도하   (거북이가 올라갈 수 없는 벽인 걸 보고) 아니에요. 집 안 어딘가에 있어요. 내가 찾아줄게요.

솔희, 애처롭게 "루니야. 루니야…" 넋 놓고 중얼거리는데.

도하(E) (급하게) 솔희 씨!

솔희, 후다닥 도하에게 가면. 손에 담고 있던 루니를 보여주는 도하.

솔희   (감격) 루니야! (건네받고) 어딨었어… 응?
도하   싱크대 밑에 있었네요.
솔희   걱정했잖아…!

울 것 같은 솔희를 토닥여주는 도하의 모습에서.

CUT TO
다시 수조 안에서 평화롭게 헤엄치는 루니의 모습 위로.

솔희   루니랑은 중학교 때부터 같이 살았어요. 하고 싶은 말은 다 쟤한테 했고, 쟤도 분명히 제 말 다 듣고 있었다고 생각해요. 난.

솔희와 도하, 거실에 앉아 족발에 막국수 먹고 있다.

도하   왜 하고 싶은 말을 다 루니한테 했어요?
솔희   쟨… 입이 무거우니까요.
도하   (미소)
솔희   거짓말이 들리면 알게 돼요. 비밀 지켜주는 진짜 친구는 없다는 거.
     (말해놓고 도하 눈치 살피는) 도하 씨랑 조득찬 씨가 그렇다는 건 아니

구요….

도하   나 사실 조재찬 어디 있는지도 못 알아냈고요. 득찬 형한테 혼나기만 했어요. 솔희 씨 앞에서 큰소리쳤는데…. 아까 서운했죠?

솔희   처음엔 서운했는데요. 나중엔 좀 부러웠어요. 난 누굴 그렇게 100프로 믿어본 적이 없어서….

도하   나도 아직… 100프로는 아닌가 봐요?

솔희   (난감한) 음… 그게… 거의 다 오긴 왔는데….

도하   (미소) 알겠어요. 더 노력할게요.

솔희   (피식) 콜라 더 마실래요?

도하   네.

솔희, 일어나 냉장고로 향하는데. 그 사이 도하의 핸드폰으로 메시지가 온다.
[저 이강민입니다]
[잠깐 만나죠 솔희는 모르게요]
연달아 도착한 2건의 메시지. 슬쩍 솔희의 눈치를 살피는 도하의 모습에서.

─────
S#26.   공원 / 밤

공원 벤치에 혼자 앉아 있는 강민. 곧 그 옆에 앉는 도하.

도하   무슨 일이죠?

강민   서로 시간 아까우니까 본론부터 바로 얘기할게요. 최엄지 사라진 그날… 당신이 최엄지랑 바닷가에 있던 장면을 본 목격자가 있어요.

도하   (덤덤한) ….

강민   최엄지랑 헤어진 후에… 당신은 축구를 보러 간 게 아니라… 다시 바

	닷가로 돌아와서 최엄지를 만났죠?
도하	네. 그날 축구 안 봤습니다.
강민	(순순히 인정하는 모습에 놀라지만 태연하려 애쓰는) 그럼 그 시간에 어디서 뭘 했죠?
도하	그냥 걸었어요. 해 뜰 때쯤 집에 도착했고요.
강민	(의심스러운) 왜요? 왜 굳이 그 늦은 시간에….
도하	머리가 복잡해서 축구 볼 기분이 아니었어요. 헤어진 직후 기분… 알지 않아요?
강민	….

도하　밤새 한 거라곤 그 시골길을 걸어간 거고, 집에는 아무도 없었기 때문에… 알리바이 입증이 불가능했어요. 그래서… 득찬 형이랑 조재찬이 내 알리바이를 만들어줬던 거고요.

강민　(이제야 알 것 같은) CCTV 속 그 남자는… 당신이 아니라 조재찬이었다는 거네요?

도하　네. 그리고 이 얘기는 이번 참고인 조사 때 다 했던 말입니다.

강민　(순간 놀라지만 여전히 도하 의심스러운) 그럼 목격자가 본 그 사람은 누구죠? 그쪽이랑 똑같은 빨간 유니폼 입고 있었다던데.

도하　나랑 똑같은 유니폼이면… 진짜 조재찬일 수도 있겠네요. 몰랐는데… 엄지를 많이 좋아했었대요.

강민　당신 알리바이 만들어준 사람을 이젠 범인으로 의심하는 거예요?

도하　네. 그쪽이 나 의심하는 것처럼요. 나도… 범인 찾고 싶은 사람이에요. 날 잡아넣을 단서 찾는 것보다, 진짜 범인 찾아보는 게… 사건 해결에 더 도움이 될 겁니다. (일어나는)

강민　(시종일관 당당한 도하의 모습에 헷갈리는데)

도하　아, 그리고….

강민　(보는)

도하　다음부터는 몰래 나와라 이런 거 시키지 마요. 나 거짓말에 소질도 없고, 솔희 씨 속일 능력도 없으니까. (가는)

강민　(멀어지는 도하 보며 기막힌 웃음) 뭐가 저렇게 당당해…?

S# 27.   학천 병원, 중환자실 안 + 밖 / 밤

간호사들과 의사가 곽 형사 딸의 침대 끌고 중환자실로 가고 있다.

곽 형사   (절박한, 따라가며) 민지야… 민지야… 아가 와 이라노….

딸의 이름 부르며 따라가던 곽 형사. 닫힌 중환자실 앞에서 의사 붙잡
는다.

곽 형사   이게 갑자기 우예 된 겁니까? 네?
의사   발병한 지 7년이 지났습니다. 후반에는 호흡 장애 증상이 나타나는 게
          일반적이고요. 일단… 마음의 준비가 필요할 것 같습니다. 저희도 최
          선을 다하겠습니다.

위로하고 떠나는 의사. 청천벽력이다. 주저앉아 괴로워하는 곽 형사
의 모습에서.

S# 28.   중국집, 룸 / 낮

음식이 다 세팅된 식탁. 연미가 초조한 얼굴로 누군가를 기다리고 있
다. 곧 초췌한 안색의 곽 형사가 드르륵 문 열고 들어와 앉는다.

곽 형사   여까지 어쩐 일이십니까? 급한 일이란 게 뭔데예?
연미   (미소 지으며) 좋은 소식이에요.
곽 형사   (별 감흥 없는) …?
연미   과장님 승진이요. 이번 선거만 잘 끝나면 가능할 것 같아요. 지역은 좀
          옮기셔야 되겠지만요.

곽 형사	저는 딸내미 때문에 학천 못 떠나는 거 아실 텐데요⋯.
연미	그래도⋯ 언젠간 떠나시겠죠. 그 병이 그렇잖아요.
곽 형사	(예민하게, 연미 똑바로 보며) 지금⋯ 우리 애가 죽을 거라 그 말입니까? (퍼뜩 스치는 생각) 혹시 우리 딸내미⋯ 위독한 거 알고 이러시냐고요!
연미	(순간 당황하지만 뻔뻔하게) 제가 그럴 리가요.
곽 형사	(확신한) 우리 딸내미 죽고 나면⋯ 더는 병원비로 나 협박 못하니까⋯. 그래서 다른 카드 준비해오신 거 아닙니까? 내가 혹시라도 딴맘 먹을까 봐!
연미	협박이라뇨. 우리는⋯ 서로 도움을 준 관계 아니었나요?
곽 형사	(절레절레) 이건 아입니다⋯. 제가 그동안 의원님 돈 받아 처먹은 드러운 놈이지만⋯. 어떻게 애가 위독한 와중에도 이런 생각을 하실 수 있습니까. 네?

연미, 난감한데. 테이블 위 연미의 핸드폰이 진동한다. 발신자는 '대표님'이다.

| 연미 | (화색이 도는, 곽 형사에게) 잠시만요. (룸에서 나가며) 네, 대표님! |

혼자 룸에 남은 곽 형사. 멀리서 들려오는 연미의 웃음소리에 모멸감을 느낀다. 주머니에 있던 핸드폰을 꺼내 테이블에 엎어놓는데. 곧 룸에 들어온 연미. 표정이 한층 밝아져 있다.

연미	죄송해요. (문 닫고, 자리에 앉아 곽 형사의 빈 잔에 물 따라주며) 저⋯ 솔직히 말씀드릴게요. 네. 저 다 알고 있었어요.
곽 형사	⋯.
연미	힘든 과장님께 뭐가 제일 위로가 될까⋯ 고민한 결과예요. 제가 잘못했나요?
곽 형사	의원님 참⋯ 무섭습니다. 그래서 아들도 못 믿는 겁니까?
연미	어떻게 믿죠? 살인자인 게 뻔한데. 저는 부모라는 이유로 무조건 자식

을 믿는 게 더 무서운 거라고 생각해요. 과장님도 좀 솔직해지세요. 자식이 짐처럼 느껴진 적… 없어요?

곽 형사   (단호한) 없습니다. 내는.

연미   (안 믿는, 피식) 제가 드린 돈 때문일 거예요. 그게 아니었다면… 또 모르죠?

곽 형사   (굴욕적인) ….

연미   그래서… 승진은 관심 없으신 거예요?

곽형사   (무거운 표정) …생각 좀 해보겠습니다.

그래 봤자 승진을 선택할 거라 확신하는 연미. 몰래 피식 웃는 모습에서.

S#29.   수제 버거집 앞 / 낮

재찬의 수제 버거집 앞에서 서성거리는 솔희와 도하. 하지만 이미 가게는 폐업한 상태고 문은 굳게 잠겨 있다. 혹시 안에 재찬이 있을까 싶어 손으로 눈 옆 가리고 안을 살펴보지만 아무도 없다.

솔희   하… 여긴 없네요.

도하   혹시나 했는데….

그때 트럭 한 대가 가게 앞에 선다. 차에서 내린 업체남(10화 26신). 수제 버거집 안이 비어 있는 것을 확인하고 바로 다시 차에 타려는데.

솔희   (얼른) 저기요, 여긴 어떻게 오셨어요? 뭐 찾으세요?

업체남   (짜증) 뭘 찾긴요. 내 돈 떼먹은 새끼들 찾으러 왔지.

솔희   새끼들이요? 여기 사장… 한 명 아니에요?

업체남   사장은 한 명인데…. 그 사장 돈 떼먹고 도망간 놈 또 있어요.

솔희	혹시 그 사람 번호 아세요?
업체남	해봐야 안 받을 겁니다. (솔희 수상하게 보며) 근데 누구시길래….
솔희	(갑자기 진지하게) 저도 그 사람한테 당했어요. 내가 뭘 믿고 그런 놈한테 돈을 맡겼는지…. 너무 후회돼서 요즘 밥도 안 넘어가고, 잠도 안 오고….
업체남	(공감하는) 나도 딱 그래요! 어이구… 딱해라…. (핸드폰 내밀며) 번호 여기요. 우리 돈 꼭 받아내자구요. 네?
솔희	(힘없이) 네. 파이팅….

솔희의 연기에 감탄하는 도하. '저렇게 해야 하는구나…' 작게 고개를 끄덕이는데.

CUT TO

도하, 재찬의 친구에게 전화를 걸어본다. 바로 옆에 서 있는 솔희. 도하, 솔희처럼 연기할 기세로 비장한 표정인데. 통화 연결음이 길어진다. 실망하려던 찰나.

친구(E)	여보세요?
솔희	(됐다! 싶어 눈 커지고)
도하	(대뜸, 진지하게) 나, 나도 피해잡니다. 조재찬 씨 지금 어딨는지 알아요?

바로 뚝 끊긴 전화.

도하	(당황) 여보세요?
솔희	(황당하게 눈 껌벅이며 쳐다보다가) 그렇게 물어보면 누가 대답해요? 나라도 전화 끊겠네!
도하	(머쓱하고)

연서 경찰서, 형사과 / 낮

자리에 앉아 생각에 잠겨 있는 강민.

플래시백 13화 26신 공원 / 밤

도하   날 잡아넣을 단서 찾는 것보다 진짜 범인 찾아보는 게… 사건 해결에 더 도움이 될 겁니다.

정말 도하가 범인이 아닌 걸까? 혼란스러운데. 핸드폰 진동해서 보면 발신자 '곽진혁 과장님'이다.

강민   (얼른 받는) 네, 과장님. (사이, 놀라는) 지금요? 어디신데요?

S#31.   연서 경찰서 뒤 / 낮

인적 없는 경찰서 뒷골목에 서 있는 곽 형사. 손에 쥔 뭔가를 보고 있는데…. 차 PD의 명함이다. 고민이 많은 표정.

강민(E)   과장님!
곽 형사   (보는)
강민   어떻게 여기까지 오셨어요?
곽 형사   (안주머니에서 작은 지퍼 백에 담긴 반지 꺼내 주는) 이거… 최엄지 백골 시신에서 같이 나온 반지다.
강민   (놀란) …!!!
곽 형사   김승주랑 둘이 나눠 끼던 커플링 같은데…. 여자 건 없고 남자 것만 나왔다.
강민   (이미 짐작하는)

곽 형사	내 정연미한테 돈 받은 거 맞다.
강민	…!
곽 형사	어차피 이건 증거로 못 쓰니까… 김승주 금마가 썼던 흉기나 피해자 유류품 같은 거 혹시라도 가지고 있나 함 찾아봐라. 가능성 희박하지만… 지금은 그 방법밖에 없다.
강민	(반지 보며 안타까운) 과장님….
곽 형사	미안하다. 내는 딸내미 위한다고 그랬던 긴데…. 걔가 내 대신 벌 받는 것 같다…. (울컥하는) 내 꼭 죗값 받을 끼다. (가는)

강민, 멀어지는 곽 형사의 뒷모습 바라본다. 결정적인 증거를 놓친 것이 안타까운데.

S# 32.   연서 경찰서, 형사과 / 낮

지퍼 백에서 반지를 꺼내본 강민. 엄호의 노트 속 엄지 실종 전단지(11화 17신)에서 커플링에 대한 설명을 보는데 반지와 일치한다. 역시 도하가 범인인가 싶은데.

강민	(중얼중얼) 그냥 비슷한 디자인에… 다른 사람 반지일 수도 있나…? (답답한) 하….
황 순경	(의자 밀어서 옆으로 슥 붙는) 어? 웬 반지예요? 형님 꺼예요?
강민	(당황, 노트 덮고 얼버무리는) 아니…. 다른 사람 꺼.
황 순경	다른 사람 누구요?
강민	있어.
황 순경	한번 봐도 돼요? 저 요즘 여친이랑 커플링 보고 있는데.
강민	(마지못해 건네는) 조심해서 봐라.
황 순경	(반지 여기저기 살피다가) 와… 디자인 되게 특이하네요?

강민	(솔깃) 그래? 이거 특이한 거야?
황순경	네. 이거 백퍼 직접 디자인해서 만든 반지일걸요? 종로에 그런 거 해 주는 곳 많거든요. 나도 이런 거 할까…?
강민	(잠시 생각하다가) 만약에 이게 맞춤 반지면… 이 디자인의 반지는 세상에 딱 한 개뿐인 거네?
황순경	그렇죠?

뭔가를 생각하는 강민의 표정에서.

S#33.   도로, 솔희의 차 안 / 낮

수제 버거집에서 허탕 치고 다시 서울로 향하는 솔희와 도하. 이번에는 솔희가 운전 중인데. 솔희의 핸드폰으로 전화가 걸려온다. '보스 아저씨'다.

솔희	(얼른 스피커폰으로 받는) 네. 저예요.
보스(E)	헌터님! 조재찬 그놈… 어딨는지 알아냈습니다.

보스의 묵직한 한마디에 솔희와 도하의 얼굴에 화색이 돈다.

솔희	(흥분 억누르며) 어딨는데요? 어디예요?
보스(E)	우리가 강남에서 운영하는 정킷방이 있거든예. 거기 들락거리다가 우리 애들한테 딱 걸려서 근처 오피스텔에 잡아뒀답니다. 주소 찍어 드릴게예.
솔희	네. 강남이라는 거죠?

솔희, 얼른 핸들을 꺾어 유턴한다.

종로 거리 몽타주 / 낮

종로 귀금속 거리 돌아다니며 반지를 보여주는 강민. 몇 개의 상점에
들어가서 반지 보여주지만 모르겠다며 고개 젓는 상인들. 실망하고
돌아서는 강민.

S#35.　주얼리숍 1 / 낮

역시 사장에게 반지 보여주고 있는 강민.

사장　(돋보기로 반지 살펴보고) 쓰읍… 모르겠는데요. 이거 이런 식으로 해서
　　　는 못 찾을 거예요. 반지에 로고도 없고….
강민　(힘없이) 다들 그러시더라고요.
사장　대충 언제쯤 맞춘 건데요?
강민　6,7년 전쯤으로 예상하고 있습니다.
사장　그때 제일 잘나간 집이…. (손가락으로 가리키며) 저 건너편 있죠. 저 집
　　　에 손님 제일 많았어요. 그쪽으로 한번 가보세요.
강민　네. 감사합니다. (얼른 나가는)

S#36.　오피스텔 / 낮

휑한 오피스텔에 들어온 솔희와 도하. 포스 넘치는 조직원 2명이 솔희
와 도하를 맞이한다.

솔희　(전혀 졸지 않는) 조재찬 씨 찾으러 왔는데요? 어딨죠?

| 조직원1 | (당당하게) 없습니다. |
| 솔희 | (황당한) 네?? 있다고 해서 왔는데요? |

도하, 주변을 둘러보면 청테이프 여기저기 붙어 있는 넘어진 의자가
보인다. 재찬이 탈출했구나 싶은데.

조직원2	잠깐 한눈판 사이에 도망가버려서…. 미안하게 됐습니다.
솔희	(거짓말에 놀란) …!
도하	도망간 지 얼마나 됐죠?
솔희	(도하 제지하고) 도망간 거 아니잖아요. 혹시 처음부터 없었어요?
조직원1	(피식) 뭔 소리예요…. 방금까지 여기 있었는데 도망갔다고.
솔희	있었는데 도망친 게 아니면…. (깨달은) 풀어줬네!
조직원2	(살짝 당황) 풀어주다니. 누가….
조직원1	헛소리 그만하고 볼일 다 봤으면 나가시죠? (슬쩍 현관문 쪽으로 떠미는)
솔희	그쪽 보스한테 내 설명을 제대로 못 들었나 본데…. (핸드폰 들고 저장된 보스 전화번호 보여주며) 지금 전화할까요? (통화 버튼에 손가락 가져다 대려는 순간)
조직원2	(쫄아서) 우리도 어쩔 수 없었어요…!
조직원1	(째려보며) 야….
조직원2	걔가 우리한테 빌린 돈이 많았는데…. 걔 풀어주는 조건으로 누가 그걸 다 갚아줬어요. 그래서….
솔희	누가요?
조직원2	그것까지는 진짜 몰라요.

도하, 설마… 하는 마음으로 핸드폰 속 득찬의 사진을 찾는다.

| 도하 | (사진 보여주며) 혹시 이 사람이었어요? |
| 여사장(E) | 네. 맞아요. |

S# 37.　　주얼리숍 2 / 낮

　　　　　주얼리숍에 찾아온 강민. 여사장(40대/여)에게 반지를 보여주고 있다.

여사장　　(반지 살펴보고 자랑스럽게) 세공한 거 보면 딱 알죠. 이런 거 우리 집밖
　　　　　에 못하거든요.

강민　　　이 반지 맞춘 사람… 정보 좀 알 수 있을까요?

여사장　　(반지에 빠져 있다가 경계하며) 왜요…?

강민　　　(경찰 신분증 보여주며) 저 연서 경찰서 형사과 형삽니다. 이거 사건 현
　　　　　장에서 나왔던 반집니다. 반지 맞춘 사람 신원 파악이 중요해서…. 협
　　　　　조 좀 부탁드립니다.

여사장　　(갑자기 부담스러운) 그동안 우리 집에서 만든 반지가 몇 갠데. 확인하
　　　　　려면 며칠은 걸릴 거예요. (컴퓨터 앞에 앉으며) 주문자 이름은 모르는
　　　　　거죠?

강민　　　(잠시 고민하다가) 김승주요. 김승주로 검색해보세요.

S# 38.　　오피스텔 / 낮

　　　　　솔희가 보여준 득찬의 사진을 보고 있는 조직원1, 2.

조직원1　(태연하게) 처음 보는 얼굴인데…. 이 사람 아니에요.

솔희　　　맞네…. (도하 보며) 조득찬 씨가 데려간 거 맞아요.

도하　　　(충격받은) …!

솔희　　　왜 거짓말했어요? 조득찬 씨가 데려가면서 도망친 걸로 해달라고 부
　　　　　탁했어요?

조직원1　하… 그런 게 아니라….

솔희　　　역시 그거였네…. 네. 잘 알겠어요. (가려는데)

조직원1	(어깨 잡고 눈 부라리며) 귓구멍 막혔냐? 아니라고…. 왜 자꾸 니 맘대로 아닌 걸 맞다고 하는데!?
솔희	(뿌리치고) 내가 그렇다면 그런 거예요! (도하에게) 가요.

S# 39.   주얼리숍 2 / 낮

컴퓨터 앞에서 한참 주문서를 찾던 여사장.

여사장	찾았어요!
강민	(놀라서 벌떡 일어나는)
여사장	아~ 보니까 확실히 기억나네요. 이거 주문했던 남자분이 꽤 까다로웠 거든요. (모니터 화면 보며 읽는) 주문자 김승주. 커플링.
강민	(역시 그렇구나 싶은) ….
여사장	(멈칫) 근데… 남성용 반지를 하나 더 맞췄었네요?
강민	네…?
여사장	'남자분 일주일 만에 반지 잃어버려 다시 맞춤. 여자분이 화낼 거라고 비밀로 해달라고 함.' 이런 메모가 남아 있어요. 그리고 다시 맞출 땐 반지 사이즈를 바꿨구요. 16호에서 17호로.

INSERT 13화 26신 공원 / 밤

도하	진짜 조재찬일 수도 있겠네요. 몰랐는데… 엄지를 많이 좋아 했었대요.

강민	(번뜩 도하의 말 떠오르고) 혹시 그땐 다른 남자였던 거 아니에요?
여사장	그것까지는 잘…. (대수롭지 않게) 그리구 남자분들은 이런 경우 가끔 있어요. 손가락 갑갑하다고.
강민	지금 그 반지는 몇 호죠?

여사장	(링 게이지 스틱에 반지 끼워보는) 이건…. (17호에 탁 걸리는 반지) 17호네요. 잃어버리고 다시 맞춘 거.
강민	두 번째로 맞출 때… 남긴 연락처는요? 처음이랑 똑같나요?
여사장	(다시 주문서 보며) 그땐… 핸드폰이 아니라 유선 전화번호를 남겼는데요?

여사장, 포스트잇에 전화번호 적어서 강민에게 가져다준다. 강민, 02로 시작하는 전화번호를 보며 바로 전화를 걸어보는데. 없는 전화라는 안내에 전화를 끊는다. 도하가 아닌 다른 용의자의 흔적일 수도 있다는 생각이 든 강민. 마음 급해진다.

S#40.　도하의 집 + 득찬의 집 / 낮 (교차)

도하, 스피커폰으로 득찬에게 전화를 걸고 있다. 옆에는 솔희가 앉아 있고. 신호가 가는 동안 왠지 모를 긴장감이 흐르는데.

득찬	(떨떠름한) 어….
도하	형… 지금 어디야?

거실 소파에 앉아서 통화 중인 득찬.

득찬	나 오늘 몸이 좀 안 좋아서…. 집이야.
도하	그래? 형수랑 시은이도 다 있고?
득찬	그 둘은 친정 가고, 나 혼자야.
도하	(무표정하게) 지난번엔… 내가 미안했어.
득찬	됐어. 나도 미안했다. 재찬이 소식 궁금할 텐데…. 나도 들은 거 없어. 햄버거집 망한 이후로 얼굴 본 적 없다.

| 도하 | (씁쓸한) 그래. 알았어…. |

S# 41. 득찬의 집 / 낮

거실
전화 끊고 마음이 좋지 않은 득찬. 얕은 한숨을 쉬는데.

| 재찬(E) | 와… 형, 나 쫌 감동. |

보면 바로 옆 부엌 테이블에 앉아 만두 먹으며 통화 내용 듣고 있었던
재찬.

재찬	형이 처음으로 내 형 같다. 고마워.
득찬	(재찬 한심하게 보며) 너… 언제까지 여기서 그러고 있을 거야?
재찬	(쭈굴) 온 지 얼마나 됐다고…. 그냥 좀 있을게…. 여기가 제일 안전해….

득찬, 더 말 섞기도 싫은 듯 서재로 들어가버린다.

서재
서재 책상 앞에 앉아 있는 득찬. 생각이 많은 얼굴이다. 열쇠 구멍이 있
는 책상 서랍 손잡이를 만지작거리는데.

S# 42. 도하의 집 / 낮

득찬과의 통화 후 심란한 도하를 위로하는 솔희.

솔희	어쨌든… 두 사람이 서로 연락하고 있다는 건 확실히 알게 됐으니까요. 아무것도 모르던 때보다는 낫죠.
도하	형이… 재찬이가 범인이라는 걸 알고 숨겨주는 걸까요? 아니면 모르고 숨겨주는 걸까요?
솔희	알 수 없죠…. 그 사람 목소리 듣기 전까지는.

그때 솔희에게 전화 온다. '강민 오빠'다.

| 솔희 | 어, 오빠. 무슨 일인데? (사이) 도하 씨랑 같이…? |

도하, 무슨 일인가 싶어 솔희를 바라본다.

S# 43.   타로 카페 / 밤

아직 임시 휴업 중인 타로 카페에 모여 앉은 솔희, 도하, 강민.

강민	죽은 최엄지 씨랑 맞췄던 커플링 있죠? 그거 어떻게 했어요?
도하	(질문 듣자마자 기막힌) 엄지 실종된 후에 학천 해수욕장에 버렸습니다. 지금 이 질문… 세 번째예요. (답답한) 뭔데요? 그 반지가 어디서 나오기라도 했어요?
강민	질문은 내가 합니다.
도하	(일단 입 다무는)
강민	(솔희에게) 너 잘 들어. 진실인지 거짓인지.
솔희	(끄덕이며) 잘 듣고 있어.
강민	그 반지… 잃어버려서 다시 맞춘 적 있어요?
도하	아뇨. 없어요.
강민	반지… 딱 두 개만 맞췄다는 거죠?

도하	당연하죠. 커플링이잖아요.
강민	(솔희 보는)
솔희	다 진실이야.

강민, 주머니에서 반지를 꺼낸다. 같은 반지를 보고 놀란 도하.

도하	이게 어떻게….
강민	이거 김도하 씨 꺼 아니에요. 범인이 끼던 반지예요.
도하	…!!!
솔희	(놀란) 범인이 끼던 반지라니…. 그게 무슨 소리야? 범인이 누군데!?
강민	굳이 남이 맞춘 커플링을… 똑같이 따라서 낄 사람…. 커플링을 어디서 맞췄는지 알 정도로 김도하 씨 가까이 있었고. 최엄지 씨를… 혼자 좋아했던 사람.

재찬이구나…! 싶은 도하의 표정에서.

강민	(포스트잇을 테이블에 붙이며) 당시 범인이 남겼던 전화번호예요. 알아봤더니… 6년 전쯤 폐업한 청담동 제이제이 와인 바더라고요. (도하 보며) 알아요…?
도하	(확실히 깨닫는, 기가 막힌다) 하….
솔희	(걱정스럽게 도하 바라보는) 도하 씨….
도하	조재찬이 했던 가게였어요.

S# 44.   득찬의 집 / 밤

TV 뉴스 틀어놓고 소파에 누워 잠들어 있는 재찬. 득찬, 리모컨으로 TV 끄려다가 멈칫한다. 여론 조사 결과 연미가 근소한 차이로 선두

자리를 지키고 있다는 뉴스가 흘러나오고 있다. 화면에는 열정적으로 선거 유세 중인 연미의 모습이 흘러나온다.

연미(E)　저와 제 아들을 향한 모든 논란은 그 사실 여부를 떠나 모두 저의 부족함 탓입니다. 하지만 여러분! 아무 증거도 없는 의혹에 흔들리기보단 저 정연미가 그동안 이뤄낸 확실한 성과를 봐주십시오! 그리고 저를 믿어주십시오!

앵커(E)　함께우리당 정연미 의원은 아들 관련 논란 속에서도 연일 바쁜 행보를 보이며 1위 자리를 지키고 있습니다.

득찬, 화면 속 연미를 바라보는데.

S#45.　타로 카페 / 밤

강민으로부터 모든 사실을 듣고 기가 막힌 솔희.

솔희　그럼 이제 어떡해? 조재찬 잡아서 자백 받아내면 돼?

강민　모든 사건은 자백만으로는 유죄 인정 안 돼. 보강 증거가 반드시 필요해.

솔희　(실망하는, 반지 보며 화나고) 하… 이게 그 증거가 될 수 있었던 거잖아.

강민　그래서 이 부분이 제일 중요한 건데…. (도하 보며) 혹시라도 그때 썼던 살해 도구나 피해자의 유류품 같은 걸 보관하고 있는지 확인해봐야 돼요. 아직까지 있을 가능성은 거의 없지만….

도하　그럼 제일 먼저 해야 할 건… 조재찬을 만나는 거네요?

재래시장 / 오전

참모들과 함께 재래시장 돌아다니며 살갑게 악수하고 인사하며 선거 유세 중인 연미. 분위기 좋은데 누군가가 그런 연미에게 계란을 던진다. 간신히 피했지만 발밑에 떨어져 구두에 얼룩이 생기고. 깜짝 놀란 연미.

상인   (유튜브에 올라온 차 PD의 영상 보여주는) 이거 당신이지? 이거 말하는 것 좀 봐. 어?!

상인의 핸드폰에서 "어떻게 믿죠? 살인자인 게 뻔한데. 저는 부모라는 이유로 무조건 자식을 믿는 게 더 무서운 거라고 생각해요." 하는 연미의 목소리 흘러나온다. 상인은 제지당하고, 연미는 가드들의 보호 받으며 재래시장 빠져나오는데. 너무 놀라 얼굴 하얗게 질려 있다.

S# 47.   연미의 차 안 + 밖 / 오전

길가. 수행원들이 연미의 차 앞에 서 있고. 연미는 차 안에서 차 PD의 개인 유튜브 채널 영상을 보고 있다.

S# 48.   (과거) 중국집, 룸 + 곽 형사 핸드폰 속 영상 / 낮

영상 속 화면. 13화 28신의 연결. 곽 형사, 연미가 자리를 비운 사이 핸드폰 꺼내 동영상 녹화 버튼을 누른 후 테이블 위에 엎어놓는다.

연미	이 상황에서 뭐가 과장님께 제일 위로가 될까… 고민한 결과예요. 제가 잘못했나요?
곽 형사	의원님 참… 무섭습니다. 그래서 아들도 못 믿는 겁니까?
연미	어떻게 믿죠? 살인자인 게 뻔한데. 저는 부모라는 이유로 무조건 자식을 믿는 게 더 무서운 거라고 생각해요. 과장님도 좀 솔직해지세요. 자식이 짐처럼 느껴진 적… 없어요?
곽 형사	없습니다. 내는.
연미	(안 믿는, 피식) 제가 드린 돈 때문일 거예요. 그게 아니었다면… 또 모르죠?

곽 형사, 슬쩍 핸드폰으로 시간 확인하는 척하며 연미의 모습을 촬영한다. 스치는 연미의 모습에서 정지되고 확대되는 화면.

차 PD(E)	학천의 어느 한 중국집. 정연미 의원과 학천 해수욕장 살인 사건 담당 수사관의 은밀한 만남에는 이러한 대화가 오고 갔습니다.

S# 49.   (과거) 카페 / 밤

영상 속 화면. 카페에서 은밀히 곽 형사를 만나는 차 PD.

차 PD(E)	긴 설득 끝에 담당 수사관의 양심 고백을 들을 수 있었습니다.
곽 형사(E)	사실… 백골 사체가 발견된 현장에서 용의자 김 씨의 것으로 추정되는 반지를 발견했습니다. 죽은 최엄지 씨와의 커플링이요. 저는… 이 결정적인 증거를 숨겼습니다. 죄송합니다.

연미의 차 안 / 오전

다시 현재. 영상을 보며 아찔한 연미. 숨이 쉬어지지 않을 지경인데.

S#51.   타로 카페 / 낮

아직 임시 휴업 종이 붙어 있는 타로 카페 안. 솔희의 핸드폰에서 곽 형
사의 고백이 이어지고 있다.

곽 형사(E)   5년 전에도 충분한 수사 없이 급히 사건을 종결했습니다.

그때 카페에 들어온 도하. 솔희, 놀라서 얼른 영상을 꺼버린다.

솔희   왜 갑자기 여기서 만나자고 한 거예요? 혹시 집 앞에 또 기자들 찾아왔
       어요? 아니면… 경찰한테 연락 와요?
도하   아니에요. 그런 거.
솔희   (걱정스럽게) 어떡해요? 지금 다들 그 반지 도하 씨 꺼라고 생각하는데.
도하   (차분하게) 라이어 헌터님?
솔희   …?!
도하   정식으로 의뢰를 하고 싶은데요.

S#52.   밀실 / 낮

밀실에서 도하와 마주 보고 앉은 솔희.

솔희	조득찬 씨를 통해서 조재찬 씨의 행방을 알고 싶다는 거죠?
도하	네. 그리고… 재찬이에 대해서 얼마나 알고 있는지도요.
솔희	좋아요. 근데 이거… 연기력 상당히 필요해요. 거짓말…할 수 있겠어요?
도하	해야죠.

솔희, 서랍을 뒤적거려 수신기와 발신기를 꺼내 도하에게 건넨다.

솔희	길게 한 번 울리면 진실, 짧게 두 번 울리면 거짓이에요.

시범 삼아 한 번씩 진동을 울려주는 솔희. 수신기를 손에 쥐고 비장해지는 도하.

도하	장소는… 어디가 좋을까요?

S#53.　득찬의 집 / 낮

득찬, 핸드폰으로 문자가 와서 본다. 도하다.
[형 내가 미안해 만나서 얘기 좀 하자]
바로 답을 하지 않고 생각에 잠긴 득찬의 표정에서.

S#54.　오아시스 / 낮

홀 + 무대
중규와 통화하며 오아시스에 들어와 불을 켜는 도하. 솔희가 뒤따라 들어온다.

도하   (중규와 통화 중인) 네, 아저씨. 들어왔어요. 딱 한 시간만 쓰고 나갈게
           요. 감사해요. (끊는)

솔희   (여기저기 빠르게 둘러보다 대기실 문 열고) 여기 좋네…. 난 여기서 들으
           면 되겠어요.

도하   (심란한) 득찬 형은… 그 반지에 대해서 알고 있었을까요?

솔희   잘 들어요. 난 도하 씨 솔직한 게 정말 좋은데…. 저번처럼 단도직입적
           으로 질문만 쏟아내면 절대 안 돼요. 마음은 급하겠지만 천천히 하나
           씩 해요.

도하   네. 알겠어요.

그때 득찬으로부터 걸려온 전화. 발신자는 '득찬 형'이다. 두 사람의
얼굴에 바짝 긴장감이 감돈다. 솔희, 얼른 대기실에 들어간다.

도하   (전화 받는) 어, 형. 왔어? (문 열어주는)

득찬   (들어오며 둘러보는) 야… 여기 뭐야? 통째로 빌렸어?

도하   여기… 내가 가끔 와서 피아노 치는 곳이야.

득찬   (안 믿기는) 니가?? 여기서 피아노를 친다고??

도하   응. 사실 좀 오래됐어.

득찬   (무대 위 올라가 피아노 살펴보는) 야… 왜 진작 얘기 안 했냐? 구경하러
           왔을 텐데.

도하   그러니까. 이상하게 여기는 그냥 나 혼자만 알고 싶었어. 뭐 특별한 이
           유가 있는 것도 아닌데….

득찬   (미소 지으며) 너도 나한테 비밀이 있었네.

도하   (의미심장하게) 맞아. 생각해보니까… 나도 형한테 비밀이 있었더라
           고. (득찬 보는)

대기실

솔희, 슬슬 도하의 질문이 시작될 것 같아 긴장한 얼굴로 발신기 꼭 쥔다.

무대
무대에서 악기와 마이크 같은 것들 둘러보느라 여념 없는 득찬.

득찬　여기 사운드도 괜찮게 나오겠다. 장비들이 다 좋아.
도하　형.
득찬　(보는)
도하　저번 일은… 다시 한번 사과할게. 난 형이… 재찬이 숨겨주는 건 아닌가 의심했었어.
득찬　말이 되냐? 걔 우리 집에 있었으면 너한테 바로 얘기했지.

도하, 주머니 속 수신기가 짧게 두 번 진동하는 것을 느낀다. 역시 득찬이 거짓말을 했구나… 어느 정도 각오했지만 실망스럽고 더 많은 거짓말이 나올까 두렵다.

득찬　너 많이 놀랐지? (조심스럽게) 너희 어머니 일 말이야.
도하　(의미심장하게) 놀란 건… 그 반지야.
득찬　(보는)
도하　왜 거기서 내 반지가 나왔을까?
득찬　(대수롭지 않은 듯) 기사 봤는데… 그거 어차피 증거 능력도 없다면서.
도하　(긴장하는) 형도 그 반지가 내 꺼라고 생각해?
득찬　(도하 가만히 보다가 당연한 듯) 니 꺼… 맞긴 하잖아.

짧게 두 번 울리는 수신기. 득찬이 다른 반지임을 알고 있다는 사실에 충격받은 도하. 표정 싸늘해진다.

도하　조재찬… 지금 어딨어? 그냥 솔직히 말해줘.

| 득찬 | (피식) 여기까지 불러놓고…. 너 아직도 나 의심하는구나? |
| 도하 | 어. |

대기실
솔직히 말해버리는 도하의 모습에 초조한 솔희.

홀
득찬, 도하에게 한 발자국 가까이 다가가더니 핸드폰으로 시간을 확인한다.

득찬	그래…. 이젠 말해도 되겠지. 재찬이 아마… 지금쯤 도착했을 거야.
도하	(의아한) 어디를?
득찬	걔… 학천 갔어.

S#55.   학천 경찰서 앞 / 낮

학천 경찰서로 뚜벅뚜벅 걸어가는 누군가의 발걸음.

| 경찰 | (막아서며) 어떻게 오셨습니까? |
| 재찬 | 자수하러 왔는데요. |

S#56.   오아시스 / 낮

홀
길게 한 번 진동하는 수신기. 진실에 당황하는 도하.

도하	학천은 왜…?
득찬	자수하러.
도하	(놀란) …!!!

대기실

득찬의 진실의 말을 들은 솔희의 놀란 표정에서. 엔딩.

14화

1초도 고민 안 하고 너 구해.

맞아. 나는 너 구해.

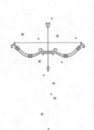

S#1.　학천 경찰서 앞 / 낮

13화 55신의 연결. 학천 경찰서로 뚜벅뚜벅 걸어가는 누군가의 발걸음.

경찰　(막아서며) 어떻게 오셨습니까?
재찬　자수하러 왔는데요.

S#2.　오아시스 / 낮

홀
길게 한 번 진동하는 수신기. 진실에 당황하는 도하.

도하　학천은 왜…?
득찬　자수하러.
도하　(놀란) …!!!

대기실
득찬의 진실을 듣고 놀란 솔희. 도하에게 얼른 신호를 보낸다.

학천 경찰서, 형사과 / 낮

텅 비어 있는 곽 형사의 자리. 내사과 경찰들이 곽 형사 자리의 물건을 상자에 담아간다. 형사들 분위기 어수선한 가운데 쭈뼛거리며 들어온 재찬. 아무도 그런 재찬을 신경 쓰지 않는데.

재찬   저기… 저기요.

학천 형사1   (예민해진) 닌 뭔데?

재찬   저 자수하러 왔어요. 최엄지… 제가 죽였어요.

순간 찬물 끼얹은 듯 조용해진 분위기. 모두의 시선이 재찬에게 쏠린다.

S#4.   오아시스 / 낮

홀

길게 한 번 진동하는 수신기. 도하, 득찬의 말이 진실임을 알고 혼란스러운데.

득찬   미안하다.

도하   (배신감 가득한 눈으로 보는) ….

득찬   내가 재찬이 숨겨줬어.

도하   (득찬에게 가까이 다가가며) 형은 언제부터 알았어? 어??

득찬   (도하 똑바로 보고) 도하야, 재찬이 자수… 내가 설득한 거야.

수신기 길게 한 번 진동한다. 도하, 의외의 결과에 순간 당황하는데.

득찬   (차분하게) 니가 또 범인으로 몰릴까 봐. 그래서 재찬이 설득했다고.

도하	지금까진 왜 가만히 있었는데!? 살인자 누명 쓰고 숨어 다니는 거 실
	컷 구경해놓고, 이제 와서 설득했다고?
득찬	야… 저번에 재찬이가 그러더라. 자기랑 너랑 물에 빠지면… 누구 구
	할 거냐고. 나는… 널 구할 것 같다고.
도하	(보는)
득찬	나 그때 대답 안 했는데…. 맞아. 나는 너 구해. 1초도 고민 안 하고 너
	구해.

대기실

득찬의 진심에 놀란 솔희의 표정. 도하에게 진실의 신호를 보낸다.

홀

수신기가 길게 한 번 진동한다. 도하, 득찬의 진심에 놀란다.

| 득찬 | 나도 많이 생각하고 내린 결론이야. 그래도 내 친동생인데. 숨긴 건 미 |
| | 안하다. 먼저 가볼게. |

득찬의 뒷모습 보며 홀에 혼자 남은 도하. 넋이 나가 멍하게 서 있는
데. 그제야 조심스럽게 대기실에서 나온 솔희. 도하의 안쓰러운 뒷모
습을 바라보다가 살며시 뒤에서 안아준다. 그런 두 사람의 모습에서.

S#5.   연서 경찰서, 형사과 / 낮

누군가와 통화하고 수화기 내려놓는 팀장.

| 팀장 | 자, 주목! 다들 학천 해수욕장 살인 사건 알지? |

강민, 갑자기 그 얘기가 왜 나오나 싶어 집중하고. 황 순경은 얼른 강민을 바라본다.

팀장 그 사건 범인이라는 놈이 자수를 했다는데 지금 학천서는 비리 때문에 내사 중이라 수사 못 맡긴댄다. 그놈 주소지가 여기라서 곧 우리 서로 이송될 거야.

팀장의 말에 술렁이는 형사들. 생각에 잠긴 강민의 표정에서.

S# 6.   연서 경찰서 앞 / 낮

재찬을 태운 봉고차가 연서 경찰서 안으로 들어온다. 봉고차 문이 열리고. 재찬, 학천 형사1에게 이끌려 차에서 내리는데. 그런 재찬을 향해 쏟아지는 플래시 세례. 재찬, 깜짝 놀라 앞을 보면 생각보다 많은 취재진들이 자신을 향해 카메라 들이대고 있다. 조금 떨어진 곳에서 이 광경을 보고 있는 강민. 몇 시간 전 일(#5)을 생각한다. 취재진 사진 다 찍고 경찰서 안으로 들어가는 재찬을 인수인계 받는 강민. 재찬의 팔을 꽉 잡고 경찰서 안으로 들어가는 강민의 모습에서.

S# 7.   뉴스 화면

소식을 전하는 뉴스 앵커의 모습.

앵커 5년 전 학천 해수욕장에서 실종된 후, 얼마 전 근처 야산에서 백골로 발견된 20대 여성을 살해한 것으로 의심되는 용의자가 경찰에 자수했습니다.

S# 8.   구치소, 수용 거실 / 낮

뉴스 화면이 구치소 TV로 이어지며.

앵커(E)   오늘 낮 한 시 30분경 20대 남성 조 모 씨는 경찰서에 직접 찾아와 자
신이 학천 해수욕장 살인 사건의 범인이라고 주장했습니다.

믿을 수 없는 얼굴로 TV를 보고 있는 엄호. 정말 도하가 진범이 아니
었던 건가? 그동안 난 뭘 했던 건가… 기가 막힌다. 충격과 허탈감에 피
식피식 헛웃음이 나온다.

엄호   (중얼중얼) 너였냐…? 너였냐고.

갑자기 미친 사람처럼 소리 내서 웃는 엄호. 주변에 있던 3~4명의 수
용자들이 그런 엄호를 이상한 눈빛으로 흘끗거린다.

S# 9.   몽타주

광화문 광장 / 낮
커다란 전광판 속 뉴스 화면.
아나운서(E)   조 모 씨는 현장에서 자신의 반지가 발견된 것에 압
박을 느껴 자수했다고 밝혔습니다.

버스 안 / 낮

핸드폰으로 기사와 뉴스를 보는 사람들의 모습.

기자(E) 이로 인해 5년 동안 미제로 남았던 학천 해수욕장 살인 사건의 진범이 드디어 밝혀질지 모두의 주목이 쏠려 있습니다.

S#10.　솔희의 집 테라스 / 밤

솔희, TV 뉴스를 보다가 끈다. 드디어 다 끝난 건가… 생각에 잠겨 있는데. 도하에게 메시지 온다.

[잠깐 얘기 좀 할래요?]

CUT TO

테라스에서 마주한 솔희와 도하.

도하　이상해요. 범인이 밝혀졌는데… 하나도 후련하지가 않아요.

솔희　(도하 안쓰럽게 보는)

도하　엄지가 살해당한 것도, 걔를 죽인 범인이 내가 아주 잘 아는 사람인 것도… 다 이상해요. 아까는 그런 생각도 했어요. 이제 엄지 죽음에… 내 책임은 없는 건가…?

솔희　(보는)

도하　걔가 그렇게 비참하게 죽었는데… 이런 생각을 한 게… 쓰레기 같아요.

솔희　(잠시 생각하다가) 언제 행복해요?

도하　…?

솔희　그전에는 자기가 그런 거라고 힘들어하구, 이제 진짜 범인 잡혔는데도 힘들어하면…. (도하 빤히 바라보며) 도하 씨는 언제 행복하냐구요.

도하　…!

솔희　(애써 밝게) 딱 오늘까지만 힘들어하고, 내일은 나랑 맛있는 거 먹으러 가요. 소파에서 쪼그려 자는 것도 그만하고, 침대에서 두 다리 뻗고 자라고요. …난 행복하면 좋겠어요. 도하 씨가.

그런 솔희를 보며 고마움을 느끼는 도하의 표정에서.

S# 11.   타로 카페 / 낮

다시 오픈한 타로 카페. 솔희가 들어가자 치훈이 벌떡 일어나 박수 친다.

치훈   와~ 축하합니다!
솔희   (피식) 뭐야~ 뭘 축하해.
치훈   (얼른 기사 보여주며) 이것 보세요.
솔희   (기사 보는)
치훈   내가 그런 사람 아니라고 했잖아요. 도하 형은 개미 한 마리도 못 죽일 사람 같았어요~.
카산드라 니가 언제 그랬어?
솔희   (관심 없는 척 기사 보다가 피식) 어… 야, 이거 댓글 웃긴다.
치훈   (큭큭 거리며) 그져.
카산드라 (비서 모드, 헛기침하고) 크흠, 헌터님? 자리를 비우신 동안 VIP 의뢰 서른다섯 건이 대기 중입니다. 상담 준비부터 하셔야 할 것 같은데요.
솔희   아… 그래?

그때 카페에 들어온 보로.

보로   (반갑게) 어? 문 다시 열었네요?
솔희   안녕하세요?
보로   좋은 소식 들었어요. 축하드려요.

솔희	고맙습니다.
보로	그래서 말인데… 저녁에 시간 되면 남자 친구분이랑 부어 비어로 오세요. 다 같이 축하주라도 해야죠.
카산드라	(솔희가 대답하기 전에 옆에 샤샥- 붙어서 귓속말로) 헌터님? VIP 의뢰 서른다섯 건이 대기 중입니다.
솔희	(잠시 갈등) 아…. (결국 보로에게) 알겠어요. 갈게요.
보로	(빙긋 웃는) 네! 그럼… 저녁에 뵐게요. (가는)
카산드라	(눈 가늘게 뜨며) 헌터님…?
솔희	(머쓱한 미소) 지금은… 이게 더 중요하잖아~.
카산드라	(정색) 변하셨네요?
솔희	…!
카산드라	돈보다 더 중요한 건 없으셨는데…. 보기 좋으시다구요.

무섭게 말해놓고 솔희 몰래 씩 웃는 카산드라의 모습에서.

S#12.　연미의 선거 사무실 / 낮

여기저기 서류 버려져 있고 연미의 선거 띠는 휴지통에 처박혀 있다.
횅해진 사무실 한구석에서 혼자 파쇄기로 종이 갈고 있는 여직원. 최
의원이 팔짱을 끼고 연미를 보고 있다.

최 의원	이게 무슨 난리인지…. (연미 슬쩍 보며 들으라는 듯) 범인은 따로 있었는데.
연미	그러니까요. 매번 말씀드렸잖아요. 제 아들 범인 아니라고.
최 의원	…뭐?
연미	아들이 결백한데 왜 제가 벌을 받아야 하는지 모르겠어요.
최 의원	(기막힌) 결백한 아들 범인이라고 생각하고 이런 짓 벌인 거 정 의원이잖아. 진범 밝혀졌다고 경찰 매수한 죄가 없어져? 정신 좀 차려.

여직원	저기… 손님 오셨는데요?

최 의원, 누가 왔나 싶어 돌아봤다가 놀란다. 마침 사무실을 찾아온 도하다.

S#13. **연미의 선거 사무실, 연미의 방 / 낮**

어수선한 선거 사무실과는 달리 아직 하나도 정리되지 않은 연미의 방. 도하, 연미의 미련이 느껴져 마음이 아픈데.

연미	(문 닫고) 너 왜 헷갈리게 했니?
도하	(보는)
연미	왜 처음에 엄지 니가 죽였다고 했어? 왜 니 방에서 걔 피 묻은 옷이 나왔냐고. 넌 아니면 아니라고 확실하게 말을 했었어야지!
도하	(할 말이 없다, 연미가 조금 가엾다) ….
연미	곽 형사가 숨긴 그 반지는 범인 꺼라면서. 괜히 숨긴 바람에 증거 인정도 안 되고….
도하	제가 반지 바다에 버렸다고 말했잖아요. 기억 안 나세요?
연미	…!
도하	어머닌 제 말 듣지도 않고, 믿지도 않아요.
연미	이건 믿음의 문제가 아니야. 그땐 모든 정황상 니가 죽였다고 보는 게 합리적이었어! 나는 엄마라는 이유로 무조건 자식 편드는 그런 한심한 짓하기 싫었고.
도하	그게 왜 한심해요?
연미	…!
도하	무조건 내 편들어주는 사람… 필요했어요. 어렸을 때부터.

두 사람 사이에 잠시 적막이 흐른다.

연미   (힘겹게) 미안하다.

도하, 말없이 여기저기 널린 서류를 박스에 넣으며 정리하기 시작한다. 가만히 서서 그런 도하를 바라보는 연미. 그제야 모든 것이 자신의 탓임을 깨달은 연미의 표정에서.

S#14.   J 엔터 앞 / 오전

무거운 표정으로 출근하는 득찬. 어디선가 숨어 있던 오 기자가 잽싸게 튀어나온다.

오 기자   조 대표님! 학천 살인 사건 자백한 범인이 대표님 동생이라는 소문이 있던데…. 사실인가요?

벌레 보듯 무시하고 지나치는 득찬.

오 기자   (득찬의 등에 대고 쩌렁쩌렁 외치는) 동생 때문에 억울하게 범인으로 몰렸던 김도하 작곡가한테 미안하지는 않으세요? 네? 대표님!

S#15.   J 엔터, 회의실 / 오전

심각하고 무거운 회의실 분위기.

홍보팀장	지금… 여론이 많이 안 좋습니다. AK 엔터에서 사업 제휴 추진하던 거 홀딩 요청했고요. 내일 연습생 오디션도 취소 건이 계속 생기고 있습니다.
득찬	(말없이 서류 보는)
홍보팀장	(눈치 보며 말하지만 의심의 눈초리) 대표님이 동생 살인죄를 김도하 작곡가한테 뒤집어씌웠다는 루머가 계속 퍼지고 있습니다.
득찬	그 사람들은 우리 둘이 어떤 사이인지 모르니까요. 알면 그런 소리 못 할 겁니다. 그리고 동생이든 누구든 죄를 지었으면 벌은 당연히 받는 거죠. 난 그런 거에 관여할 생각 없습니다.
직원들	….
득찬	밖에서 아무리 시끄럽게 굴어도 우리는 뭉쳐야죠. 하던 대로 각자 맡은 일 열심히 하다 보면 떠들던 사람들도 지칠 겁니다. AK 엔터는 내가 따로 연락해볼 테니까 걱정 말고요. (일어나려는데)
홍보팀장	(얼른) 대표님.
득찬	(보는) …?
홍보팀장	김도하 작곡가랑 다시 잘 지내는 모습을 보여주시면… 지금 상황이 빨리 정리될 것 같습니다.
득찬	(미소) 네. 알았어요. 고마워요.

S# 16.   J 엔터, 대표실 / 낮

자리에 앉아 통화 중인 득찬.

득찬	제 가족 문제고 사업이랑은 관련 없습니다. 계약서 몇 번을 주고받았는데…. 조건도 다 맞춰드렸잖아요. 이제 와서 갑자기 이러시면 곤란하죠.
대표(E)	샤온은 J 엔터에 그대로 있는 거 맞죠?

때마침 대표실에 벌컥 들어온 샤온.

| 득찬 | (얼른) 그럼요. 당연하죠. 걔가 저희 간판인데. 그럼 일정대로 진행하는 거로 알고 전화 끊겠습니다. |

득찬, 황급히 전화를 끊는다. 그 모습 보고 있다가 쏟아내는 샤온.

샤온	설마 그 간판이… 나야?
득찬	(아무렇지 않게) 너 잘 왔다. 언제 다시 활동할 거야? 좀 서둘렀으면 좋겠는데.
샤온	오빠 진짜 무섭다…. 뼛속까지 사업가인 거는 알고 있었는데. 어떻게 이런 상황에서도 돈 생각만 해? 나 여기서 활동 안 해. 소름 끼쳐서 못해!
득찬	(침착하게) 지온아, 내가 돈 생각만 했으면… 아무것도 없는 너 데뷔할 때 그렇게 밀어줬을까? 니 스타일리스트, 안무가… 다 최고로 붙여줬어. 너도 아무것도 없던 우리 회사 들어와줬으니까.
샤온	(반박할 수 없는) ….
득찬	그때 도하는 또 어땠고? 얼굴 다 가리고 사람 안 만나던 애 끌고 나와서 피아노 앞에 앉힌 거 나야. 너도 알잖아.
샤온	(설득당한) 알지. 아는데…. 지금은 오빠가 회사 생각만 하는 걸로 보이니까….
득찬	너랑 도하 생각하는 게 회사 생각하는 거로 보이겠지. 여기… 너랑 나랑 도하, 셋이 키운 회사야. 살려야지. 너 여기 망해도 괜찮아?
샤온	아니! 안 괜찮지. 나도….
득찬	너 딴 회사 가더라도 일단 여기 괜찮아지면 그때 가. 회사 좀 어려워졌다고 바로 딴 데로 갈아타면 사람들 겉으로는 축하해도 속으론 다 욕해.
샤온	(득찬 눈치 보며) 근데 오빠… 진짜 몰랐어? 동생이 범인인 거.
득찬	뒤늦게 알았어.

샤온	(놀란) 진짜??
득찬	도하한테도 말했어. 미안하다고도 했고.
샤온	한번으로 돼? 지겨울 때까지 해. 무릎 꿇고서도 하고, 손 싹싹 빌면서 도 하고, 전화로도 하고, 문자로도 하고. 그냥 계속해! 도하 오빠가 그 사과 받아주면… 나도 여기 남을게.

S#17.   도하의 집 / 밤

연미를 만나고 착잡한 얼굴로 집에 들어온 도하. 불 켜지 않은 채 소파에 앉는다. 어둠 속에서 길게 한숨을 쉬는데. 핸드폰 진동하는 소리 들린다. 솔희로부터 온 메시지.
[솔희 : 뭐 해요? 우리 지금 만나요.]
[도하 : 그래요. 어디서요?]

S#18.   오아시스 / 밤

솔희와 손잡고 오아시스에 들어온 도하. 중규를 비롯한 연주자들이 감미로운 재즈를 연주 중이다. 솔희와 도하, 자리에 앉으려는데. 음악이 'Congratulations' 재즈 버전으로 자연스럽게 바뀌어 연주된다. 도하, 갑자기 왜 이런 노래가 나오나 싶어 무대를 보는데. 그런 도하를 보며 빙긋 웃는 중규. 이것이 자신을 위해 준비한 파티임을 깨닫고 솔희를 보는 도하. 그제서야 양옆 테이블에 얼굴 가리고 앉아 있던 보로, 초록, 오백, 치훈, 카산드라 보이고. 초 꽂힌 케이크 들고 도하의 자리로 천천히 다가오는 보로.

| 보로 | (수줍게) 그동안… 고생 많았어요! |

보로가 내민 케이크는 도하의 얼굴이 담긴 캐리커처 케이크다. 왕자님 같은 옷을 입고 왕관을 쓰고 있는 도하의 모습. '연서동 최고 미남 김도하 왕자님의 결백을 축하합니다'라는 글이 레터링되어 있다. 케이크를 보고 웃는 도하. 코끝이 찡해지는데.

| 보로 | 초 부세요. |

도하, 손등으로 눈물을 훔친다. 그 모습에 놀란 솔희.

| 초록 | 어떡해…. 울 줄은 몰랐네. |
| 오백 | 이럴 땐 빨리~. |

오백, 도하에게 어린이용 공주님 왕관을 씌워준다. 울다가 어리둥절한 도하. 아직 상황 파악을 못했는데.

오백	아, 왕자님용으로 샀어야 했는데 공주님용으로 샀어.
초록	공주님용이 더 잘 어울려~.
치훈	실례 좀 할게요. (하며 슬쩍 귀걸이까지 달아주는)
도하	(억지 미소, 솔희에게 도와달라는 눈빛 보내는)
솔희	도하 씨, 손!

도하, 어리둥절한 얼굴로 솔희에게 손을 내밀자. 솔희, 도하의 손에 요술봉 쥐여준다. 그렇게 주렁주렁 공주 액세서리 착용하고 요술봉까지 쥔 도하. 놀리며 웃는 사람들을 보며 난감해하다가 에라 모르겠다~! 예쁜 척하며 미스코리아처럼 포즈 취해본다. 처음 보는 도하의 모습에 정신없이 웃는 솔희와 사람들. 도하, 웃고 있는 중규에게 장난스럽게 왕관 씌워준다. 분위기 더욱 화기애애해지고.

CUT TO

도하, 이제 액세서리 벗어놓은 모습이고. 다 같이 케이크 잘라서 먹고
있는데.

오백	잠깐, 잠깐! 오늘의 주인공께서 건배 제의 한마디하죠?
도하	(모두의 시선이 쑥스러운) 다들 정말 고맙습니다.
초록	그게 다예요?? 좀 더 길게 늘려봐요~.
솔희	(은근 기대하는 눈빛으로 도하 보는)
도하	여기는 원래 저 혼자 조용히 피아노만 치고 가는 곳이었어요. (중규 보며) 얼굴 가리고 피아노 치겠다는 놈 받아준 사장님 덕분에 몰래 연주만 하고 갔는데⋯.어느 날 솔희⋯씨가 저기 앉아서 날 보고 있더라고요.
솔희	(도하 보는)
도하	그때 알았어요. 사실 누가 찾아와줬으면 싶었다는 거. 그리고 지금은 여기 이렇게 제가 좋아하는 사람들이 다 모여 있는 게⋯. (쑥스럽게 살짝 웃는) 되게 좋아요. 연서동에 오길 정말 잘한 것 같아요.

박수 치는 사람들. "길게 하랬더니 너무 기네~." 하며 누군가 장난치
고. 그러다 오백, 초록에게 장난스럽게 케이크 크림 얼굴에 묻힌다.

초록	(정색) 아, 하지 마아!
오백	(머쓱) 야⋯ 뭘 그렇게까지 화를 내냐?
초록	케이크 먹을 때마다 이랬잖아. 하지 말라 그랬는데!
카산드라	(벌써 감이 온) 두 분이 케이크를 자주 같이 먹었나 봐요?
초록	아, 그런 건 아니구여⋯.

솔희, 거짓말에 초록을 슬쩍 보는데. 그러다 조용하게 케이크 먹고 있
는 도하를 보는 솔희. 장난치고 싶어진다. 마음먹고 손에 케이크 크림
잔뜩 묻혀보는 솔희. 도하의 얼굴에 찍으려는데. 순간 솔희를 빤히 바
라보는 도하. 심쿵한 솔희. 차마 크림 못 묻히고 손가락에 묻은 크림

그냥 빨아먹는다. 도하, 피식 웃더니 어느 틈에 솔희 코에 크림을 묻힌다. 황당한 얼굴로 도하 보는 솔희. 장난스럽게 미소 짓는 도하의 코에 크림 묻히려는데 요리조리 피하는 도하. 하지만 결국 크림 묻히는 데 성공한다. 깔깔 웃는 솔희. 그 모습 보며 애써 웃고 있지만 속이 쓰린 보로.

보로   (소심하게 중얼중얼) 그거… 정말 비싼 동물성 생크림으로 만들었는데…. 먹는 걸로 장난치면 안 되는데….

S#19.   **오아시스 앞 / 밤**

오아시스에서 나오는 솔희와 도하.

솔희   (주변 두리번거리며) 택시가 잘 잡히려나 모르겠네.

도하, 솔희의 볼에 쪽 뽀뽀해준다. 놀라서 보는 솔희.

도하   우리 둘만 있으니까….
솔희   (이내 능청스럽게) 근데 뭐 이 정도는… 남들 다 있을 때 해도 되지 않나?

솔희, 그렇게 말하더니 도하 입술에 쪽 뽀뽀한다.

도하   (솔희 따라 하는) 이 정도도 뭐….

그러더니 솔희의 허리 감싸며 깊게 입 맞추는 도하. 서로를 끌어안고 키스하는 두 사람. 그런 두 사람 뒤로 오아시스 간판이 깜빡인다.

도하의 집, 작업실 / 낮

도하, 다시 작업실에 앉았지만 오랜만이라 어쩐지 어색한 느낌이다. 장비를 만지작거리며 새로 세팅하고, 컴퓨터로 작곡 프로그램 실행하려고 하는데. 프로그램 아이콘 아래 사진 파일을 보다가 클릭한다. 득찬, 샤온과 함께 J 엔터 초창기 때 찍었던 사진(1화 17신 사진)이 화면 가득 펼쳐진다. 사진 속 해맑은 득찬과 샤온의 모습을 보며 생각이 많아지는데. 도하, 핸드폰을 보다가 결심한 듯 득찬에게 전화 건다.

도하   어, 형.

S#21.   J 엔터, 대표실 / 낮

반가워 어쩔 줄 몰라 하며 도하를 맞이하는 득찬.

득찬   야… 니가 먼저 연락줄지 몰랐다.
도하   그땐 내가 화가 많이 나서…. 형도 나한테 제대로 얘기 못한 것 같아서.
득찬   뭔데? 다 말해봐.
도하   형, 재찬이 범인인 거… 언제부터 알고 있었어?
득찬   엄지 발견되고 좀 지나서. 미안하다.
도하   ….
득찬   왜? 아직도 나 못 믿겠어? 너까지 계속 그러면 나도 좀 힘들어. 그동안 니가 힘들었을 거 생각하면 이건 아무것도 아니겠지만.
도하   (힘없이) 그래…. 알겠어.
득찬   남들 뭐라는 건 상관없어. 나 진짜 아니니까 맘대로 떠들라고 해. 근데 니가 그렇게 생각하면… 너무 속상하다. 나 그동안 너한테 이 정도 믿음밖에 못 줬냐? 나 지금 위기야. 회사도 힘들고, 주변 사람 다 떠났다.

도하	(그런 득찬 보다가) 나도 그랬어…. 그때 형만 내 옆에 있어줬지.
득찬	(보는)
도하	그땐 형이 전화라도 걸어주지 않으면… 하루 종일 말 한마디할 일이 없었어. 내가 음악 얘기 한번 했더니 형 바로 다음 날 음악 장비 죄다 사와서 설치해줬잖아.
득찬	(아련한 눈빛) 그래…. 그때 그랬지.

그때 테이블에 놓여 있던 득찬의 핸드폰이 진동한다. 발신자 '정다연 변호사'다.

도하	(표정 굳는) 재찬이 변호사야?
득찬	아니. 내 변호사야.
도하	…?
득찬	(수신 거절 버튼 누르고) 나 이혼 소송 중이거든.
도하	(놀란, 당황하는) 뭐? 갑자기… 왜?
득찬	그렇게 됐어~. 나쁜 일은 한꺼번에 온다는 게 딱 맞는 말 같다. 근데 그래도… 회사는 그 나쁜 일에 휩쓸리게 하기 싫어.
도하	(득찬 걱정스럽게 보다가 조심스럽게) 내가 뭐… 도와줄 만한 거라도 있어?
득찬	(감동받은 얼굴로 보는) 고맙다. 먼저 물어봐줘서.
도하	곡 몇 개 써둔 게 있긴 한데.
득찬	곡이 아니라 니가 필요해.
도하	(보는) …?
득찬	금요일에 우리 회사 비전 선포식 할거야. 그때 너랑 내가 잘 지내는 모습 보여주면 좋을 것 같은데. 너… 와줄 수 있어?

생각지 못한 득찬의 제안에 고민하는 도하의 표정에서.

연서 경찰서, 형사과 / 낮

자리에 앉아 재찬의 진술서를 다시 살펴보고 있는 강민의 진지한 모습.

(과거) 연서 경찰서, 진술 녹화실 / 밤

재찬을 취조 중인 강민. 재찬은 모든 것을 내려놓은 듯 차분하다.

강민   조재찬 씨, 당신이 최엄지를 죽인 진짜 범인이다. 그거죠?
재찬   네.
강민   (책상에 놓인 케이스 속 반지 보며) 이 반지가… 그 증거고요?
재찬   네. 걔 죽이고 나서… 손에서 빼낸 반지예요.

반지 케이스에는 현장에서 발견된 것과 똑같은 디자인의 여자 반지
가 들어 있다.

강민   이거랑 똑같은 반지를 따로 맞췄죠? 왜 그랬어요?
재찬   엄지 걔가 김승주랑 맞춘 그 반지… 맨날 끼고 다녔거든요. 언제 빼
         나…. 저 반지 뺀 날 무조건 고백해야지…. 근데 아무리 기다려도 안 빼
         더라고요. 그러다 그런 생각이 들었어요.
강민   (보는)
재찬   그냥 내가 저 반지를 끼면 되겠다…. 끼니까 좋더라고요. 남자 친구 된
         것 같고.
강민   (황당한 감정 숨기며) 그렇게 좋아한 여자를… 왜 죽였어요?
재찬   사고였어요. 그날… 친구가 호프집에서 걔랑 김승주가 완전 심하게
         싸우는 거 봤다고, 헤어진 것 같다고 했거든요.

S# 24.   (과거) 학천 바닷가 / 밤

도하에게 마지막 문자 남기고 있던 엄지. 저 멀리서 유니폼 입고 걸어
오는 누군가를 발견하고 반갑게 일어난다.

재찬(E)   바닷가에 가봤더니… 혼자 있더라고요.
엄지   승주야! (승주가 아닌 것을 알고 이내 실망한 표정에서)

S# 25.   (과거) 야산 / 밤

화내고 있는 엄지의 모습 위로. 싸우며 몸싸움하는 두 사람.

재찬(E)   이제 김승주랑도 헤어졌고…. 그냥 나랑 사귀자고 했더니 싫다는 거
           예요. 홧김에 확 밀었는데… 안 일어나더라고요. 머리에서는 막 피 나
           고…. 무서워서 도망쳤어요.

S# 26.   (과거) 호프집 / 밤

목재 인테리어에 노란색 조명, 90년대 느낌 물씬 풍기는 오래된 호프
집. 스크린 화면에는 러시아 월드컵 멕시코전 경기가 흘러나오고 있
다. 테이블에 혼자 앉아 심각한 얼굴로 문자를 보내고 있는 재찬. 옆옆
테이블에 앉아 뻥튀기 먹으며 축구 보는 득찬을 흘끗 바라본다. 알고
보니 재찬의 손에 들린 것은 엄지의 핸드폰. 엄호에게 [오빠 미안해]
로 시작하는 문자를 작성하고 있다.

재찬(E) 형이랑 호프집에서 축구 보는 척하면서⋯ 걔 폰으로 엄호 형한테 문자 보냈어요. 죽어버리겠다고. 그냥 자살한 거로 만들면⋯ 문제없을 것 같았어요.

S# 27. (과거) 연서 경찰서, 진술 녹화실 / 밤

재찬의 말을 신중하게 듣고 있는 강민.

재찬 그리고 그날 밤에⋯ 최엄지 파묻었구요.
강민 옷이랑 소지품은? 다 어떻게 했어요?
재찬 신발은 자살한 것처럼 바닷가에 놔뒀고. 옷은⋯ 버렸어요. 바다에.

S# 28. 연서 경찰서, 형사과 / 낮

재찬의 진술을 떠올리며 진술서를 읽고 있던 강민. 갑자기 미간을 찌푸린다. '최엄지의 옷은 태워버렸고'라는 문장을 발견한 것.

강민 (중얼중얼) 뭐야⋯?

S# 29. 연서동 공원 / 낮

함께 손잡고 산책하는 솔희와 도하. 솔희, 생각에 잠겨 있는 도하의 옆모습을 본다.

솔희	무슨 생각해요?
도하	사실… 득찬 형 만나고 왔거든요. 재찬이 일 언제부터 알았던 건지 그 걸 끝까지 확인하고 싶더라고요.
솔희	그만큼 도하 씨한테 중요한 사람이니까요. 조득찬 씨가.
도하	무서웠어요. 득찬 형이 처음부터 알고 있었을까 봐.
솔희	두 사람… 얼마나 알고 지냈어요?
도하	중학교 때부터였나…? 15년은 됐을 거예요.
솔희	와… 15년.
도하	그래도 형에 대해 다는 몰라요. 갑자기 확 멀어진 느낌도 들고….
솔희	(보는)
도하	지금 회사 상황이 많이 안 좋나 봐요. 형이 행사에 초대를 했는데…. 고 민이에요. 가야 할지.
솔희	나는요. 어렸을 땐 모든 거짓말이 상처였어요. 반장 선거 때 친구가 나 찍었다고 거짓말했을 때도, 친한 옆 반 친구한테 체육복 빌리러 갔더 니 없다고 거짓말했을 때도… 다 상처였어요.
도하	(보는)
솔희	그래서 아무도 안 믿다 보니까… 새벽에 갑자기 떠들고 싶을 때 전화 할 친구도 없어요. 그니까 15년 친구, 쉽게 내치지 말아요.
도하	나한테 해요.
솔희	(보는)
도하	새벽에 갑자기 전화하고 싶을 때요.

서로를 보며 빙긋 웃는 두 사람의 모습에서.

S# 30.   연서 경찰서, 진술 녹화실 / 낮

다시 강민을 진술실로 불러내 마주한 강민.

강민	죽은 최엄지 옷… 정확히 어떻게 처리했어요?
재찬	전에 말했는데요. 태웠다고.
강민	아니요. 진술서에는 태웠다고 썼지만… 제 앞에서 말할 때에는 바닷가에 버렸다고 했습니다.
재찬	(당황) 아, 그랬나…? 그럼 바다에 버렸나 봐요.
강민	(수상한) 어떻게 그걸 헷갈리죠? 바다에 버리는 거랑 태우는 건… 완전 다른데.
재찬	5년이 지났어요…. 형사님은 2018년 6월 24일에 뭐 했는지 기억나세요?
강민	안 나죠. 평범한 날들 중 하나였으니까. 근데 조재찬 씨는 그날 살인이라는 특별한 일이 있었잖아요?
재찬	(돌변한) 나 이제 변호사 없이는 얘기 안 하려고요.
강민	(아무리 봐도 수상한) 자수는 왜 한 겁니까?
재찬	그 무덤에서 내 반지가 나왔잖아요. 무섭고, 죄책감도 느끼고 하니까….
강민	죄책감은 느끼는데 변호사 없이 진술은 안 하겠다?
재찬	형사님, 죄를 고백한 것만으로도 큰 용기 아니에요? 증거가 부족해서 무죄 판결 받는 건… 법이 그런 거니까 어쩔 수 없는 거구요.
강민	누가 그래요? 무죄 판결 받을 거라고?
재찬	(살짝 당황하다가 얼른) 제 변호사가요. 그거 맞죠? 형사님.

강민, 차마 대답 못하고. 웃는 재찬을 보며 아무리 봐도 이상하다 싶은데.

———
S# 31. J 엔터, 대표실 / 낮

득찬, 음악 들으며 명상하고 있는데 전화가 온다.

득찬	네, 변호사님. 재산 분할 협의서 잘 받았고요. 차도 팔았고, 집도 정리 중이에요. 그냥 와이프 원하는 대로 다 주려고요. 괜찮아요. 그렇게 처리해주세요. (끊는)

착잡하지만 어딘지 후련해 보이기도 하는 득찬의 모습에서.

S# 32.   솔희의 집 / 밤

솔희, 루니에게 밥 주고 있는데 전화벨 울린다. 발신자는 '강민 오빠'다.

솔희	어, 오빠. (사이) 지금…?

S# 33.   타로 카페 / 밤

솔희, 강민 앞에 과일 주스 놓아주고 마주 앉는다.

솔희	연락 한번 못했네. 너무 고마워. 다 오빠 덕분이야.
강민	(표정 안 좋고) 조재찬 사건… 우리 서에서 맡은 거 알지?
솔희	응. 뉴스에서 봤어. 어떻게 돼가?
강민	잘 안 풀려…. 조재찬이 제대로 진술을 안 해.
솔희	자수했다며. 자수는… 자기 죄 고백하려고 하는 거 아니야?
강민	계획적인 자수도 많아. 다 그렇게 순수하게 자수하는 건 아냐.
솔희	조재찬한테 순수하지 않은 의도가 있다는 거야?
강민	그 사람 예전에 자기 형이랑 같이 김도하 알리바이 만들어줬던 거 알지?

솔희	응. 알지.
강민	이상하지 않아? 자기가 범인이면서 다른 사람 알리바이를 만들어줬다는 게.
솔희	아마 조득찬 씨 때문이었을 거야. 그 사람… 도하… 씨 무지 아끼거든. 이번에 자수한 것도 조득찬 씨가 설득해서 한 거랬어.
강민	(놀란) 그 반지는… 위법 수집 증거라 증거 능력도 없는 건데…. 조득찬 정도 되는 사람이 그 정도도 안 알아보고 덜컥 자수를 시켰다…?
솔희	(당황스러운) 도하 씨가 다시 범인으로 몰리는 게 싫어서 자기 동생 설득했다고…. 나 그거 진실인 거 들었어.
강민	(어이없는 웃음) 친구 때문에… 친동생을 자수하게 시켰다고…?
솔희	….
강민	정말 조득찬이 김도하 씨를 지키기 위해서 그랬을까? 난 그게 계속 의심스러워. 진짜 이유가 뭘까.
솔희	오빠는 지금… 조득찬 씨를 의심하는 거야?
강민	응. 조득찬이 진범이면 내 의심이 다 맞아떨어져. 조재찬은 증거 불충분으로 자기가 풀려날 것도 이미 다 알고 있고. 근데 그걸 조득찬이 설득한 거라면….
솔희	그럼 조득찬이 직접 자수한다고 해도 증거 불충분으로 풀려나는 건 마찬가지잖아.
강민	조득찬은 그 자체로도 잃을 게 많아. 혹시 모를 살해 동기나 증거가 남아 있을 수도 있고. 조득찬은 진짜 범인인 자신도 감추고, 김도하도 지키고 싶었던 게 아닐까?

S# 34.   드림 빌라, 5층 현관 / 밤

도하의 집 앞에서 망설이는 솔희. 결심한 듯 초인종을 누르는데.

도하	(반갑게) 어? 솔희 씨!

솔희, 급하게 뭔가 말하려는데 알고 보니 다른 손에 핸드폰 들고 통화 중이었던 도하.

도하	(핸드폰에 대고) 어, 형. 알았어. 내일 봐. (끊는)
솔희	(표정 굳은) 아… 조득찬 씨예요?
도하	네. 내일 그 행사 참석하려고요. 생각해보면 조재찬 잘못이지 형 잘못은 아닌데…. 내가 너무 예민했던 것 같기도 하고.
솔희	근데 도하 씨 내일….
도하	(다정하게 보는) 네…?
솔희	(잠시 고민하다가 웃으며) 내일 데이트 신청하려고 했는데…. 그냥 다음에 해요.

차마 도하에게 득찬과 재찬의 이야기하지 못하는 솔희의 모습에서.

S#35. 솔희의 집 / 밤

집에 들어오자마자 이내 어두워지는 솔희의 표정. 루니 앞에 앉아 잠시 생각에 잠긴다.

S#36. (과거) 타로 카페 / 밤

14화 33신의 연결. 타로 카페에서 얘기 중인 강민.

강민	그럼 조재찬이 대신 자수한 이유는….
솔희	(생각하다가, 확신의 말투로) 돈.
강민	…?
솔희	조재찬 찾아다니면서 그 사람 주머니만 노리는 사람들 한 트럭은 만났어. (강민 보며) 내가 내일 그 사람 만나러 갈게.

S# 37.   솔희의 집, 테라스 / 밤

다시 현재. 답답한 듯 나온 솔희. 도하의 집을 바라본다.

S# 38.   J 엔터, 로비 + 복도 + 강당 / 낮

비전 선포식 준비로 분주한 J 엔터의 풍경. 강당에는 '2023년 J 엔터테인먼트 비전 선포식' 현수막 걸려 있다. 득찬, 이곳저곳을 둘러보며 상황을 살핀다. 지나가는 직원들에게 친절하게 인사도 해주며 사람 좋게 웃는 모습. 그러다 조용히 대표실로 들어오는데.

S# 39.   J 엔터, 대표실 / 낮

자신의 명패를 손으로 한번 쓸어본다. 모든 것을 정리하려는 듯 아련한 표정 되는데. 누군가 대표실에 들어온다. 멀끔하게 정장 차려입은 도하다.

득찬	(반갑게) 도하야!
도하	이런 자리 처음이라서… 좀 긴장되네.
득찬	이 정도로 긴장하면 안 돼~. 너 이따가 나와서 한마디하게 될 수도 있어.
도하	(어색한 미소 짓는) 난 그냥 옆에서 조용히 있다가 갈게.
득찬	일단 나가서 우리 직원들이랑 인사 좀 하자.

S#40.   J 엔터, 강당 / 낮

J 엔터 직원들에게 도하를 소개시켜주는 득찬. 웃으며 정중하게 인사하는 도하와 그런 도하에게 호의적인 직원들.

도하	안녕하세요? 처음 뵙겠습니다.
홍보팀장	두 분 이렇게 같이 서 계신 모습 보니까… 왜 이렇게 든든하죠?
샤온(E)	(발랄하게) 안녕하세요~.

익숙한 목소리에 돌아보는 도하. 여기저기에서 인사하고 있는 샤온이 보인다. 샤온 역시 곧 그런 도하 발견하고 활짝 미소 짓는다.

샤온	오빠…! (자기도 모르게 도하 덥석 끌어안았다가 떨어지며) 이거 그냥 그동안 고생했다는 의민 거 알지?
도하	너도 나 때문에 고생 많았어.

득찬, 멀찍이 서서 도하와 샤온의 모습을 바라보고 있다. 미소 짓고는 있지만 어쩐지 조금은 슬퍼 보인다.

연서 경찰서 앞 / 낮

같은 시각, 연서 경찰서를 찾아온 솔희. 솔희를 기다리고 있던 강민.
솔희를 발견하고 다가온다.

강민   접견 시간은 30분, 상대가 면회 거부하면 언제든 중단될 수 있어.
솔희   응.
강민   조득찬이 범인이라는 게 확실해져도 중요한 건 물적 증거야. 그걸 찾
        아야 돼.
솔희   (긴장한) 응. 알았어.

함께 경찰서로 들어가는 솔희와 강민의 모습.

S# 42.   유치장 / 낮

지루해 죽겠다는 얼굴로 유치장에 누워 노래 흥얼거리는 재찬.

경찰(E)   조재찬! 면회 신청 들어왔다.
재찬   (지루한데 잘됐다 싶은, 벌떡 일어나며) 우리 형이에요??

S# 43.   유치장, 접견실 / 낮

이게 다 뭔가 싶은 얼굴로 접견실로 들어와 앉는 재찬. 웬 낯선 여자의
뒷모습에 당황한다.

재찬	당신 뭐야…?
솔희	(돌아보며) 안녕하세요? 저 알죠?
재찬	(놀란, 멈칫) 뭐야… 여기 왜 왔어?
솔희	조득찬 씨가 보내서 왔어요.
재찬	(당황, 안 믿는) 형이… 너를 왜?
솔희	잘 모르시겠지만 나 조득찬 씨랑 나름 친해요. 김도하 씨 때문에.
재찬	(의심스러운 얼굴로 앉는) 진짜야…? 그래서… 왜 왔는데?
솔희	(앞에 앉은 재찬을 보고 성공했다 싶은, 포커페이스 유지하며) 그냥 이 말만 전해달라고 했어요. 계획이 틀어졌다고.
재찬	어떤 계획…? (답답한) 직접 와서 말하라 그래. 형은 뭐 하는데!
솔희	그쪽 때문에 안 좋아진 회사 상황 바꿔보겠다고 오늘 큰 행사 열었던 데. 비전 선포식인가 뭔가….
재찬	(납득이 잘 안 되는) 그걸 지금 한다고…?
솔희	네. 김도하 씨도 조득찬 씨 부탁으로 거기 갔어요.
재찬	(흔들리는 눈빛) 뭐야…? 둘이 아직도 붙어 다녀?
솔희	왜요? 당신 때문에 멀어질 줄 알았어요?
재찬	당연한 거 아니야? 동생이 전여친을 죽였는데!
솔희	(조재찬은 범인이 아니구나!) …!!!

S#44.   J 엔터, 강당 / 낮

몇몇 투자자 및 외부 관계자들, 임직원들 모여 있는 J 엔터 강당. 많은 사람들 앞에서 박수 받으며 연단에 선 득찬.

득찬	(꾸벅 인사하고) 안녕하십니까. J 엔터테인먼트 조득찬 대표입니다. 그동안 불미스러운 일로 여기 계신 많은 분들께 심려를 끼쳐드려 죄송합니다. 저희 J 엔터테인먼트는 여러분들의 지원과 도움으로 국내 최

고의 음악 회사로 성장할 수 있었습니다.

여유롭고 당당하게 이야기를 이어나가는 득찬의 모습을 바라보는
도하.

S# 45.   유치장, 접견실 / 낮

애써 침착하게 포커페이스 유지 중인 솔희.

솔희   궁금한 게 있는데 최엄지 씨 그 반지 왜 여태 가지고 있었어요?
재찬   (잠시 생각하고) 나 엄지 그렇게 만들고 하루도 편하게 지낸 적 없어. 그
        거라도 가지고 있는 게 최악까지는 안 간 기분이었으니까.
솔희   그 반지… 형이 준 거잖아요.
재찬   (흠칫 놀라지만 태연한 척) 뭔 소리야? 아니거든?!
솔희   (득찬이 줬구나 범인임을 확신한) …! 난 조득찬 씨 부탁 받고 온 사람이에
        요. 거짓말할 필요 없어요.
재찬   잠깐, 잠깐. 그러면 아까 그 계획 틀어졌다는 거… 둘 중에 어떤 계획을
        말하는 거야?
솔희   (살짝 당황) …!!
재찬   (솔희의 표정 읽고 비웃는) 뭐야… 속을 뻔했네.
솔희   조재찬 씨, 진짜 형 믿어요? 조득찬 씨가 당신 자수시킨 이유가 김도
        하 씨 때문인 거 알아요?
재찬   (피식) 왜 왔냐? 가라. (하고 돌아서는데)
솔희   (다급해진) "형은 나하고 도하 물에 빠지면… 도하 구해줄 거지?"
재찬   (놀라서 멈칫) …!!!
솔희   사실 그때 조득찬 씨 그 대답이 뭐였는 줄 알아요? "응. 맞아."였대요.
재찬   (돌아보는, 당황한 눈빛 역력한) 야, 너 뭐야…. 너 뭔데….

솔희	조득찬 씨는 정말로 김도하 씨만 구했네요?
재찬	…?!
솔희	아직도 모르겠어요? 조재찬 씨 당신 혼자 여기 갇혀 있는 거예요.
재찬	(흔들리는) 아니야…. 난 여기서 곧 나갈 거야.
솔희	(재찬의 표정 보고 더욱 몰아가는) 당신이 범인이라는 추가 증거도 발견 됐어요.
재찬	(놀란) 뭐? 뭐가 나왔는데!
솔희	그것까진 말해드릴 수 없고.
재찬	(흥분한) 뭔데! 뭔지 몰라도 그거 내 꺼 아니야! 내가 범인이 아닌데 그 딴 게 왜 나와! 그거 형 꺼야! 형 꺼라고!
솔희	(모든 것을 확신한) …!!!

S# 46. J 엔터, 강당 / 낮

스크린 띄워놓고 프레젠테이션하고 있는 득찬.

득찬	국내뿐 아니라 글로벌 시장 진출에 주력하기 위해선 아티스트 중심 의 의사 결정과 사업 구조를 만들어가야 합니다.

여유롭고 당당하게 발표하는 득찬의 모습을 바라보는 도하.

샤온	(슬쩍 다가와서) 고마워, 오빠. 여기 오기 쉽지 않을 텐데.
도하	그래도… 오길 잘한 것 같아.

발표하던 득찬과 눈이 마주친다. 서로 미소 지어주는 두 사람.

S# 47.   연서 경찰서 앞 / 낮

다급하게 경찰서에서 나온 솔희. 도하에게 전화 걸어보지만 통화가
되지 않아 답답하다. 차에 탄 솔희. 급하게 경찰서 안을 빠져나가는데.
뒤늦게 그 모습 발견한 강민.

강민   솔희야! 솔희야!

재찬과 무슨 일이 있었던 걸까. 강민의 걱정스러운 표정에서.

S# 48.   도로, 솔희의 차 안 / 낮

목적지는 J 엔터다. 속력을 내서 운전하는 솔희.

솔희(E)   대체 뭘 믿고 그랬어요?

S# 49.   (과거) 유치장, 접견실 / 낮

혼란스러운 재찬 앞에서 침착하게 물어보는 솔희.

솔희   이렇게 큰일을 벌일 때에는 조재찬 씨도 상대방 약점 하나쯤은 보험
으로 챙겨왔어야죠.
재찬   (자포자기한 듯 중얼거리는) 보험… 있다고 생각했어.

S#50. (과거) 득찬의 집, 서재 / 낮

득찬, 열쇠 달린 책상 서랍을 열어 깊은 곳에서 뭔가를 꺼낸다. 앞에서 멀뚱한 얼굴로 그 모습 보고 서 있는 재찬. 득찬이 꺼낸 것은 엄지의 반지가 들어 있는 반지 케이스. 재찬에게 건네준다.

재찬	이게 뭐야? (하면서 열어보는)
득찬	그거… 엄지 반지야.
재찬	(혼란스러운) 어…? 이걸 왜 형이 가지고 있어?
득찬	재찬아, 그거 들고 경찰서 가서 니가 자수 좀 해라.
재찬	(무슨 말인지 모르겠고) …??
득찬	최엄지 죽인 거 나야.
재찬	(놀란) …!!!
득찬	내가 당장 경찰서 가서 자수하고 싶은데. 그러면… 우리 둘 다 인생 끝이야.
재찬	(그제야 실감이 나고, 흥분한) 진짜야? 진짜로 형이 죽였어…? (득찬 빤히 보다가)
득찬	….
재찬	근데 왜… 갑자기 자수를 해? 어차피 아무도 모르잖아! 그냥 살던 대로 살면 되는 거 아냐?
득찬	그 반지… 내가 왜 여태 가지고 있었겠냐. 엄지 그렇게 만들고 하루도 편하게 지낸 적 없어. 언제든 자수할 기회를 가지고 있는 게 그나마 안심됐어. 완전 최악까지는 안 간 기분이었어.
재찬	형, 정신 차려. 갑자기 왜 그래. (울먹이는) 나 무서워….
득찬	나 이제 더는 못 버티겠다. 다 너한테 주고 갈 테니까 니가 시간만 좀 벌어줘.
재찬	(두려운, 정신없다) 어떻게…? 나보고 대신 감옥 가라고??
득찬	(재찬 어깨 잡고) 이 반지로는 증거가 안 돼. 너는 절대 유죄 판결 안 나.
재찬	형은…? 형은 무슨 증거 있어?

| 득찬 | (괴로운 한숨) |

(과거) 유치장, 접견실 / 낮

그때를 회상하는 재찬. 모든 것을 내려놓은 표정이다. 반면 다급해진 솔희.

| 솔희 | 그게 어딨는데요? 나한테 얘기해요. 당신 여기서 나가게 해줄 테니까. |

재찬, 솔희의 말에 솔깃한데.

경찰(E)	조재찬! 면회 끝!
솔희	(다급한) 말해요! 그거 어딨는데!
재찬	회사… 형 방에….

철컹 닫힌 접견실 문. 다급한 솔희의 표정에서.

J 엔터, 강당 / 낮

슬슬 연설을 마무리하는 득찬. 직원들을 찬찬히 둘러본다.

| 득찬 | 그동안 정말 감사했습니다. 여기 계신 한 분 한 분, 제가 직접 면접 보면서 신중하게 우리 가족으로 맞이한 분들입니다. 여러분 모두의 도움으로 여기까지 올 수 있었습니다. 저는 그 좋은 기억을 가지고 여기서 물러나겠습니다. |

도하, 득찬의 연설이 뭔가 점점 이상해진다는 것을 느낀다. 주변 다른 사람들도 심상치 않은 분위기를 느끼며 술렁이는데. 그때 솔희로부터 걸려온 전화. 도하, 솔희의 전화를 받으려는데.

득찬　　마지막으로 중대 발표를 하나 하겠습니다. 앞으로 저 대신 J 엔터를 이끌어갈 차기 대표를 박수로 맞아주십시오! (도하 보며) 김도하 씨!

득찬의 깜짝 발표에 당황하는 도하. 사람들의 시선이 그런 도하에게 집중되고.

S#53.　　J 엔터, 로비 / 낮

차에서 내려 허둥지둥 로비로 달려가는 솔희. 때마침 밖에서 통화하고 들어오던 샤온이 그런 솔희를 발견하는데.

경비　　어딜 가세요? 오늘 외부인은 못 들어갑니다.

솔희　　급해요. 나 들어가야 돼요.

경비　　아, 안 된다니까요?

샤온　　아저씨, 제 손님이에요.

경비 문 열어주고, 솔희를 안으로 들여보낸다.

솔희　　(샤온에게) 고마워요.

급하게 엘리베이터 타러 가는 솔희를 보고 의아한 샤온의 모습에서.

S#54.　　J 엔터, 강당 / 낮

얼떨결에 연단에 올라간 도하.

도하　일단 너무 갑작스러운데요. 저는… 이런 상황은 생각해본 적이 없기
　　　도 하고, 제가 잘하는 건 그냥… 음악을 만드는 일입니다. (밑에 내려와
　　　있는 득찬 보며) 형, 난 그냥 옆에서 형 도울게. 4년 전처럼 다시 열심히
　　　해보자. 계속 J 엔터 대표로 있어줘.

　　　훈훈한 분위기에 사람들 박수 치고. 도하의 말에 감격한 득찬의 표정.

S#55.　　J 엔터, 복도 / 낮

복도를 돌아다니며 대표실을 찾는 솔희.

S#56.　　J 엔터, 대표실 / 낮

드디어 대표실에 들어온 솔희. 주변 두리번거리며 닥치는 대로 이것
저것 뒤지기 시작하는데.

솔희　(답답한) 뭐야… 어딨어. 미치겠네.

S#57.　　J 엔터, 강당 / 낮

연단에서 내려와 이야기 나누는 도하와 득찬.

도하	뭐야, 형, 나 이러려고 부른 거야?
득찬	(웃는) 같이 고생해서 키웠잖아. 내 회사 아니고 우리 회사야. 난 니가 회사 꼭 맡아줬으면 좋겠어. 마지막 부탁이다.
도하	마지막이라니 무슨 소리야…?
득찬	그냥 좀 쉬고 싶어서. 한번도 쉬어본 적이 없는 것 같애….

도하, 그런 득찬 보며 어딘가 이상함을 느끼는데.

S#58.   J 엔터, 대표실 / 낮

대표실 여기저기를 다 찾아봤지만 아무것도 발견 못해 막막한 솔희.
그때 강민에게 전화 걸려온다.

솔희	오빠.
강민(E)	너 지금 J 엔터야?
솔희	어. 여기 증거가 있다고 해서 왔는데… 어디 있는지 모르겠어.
강민(E)	책상 옆. 금고래.

강민의 말을 듣고 책상 옆 금고를 발견한 솔희.

솔희	(기쁨도 잠시) 비밀번호는??

S#59.   J 엔터, 강당 / 낮

이야기 중인 도하와 득찬에게 다가오는 직원.

직원   저… 대표님!
득찬   (반갑게) 어? 웬일이에요?

득찬이 직원을 맞이하는 동안 솔희로부터 걸려온 전화를 받는 도하.

도하   아, 솔희 씨, 미안해요. 아까는….
솔희(E) (급하게) 도하 씨, 조득찬 씨가 자주 쓰는 비밀번호 알아요?
도하   (황당) 네? 갑자기 무슨….
솔희(E) 나 지금 대표실에 와 있어요. 여기 금고에 증거가 있다는데 비밀번호
        를 몰라서 못 열어요.
도하   무슨 말이에요. 무슨 증거요.
솔희(E) 최엄지 씨 죽인 진짜 범인… 조득찬 씨예요.

도하, 믿기지 않는 얼굴로 고개 돌려 득찬을 바라보는데. 직원과 이야
기하다가 도하와 눈 마주친 득찬. 도하를 향해 환하게 웃는다. 도하의
굳어버린 얼굴에서.

S#60.   J 엔터, 대표실 / 낮

솔희, 금고 앞에서 속이 탄다.

솔희   미치겠네…. 비밀번호 대체 뭔데?!

솔희, 일단 모니터에 붙은 포스트잇을 떼어내 적혀 있는 번호대로 비
밀번호 입력해본다. 하지만 모두 맞지 않고. 삑삑- 오류 소리 들리는

데. 득찬의 책상 서랍을 뒤져 스케줄러를 넘겨본다. 스케줄러 사이에서 사락- 떨어지는 사진 한 장. 주워 보면 득찬과 도하가 함께 찍은 폴라로이드 사진이다. 초가 꽂힌 케이크를 들고 있는 득찬과 고깔모자를 쓰고 있는 도하의 모습이 담겨 있다. 하단에는 네임 펜으로 '9월 4일 도하 생일날'이라는 메모가 적혀 있다. 사진 속 도하를 바라보는 득찬의 환한 표정을 보며 문득 떠오르는 기억들.

플래시백 10화 21신 드림 빌라, 5층 현관 / 밤

득찬　도하한테 얘기 들었어요. 둘이 사귄다면서요. 축하해요.

플래시백 14화 4신 오아시스 / 낮

득찬　맞아. 나는 너 구해. 1초도 고민 안 하고 너 구해.

플래시백 13부 43신 타로 카페 / 밤

강민　굳이 남이 맞춘 커플링을… 똑같이 따라서 낄 사람… 커플링을 어디서 맞췄는지 알 정도로 김도하 씨 가까이 있었고. 최엄지 씨를… 혼자 좋아했던 사람.

솔희　(확신한, 중얼거리는) 최엄지 씨가 아니었네….

S# 61.　J 엔터, 강당 / 낮

도하, 멍한 얼굴로 핸드폰을 내려놓는다. 혼란스러움에 숨이 거칠어진다. 뒤늦게 두리번거리며 득찬을 찾지만 보이지 않는 득찬.

S# 62.　　J 엔터, 대표실 앞 / 해 질 녘

천천히 대표실로 향하는 득찬.

S# 63.　　J 엔터, 대표실 / 해 질 녘

득찬, 주변을 한번 살피고는 금고 비밀번호를 입력한다. 0904. 그리고 이내 딸깍 열리는 금고. 하지만 안은 텅 비어 있다. 득찬, 황당한 얼굴 되는데.

솔희(E)　　이거 찾아요?

깜짝 놀라 돌아보면 어느 틈에 신발 박스 찾아 껴안고 있는 솔희 보인다.

득찬　　(당황스러운 표정 감추려 애쓰는) 뭐예요? (솔희가 안고 있는 박스 보며 천천히 다가가는) 그거… 이리 줘요.

득찬을 피해 뒷걸음질 치다가 밖으로 나가는 솔희.

S# 64.　　J 엔터, 복도 / 해 질 녘

솔희를 따라 나온 득찬.

득찬　　솔희 씨, 이러지 마요.
솔희　　(뒷걸음질 치며 물러서는) 안 돼요. 이거 주면 도망칠 거잖아요.

득찬	자수할 거예요.
솔희	(진실에 놀란) …!!!
득찬	언제든 자수할 생각은 하고 있었어요. 미루고 미루다 보니까 여기까지 왔네요.
솔희	미루고 미룬 이유가… 도하 씨 때문이죠?

그 순간 떠오르는 과거 엄지와의 기억.

INSERT (과거) 학천 바닷가 / 밤

엄지	*승주 좋아하는 거… 그만하라고.*

득찬	그래요. 맞아요. 나 도하 좋아해요. 다 인정할게요. (간절한) 근데 솔희 씨… 제발 그 얘기… 도하한테는 하지 마요. 부탁이에요.
도하(E)	이게 다 무슨 소리야?

득찬, 놀라서 보면 솔희 뒤쪽에 서 있는 도하.

득찬	(당황한) 도하야…. 아니야. 그런 거 아니야. 진짜 아니야….

솔희, 득찬의 거짓말을 들으며 안타까운 마음이 든다. 도하, 득찬에게 가까이 다가간다. 도하가 뭐라고 할지 두려운 득찬.

도하	(득찬이 낯선) 형, 여태 그런 마음으로… 내 옆에 있었던 거야?
엄지(E)	*오빠가 어떤 마음으로 옆에 있는 건지 말해주겠다고.*

도하의 말에서 과거 엄지의 말을 떠올린 득찬. 숨이 가빠지며 공황 상태에 빠진다.

도하	(경멸하듯) 그래서 엄지도 죽였던 거야…?

득찬, 자신을 바라보는 도하의 낯선 표정이 절망스럽다. 도하를 좋아하는 동안 상상했던 가장 두려운 순간이다. 당장은 눈앞에 보이는 도하의 경멸 가득한 시선으로부터 도망치고 싶다. 뒷걸음질 치다가 도망치듯 반대쪽으로 뛰어나가는 득찬.

S#65. J 엔터, 비상계단 / 밤

비상계단으로 나와 급하게 도망치는 득찬. 급히 뛰어가다가 휘청거리며 넘어진다. 고통도 느껴지지 않는 득찬. 이내 다시 일어나 계단을 내려간다.

S#66. J 엔터, 앞 / 밤

건물에서 나온 득찬의 앞을 가로막는 누군가. 강민이다. 옆에 황 순경 서 있고.

강민   조득찬 씨, 동생 조재찬 씨에게 허위 자백을 강요하셨습니까?
득찬   ….
강민   일단 같이 서로 가주셔야겠습니다.

강민과 황 순경, 아무 말도 하지 않는 득찬의 팔을 잡고 차에 오르려는데. 마침 앞에 서는 J 엔터 직원의 차. 차에서 내리는 직원. 득찬 보고 인사한다. 그때 강민의 눈에 건물에서 뛰어나온 도하와 솔희가 보이고. 솔희가 안고 있는 신발 박스가 득찬의 증거라는 생각에 솔희에게 다가가는데. 그 틈을 타 황 순경 밀어내고 직원의 차를 빼앗아 탄 득찬.

차를 출발시킨다.

황 순경   어? 어!

황 순경, 얼른 일어나 막 출발한 차를 따라잡으려 하는데. 이미 멀어지고. 당황하는 솔희, 도하, 강민.

S#67.   도로, 형사 차 안 / 밤

멀어지는 득찬의 차를 쫓고 있는 강민과 조수석의 황 순경. 뒷좌석에는 솔희와 도하가 앉아 있다. 솔희, 심경이 복잡해 보이는 도하를 바라보며 아무 말도 하지 못한다.

S#68.   도로, 직원 차 안 / 밤

득찬, 모든 것을 포기한 얼굴로 속도를 낸다. 자신을 바라보던 도하의 표정을 떠올리며 괴로운데. 사이드 미러로 보이는 형사 차. 자신을 향해 클랙슨을 울린다. 하지만 이미 결심은 끝났다. 핸들을 잡고 확 꺾어 가드레일을 박는다. 끼이익- 쾅! 소리와 함께 찌그러진 차.

S#69.   도로 / 밤

깜짝 놀라 차에서 내려 득찬이 탄 차로 달려가는 솔희와 도하. 연기 나는 차 안 운전석에 기절해 있는 득찬. 도하, 억지로 문을 열어 그런 득찬을 끌어내린다.

강민   (솔희에게) 위험하니까 넌 가까이 오지 마.

옆에서 도하를 도와 함께 득찬을 끌어내린 강민. 황 순경은 급히 신고 전화를 한다. 강민, 득찬을 멀리 끌어와 상태 확인하며 심폐 소생술한다. 도하는 득찬이 의식을 찾기를 바라며 지켜보는데. 솔희, 득찬의 피 흘리는 모습을 보며 도하 쪽으로 다가간다. 사고 난 차에서는 계속 연기와 소음이 나고 어딘지 불안한데. 다가오는 솔희를 발견한 도하.

도하   솔희 씨!

솔희에게 다가가려는 순간 펑! 폭발하는 차. 도하의 눈앞에 연기가 자욱하다. 손으로 연기 걷어내며 다급히 솔희를 찾는 도하. 바닥에 쓰러져 있는 솔희를 발견한다. 솔희의 시선으로 "솔희 씨!" 하며 다가오는 도하의 모습이 흐릿하게 보이는데. 삐- 하고 이명이 들리며 모든 것이 고요해진다. 그대로 정신을 잃은 솔희의 모습에서. 엔딩.

15화

거짓말 안 들려도 괜찮을 것 같아.

나 이제…

。

S#1.   도로 / 밤

14화 69신의 연결. 강민, 득찬을 멀리 끌어와 상태 확인하며 심폐 소
생술한다. 도하는 득찬이 의식을 찾기를 바라며 지켜보는데. 솔희, 득
찬의 피 흘리는 모습을 보며 도하 쪽으로 다가간다. 사고 난 차에서는
계속 연기와 소음이 나고 어딘지 불안한데. 다가오는 솔희를 발견한
도하.

도하   솔희 씨!

솔희에게 다가가려는 순간 펑! 폭발하는 차. 도하의 눈앞에 연기가 자
욱하다. 손으로 연기 걷어내며 다급히 솔희를 찾는 도하. 바닥에 쓰러
져 있는 솔희를 발견한다. 솔희의 시선으로 "솔희 씨!" 하며 다가오는
도하의 모습이 흐릿하게 보이는데. 삐- 하고 이명이 들리며 모든 것이
고요해진다. 그대로 정신을 잃은 솔희의 모습에서. FADE OUT.

S#2.   병원, 응급실 / 밤

시끄러운 병원 소음이 들려오며. 천천히 눈을 뜬 솔희. 솔희 옆에서 걱정스럽게 고개 숙이고 있던 도하가 그런 솔희를 발견한다.

도하 솔희 씨! (주변 둘러보며, 급하게) 여기요! 환자 깨어났어요!

뭐가 뭔지 잠시 정신이 없던 솔희. 방금 전 상황이 기억나고.

솔희 (벌떡 일어나며) 조득찬 씨는요? 어떻게 됐어요?
도하 방금 수술 들어갔어요.
솔희 심각하대요?
도하 솔희 씨는요. 솔희 씬 괜찮아요?
솔희 난 아무렇지 않아요. 진짜 멀쩡한데.

그때 다가오는 의사.

의사 깨어나셨네요? 폭발 충격으로 인한 미주 신경성 실신이었기 때문에 큰 문제는 없을 겁니다. 괜찮으시면 귀가하셔도 됩니다.
도하 (안도하는) 네. 감사합니다.

멀찍이 서서 두 사람의 모습을 보고 있던 강민. 솔희가 깨어난 것을 보고 안도한다.

강민 (작게 중얼거리는) 다행이다….

S# 3. 수술실 / 밤

수술 중인 득찬의 모습.

병원, 응급실 / 밤

솔희와 도하에게 다가가는 강민.

강민　대퇴골이랑 갈비뼈랑 여기저기 골절이 있나 봐. 수술 시간은 좀 걸릴
　　　　것 같고, 증거물은 감식반에 잘 넘겼어. 조득찬 회복 후에 경찰 조사 받
　　　　게 될 거야. (솔희 보며) 그러니까 넌 들어가서 쉬어.
솔희　고마워, 오빠.
도하　(아직도 솔희 걱정되는) 일어날 수 있겠어요?

병원 앞 / 밤

솔희와 도하, 함께 병원에서 나온다.

솔희　내가 살다살다 기절을 다 해보네요…. (도하 보고 조심스럽게) 많이 놀
　　　　랐죠?
도하　놀랐죠. 그럼.
솔희　나 말고…. 조득찬 씨요.
도하　….
솔희　나도 이렇게 놀랐는데. 수술 끝나고 깨어나면… 뭐라고 할 거예요?
도하　엄지랑 무슨 일 있었던 건지 물어봐야죠. …다른 할 말은 없어요.

그때 택시가 오고. 도하, 솔희와 함께 택시 타러 가는데.

솔희　나 혼자 갈게요. 도하 씨는 조득찬 씨 깰 때까지 옆에 있어주세요. 지
　　　　금… 마음에 계속 걸리잖아요.
도하　(정곡을 찔린) ….

솔희	갈게요.
도하	도착하면 연락해요.

솔희를 태운 택시 멀어지고. 심란한 도하의 표정에서.

S#6.   도로, 택시 / 밤

솔희 역시 심란하다. 창밖을 바라보는데.

기사	양화대교 타면 좀 더 빨리 갈 것 같은데. 그쪽으로 해서 갈게요.
솔희	(진실의 말에 의심 없이) 네. 그러세요.

S#7.   병원, 수술실 앞 / 밤

득찬의 수술을 기다리고 있는 강민. 도하가 다가와 좀 떨어져 옆에 앉
는다. 잠시 어색한 정적이 흐르는데.

도하	고맙습니다.
강민	솔희가 다 했어요. 걔가 조재찬 면회 가서 조득찬 진범인 것도 알아내고, 증거도 찾았으니까.
도하	(그제야 알게 된) 그렇게 된 거였구나….
강민	(잠시 생각) 나는 솔희 능력 알고 나서, 그것만 아니었다면 우리가 안 헤어질 수도 있지 않았을까… 좀 원망스러웠어요. 근데 그 능력이 그쪽한테는 이렇게 도움이 되네요.
도하	(면목 없는) 제가 더 잘해야죠.

강민	됐고. 병원이나 그만 와요. 벌써 몇 번째예요?

도하, 할 말 없는데. 앞에 캔 음료 자판기 보인다. 일어나 지폐를 넣는다.

도하	커피 마실래요?
강민	아뇨. 난 그 옆에 오렌지주스 주세요.

S#8.　　　도로, 택시 안 / 밤

답답한 얼굴로 앉아 있는 솔희.

솔희	기사님, 아직이에요?
기사	아이구… 미안합니다. 이게 더 빠른 줄 알고 왔는데….
솔희	(진심을 듣고) 어쩔 수 없죠. 일부러 그러신 것도 아닌데….

그때 도하로부터 온 메시지.
[득찬 형 수술 잘 끝났대요]
안도하는 솔희의 모습에서.

S#9.　　　병원, 입원실 / 낮

회복하고 의식이 돌아온 득찬. 옆에는 도하가 서 있다. 득찬, 힘없이
고개 떨군 채 도하의 시선 외면하고. 침묵이 흐르는데.

도하	왜 그랬어?

| 득찬 | …. |
| 도하 | 그렇게 죽었으면 남은 사람들은 어떡하라고. |

득찬, 도하의 말에 주르륵 눈물 흘린다. 얼른 손으로 닦아낸다.

도하	증거물… 경찰에 넘어갔고, 형 회복 끝나는 대로 경찰 조사 받게 될 거야.
득찬	(살아 있는 게 더 지옥 같고) 그래. 그거 다 하고 감옥 가기 전까지는… 죽지도 못하나 보다.
도하	이제 얘기해봐. 그날 어떻게 됐던 거야?
득찬	(후회의 얼굴) 일부러 그랬던 건 아니야.

S#10.　(과거) 학천 호프집 / 밤

호프집에서 시계 보며 도하 기다리는 득찬. 초조하다.

| 득찬(E) | 그날… 너가 축구 보러도 안 오고 연락도 안 돼서… 너 찾으러 바닷가에 갔었어. |

S#11.　(과거) 학천 바닷가 / 밤

도하가 가고 난 후 혼자 바닷가에 앉아 핸드폰 들고 메시지 작성 중이던 엄지. 인기척을 느끼고 돌아보면 빨간색 유니폼을 입은 남자가 멀리서 다가오고 있다.

엄지	(설마 싶어 벌떡 일어나는) 승주… 승주야!

엄지, 가까이 다가가다 멈칫한다. 유니폼을 입은 남자는 도하가 아닌 득찬이다.

득찬	너 왜 혼자 있어? 승주는? 피는 뭐야? 너 또!!?
엄지	(실망한, 덤덤하게) 우리… 헤어졌어.
득찬	(살짝 놀라지만 이내 의심의 눈초리로) 이번엔 확실해?
엄지	(보는) …?!
득찬	너 또 매달리고 난리 칠 거잖아. 이제 그만 좀 해라. 응?
엄지	(득찬 가만히 보다가 진심으로 조언하듯) 오빠도 그만해….
득찬	(눈치 못 챈) 뭘? 내가 뭘 그만하는데?
엄지	승주 좋아하는 거… 그만하라고.
득찬(E)	엄지는… 이미 다 알고 있었어.
득찬	(당황, 애써 아무렇지 않은 척) 무슨 개소리야…. 누가 그래…? (두려운 눈빛) 혹시… 승주가 그랬어?

엄지, 그런 득찬 딱하게 보다가 돌아서는데. 회피하는 엄지가 불안한 득찬. 멀리서 사람 목소리(목격자)가 들리고. 여기서는 안 되겠다 싶다.

득찬	너… 나랑 잠깐 얘기 좀 하자. (손목 잡고 끌고 가는)
엄지	왜 이래…? 놔! (끌려가는)

S#12.　　(과거) 야산 / 밤

엄지 데리고 야산에 들어와서야 잡았던 손목 놓아주는 득찬.

득찬	말해봐! 승주가 그랬냐고!
엄지	아니야.
득찬	그럼 누가 그런 헛소리한 건데? 어?

엄지, 대뜸 티셔츠 사이로 보이는 득찬의 목걸이를 잡아 뺀다. 같은 커플링이 펜던트처럼 걸려 달랑거린다. 엄지의 손에 끼워진 도하와의 커플링과 분명 같은 디자인이다. 득찬, 화들짝 놀라 얼른 티셔츠 속으로 목걸이 집어넣는데.

득찬	(변명하려는) 야… 이건 그냥….
엄지	내가 예민한 건 줄 알았는데…. 그것까지 보니까… 다 알겠더라. 왜 묘하게 오빠한테서 질투가 느껴졌는지. 근데… 나랑 헤어진다고 오빠 꺼 되는 거 아니야.
득찬	(당황) 그런 거 아니라고….
엄지	다 알아. 오빠가 우리 사이 갈라놓으려고 했던 거.
득찬	(발끈) 그건 니가 거머리처럼 붙어서 승주 괴롭혔으니까. 승주 인생에 하나도 도움이 안 되니까!
엄지	그러는 오빠는!? 나보다 더 위험한 건 오빠야. 오빠도 이제 그만해. 승주랑 인연 끊으라고.
득찬	내가 왜? 야… 난 너같이 스쳐 가는 애랑은 달라.
엄지	(그런 득찬 보며 심각성 깨닫는) 그럼 내가 말할게. 승주한테. (야산에서 내려가려는)
득찬	(당황, 엄지 팔 잡고) 야… 뭐? 뭘 말해?
엄지	(뿌리치며) 오빠가 어떤 마음으로 옆에 있는 건지 말해주겠다고.
득찬	(다시 꽉 잡고) 니가 뭔데 껴들어! 그만하고 우리 앞에서 좀 사라지라고!
엄지	(기막힌) 우리? 오빠… 알잖아. 승주 마음은 오빠랑은 달라. 나랑 승주는 그래도 한때나마 사랑했었고. 그게 너랑 나의 차이야.

득찬, 눈 돌아 엄지의 멱살을 잡는다. 숨 막혀 켁켁거리는 엄지. 득찬

에게 손을 뻗다가 목에 걸린 목걸이를 움켜쥐는데. 우드득- 목걸이 체인이 벌어지는 소리 들리고. 엄지를 바닥에 패대기치듯 넘어뜨리는 득찬. 넘어지며 바위에 머리를 부딪힌 엄지. 그 자리에서 즉사한다. 미동 없는 엄지를 노려보다가 심상치 않음을 느낀 득찬.

득찬   (흔들어보는) 야, 최엄지, 야!

그러다 엄지의 머리에서 흐르는 피를 발견하고 소스라치게 놀라 뒤로 물러서는 득찬. 당황해서 어쩔 줄 모른다.

득찬   야, 최엄지! 눈 떠보라고! 야!

코에 손을 대고 숨이 멎은 것을 확인한 득찬. 심장이 쿵쾅거린다. 덜덜 떨리는 손으로 119 누르려다가 망설이는데. 갑자기 걸려온 전화에 화들짝 놀란다. 재찬이다.

득찬   여, 여보세요?
재찬(E)   (아무렇지 않게) 형, 지금 어디야?
득찬   (울상이 된 얼굴로 주변 둘러보는) 여기….
재찬(E)   형, 김승주 지금 어디 있어? 걔 술집에서 엄지랑 싸우는 거 내 친구가 봤대. 완전 살벌했다던데? 오늘 드디어 헤어지나?

재찬의 말을 들으며 죽은 엄지를 바라보는 득찬.

득찬(E)   이대로 엄지를 놓고 가버리면… 니가 내 죄를 다 뒤집어쓸지도 모른다 생각했어.
득찬   (결심한 눈빛으로 변하는) 넌 지금 어딘데…?

전화를 끊고 주변을 둘러보는 득찬. 아무도 없다. 엄지의 가방을 뒤져 핸드폰을 꺼낸다. 잠금 설정이 되어 있지 않다. 주변의 나뭇잎을 손으로 쓸어 대충 엄지 위에 덮어놓고 야산에서 내려간다.

S#13.　(과거) 호프집 / 밤

14화 26신과 같은 상황이지만 득찬과 재찬의 행동만 반대로 바뀌어 있다. 유니폼 입고 몰입해서 축구를 보고 있는 재찬. 그 옆에서 엄지의 핸드폰으로 문자를 보내고 있는 사람은 득찬이다.

득찬(E)　그냥 자살한 거로 만들면 아무도 모를 거라고 생각했어.

엄호에게 [오빠 미안해]로 시작하는 문자를 보내고 폰을 꺼버리는 득찬.

S#14.　(과거) 야산 + 무덤 / 밤

다시 야산에 돌아온 득찬. 나뭇잎을 치워보면 그사이 싸늘하게 식은 엄지의 시신이 그대로 누워 있다. 득찬, 괴로워 눈 질끈 감는다. 무서워 고개를 돌렸다가 크게 심호흡하고 결심한 표정 된다. 엄지를 무덤 쪽으로 질질 끌고 간다. 그렇게 도착한 무덤 앞. 득찬, 한참 동안 정신 없이 삽질을 한다. 엄지의 시신을 파묻으려고 다시 질질 끌고 오다가 땅에 튀어나와 있는 날카로운 나뭇가지에 팔을 푹 찔린다. "으!" 하는 괴로운 신음. 득찬의 팔에서 떨어진 피가 엄지의 하얀 원피스에 뚝뚝 떨어진다.

득찬   아이씨!

뒤늦게 팔을 치워보지만 이미 자신의 피가 번져버린 엄지의 옷. 미칠 것 같은 득찬. 괴로운 얼굴로 엄지의 옷을 벗겨내는 득찬의 뒷모습이 멀리 보이면서.

S#15.   (과거) 학천 바닷가 / 새벽

이제 막 동이 트기 시작해 푸르스름한 빛이 보이는 해변. 득찬, 피 묻은 엄지의 샌들을 가지런히 둔다. 마치 자살하기 위해 신발을 벗어둔 것처럼. 엄지의 핸드폰도 티셔츠 밑단으로 지문을 닦은 뒤 바다에 멀리 던져버린다.

S#16.   (과거) 호프집 앞 / 새벽

지쳐서 호프집 앞에 다시 도착한 득찬. 그제야 목걸이가 사라진 것을 깨닫는다.

득찬(E)   그러다 목걸이에 걸린 반지가 사라진 걸 알게 됐어.

S#17.   (과거) 야산 / 아침

야산 무덤 근처를 샅샅이 뒤지는 득찬. 목걸이 줄을 발견하지만 줄에 걸려 있어야 할 반지가 없다. 설마 무덤에 같이 묻힌 걸까 싶어 불안한 얼굴로 무덤을 바라보는데. 멀리서 사람 목소리가 들리고. 할 수 없이 그대로 야산에서 내려간다.

득찬(E)   그때 찾지 못한 반지가… 늘 마음에 걸렸어.

S#18.   (과거) 득찬의 본가, 옥상 / 낮

캠핑용 대형 화로에 불이 활활 타오르고 있다. 득찬, 엄지의 옷을 집어 들고 태우려다가 멈칫한다.

득찬(E)   그 옷까지 태우면 다 끝날 것 같았는데…. 할 수 없었어. 혹시라도 니가 감옥에 가게 되면 난 언제든 자수할 생각이었으니까.

결국 옷을 태우지 못하는 득찬.

S#19.   (과거) 득찬의 본가, 창고 / 낮

득찬, 신발 박스에 엄지의 옷을 접어 넣는다. 마지막으로 엄지의 반지까지 넣고 신발 뚜껑을 닫으려다가 다시 엄지의 반지를 꺼내 주머니에 넣는다.

득찬(E)   그 반지는… 그냥 내가 갖고 싶었어. 늘 부러웠거든. 그 반지를 낀 엄지가.

S#20.   (과거) J 엔터, 대표실 / 낮

자리에 앉아 핸드폰으로 뉴스를 보고 있는 득찬의 표정이 하얗게 질려 있다. 곽 형사의 양심 고백 영상(13화 49신)이다.

곽 형사(E)   백골 사체가 발견된 현장에서 용의자 김 씨의 것으로 추정되는 반지를 발견했습니다. 죽은 최엄지 씨와의 커플링이요.

득찬(E)   다 지난 일이라고 믿고 있었는데, 엄지 걔가… 도망치는 나를 붙잡더라. 더는 갈 곳이 없다고.

득찬, 책상 밑 금고를 바라보다가 비밀번호 눌러 문을 열어본다. 엄지의 옷이 들어 있는 신발 박스 보이고.

득찬(E)   바로 자수하려고 했어. 그런데… 정리할 게 너무 많더라. 회사, 이혼 문제…. 마무리하고 가고 싶었어. 그래서 재찬이한테 부탁했던 거고.

S#21.   (과거) 득찬의 집, 서재 / 낮

14화 50신 이후의 상황. 재찬, 득찬이 건네준 반지 케이스를 들고 있다. 이미 득찬에게 설득되어 자수를 결심한 재찬.

재찬   형, 나 궁금한 게 있는데.
득찬   (보는)
재찬   엄지… 왜 죽였어?
득찬   (잠시 생각하다가) 좋아해서.
재찬   (전혀 생각 못했다) 뭐?!! 형도 걔 좋아했다고?? 와, 나 전혀 몰랐는데??
득찬   (도하를 생각하며) 좋아했어. 엄청 오래전부터.

병원, 입원실 / 밤

다시 현재. 덤덤하게 말하는 득찬을 바라보는 도하.

득찬   아무도 모르게 하고 싶었어. 아무도 힘들게 하고 싶지 않았어. 죽을 때
        까지 나 혼자만 내 마음 알고 있으려고 했어. …미안해.
도하   너무 많은 사람들이 피해를 봤어. 미안하다는 말만으론 안 돼.
득찬   그래. 알아….

득찬, 도하의 얼굴을 제대로 보지 못한다. 시선을 피하며 아무 말 못하
는데.

도하   그치만 형도… 많이 힘들었겠네.

득찬, 예상치 못한 말에 도하를 바라본다.

도하   갈게.
득찬   도하야.

돌아보는 도하. 두 사람 모두 이것이 마지막이라는 것을 안다.

득찬   (목이 메인다, 애써 아무렇지 않은 척) 잘 지내.

도하, 대답 없이 무거운 발걸음으로 입원실에서 나간다. 닫힌 문을 바
라보는 득찬.

S# 23.   병원, 입원실 앞 / 낮

입원실에서 나왔지만 그대로 문 앞에 서 있는 도하. 도하가 나온 것을 보고 다가오는 강민과 황 순경.

강민   얘기 다 했어요?

도하   …네. 고마워요. 시간 만들어줘서.

강민, 황 순경과 함께 입원실로 들어간다. 문 닫힌 소리에 뒤돌아보는 도하. 닫힌 입원실 문을 바라보다가 결국 돌아선다. 긴 복도를 걸어가는 도하의 뒷모습에서.

S# 24.   몽타주

연서 경찰서 앞 / 낮

경찰서에 연행되는 득찬과 그 앞에 모여든 취재진들.

아나운서(E)   학천 해수욕장 살인 사건 진범의 정체가 샤온 등 유명 아티스트를 보유한 J 엔터테인먼트의 대표라는 사실이 드러나 충격을 주고 있습니다.

연서 경찰서, 형사과 / 낮

감식 후 지퍼 백에 담겨 돌아온 엄지의 옷을 보고 있는 강민. 여기저기 혈흔이 묻어 있다.

기자1(E)   경찰은 죽은 피해자의 옷에서 조 씨의 DNA가 검출됐다는 감정 결과를 공개했습니다.

유치장 / 낮

창살 너머 근무자 책상에 놓인 TV로 뉴스를 보고 있는 재찬.

기자2(E)　　조 씨의 변호인은 그가 자신의 범행은 물론 동생에게 허위 진술을 강
　　　　　　요한 사실을 순순히 인정하고 있다고 밝혔습니다.

S#25.　　　갓길, 차 PD 차 안 / 낮

핸드폰으로 득찬 관련 기사를 보고 있는 차 PD. 조수석에는 조연출 앉
아 있다.

차 PD　　　(대뜸) 사과문 띄우자.
조연출　　　(어리둥절) 네??
차 PD　　　(진지한) 이번 주 방송 나갈 때… 학천 해수욕장 실종 사건 편에 대한 사
　　　　　　과문 띄우고 시작하자고.
조연출　　　(눈 동그래져서) 왜요?? 아니… 우리가 김승주 범인이라고 했던 것도 아
　　　　　　니고…. 피디님이 곽 형사 양심 고백까지 받아냈는데 왜….
차 PD　　　(결심 끝난) 아냐. 정연미 말이 맞아…. 내가 무고한 사람 범인으로 몰아
　　　　　　갔어. 인정할 건 인정해야지.

S#26.　　　J 엔터, 대표실 / 낮

착잡한 얼굴로 대표실을 정리 중인 J 엔터 직원들. 박스에 득찬의 물건
을 다 쓸어 담는다. 명패와 사원증, 명함, 가득 쌓인 서류들…. 득찬의
책상 서랍도 열어 싹 다 비우는데. 서류들 사이로 팔랑거리며 떨어지
는 도하와 득찬의 사진(14부 60신). FADE OUT.

연서동 골목 / 낮

평화로운 연서동 골목의 풍경.

드림 빌라, 5층 현관 / 낮

검은 정장을 차려입고 집에서 나온 도하. 무거운 표정인데. 기다렸다
는 듯이 집에서 나오는 솔희. 검은색 원피스 입고 있다.

솔희   같이 가요.
도하   안 그래도 돼요. 나 혼자 갈게요.

솔희, 도하 손 덥석 잡고 함께 엘리베이터에 탄다. 끌려가듯 따라 타는
도하.

장례식장, 분향소 / 낮

장례식장에 도착해 엄지의 빈소로 향하는 도하와 솔희. 해맑게 웃는
엄지의 영정 사진이 걸려 있고, 완장을 찬 엄호가 홀로 상주 자리를 지
키고 있다. 마치 바로 전날 엄지를 잃은 사람처럼 초췌한 모습인데. 분
향소로 들어가는 도하. 솔희는 도하만 들여보낸 채 멀찍이 서 있다. 엄
호, 도하를 발견하고 살짝 놀란 표정 되는데. 도하가 향을 피우는 동안
영정 사진 속 엄지를 바라보는 솔희. 두 번 절을 하고 일어난 도하. 엄
호와도 맞절을 하고 일어나는데. 엄호, 계속 엎드려 있다. 흐느껴 우는
엄호. 어깨가 들썩인다.

도하	(당황하는) 엄호 형….
엄호	(계속 엎드린 채 흐느끼며) 미안하데이….
도하	(일으키려 하는) 이러지 마요. 일어나세요.
엄호	(간신히 고개 드는) 미안하데이. 내 죽어서 엄지 얼굴 우째 보노….
도하	제가 방금 엄지한테 다 괜찮다고 했어요.

오히려 엄호를 위로하는 도하. 그런 도하를 안쓰럽게 바라보는 솔희
의 모습에서.

S#30. 장례식장, 접객실 / 낮

솔희와 도하, 마주 보고 앉아 밥을 먹는다.

솔희	최엄지 씨 사진 처음 봤는데 잘 알던 사람 같았어요. 얘기를 많이 들어서 그런가?
도하	분향소에는 왜 안 들어왔어요?
솔희	저길 어떻게 도하 씨랑 같이 들어가요? 최엄지 씨는… 나 보기 싫을 수도 있는데.
도하	그럼 왜….
솔희	장례식장 몇 번 안 와봤지만 여기서는 왠지 마음속으로 얘기해도 다 전달될 것 같지 않아요? 그래서 왔어요. 최엄지 씨한테 할 말 있어서.

도하, 그런 솔희 고맙게 바라보는데. 술 취한 옆자리 조문객의 목소리
가 들린다.

| 조문객 | (전화 받으며) 술 안 마셨다니까~. 진짜 한 모금도 안 마셨어~. |

솔희, 조문객 옆 소주잔에 술이 반 잔쯤 담겨 있는 것을 본다. 바닥에는 빈 소주병이 2개나 놓여 있고, 뭔가 좀 이상하다 싶은데…. 맞은편 일행이 혼자 소주 원샷 때리고 있다. '저 사람이 혼자 다 마셨구나…' 생각하며 시선 돌리는 솔희의 모습에서.

S# 31.   장례식장, 복도 / 밤

장례식장에서 나가는 솔희와 도하.

도하   궁금한 게 있는데요.

솔희   (보는)

도하   아까 엄지한테 했다는 얘기… 뭐였어요?

솔희   별 얘기 안 했는데…. 이제 편하게 쉬시고. 도하 씨도 편하게 잠 좀 자게 해달라고 했어요.

도하   근데 나… 솔희 씨 옆집 살면서는 꿈에 엄지 안 나왔어요. 그래서 연서동에서 계속 살게 된 것도 있는데.

솔희   (잠시 생각하다가) 그거… 최엄지 씨가 일부러 그런 거 아니에요? 내가 도하 씨 누명도 벗겨줄 사람인 거 알고, 옆에 계속 있으라고 신호 보낸 거죠.

도하   (희미한 미소) 그런 걸 수도 있겠네요.

솔희   (확신하는) 맞다니까요!?

S# 32.   연서동 골목 / 오전

연서동 골목을 지나가는 솔희. 여기저기 사람들의 목소리가 들리는데. "뭔 소리야? 너 살 하나도 안 쪘어." "고마워~. 이번엔 진짜 내가 사려고 했는데." "어. 나 거의 다 왔어. 10분 뒤 도착." 평소라면 당연히 거짓말로 들렸을 것 같은 말들이 전부 진실로 들린다.

솔희　　　(중얼거리는) 사람들이 요즘… 거짓말을 잘 안 하네…?

S# 33.　　　초록 샐러드 / 오전

잔뜩 멋 부리고 초록의 샐러드 가게에 찾아온 오백.

오백　　　(신나서) 나 부챗살 스테이크 샐러드 하나….

오백의 얼굴이 순식간에 굳는다. 먼저 샐러드 가게에 와 있던 초록의 친구가 오백을 벌레 보듯 바라보고 있다. 당황한 얼굴로 도망치듯 샐러드 가게에서 나가는 오백.

친구　　　(심각한 표정으로) 뭐야? 너 저 사람 다시 만나??
초록　　　(당황) 그런 거 아니야. 저 오빠도 이 근처에서 가게 하고 있어서 그냥 가끔….
친구　　　(흥분한, 말 끊고) 저 오빠?? 넌 아직도 오빠라는 말이 나와?
초록　　　그런 술집인지 모르고 갔다가… 하루 만에 관뒀대.
친구　　　내가 확실하게 봤다고. 새로 들어온 선수로 소개되는 거. 뭘 모르고 가.
초록　　　(할 말 없는) ….
친구　　　심지어 그때 너랑 사귈 때였어. 나라면 꼴도 보기 싫어서 가게 옮겨버리겠다. 어떻게 아직도 오빠, 오빠 하면서 지내? 그러다 잠도 자겠네.
초록　　　(뜨끔!) 아, 알았다고…. 그만해.

초록 샐러드 앞 / 낮

가게 밖으로 새어 나오는 친구의 말 모두 듣고 있었던 오백. 한숨 쉬며
고개를 푹 숙인다.

타로 카페 / 낮

카산드라, 타로점 보고 있고. 치훈, 구석에 앉아 핸드폰 하고 있다. 솔
희와 도하, 마주 보고 앉아 커피 마시다가 초록 샐러드 앞에서 서성이
는 오백 본다. 그때 초록 친구 나오고, 오백이 다가가 무슨 말하려 하
지만 무시하며 그냥 가버리는 초록 친구. 오백, 초록 샐러드로 들어갈
까 말까 서성이는데.

도하   뭐죠? 싸웠나….

솔희   아, 둘이 예전에…. (말하려다 멈칫) 아니에요.

그때 타로 카페 앞을 지나가는 황 순경.

솔희   (황 순경 알아본) 어? 저 사람…! (후다닥 카페에서 나가는) 저기요! 잠시
만요!

CUT TO

카산드라와 함께 10잔은 족히 되는 음료를 캐리어에 담아주는 솔희.

황 순경   이렇게나 많이요??

솔희   네. 이 정도면 다 드시겠죠? 잠깐만요.

솔희, 포스트잇에 '강민 오빠'라고 써서 토마토주스에 붙인다. 빨대로 커피 쭉 빨아 마시며 그 모습 곁눈으로 지켜보는 도하.

| 솔희 | 근데 무거워서 들고 가실 수 있겠어요? |
| 황 순경 | 저 밑에 차 대놨어요. 감사합니다. 잘 마실게요! |

황 순경, 신나서 양손 가득 음료 들고 나가는데. 도하는 왠지 못마땅한 표정이다. 솔희, 아무것도 모른 채 도하 앞에 앉는데.

도하	(대뜸) 이강민 씨는… 언제부터 강민 오빠가 됐어요?
솔희	네…?
도하	그리고 언제까지 강민 오빠라고 할 건데요? 그냥 이강민 씨라고 하면 될 걸. 오빠 호칭… 예전부터 거슬렸어요.
솔희	(잠시 그런 도하 바라보다가, 애교 있게) 그랬어요? 도하 오빠?

도하, 놀라서 마시던 커피 뿜을 뻔하고. 놀란 카산드라, 자기도 모르게 치훈의 귀를 막는다.

| 솔희 | (노력하는) 오빠, 그동안 많이 서운했구나? 진작 말하지. |
| 도하 | (당황) 아니, 그게…. |

어쩔 줄 몰라 하면서도 자꾸만 씰룩씰룩 올라가는 입꼬리. 미소를 숨길 수 없는데.

도하	(치훈과 카산드라의 눈치 보며) 솔희 씨, 갑자기 이러면….
솔희	오빠도 "솔희야~"라고 해봐요.
도하	(어색한) 소… 솔희야.
솔희	응, 오빠.

발 동동 구르며 카산드라 어깨 때리는 치훈. 엄마 미소 지으며 보고 있다가 인상 팍 쓰며 치훈의 손 치우는 카산드라.

S# 36.   연서 경찰서, 형사과 / 낮

팀장 앞에 서서 서류 결재 기다리는 강민.

팀장   (서류에 서명하며) 우리 서 관할도 아닌 사건인데…. 진짜 잘 처리했어. 니 덕에 5년 미제가 풀렸다. 위에서 특진 검토 중이래. 내가 봤을 땐 거의 100프로야.

다른 형사들, 팀장의 말에 "우와~!" "멋지다!" 하면서 박수 친다.

강민   별로 한 것도 없는데…. 감사합니다.

동료들의 축하를 받는 화기애애한 분위기 속에서 양손 가득 음료 들고 온 황 순경.

황 순경   (어리둥절) 뭐예요? 이 분위기?
강민   (황 순경이 들고 온 것 보고) 너는 그거 뭐야?
황 순경   아~ 지나가다가 타로 카페 사장님이 주셨어요.

형사들, "이야~." "웬 커피?" 하며 몰려와 음료 하나씩 가져간다. 누군가 강민의 토마토주스를 가져가는데.

황 순경   어, 어~ 잠깐요. (토마토주스 뺏는) 이건~ 형님 거.

강민, 토마토주스 받는다. 포스트잇으로 '강민 오빠'라고 써 있는 것을 본다. 딱 봐도 솔희 글씨다. 희미한 미소 짓는 강민.

S# 37. 밀실 / 낮

잘생기긴 했지만 뺀질뺀질하고 거만한 인상의 남자(20대 후반)와 마주 앉은 솔희.

뺀질남	참나… 지금 하는 일이 너무 바빠서 날 만날 수 없대요. 그게 말이 돼요?
솔희	완곡한… 거절 의사가 아닐까요?
뺀질남	그, 러, 니, 까, 내가 살면서 완곡한 거절 같은 걸 당한 적이 없다고요. 날 거절한 진짜 이유가 뭔지 알아야겠어요. 그 진짜 이유만 알게 되면… 난 그 여자 설득할 자신 있고요.
솔희	그럼 시간 낭비하지 않도록 첫 질문은 정말 남자로서 싫어서 거절하는 건지. 그것부터 물어보셔야겠네요.
뺀질남	네. (팔짱 끼며 거만하게) 아니라는 대답 들을 자신 있습니다.
솔희	(은근 승부욕 느끼는) 네. 장소는 어디로 하면 좋을까요?

S# 38. 대로, 솔희의 차 안 / 낮

운전하는 치훈, 뒷좌석에는 솔희가 앉아 있다.

치훈	(슬쩍 눈치 보며) 오늘 저녁에 샤온 라방 있는데…. 혹시 일곱 시 전에 끝날까요?
솔희	일곱 시? (피식) 완전 일찍 끝날 거야. 걱정 마.

S# 39.　　카페 / 낮

고급스럽고 조용한 카페. 밀실 때보다 더 한껏 멋 부린 뺀질남이 커피 마시며 여자를 기다리고 있다. 뺀질남의 바로 뒤 테이블에 앉아 있는 솔희. 손에는 진동 기계를 쥐고 있다. 잔잔하게 클래식이 흐르는 분위기 속에 고요한 긴장감이 흐르는데.

뺀질남　(한 손 들며, 잔뜩 폼 잡은 말투) 여기예요.

뺀질남 발견하고 난처한 표정으로 걸어오는 여자(20대 중반). 참한 인상에 청순한 분위기를 풍긴다. 마주 앉은 두 사람.

뺀질남　일단 음료부터 시키죠. (한 손 들고) 여기요.
청순녀　아니에요. 여기 비싸잖아요. 어차피 저 금방 일어날 거예요.
뺀질남　(보는)
청순녀　저한테 호감 표시해주신 건 정말 감사한데요. 저는 그때도 말씀드렸다시피….
뺀질남　(말 끊고) 혹시 내가 싫어섭니까? 남자로서… 매력이 없어요?
청순녀　아뇨. 그건 절대 아닌데요.

솔희, 여자의 말이 진실로 들린다. 예상이 틀렸다는 것에 당황하며 진실의 신호 보내는데. 뺀질남, 길게 한 번 진동하는 수신기에 숨길 수 없는 미소가 번진다.

뺀질남　이제… 그런 말도 안 되는 핑계는 그만 대고, 진짜 이유를 말해봐요. 왜 거절하는 건지.
청순녀　일단 제가… 요즘 일이 너무 많고요.

솔희, 이것도 진실이라고? 황당한 얼굴로 신호 보낸다.

뺀질남	그렇게 바쁘면 가끔 봐요. 시간 내가 맞출게요.
청순녀	제가 이렇게 열심히 일을 해야 하는 이유가 있는데요…. 사실 저한테 딸이 하나 있어요.

솔희, 뭐야? 이거 생각보다 일이 복잡해지는데? 싶다. 잽싸게 신호 보낸다.

뺀질남	(진실의 신호 받고 당황) 진짜요? 결혼… 안 했잖아요.
청순녀	네. 미혼모예요.
뺀질남	(잠시 생각, 결심한 듯) 괜찮아요. 민지 씨 닮은 딸이라면 예쁘겠죠.
청순녀	(얼른) 아뇨. 남자 쪽 닮았어요.
뺀질남	(진실의 신호 받고 고민하다 큰 결심) …상관없습니다. 난 그 남자 모르니까…. 아니, 근데 어쩌다가 임신을.
청순녀	(얼른) 제가 주말마다 클럽 가거든요. 원나잇으로 갖게 된 애예요.
뺀질남	(진실의 신호 받고 충격) 하… 그래요. 몸매도 좋고 예뻐서 그렇게 얌전할 거라는 기대는 안 했습니다. 괜찮아요. 솔직해서 좋네요.
청순녀	가슴도 수술한 거예요. 얼굴도 다 성형빨이구요.
뺀질남	(진실의 신호 받고, 당황) 굉장히… 자연스러우시네요. 성형도 돈과 인내가 필요한 거니까 저는 그것도 다 노력이라고 생각합니다. 그리고 현재가 중요한 거니까요.

본격적인 창과 방패의 대결 시작된다. 솔희의 수신기 진동 소리는 추임새일 뿐.

청순녀	저 사실 잘 안 씻어요. 오늘도 안 씻고 나왔어요. (어깨 털어내며) 어깨에 비듬 보이시죠?
뺀질남	(진실의 신호 받고) 와, 나돈데! 그래서 흰 셔츠 위주로 입어요.
청순녀	화장도 엄청 두껍게 해요. 두께 한 5미리?
뺀질남	(진실의 신호 받고) 나도 5센치 깔창 깔아요.

청순녀	젓가락질도 못하고요.
뺀질남	(진실의 신호 받고) 젓가락질 잘해야만 밥을 먹나요?
청순녀	저 겨털 관리 안 해요. 수북해요. 지금.
뺀질남	(진실의 신호 받고 오히려 좋아하는, 수줍게 웃으며) 나 털 좋아하는데….

좋아하는 뺀질남의 모습에 더는 할 말이 없는 듯 침묵하는 얌전녀. 솔희, 쏟아지는 진실에 정신이 하나도 없다. 진동기 들고 집중하고 있는데.

| 청순녀 | (조용히) 다 거짓말이고…. (뺀질남 똑바로 보며, 낮게 깐 목소리로) 그냥 니가 싫다고 이 새끼야. |

뺀질남, 생각지 못한 여자의 말에 놀라서 굳는데. 그 와중에 울리는 진실의 신호. 뺀질남, 자기도 모르게 솔희 쪽을 대놓고 돌아본다. '이게 어떻게 된 거냐!' 눈으로 욕하는데. 얼떨결에 신호 보낸 솔희 역시 거짓말이 안 들렸다는 사실에 충격받아 머릿속이 하얘진다.

| 청순녀 | 니가 내 목숨줄 잡고 있는 오너 아들이라서 좋게좋게 넘어가려고 했던 거야. 알겠어?? 자르든지 말든지…. |

청순녀, 그렇게 말하고 자리 박차고 일어난다. 후다닥 따라 나가는 뺀질남.

| 뺀질남 | 미, 민지 씨! 민지 씨, 잠깐만요! |

혼자 덩그러니 그대로 카페에 앉아 있는 솔희. 뭐가 뭔지 모르겠는데. 근처에서 대기하고 있던 치훈이 급히 카페 안으로 들어온다.

| 치훈 | 헌터님… 뭐 어떻게 된 거예요? 의뢰인… 왜 저래요? |

솔희	(카산드라에게 전화 거는) 어, 카산드라. 방금 의뢰… 계약금 전부 환불하고, 위약금도 같이 해서 보내줘. 어. (끊는)
치훈	(처음 겪은 상황에 놀란) 헌터님….

S# 40.   도하의 집, 작업실 / 낮

작업실에 앉아 연서동 축제 공연 동영상을 보고 있는 도하. 영재와 함께했던 24시간 무대(10화 56신)가 흘러나오고 있다. 생각에 잠긴 도하의 표정에서.

플래시백 12부 7신 병원 / 밤

영재	(울음 터지는) 다 나 때문이에요…. 형이 원래 나한테 부탁했었어요. 작곡가님 좀 만나게 해달라고…. 근데 내가 싫다고 했어요.

영재를 생각하고 있는데. 딩동- 초인종 소리 들린다.

S# 41.   드림 빌라, 5층 현관 / 낮

도하, 문을 열자 당장이라도 울 것 같은 얼굴로 집 앞에 서 있는 솔희 보인다.

도하	(문 열어주고 반갑게) 어? 솔희 씨. (하다가 얼른) 솔희야.
솔희	어떡해….
도하	(그제야 솔희 표정 보고 심각하게) 왜 그러는데? 어?

솔희	오빠… 나 거짓말이 안 들려….

도하의 놀란 표정에서.

S# 42.　도하의 집 / 밤

거실 소파에 앉아 그동안의 일을 털어놓은 솔희. 맞은편의 도하가 그런 솔희 걱정스럽게 보며 조용히 얘기 들어주고 있다.

솔희	요즘 계속 좀 이상했거든. 당연히 거짓말로 들려야 될 말이 다 진짜로 들려서…. 그때 알아차렸어야 했는데….
도하	처음 있는 일이야? 예전엔 이랬던 적 없어?
솔희	(절레절레) 없어. 한 번도.
도하	(곰곰이 생각하다가 번뜩) 그때 의사가 그랬어. 폭발 소리 때문에 고막에 손상 있을 수 있다고. 근데 시간 지나면 자연스럽게 낫는다고 했고, 너도 별말 안 하길래…. 안 되겠다. 당장 병원 가자!
솔희	(의욕 없이) 아니야…. 나 어렸을 때 아빠 손잡고 전국에 있는 이비인후과는 다 다녔어. 내 귀가 왜 이런 건지 알려준 의사 하나도 없었고. 겉으로 봐서 알 수 있는 게 아니야….

힘없이 말하는 솔희를 보며 속상한 도하. 어떻게 위로를 해줘야 하나 싶다.

도하	그래. 혼란스러울 거야. 너한테 너무 당연했던 게 갑자기 없어진 거니까. 근데… 좋은 게 있을 수도 있잖아.
솔희	(궁금한 얼굴로 보는) 그게 뭔데…?
도하	(막상 말하려니 어려운) 이제는… 친구도 만들 수 있고, 사람 많은 곳에

서 거짓말 소리 안 들어도 되고, 주변에서 해주는 칭찬도 그대로 기분
좋게 들을 수도 있고….

솔희   (위로가 안 되는) 처음부터 그랬으면 몰라도… 난 그게 안 돼. 계속 속고
있는 것 같고, 주변이 다 의심스럽고… 미치겠어. 나 어쩌면… 그 능력
을 좋아했나…? (울상이 된, 입 나오고)

도하   (웃으며 기분 풀어주려 하는) 이렇게 입 나온 것도 귀엽다.

솔희   (도하 보며) 이제 그 말도 거짓말일 것 같애….

도하   (황당한 웃음) 나는 원래 거짓말 안 한다면서. 나까지 의심하면 안 되지~.

솔희   내 능력… 혹시 갑자기 돌아올 수도 있으니까… 앞으로 하루에 한 번
씩 의무적으로 거짓말해.

도하   (난감한) 거짓말? 뭐 어떤 거?

솔희   일단… 나 예쁘다고 한 건 확실히 진실로 들었으니까…. "솔희야 너 못
생겼어." 해봐.

도하   (당황) 아, 싫어~. 안 해. 그걸 어떻게….

솔희   해봐~. 어차피 거짓말인 거 내가 아는데~.

도하   (할 수 없이, 솔희 눈도 못 마주치고) 솔희야, 너… 못생겼어.

솔희   (표정 확 썩는) 하… 이거 되게 기분 나쁘네?

도하   (억울한) 거짓말인 거 알잖아….

솔희   그래. 알아. 적응이 안 돼서 그래….

도하   근데 솔희야, 꼭 능력 안 돌아와도… 그냥 평범하게 사는 것도 괜찮지
않을까? 너 그렇게 살고 싶어 했잖아.

아직 잘 모르겠다. 생각에 잠긴 솔희의 표정에서.

───────
S#43.   타로 카페 / 오전

영업 전, 둘러 앉아 회의 중인 솔희, 카산드라, 치훈. 전날 망친 의뢰 때

문에 심각한 분위기 속, 서로 눈빛을 주고받으며 솔희가 말하기만을 기다리는 카산드라와 치훈.

솔희	VIP 의뢰…. 일단 접자.
카산드라	(바로 수긍하는 표정) 네. 알겠습니다.
치훈	(청천벽력, 불안한) 영영 접는 건 아니죠? 잠깐 신빨 떨어져서 임시 휴업하는 거죠?
솔희	(잠시 생각하다가 큰 결심) 나 사실… 진실의 신령님 모신 적 없어.
치훈	(황당) 네…?
카산드라	(덤덤한) ….
솔희	지금까지 거짓말 들었던 거… 신령님이 알려준 거 아니고, 그냥 내 귀가 그랬던 거야. (자신의 귀 만지며) 이 안에 거짓말 탐지기 같은 게 있었는데…. 지금은 그게 고장 났다구.
카산드라	(아무렇지 않게) 그러실 것 같았어요.
솔희	(놀란) …!
카산드라	헌터님… 보통 무당이랑은 완전 다르잖아요. 굿도 안 하시고, 따로 치성 드린 적도 없고, 그냥 딱… 거짓말에만 반응하시잖아요. 한번도 신령님이 보인다는 표현 쓴 적 없어요. 늘 들린다고만 했지.
솔희	알면서 왜 말 안 했어…?
카산드라	이유가 있으셨겠죠. 아마도… 귀에 거짓말 탐지기 있다고 하는 것보단 진실의 신령님 모시는 무당이라고 하는 게 사람들이 더 믿기 편하기 때문이 아닐까… 싶은데.
솔희	(너무 정확해서 피식 웃음이 나는) 야, 너 무섭다…?
치훈	(두 사람 보다가) 뭐야… 또 나만 몰랐어?
카산드라	VIP 안 받고, 그냥 타로 카페만 운영하시면 어때요?
솔희	할 수는 있는데…. 수입은 확 줄겠지. 니들도 평범한 카페 시급 받게 되는 거고. 이번 달까지는 원래 급여로 줄 테니까… 생각해보고 얘기해줘.
카산드라	(얼른) 저는 할게요.

솔희	…!
카산드라	생각 끝났어요. (치훈 보며) 너는?
치훈	(분위기에 휩쓸려 얼떨결에) 나, 나도요. 그동안 같이한 의리가 있는데!

호탕하게 말해놓고 이게 맞나 싶은 얼굴로 "하하…" 웃는 치훈. 솔희, 고마운 얼굴로 두 사람 보며 웃고는 있지만 마음은 편치 않다.

_____
S#44. 깊은 산속 / 낮

여러 명의 스태프들로 분주한 태섭의 집 앞. 태섭, 자신을 비추는 카메라가 신경 쓰인다. 옆에 있는 작가에게 조심스럽게 말을 건다.

태섭	이거 정말… 모자이크 되는 거 맞죠?
작가	네. 그럼요. 그 조건으로 출연 수락해주신 거잖아요.
태섭	혹시라도 실수하시면 안 됩니다. 저희 가족이 피해 입는 일은 없어야 되니까요.
작가	염려 마세요.
스태프	아우, 배고파. 김밥 한 줄씩 먹고 시작하죠?

스태프들, 비닐봉지에서 김밥 꺼내 허겁지겁 먹는데. 그 모습이 안쓰러운 태섭.

태섭	저기… 괜찮으시면 제가 비빔국수 금방 말아드릴게요. 김밥만으로는 배고플 것 같은데.
작가	(신나서) 저번에 먹었던 그거요? 너무 좋죠!

대형 연예 기획사 앞 / 낮

대형 연예 기획사 앞에 멈춰 서는 배달 오토바이. 헬멧 그대로 쓴 채 양
손에 커피 주렁주렁 들고 기획사 앞에 선 배달 기사. 으리으리한 기획
사를 한번 올려다보고는 안으로 들어간다.

S#46. 대형 연예 기획사 복도 / 낮

복도 지나가다가 음악 소리에 멈칫하는 배달 기사. 'AK 엔터테인먼트
4기 아이돌 그룹 오디션'이라는 포스터 붙어 있는 연습실. 창문으로
오디션 중인 연습생들이 보인다. 자세히 보고 싶어서 헬멧을 벗는데.
드러난 모습. 에단이다. 한참 멍하게 구경하는데.

직원(E)   저기 커피! 여기요!

부르는 소리에 얼른 헬멧 쓰고 "네!" 하며 후다닥 달려가는 에단.

S#47. 대형 연예 기획사 대표실 / 낮

에단이 배달해준 커피를 놓고 가는 직원. 안에는 샤온과 대표가 마주
보고 앉아 있다.

대표   J 엔터 관련 지저분한 이슈들…. 거기에 자꾸 샤온 씨 이름이 언급되는
것도 그렇고…. 매니저랑 의전팀도 없이… 불편하지 않아요? 저희랑
일하게 되면 최고로 모시겠습니다.

샤온	(웃으며) 생각해볼게요. 그런데 혹시 작곡가는 필요 없으세요?
대표	갑자기… 작곡가요?
샤온	제가 김도하 작곡가랑 친한 건 아시죠?
대표	(화색이 도는) 그분 소개해주게요?
샤온	아직 오빠랑 얘기한 건 아닌데요. 대표님, 음악에 진심이시잖아요. 도하 오빠랑 결이 맞을 것 같아서 갑자기 생각이 났네요? (싱긋 웃는)

S# 48. 편의점 / 낮

연서동이 아닌 다른 편의점에서 일하고 있는 영재. 늘 그랬던 것처럼 무표정한 얼굴이지만 더욱 침울해진 느낌인데. 아무도 없는 줄 알고 편의점에 작곡한 음악을 틀어본다. 사각지대에서 나타난 손님. 카운터에 숙취 해소제 하나를 툭 던지듯 놓는다.

손님	어우, 시끄러. 편의점에서 노래 틀고 그래도 돼요? 저작권 땜에 안 되지 않나?
영재	(얼른 음악 끄고 바코드 찍는) 3,200원입니다. 카드 꽂아주….
손님	(또 툭 던지듯 카드 놓고)
영재	(할 수 없이 직접 카드 꽂으며 얕은 한숨 쉬는데)
손님	한숨을 쉬어?? 하여튼 요즘 젊은 애들은… 으휴.

영재, 굴욕적이지만 이젠 이런 감정 노동도 익숙하다. 푹 한숨 쉬는데 전화가 온다. '김도하 작곡가님' 발신자 이름에 눈을 의심하는 영재. 망설이다가 전화를 받는데.

| 영재 | (소심하게) 네…. |

S#49.　도하의 집, 작업실 + 편의점 / 낮 (교차)

작업실에서 영재에게 전화 거는 도하.

도하　잘 지내요? 나 때문에 연서동에서도 떠나고…. 그때 일은 내가 다시 한 번 사과할게요. 정말 미안해요.

영재　(당황) 아, 아니에요. 제가 죄송하죠!

도하　영재 씨가 뭐가 죄송해요…?

영재　저한테 잘해주셨는데…. 저는 작곡가님 오해했잖아요. 형은… 작곡가님이 도와주신 덕분에 회복 잘 하고 잘 퇴원했어요. 감사합니다….

도하　형은… 요즘 뭐 해요? 한번 만나보고 싶은데.

S#50.　카페 / 낮

카페에 나란히 앉아 노트북 하나 놓고 보고 있는 향숙과 싱글남. 모니터에는 해외 최고급 호텔 사이트가 보인다.

향숙　어머… 1박에 천만 원? 너무 비싸요.

싱글남　보세요. 창문으로 바로 에펠탑이 보이잖아요.

싱글남, 그렇게 말하면서 슬쩍 향숙 옆으로 더 붙는다. 엉덩이가 닿으려 하자 얼른 옆으로 살짝 피하는 향숙.

향숙　저는 근데… 미국 한번 가보고 싶던데요.

싱글남　미국 좋죠~. 거기 샌프란시스코 호텔에 태극기 한 달 동안 걸었던 사람이에요. 제가.

향숙　태극기요…?

싱글남	투숙객 국적에 맞는 국기를 걸어주는 호텔이 있는데요. 어떤 손님 국기를 걸어주는지 알아요?

향숙, 궁금한 얼굴로 바라보자 가까이 귀 대라고 손짓하는 싱글남. 향숙, 싫지만 가까이 귀를 가져다 대는데.

싱글남	(거친 숨소리로 속삭이는) 그날 투숙객 중에 돈 제~일 많이 쓴 손님.
향숙	(소름 돋아서 얼른 멀어지는) 아~ 네~. 와… 멋있다~.
싱글남	(그윽하게 바라보는) 정말 정숙하십니다. 허니문에서 진짜로 첫날밤을 보낼 생각을 하시고. 신혼여행지 추천 영상 한번 찾아볼까요?

싱글남, 유튜브 들어가 검색어를 입력하는데. 메인 페이지에 보이는 추천 영상 섬네일에 눈을 의심하는 향숙. '이혼의 아픔, 산에서 치유 받았어요'라는 글귀와 함께 올라온 '나는 자연에 산다' 클립 영상. 모자이크되어 있지만 향숙은 한눈에 태섭임을 알아본다. 영상 클릭하고 싶은데 갑자기 넘어가는 화면. '신혼여행 추천지' 관련 영상이 쭉 검색되는데.

싱글남	자~ 한번 볼까요?
향숙	잠깐만요.

향숙, 급한 마음에 싱글남의 마우스 가져가 뒤로 가기 누른다. 태섭의 영상을 클릭하는데. 장작을 패고 있는 태섭. 얼굴은 모자이크 처리되어 있다.

싱글남	이런 거 좋아하시는구나~. 다음에 캠핑 갈까요? 제가 유학 시절에 아이슬란드에서 캠핑한 적이 있었는데.
향숙	(정색) 저기 잠깐 조용히 해줄래요?
싱글남	(평소와 다른 향숙의 모습에 바로 쭈굴) 아, 네….

내레이션(E) 무려 열 번의 설득 끝에 촬영을 허락해준 자연인. 대신 모자이크는 꼭 해달라고 당부했는데요. 그 이유는 이제는 멀어진 가족 때문이었습니다.

태섭(E) 내가 돈은 부족하게 갖다 줘도 사랑은 풍족하게 준다고 생각했는데. 아내의 불륜을 알고 내 사랑 같은 건… 더는 필요가 없다는 걸 알게 됐습니다. 그래서 이혼했어요. 남자가 사랑하는 여자에게 줄 수 있는 게 아무것도 없다는 건… 큰 고통이거든요.

영상 뚫어지게 보던 향숙. 태섭의 말에 충격받은 듯 마우스 잡은 손이 덜덜 떨린다.

S#51. 타로 카페 / 밤

카페에 혼자 남아 있던 솔희. 이제 슬슬 카페에서 나가려는데. 갑자기 카페로 들어오는 누군가. 도하인가 싶어서 보면… 잔뜩 취한 초록이다.

솔희 어? 사장님?
초록 타로 사장님…. (울컥) 나 점 좀 봐줘요. 네?

솔희의 난감한 표정에서.

CUT TO

초록과 마주 앉아 있는 솔희. 울고 있는 초록에게 티슈 건넨다.

초록 오백 오빠… 사실 제 전남친이거든요?
솔희 (놀랍지 않은) 네….
초록 몇 년 전에 이상한 술집에서 일한 거 걸려서 헤어졌어요.

솔희	(살짝 흥분) 사장님이랑 사귀는 동안에요?
초록	네. 근데 오빠 말로는 거기 카운터에서만 잠깐 일했던 거고, 이상한 덴 줄 알고 바로 그만뒀대요.
솔희	하….
초록	근데 솔직히 어떤 등신 같은 여자가 그 말을 그대로 믿어요?
솔희	그죠….
초록	근데 나 지금 등신 됐어요. 믿고 싶단 말이에요!

초록, 그렇게 말하고 서럽게 운다. 솔희, 진실을 들어줄 수도 없고. 안타까운데.

초록	(절박한) 그때… 나랑 소개팅했던 놈… 그놈 쓰레기인 것도 사장님이 알려줬잖아요. 이번에도 좀 도와주면 안 돼요?
솔희	(당황) 네…?
초록	타로 사장이 믿으라고 하면 믿을게요. 점 좀 봐줘요? 네??
솔희	(안타까운, 어렵게) 죄송해요. 지금은… 제가 못해요.
초록	내가 돈 안 줄까 봐 그래요? 공짜로 해달라는 걸까 봐??
솔희	아뇨. 그런 거 아니구요. 저는 진짜 봐드리고 싶은데….
초록	아니, 그게 그렇게 힘든가?! 그냥 믿으라고 하면 되잖아요! 난 그냥 그 말이 듣고 싶은 건데…!

초록, 울면서 타로 카페에서 뛰쳐나간다. 난감한 솔희의 표정에서.

S#52.   도하의 집, 작업실 / 오전

거의 밤새 일했는지 피곤해 보이는 도하.

도하   잠 좀 깨야겠다.

커피 맛 사탕 꺼내 먹고는 목도 한번 돌려보고 가벼운 스트레칭하는
데. 누군가로부터 걸려온 전화. 발신자, '샤온'이다.

도하   (받는) 어.
샤온(E) 지금 어디야? 연서동이야?
도하   응. 왜?
샤온(E) 잠깐 보자. 오빠 집에 내가 찾아가는 건 그렇구…. 거기서 볼까?

S#53.   타로 카페 / 낮

손님 없는 한산한 타로 카페. 솔희, 카산드라, 치훈. 출입문 뚫어지게
보며 손님 오기만을 기다리고 있다.

솔희   (한숨 푹) 우리 카페… 원래 이렇게 손님 없었나?
치훈   제 생각에는요. 앞에 '아메리카노 테이크아웃 3천 원!' 그런 입간판 하
       나 딱 놔야 돼요. 그래야 손님 끌죠.
카산드라 가게 분위기를 봐라. 여기가 그런 분위기야?
치훈   그니까 분위기도 바꿔야지. 우리도 좀 더 친절하게 손님을 맞이해야
       돼요. 자, 이제 들어올 손님한테 제가 하는 거 잘 보세요.

그렇게 말하며 문 앞에 서는 치훈. 솔희와 카산드라, 치훈이 뭘 어떻게
할지 지켜본다. 딱히 큰 기대가 되지 않는데. 마침 누군가 카페에 들어
오고.

치훈   (90도 꾸벅 인사) 어서 오십쇼! 손님! (고개 들고 놀라는) 헉!

샤온	(치훈 보고, 선글라스 벗으며) 반가워요.
솔희	(놀란) 여긴… 무슨 일이에요?
샤온	여기서 도하 오빠 만나기로 했거든요. 오해하지 말아요. 나 마음 다 정리했고, 진짜 일로 만나는 거니까.
솔희	(거짓말 확인이 안 돼서 답답한) 네에….

그때 도하가 카페에 들어오고.

도하	솔희야! (하다가 샤온 발견하고) 어? 와 있었네?
샤온	(반갑게, 애교 섞인 목소리) 오빠앙!
솔희	(샤온 흘겨보며 중얼중얼) 정리하긴…. 진심 아니야. 저거…. 아오, 답답해.
카산드라	(슬쩍 다가와서) 헌터님, 진심일 수도 있어요. 쿨하게.

솔희, 카산드라의 말에 애써 마음 다잡는다. 샤온과 마주 보고 앉은 도하.

도하	무슨 일인데?
샤온	나 오늘 AK 엔터 대표 만났거든. 나 데려가고 싶어 하던데…. 딴 사람 소개해준다고 했어. (명함 주며) 한번 만나볼래?
도하	갑자기…?
샤온	(표정 어두워진) 그동안은 득찬 오빠가 다 알아서 해줬지만… 이제 상황이 바뀌었잖아. 오빠 이쪽 세계에 대해서 뭐 알아? 연줄도 하나도 없구….
도하	(미소) 고마워. 근데 나도 생각해둔 게 있어.
샤온	(솔깃한) 뭔데?
도하	같이 일하고 싶은 애들이 있어서.
샤온	애들? 오빠 그룹 키우게?
도하	그런 건 아니고…. 확실히 정해지면 알려줄게.
샤온	그럼 우리 이제… 라이벌인가? (말해놓고 피식) 라이벌 쫌 오글거린다.

그치.

피식 웃는 도하와 그 모습 보고 웃는 샤온. 두 사람, 편안해 보인다. 그런 두 사람을 바라보는 솔희의 표정에도 살짝 미소가 스친다.

타로 카페 앞 / 낮

모자와 선글라스로 얼굴 철통 보안하고 카페에서 막 나온 샤온. 갑자기 누군가 후다닥 다가오더니 우산을 펼쳐 샤온 얼굴을 가려준다. 치훈이다.

샤온	(당황) 뭐, 뭐예요?
치훈	차까지 모셔다 드릴게요. 저번처럼 위험할 수도 있으니까.
샤온	(그런 치훈 가만히 보다가, 선글라스 벗으며) 일을 참 잘하네. 이름이 뭐예요?
치훈	저는 샤, 샤온의 보디가드….
샤온	(피식) 알죠. 그 이름 말고요. 부모님이 지어주신 진짜 이름이요.
치훈	(감격) 그건 왜….
샤온	알려주기 싫어요?
치훈	(얼른) 아뇨! 백치훈이요!
샤온	(폰 건네는) 번호 좀 찍어봐요.
치훈	네?? 무슨 번호….
샤온	폰 번호밖에 더 있어요? 뭐 계좌 번호 찍게요?

치훈, 벌벌 떨며 전화번호 찍는다. 그런 치훈 보고 피식 웃는 샤온.

| 샤온 | 진짜… 내 보디가드 할 생각 있어요? |

치훈   …!!!
샤온   (타로 카페 눈으로 가리키며) 근데 그럼 여긴 그만둬야겠다.

S#55.   타로 카페 / 낮

솔희, 도하, 카산드라만 남아 있는 타로 카페.

도하   VIP 안 받으니까 너 출장도 안 가고, 한가해서 좋다~.
솔희   한가한 소리 하네…. 이러다 월세도 못 내겠어.
도하   내가 타로점 볼게. (카산드라에게) 오늘의 타로 볼 수 있을까요? (앉는)
카산드라   (얼른 맞은편에 앉으며 카드 섞는) 만 원 선결제시구요.
도하   (얼른 만 원 건네고)
카산드라   현금 받았습니다~. 현금 영수증 필요하세요?
도하   아뇨.
카산드라   (카드 착 펼치고) 한 장 고르세요.

도하, 하나 고르는데. 연인 카드 나온다. 아담과 하와가 에덴동산에 서 있는 그림이다.

카산드라   어머, 오늘 두 분 꼭 데이트하셔야겠다. 사랑이 더 깊어지겠어요.
도하   (솔희에게, 대뜸) 그럼 지금 나갈까?
솔희   (황당) 뭔 소리야? 나 일해야지.
카산드라   (솔희에게) 다녀오세요~. 어차피 손님도 없는데.
도하   가자~. 좋은 카드 나왔잖아. 응?

솔희, 황당한 얼굴로 멀뚱멀뚱 서 있는데. 얼른 솔희 손 붙잡고 카페에서 나가는 도하.

도하	(카산드라에게) 고마워요. 수고하세요.
카산드라	네~. 재밌게 노세요~.

카산드라, 흐뭇하게 피식 웃으며 카드 섞는데. 곧 카페에 들어오는 치훈. 넋 나간 듯 멍한 얼굴이다.

치훈	누나….
카산드라	(보는) …?
치훈	여기… 나 꼭 없어도 되겠지? 어차피 요즘 손님도 별로 없고…. 인건비 적게 나가는 게 헌터님한테도 좋잖아. 그치?
카산드라	그래도 막상 너 나간다고 하면 섭섭해하실 것 같은데….
치훈	진짜? (이마 짚고 고뇌하는) 하… 어떡하지?
카산드라	왜? 어디 뭐 좋은 일자리라도 찾았어?
치훈	(꿈인가 생시인가, 안 믿기는) 어…. 샤온이 같이 일하재.
카산드라	(놀란) …?!

S#56. 소극장 / 낮

소극장에 들어온 솔희와 도하. 솔희, 극장은 처음이라 신기한 듯 둘러보는데. 가운데 가장 좋은 자리에 솔희를 앉히는 도하.

도하	너 연극 본 적 없을 것 같아서.
솔희	어. 어떻게 알았어?
도하	연극 대사… 거짓말로 들릴 거 아니야. (말해놓고 혹시나 싶은) 아닌가?
솔희	(그제야 도하 의도 깨닫고, 미소 지으며) 맞아.

곧 불이 꺼지고 연극이 시작된다. 실감 나는 연기를 하는 배우들을 보

며 자기도 모르게 연극에 푹 빠진 솔희. 도하, 슬쩍 그런 솔희의 옆모습을 보고 미소 짓는다.

CUT TO

연극이 끝나고. 커튼콜하는 배우들. 솔희, 감격한 얼굴로 박수 친다. 배우들 퇴장하고, 관객들 빠지는 동안 자리에 앉아 있는 솔희와 도하. 솔희, 연극 재밌게 보고 살짝 흥분한 상태다.

솔희	이렇게 제대로 된 연극 처음 봐. 학교 축제 때 친구들이 하는 건 본 적 있는데 자꾸 거짓말로 들려서 그 후론 안 봤거든. 하… 진짜 재밌었어!
도하	(뿌듯한) 우리 다음엔 뮤지컬도 보고, 스탠딩 코미디도 보러 가자.
솔희	(도하 곁눈으로 보다가) 언제부터 이럴 계획이었어?
도하	사실… 카산드라 씨랑 얘기 다 끝난 거였어.
솔희	(기막힌) 내가 그때부터 속았다고??
도하	한번씩 거짓말해달라면서. 너 속는 모습은 처음이라…. 귀엽더라.
솔희	(귀엽다는 말에 쑥스럽고) 밥 먹자. 간만에 곱창?

사람이 어느 정도 빠지자 자리에서 일어나 극장에서 나가는 솔희와 도하.

도하	(불안한) 곱창…? 다른 건…?
솔희	으음~ 양꼬치도 좀 땡겨!
도하	(불안한, 애써 웃음) 그러게…. 맛있겠네….
솔희	아니다! 좀 우아한 거 먹을까? 파스타에 스테이크?
도하	(이거다! 표정 밝아지는) 그치? 나도 그런 게 먹고 싶더라고!

S#57.　　솔희의 차 안 / 밤

조수석에 솔희 태우고 대신 운전 중인 도하.

솔희　　(검색하던 것 보여주며) 오빠, 여기 맛있대. 여기로 갈까?

도하　　아… 솔희야, 내가 정말 미안한데. 나 바로 집에 가야 될 것 같아. 작업할 게 좀 남아서.

솔희　　뭐?? 오늘 당장 끝내야 되는 거 아니잖아.

도하　　그렇긴 한데… 계속… 마음에 걸리네.

솔희　　(서운한) 그럼 일하지 뭐 하러 나왔어….

도하　　(달래는) 미안해~. 내일 꼭 먹자. 응?

솔희　　어….

솔희, 뽀로통해진 얼굴로 창밖 바라본다. 도하, 그런 솔희 보며 초조한데.

S#58.　　**드림 빌라, 5층 현관 / 밤**

현관에서 헤어지는 두 사람.

도하　　잘 들어가.

솔희　　(뽀로통) 어…. (들어가는)

도하, 이내 심각해진 얼굴로 빠르게 도어 록 비밀번호 누른다.

S#59.　　**도하의 집 / 밤**

집에 들어온 도하. 얼른 옷 갈아입고 앞치마를 두른다. 후다닥 냉장고에서 미리 준비해둔 요리 재료를 꺼낸다. 씻어서 다듬어놓은 파, 양파, 마늘, 양송이버섯, 아스파라거스 같은 것들이 밀폐 용기에 예쁘게 담겨 있다.

유튜버(E) 먼저 재료 손질부터 하시구요~.
도하 (마음 급한, 중얼거리는) 네. 그건 미리 해놨습니다. (넘기는) 다음, 다음….

유튜버가 시키는 대로 파 썰고 마늘 써는데. 서툰 칼질 여실히 드러난다. 유튜버가 빠른 칼질로 타다다닥- 재료 다 써는 동안 겨우 두 번째 마늘을 썰다가 마늘이 튕겨 나가 바닥에 떨어진다. 그래도 점점 속도가 붙는다. 정성스럽게 파스타 면 삶고, 미리 수비드 해놓은 고기도 꺼낸다. 달궈진 팬에 버터를 두르고 고기를 굽는데 촤아아- 소리가 나고. 혹시나 들릴까 불안해 문이 활짝 열린 테라스 쪽을 돌아보는 도하.

S#60. 솔희의 집 / 밤

소파에 앉아 배달 어플 보며 루니에게 투덜거리는 솔희.

솔희 아니, 상식적으로 데이트에 밥이 빠질 수 있는 거야? 배고파 죽겠는데 그냥 집에 보내고…. 예술가 남친 만나기 힘드네. (창밖 냄새 킁킁거리는) 아랫집에서 뭐 만들어 먹나? 아, 맛있겠다….

솔희, 주문하려던 것 관두고 냄비에 물을 올린다. 찬장에서 라면을 꺼내 반으로 쪼갠다. 끓는 물에 면을 투하하려는 순간! 띠링- 도하에게 연락이 온다.

[우리 집에 저녁 먹으러 와]
솔희의 의아한 표정에서.

S#61. 드림 빌라, 5층 현관 / 밤

초인종 누르는 솔희. 도하, 문 열어주는데 맛있는 냄새가 훅 난다.

솔희   뭐야, 여기서 나는 냄새였네?

S#62. 도하의 집 / 밤

집에 들어오자 식탁 위 근사한 음식이 한눈에 들어온다. 파스타, 스테이크, 샐러드, 와인…. 플레이팅과 조명, 분위기까지 완벽하다.

솔희   (눈 휘둥그레진) 이게 다 뭐야…?
도하   미안해. 놀래키고 싶어서 거짓말했는데…. 너 좀 화났지?
솔희   이걸 다 오빠가 만든 거라고?
도하   응. 너 거짓말 안 들려서 좋은 점… 계속 찾고 있어.

감동한 솔희. 도하를 끌어안는데.

도하   (솔희 다정하게 안아주다가 파스타 보고 퍼뜩) 근데 빨리 먹어야 돼. 파스타 면 불 수도 있어서.
솔희   ('그건 안 되지!' 얼른 식탁에 앉으며) 어. 알았어.

솔희, 감동한 얼굴로 포크를 든다. 제일 먼저 파스타 돌돌 말아 먹어보
는데. 긴장한 얼굴로 평가 기다리는 도하.

솔희	흐음! 맛있다!
도하	(그 모습에 안심하다가 혹시나 싶은) 거짓말… 아니지?
솔희	먹어봐. 먹어보면 알겠네~.

솔희, 그렇게 말하며 파스타 돌돌 말아 도하에게 먹여준다. 웃고 떠들
며 즐겁게 식사를 하는 두 사람.

CUT TO

소파에 앉아 불 꺼놓고 영화를 보는 솔희와 도하. 로맨틱한 영화를 보
는데.

솔희	저 배우 진짜 이뿌다. (하다가 갑자기 장난스러운 표정으로 도하 보며) 오 빠, 나랑 저 여자랑… 누가 더 예뻐?
도하	뭘 그런 걸 물어봐~. 당연히 니가 훨씬 더 예쁘지!
솔희	(웃는) 좋다. 진짜로 들려서.
도하	진짜로 들리는 게 아니라 진짜야.

그렇게 웃다가 다시 영화 보는 두 사람. 솔희, 이 순간이 마냥 좋다. 모
든 것이 편안하다.

솔희	(영화에서 시선 떼지 않은 채) 오빠.
도하	응?
솔희	나 이제… 거짓말 안 들려도 괜찮을 것 같아.
도하	(솔희 보는) …!
솔희	진짜야.

도하, 미소 지으며 솔희 사랑스럽게 보다가 다가가 입 맞춘다. 키스하는 두 사람의 모습에서. 엔딩.

16화

거짓말이 가득한 세상에서… 모두 행복하세요.

S#1. 연서동 골목 / 아침

이른 아침, 아직은 조용한 연서동 골목의 풍경.

S# 2. 타로 카페 / 아침

솔희, 혼자 일찍 카페에 들어와 오픈 준비하는데.

향숙(E) 솔희야아!

솔희, 깜짝 놀라서 보면 뛰어온 듯 헉헉거리며 카페에 들어온 향숙.

솔희 뭐야? 무슨 일이야? 이 시간에?
향숙 (치훈 밀어내고 솔희 옆에 앉으며) 너… 그거 봤어?
솔희 (어리둥절) 뭘?
향숙 니 아빠! 방송 나온 거!
솔희 아빠가… 무슨 방송에 나와?

향숙, 흥분해서 떨리는 손으로 '나는 자연에 산다' 클립 영상 보여준다.

솔희	(긴가민가) 이게… 아빠야?
향숙	딱 봐도 니 아빠잖아! 뭐래는 줄 아니? 세상에… 내가! 불륜을 해서 이혼을 했대.
솔희	(황당) 그럼… 아니야?
향숙	(더 황당) 너도 그렇게 알고 있었어??
솔희	내가 이혼한 이유 물어볼 때마다… 아빠 맨날 거짓말했어. 그러다 겨우겨우 알게 된 게…. (눈치 보며) 엄마가… 어떤 아저씨랑 모텔 들어가는 거. 그거 아빠가 봤다더라.
향숙	(놀란) 그걸 어떻게 봤대…? (억울한) 아니야! 돈 많아서 꼬셔보려고 했는데… 차마 방에는 못 들어가겠더라. 내 말 진심인 거 들리지?? 응??
솔희	(당황한 표정 숨기며) 어? 어….
향숙	억울해…. 니 아빠 만나야겠어.
솔희	만나서 오해 풀었다 쳐. 그럼 어쩔 거야? (내심 기대하는) 아빠랑 다시 합치기라도 하게?
향숙	(발끈) 미쳤니? 나 지금 결혼 계획 중인 남자 있어!
솔희	(실망하는) 그럼… 내가 다음에 아빠 만나게 되면 그때 제대로 얘기해 줄게. 됐지?
향숙	…!
솔희	아빠 거기서 평화롭게 사는 것 같은데…. 괜히 가서 들쑤시지 마. 다시 합칠 거 아니면.
향숙	(아쉽지만 할 말 없다, 핸드백 챙기고 일어나 가려는데)
솔희	엄마.
향숙	(뭔가 기대감 가지고 돌아보는) 어…?
솔희	결혼하면 알려줘. 축의금 보낼게. 전남편 딸로서.

답 없이 나가버리는 향숙. 솔희, 왠지 착잡하다. 핸드폰으로 태섭의 영상 다시 보기 한다. 영상 속 모자이크 된 태섭. 필름 카메라로 주변 사

진을 찍는다.

<table>
<tr><td>진행자(E)</td><td>어? 어르신 사진도 찍으세요?</td></tr>
<tr><td>태섭(E)</td><td>네. 제일 예쁜 것만 찍어서 우리 딸한테 보내줘야 되거든요.</td></tr>
</table>

사진 찍는 영상 속 태섭을 보며 희미하게 웃는 솔희의 모습에서.

S#3.   도하의 집 / 낮

현관
벌컥 현관문 열어주는 도하. 에단이 서 있다. 에단, 박스에 든 병 음료
를 도하에게 건넨다.

<table>
<tr><td>도하</td><td>뭘 이런 걸 사 왔어요?</td></tr>
<tr><td>에단</td><td>집에 초대해주셨는데… 빈손은 아닌 것 같아서….</td></tr>
<tr><td>도하</td><td>얼른 들어와요.</td></tr>
</table>

작업실
도하의 작업실에 들어와 도하가 만든 음악을 듣고 있는 에단. 에단, 듣
자마자 마음에 드는지 미소가 번진다.

<table>
<tr><td>에단</td><td>노래 되게 좋은데…. 아직 가이드도 없네요.</td></tr>
<tr><td>도하</td><td>에단 씨 꺼예요.</td></tr>
<tr><td>에단</td><td>네…?</td></tr>
<tr><td>도하</td><td>그때 내가 곡 준다고 했잖아요. 에단 씨는 거절했지만. 혹시 생각 바뀌
었나 해서요.</td></tr>
<tr><td>에단</td><td>(잠시 놀란 얼굴로 있다가) 정말 너무 감사하긴 한데요. 이젠 제가 팀에</td></tr>
</table>

	서도 나오고, 소속사도 없어서…. 이거 어디서 부를 수도 없어요.
도하	영재 씨가 같이 곡 써주기로 했고, 내가 프로듀싱해서 하반기 안에 에
	단 씨 앨범 내는 걸 목표로 하면… 어때요?
에단	(놀란) 제 앨범이요…?
도하	(미소) 네.
에단	(기뻐하다가 미소 사라지며) 그때 일 미안해서 이러시는 거면….
도하	너무 겸손하네요. 나도 제작은 처음이고, 이거 엄청 큰마음먹고 투자
	하는 거예요. 실력 있어서 기회가 온 거라고 생각해야죠.
에단	(아직도 얼떨떨하고) ….
도하	아틀란티스 앨범 다 들어봤어요. 솔로 곡 듣고 싶다는 생각이 들 정도
	로… 노래 잘하던데요?
에단	(도하의 칭찬에 벅찬) …!!!

S# 4. 드림 빌라 앞 + 연서동 골목길 / 낮

멍한 표정으로 걷고 있는 에단. 조금씩 실감이 난다.

| 에단 | (갑자기 씩 웃음이 번지는) 으아!!! |

주변 사람들이 놀라 흘끗거리지만 상관없다. 벅찬 마음을 숨기지 못
하고 소리 지르고 방방 뛰며 골목길 내려가는 모습에서.

S#5. 타로 카페 앞 + 초록 샐러드 앞 / 밤

마감하고 나온 솔희. 맞은편 초록 샐러드가 아무래도 신경 쓰인다. 희

미한 불빛이 나오는 것을 보고 아직 가게에 있다고 생각한 솔희. 마음 먹고 초록 샐러드에 들어가는데.

S# 6.　　초록 샐러드 / 밤

바닥 대걸레질하고 있던 초록.

초록　　(솔희인 줄 모르고) 죄송합니다~. 영업 끝났습니다. (하다가 솔희 보는)

솔희　　(머쓱) 안녕하세요….

초록　　(역시 머쓱, 잠시 대걸레 놓고) 아… 미안해요. 내가 그때 술에 너무 취해 가지고. 놀랐죠?

솔희　　아뇨. 저였어도 그런 상황이면… 진짜 답답할 거예요.

초록　　(덤덤하게) 제가 알아서 잘 결론 냈어요.

솔희　　(궁금한) 어떻게...

오백　　(벌컥 문 열고 들어오는) 초록아! (솔희 발견하고) 아, 깜짝이야….

솔희　　(얼른 자리 피하려 하는) 그럼 전 갈게요.

초록　　(솔희 팔 잡고) 아니에요. 여기 있어요.

오백　　(초록 보며) 나 진지하게 할 얘기 있어. (솔희에게) 죄송한데 자리 좀….

솔희　　(얼른 나가려는) 네.

초록　　(다시 솔희 팔 잡고) 진지하게 할 얘기 같은 거 없으면 좋겠어. 그냥 같은 자영업자로서 상권 정보 같은 가벼운 얘기만 하면서 지내자고.

오백　　(속상한 얼굴로 초록 바라보다가, 결심한) 그래. 알았어…. (나가는)

초록　　네~. 다음에 봐요, 맥주집 사장님~.

오백이 가게에서 나가자 솔희 손 놓고 바로 어두워지는 초록의 표정.

솔희　　사장님, 그거… 진심 아니죠…?

초록	아뇨. 진심인데요? (화제 전환) 남은 샐러드 좀 포장해줄게요. 좀 기다려요.

아무래도 진심이 아닌 것 같고…. 속상한 솔희의 표정에서.

S# 7.　솔희의 집, 테라스 / 밤

테라스에 나란히 서서 맥주를 마시는 솔희와 도하. 딴생각에 잠겨 있는 솔희.

솔희	(도하 쳐다보며 대뜸) 오빠, 그동안 어떻게 살았어?
도하	(어리둥절) 뭐…?
솔희	거짓말이 들리지도 않는데 진심인지 아닌지 어떻게 알고 사람을 판단하냐고. 뭐 꿀팁 같은 거 있어? 나도 참고 좀 하게.
도하	(진지하게 고민하는) 그런 거 없는데…. 그리고 믿고 안 믿고는 판단 같은 게 아냐. 그냥 자연스럽게 그렇게 되던데?
솔희	하… 어렵다.
도하	(미소, 솔희 볼 꼬집으며) 거짓말 안 들려도 괜찮다더니?
솔희	그런 줄 알았는데…. 요즘 자꾸 필요한 순간이 생겨….
도하	(그런 솔희 가만히 보다가) 사랑해.
솔희	…!
도하	진심이야. 진심인 거 알겠지?
솔희	(미소 지으며) 응. 나도 사랑해.

솔희에게 쪽 뽀뽀하는 도하. 행복한 미소 짓는 솔희.

할머니들 사이에서 길가에 신문지 깔고 앉아 도라지와 싸리버섯 팔고 있는 태섭.

할머니　　(태섭이 펼쳐둔 물건 보며) 오늘따라 물건이 많네? 오매매~ 귀한 싸리버섯도 있고?

태섭　　네. 운이 좋았어요. (할머니 물건 보며) 실하게 잘 키우셨네요.

태섭, 옆에서 옥수수, 참나물 팔고 있는 할머니와 제법 친숙하게 인사하는데. 재래시장 앞에 주차하려는 누군가의 차. 후진하며 할머니를 치려 한다. 등 뒤에서 벌어지는 일이라 아무것도 모른 채 앉아 있는 할머니. 태섭이 깜짝 놀라 할머니 팔잡고 얼른 일으켜 세워 물러선다. 화는 면했지만 우드득- 하며 밟히는 태섭의 싸리버섯과 할머니의 옥수수들.

할머니　　(울상) 아이구! 아이구, 이걸 어떡해!

그때 운전석에서 내리는 싱글남.

싱글남　　아휴, 죄송합니다.

태섭　　운전을 이런 식으로 하시면 어떡합니까?

싱글남　　(피식 웃고 태섭 똑바로 보며) 장사를 이런 데서 하시면 안 되죠. 이거 불법 아닙니까? 세금도 안 내고, 현금 장사하고. 네?

태섭의 얼굴이 굳는데. 그때 조수석에서 내리는 향숙.

향숙　　뭐예요. 이게 다? (하다가 태섭 발견하고 굳는)

태섭　　(놀란) …!!!

싱글남	(지갑에서 5만 원 한 장 꺼내 할머니에게 주는) 이거 받으세요.
할머니	(신나서 굽신거리며 받는) 아이구! 아이구, 감사합니다!
싱글남	(나머지 한 장 태섭에게 주는) 받으시고.
태섭	(안 받는) 됐습니다.

태섭, 장사하던 것 대충 신문지에 싸서 정리한다. 얼른 자리를 피한다.
그런 태섭의 초라한 뒷모습 바라보는 향숙. 마음이 복잡하다.

S# 9.　타로 카페 앞 / 낮

치훈의 조언대로 입간판 놓여 있다. '아이스아메리카노 테이크아웃
2,500원, 오늘의 타로 + 아메리카노 만 원 특별 세일'.

S# 10.　타로 카페 / 낮

타로점 봐주는 카산드라와 옆에서 커피 만드느라 정신없는 솔희. 치
훈은 매장에 앉아 있는 손님들에게 커피 서빙하고. 잠시 한가해진 틈
을 노려 솔희 앞에 선 치훈.

치훈	저… 헌터…. (주변 의식하고) 아니, 사장님.
솔희	(포터 필터에서 커피 찌꺼기 털어내며) 어.
치훈	드릴 말씀이 있는데요….
솔희	(누군가 들어오는 것 보고) 어서 오세… 어?

찾아온 사람은 강민이다.

강민	(둘러보며) 손님이 많네?
솔희	잠깐 밖에서 기다릴래? (치훈에게) 너 잠깐 카운터 좀 봐.
치훈	(얼떨결에) 네? 네….
솔희	갑자기 이렇게 바빠질 줄 몰랐네. 너 관뒀으면 큰일 날 뻔했다.
치훈	(표정 무거워지고) ….

S#11. 연서동 성곽길 / 낮

솔희, 강민에게 수박 주스 건넨다.

강민	(먹어보고) 맛있다.
솔희	요즘 되게 반응 좋아. 다음에 또 줄게.
강민	(잠시 생각하다가) 나 이제 여기 안 올 거야.
솔희	어…?
강민	우리 어쩌다 보니까 쿨하게 친구처럼 지냈던 것 같은데…. 난 너랑은 그렇게 더 못 지내. 마지막 인사하려고 온 거야.
솔희	(쓸쓸한 미소) 이상하다…. 한번 더 헤어지는 것 같네.
강민	고마웠어. 정말.
솔희	내가 뭘… 오빠 제일 힘들 때 옆에 있어주지도 못했는데.
강민	아냐. 옆에만 없었던 거지. 계속 같이 있었어. 나 항상 니 생각했고, 다 나아서 너 보러 가겠다는 생각으로 버텼어. 그리고 그거 다 이뤘고.
솔희	(강민 바라보며, 얼굴 눈에 담는) 이게… 마지막인 거네.
강민	둘 다 이 동네에 있으니까 우연히 마주칠 수는 있겠지? 근데… 괜히 인사하고 그러지 말자. 그래 봐야 뭐… 날씨 얘기나 할 거 아냐.
솔희	(피식) 그래.
강민	우연히 마주쳤을 때… 니가 웃고 있으면 좋겠다.
솔희	(보며) 오빠도.

강민	뭐… 악수라도 할까?

강민, 피식 웃으며 손을 내민다. 악수하는 솔희.

강민	잘 지내, 솔희야.
솔희	오빠도.

강민, 돌아서서 걸어간다. 솔희, 멀어지는 강민의 뒷모습을 끝까지 본다. 과거, 돌아서서 가던 솔희를 끝까지 바라보던 강민처럼.

S#12.　도하의 집, 작업실 / 낮

도하의 작업실에 함께 있는 영재와 에단. 노래 들려주며 피드백을 받는 도하. 아직 어색한 분위기지만 표정만은 밝은 세 사람의 모습에서.

S#13.　타로 카페 / 낮

손님 2명만 있는 한산한 타로 카페. 에스프레소를 소주처럼 마시고 있는 치훈.

카산드라	그냥 빨리 말하라니까.
치훈	헌터님… 울면 어떡하지? 가지 말라고 붙잡으시면? 그럼 어떡해…. 나 마음 약한데….

그때 마침 타로 카페에 들어온 솔희. 치훈이 결심한 듯 다가간다.

치훈	저… 헌터님.
솔희	응?
치훈	이제 여기 그만둬야 할 것 같아요! (말하고 눈 질끈 감는)
솔희	어? 진짜…?
치훈	네. 샤온한테 스카우트 제의가 왔거든요. 보디가드로.
솔희	샤온 보디가드!? 야! 그거 니 꿈이었잖아!
치훈	(예상 외의 반응에 놀란) 그렇긴 한데….
손님1	(옆에서 듣다가) 샤온이요? 스포일러 그 샤온??
손님2	완전 신기하다. 축하해요!
치훈	(기분 좋아진) 감사합니다. 감사합니다~.

흐뭇하게 미소 지으며 치훈 바라보는 솔희. 웃고는 있지만 아쉬운 솔희의 표정에서.

S#14.   솔희의 집 / 밤

솔희, 도하와 TV 앞에 앉아 신나게 축구 게임하고 있는데. 딩동- 벨소리 들린다.

솔희	어? 오빠 뭐 시켰어?
도하	나 아닌데?
향숙(E)	(문 쾅쾅 두드리며) 솔희야~ 목솔희!!!

향숙의 목소리에 놀라서 얼굴 마주 보는 솔희와 도하. 분주하게 TV 끄고, 게임기 TV장에 집어넣어버리고, 도하의 겉옷도 치운다.

| 도하 | (겉옷 들고 발 동동) 나는 어떡하지? |

솔희	(방으로 도하 밀어 넣으며) 방에 들어가!

솔희, 방문 닫고 현관문 열려는데. 바닥의 도하 운동화 발견한다. 놀라서 운동화는 신발장 깊은 곳에 넣어놓는다. 밖에서는 쾅쾅! 계속 문 두드리고.

솔희	(문 열고, 어색하게) 갑자기 뭐야…. 연락도 없이….
향숙	내가 뭐 언제는 연락하고 찾아왔니? 그냥 니가 좀 적응해.

딱 봐도 취한 듯 볼 발그레한 향숙. 소파에 벌러덩 눕는다.

솔희	뭐 하는 거야…. 엄마 집에 가. 그 아저씨 집 가든지.
향숙	그 아저씨 집에서 도망친 거야….
솔희	(놀라서) 왜? 무슨 일인데? 그 아저씨가 엄마 때리기라도 했어??
향숙	도저히… 뽀뽀할 수가 없어서 도망쳤다….
솔희	(도하에게 들릴까 신경 쓰이는) 무슨 그런 얘기를 해….
향숙	니 아빠… 그렇게 후줄근하게 입고 있는데도… 명품으로 떡칠한 그놈보다 섹시하더라.
솔희	아빠 만났어??
향숙	돈밖에 없는 놈, 얼굴만 잘난 놈… 둘 다 너무 힘들다….
솔희	돈도 있고, 얼굴도 잘생긴 사람 만나면 되잖아.
향숙	(찌릿) 그런 놈은 나 안 좋아하지. 뭐가 아쉬워서….

향숙, 갑자기 몸 일으켜 소파에 앉더니 테이블에 있던 남은 맥주 마신다. 하나 더 있던 도하의 맥주 캔 발견한 솔희. 슬쩍 테이블 밑으로 숨긴다.

향숙	나는… 내가 전과자라서, 쪽팔리고 정 떨어져서 니 아빠랑 헤어진 줄 알았다. 사기 전과 때문에 멀쩡한 데 취직도 못하고. 그땐 그게 다~ 너

때문인 것 같아서 니가 미웠어.

솔희   (보는) ….

향숙   니가 주는 돈이라도 실컷 받아야 마음이 좀 풀릴 것 같았는데…. 니 아빠 이혼한 이유를 알고 나니까. 돈 없이 한번에 풀리네….

솔희   (앉아서 테라스 바라보며) 어렸을 때… 저런 난간에 붙어서 엄마 언제 오나… 엄마 구두 소리 들리기만 기다렸던 거 알아? 그땐 친구도 없고…. 엄마랑 같이 놀고 싶었어. 일부러 감옥 보낸 거 아니야. 그럼 같이 못 놀잖아.

향숙, 미안한 얼굴로 솔희 바라본다. 일부러 향숙 보지 않고 시선 피하는 솔희. 잠시 이어지는 침묵.

향숙   (갑자기 일어나며) 내일 좀 같이 보자.

솔희   뭐를…?

향숙   (구두 신으며) 니 아빠 만나서 얘기 좀 해봐야겠어.

솔희   엄마 혼자 가…. 그런 얘기는 둘이서 해야지.

향숙   니가 있어야 니 아빠가 거짓말 못할 거 아냐.

솔희   (망설이다 결심한) 근데 나 사실… 얼마 전부터 거짓말 안 들려.

향숙   (피식, 안 믿는) 됐고. 내일 오전 열 시?

향숙, 집에서 나가고. 솔희, 난감한 얼굴로 멍하게 서 있는데. 스륵 방문 열고 나오는 도하.

솔희   (민망한) 오빠… 다 들었지…?

도하   (대뜸) 내일 거기 가.

솔희   …?!

도하   너가 있으면 부모님 더 솔직하게 얘기 나누실 거고… 잘하면 화해하실 수도 있잖아.

고민하는 솔희의 표정에서.

_____

S#15.   깊은 산속 / 낮

목장갑 끼고 복분자 따고 있던 태섭. 인기척 느껴져서 보면 솔희가 서
있다.

태섭   (놀랍지만 내심 반가운) 어? 솔희야.

솔희   저기… 아빠. 엄마 그런 거 아니래.

태섭   뭐…? 갑자기 무슨….

솔희   다른 남자랑 모텔 간 건 맞는데, 방까지는 못 들어가고 바로 도망쳐 나
         왔대. 진짜인 것 같…. (하다가 얼른) 진짜야.

태섭   니 엄마가 시켰어? 나 찾아가서 이렇게 말하라고?

솔희   …!

태섭   (한숨) 달라질 거 없어. 돈 때문에 다른 남자랑 모텔까지 들어간 건 사
         실이니까. 온 김에 국수 한 그릇 먹고 가.

솔희, 이게 아닌데… 하는 얼굴로 서 있는데. 수풀 뒤에 숨어 있다가 튀
어나오는 향숙.

향숙   억울해!!!

태섭   (향숙 목소리에 놀라서 돌아보고)

향숙   마누라 바람 피워서 이혼했다고 세상 불쌍한 척하는 거! 너무 억울해!

태섭   당신 이런 데 와서 나 만나고 이러면 지금 만나는 남자한테 또 오해 사
         는 거야. 얼른 내려가. 가서 그 남자랑 잘 살아.

향숙   (서운한, 솔희 보며) 저거 지금 진심이니?

솔희   (당황하는) …!

태섭	당신은…! 왜 애를 도구처럼 사용해?! 가뜩이나 남들 거짓말 들으며 돈 버는 애야…. 불쌍하지도 않아?
향숙	난 지금 내가 제일 불쌍해! 당신하고 구질구질하게 사는 거 지겨워서 돈 많은 남자 수두룩 빽빽하게 만났는데도! 이렇게 또… 구질구질하게 살고 있는 당신한테 찾아온 내가 제일 불쌍하다고!

향숙의 마음을 느낀 태섭. 애써 외면하고 돌아서는데. 향숙, 그 모습에 욱한다.

향숙	(태섭이 딴 복분자 집어 던지며) 미안해! 미안하다고, 이 나쁜 놈아!

후두둑 등 뒤로 떨어지는 복분자 맞고 있던 태섭. 갑자기 성큼성큼 향숙에게 다가가더니 향숙의 바로 앞에 우뚝 선다.

태섭	당신… 여기서 살 수 있어? 아무 때나 벌레 나오고, 아침에 따뜻한 물로 샤워도 못해. 당신 좋아하는 삼겹살 배달도 안 되고.
향숙	(확 다가온다, 선뜻 대답 못하는) …!
솔희	(보다 못해 나서는) 내가… 작은 아파트 정도는 해줄 수 있어.
태섭	(솔희에게 단호하게) 싫다. 받을 생각 없어.
향숙	그렇게 자존심만 세니까 이 모양이지. 당신이 왜 여기 와서 사는 줄 알아? 자연이 주는 치유? 당신은 그냥 도망친 거야. 남들처럼 잘 먹고 잘 살 자신 없으니까, 남들하고 비교하면 초라하고 쪽팔리니까, 이런 데서 혼자 처박혀 사는 거라고!
태섭	당신은 뭐가 그렇게 당당한데? 순진한 사람들 꼬셔서 사기나 치고, 돈 많은 남자 옆에 빌붙어서 비굴하게…! 그렇게 사느니… 차라리 이 꼴로 사는 게 나아!
솔희(E)	그만해.

정신없이 싸우느라 잠시 솔희를 잊고 있었던 향숙과 태섭. 솔희를 본다.

솔희	나 이제 거짓말 안 들려. 지금 엄마 아빠 말 전부 진심으로 들려서… 너무 속상해. 그니까 그만해.
태섭	(걱정스럽게) 솔희야….
솔희	왜 이렇게 서로 상처 주는 말만 해? 왜 일부러 더 독하게 말하는데! 왜!

산에서 내려가는 솔희를 보며 어쩔 줄 모르는 향숙과 태섭의 모습에서.

S#16. 드림 빌라, 5층 현관 / 밤

반갑게 벌컥 문 열어주는 도하.

도하	솔희야.
솔희	(울 것 같은 얼굴로) 오빠….
도하	(놀란) 왜 그래? (일단 안아주고 달래는) 괜찮아. 괜찮아….

도하의 품에서 우는 솔희의 모습에서.

S#17. 도하의 집 / 밤

거실
소파에 나란히 앉아 이야기 중인 솔희와 도하. 솔희, 훨씬 진정된 모습이다.

솔희	너무 무서웠어. 거짓말이 하나도 안 들리니까. 그게 진짜 다 진심일 수도 있는 거잖아.

도하	사람들… 자기 마음도 잘 몰라. 거짓말인지 진실인지 모르고 말할 때도 있고, 말하면서도 이건 아닌데 싶어서 바로 후회될 때도 있고. 두 분도 진심 아니었을 거야.
솔희	다시 합칠 수도 있다고 생각하고 갔던 건데…. 말도 안 됐어.
도하	그래도 잘했어. 잘 갔다 왔어. (솔희 걱정스럽게 보며) 너무 울어서 배고픈 거 아니야? 뭐 맛있는 거 사줄까?
솔희	아니. 나 그거 듣고 싶어. 오빠 요즘 작업하는 노래.

작업실

솔희 기분 풀어줄 생각으로 작업실에서 음악도 들려주고, 즉석으로 음악 만드는 과정도 구경시켜주는 도하. 신기한 듯 구경하던 솔희 얼굴에 미소가 지어진다. 두 사람의 다정한 모습에서.

S#18.   도하의 집, 작업실 / 낮

다음 날 다시 작업실에서 곡 작업 중인 도하. 초인종 소리가 들려온다.

도하	(당연히 솔희라 생각하며) 나갑니다~.

S#19.   드림 빌라, 5층 현관 / 낮

반가운 얼굴로 문 열었다가 표정 굳는 도하. 앞에 연미가 서 있다.

도하의 집 / 낮

어색하게 식탁에 마주 앉아 차 마시는 도하와 연미.

도하   지금… 불구속 수사 중이신 거죠?

연미   응. 제대로 조사 받고 벌 받아야지. (집 슥 둘러보고)

도하   (그런 연미 보고) 원래 살던 집은 내놨어요. 여기가 좋아서.

연미   꼭… 너 어릴 때 살던 집 같다.

도하   (내심 놀란) 저도… 그 생각했었어요.

연미   넌 어릴 때부터 참 어른스러웠어. 키우면서 힘든 적 별로 없었고. 학교 다닐 때도 말썽 한번 안 부리고, 알아서 좋은 성적 받아오고…. 넌 좋은 아들이었는데 난 그런 엄마가 아니었다.

도하   일 잘하는… 멋있는 엄마였죠.

연미   그냥 평범하게 니 냉장고에 반찬통 채워주는 그런 엄마로 살았으면 어땠을까 싶기도 하네.

도하   (살짝 웃으며) 안 어울리세요.

연미   (피식 웃고)

도하   (같이 웃다가 표정 진지해지며) 저… 어머니.

연미   (보는)

도하   저 만나는 사람 있어요.

연미   알아. 얼굴도 봤어. 멀리서였지만.

도하   (놀라는) 네? 언제요…?

연미   이 동네에서 무슨… 축제 할 때였는데. 니가 너무 좋아 보이더라. 방해 하기 싫어서 그냥 갔어.

도하, 연미의 몰랐던 진심에 먹먹하다. 잠시 아무 말 못하는데.

연미   괜히 부담스럽게 미리 인사하고 그럴 거 없고, 결혼하게 되면 그때 정 식으로 소개 받을게. (핸드폰으로 시간 보고) 이만 가봐야겠다.

도하	(같이 일어나고) 네.
연미	(나가려다가 멈칫) 아, 걔 이름이 뭐니? 이름 정도는 알아야지.
도하	솔희요. 목솔희.
연미	그래. 기억해둘게.

S# 21.　타로 카페 / 밤

마감 끝난 카페에서 막 나가려던 솔희. 문 앞에서 서성이는 누군가를
알아보고 놀란다.

| 솔희 | 아빠…? |

CUT TO

태섭과 마주 앉은 솔희.

태섭	이제 거짓말 안 들린다는 거… 진짜야?
솔희	응.
태섭	괜찮아…?
솔희	많이 적응했어. 엄마 아빠 싸울 땐 좀 힘들었지만.
태섭	(면목 없는) 미안하다….
솔희	엄마는… 전과자 되고 나서 아빠가 엄마한테 정 떨어진 줄 알았대. 그래서 이혼하자고 했던 거래.
태섭	나는 모텔 들어가는 니 엄마 오해하고, 니 엄마는 그런 나를 오해하고…. (피식)
솔희	엄마… 돈 많은 아저씨들 만나는 거 내가 다 봤는데. 하나도 안 행복해 보였어. 좋아하지도 않으면서 결혼하려고 하고. 다시 잡아, 아빠. 그날도 엄마… 아빠랑 화해하려고 찾아갔던 거야.

태섭	그래 봤자 또 이렇게 될 거야. 난 돈 버는 데 소질 없고, 니 엄마는 돈이 제일 중요한 사람이니까.
솔희	(안타까운)
태섭	(다정하게) 엄마 아빠 걱정하지 말고 너나 잘 살아. 이제 거짓말도 안 들리겠다…. 평범한 행복도 좀 챙기면서. 응?
솔희	아빠는…? 아빠는 행복해?
태섭	(살짝 머뭇거리다 웃으며) 그럼. 행복하지.
솔희	(안 믿기는) 그거… 거짓말 아냐?
태섭	(미소) 신기하네. 너한테서 그런 말… 처음 들어본다.

그런 태섭을 안쓰럽게 바라보는 솔희의 표정에서.

S# 22.　J 엔터, 대표실 / 오전

'대표 사지온' 명패 놓인 대표실. 검은 정장을 빼입은 치훈이 차렷 자세로 서 있다. 앉아서 그런 치훈을 바라보는 샤온. 치훈의 눈이 샤온의 명패로 향하는데.

샤온	저거 아무것도 아니에요.
치훈	네?
샤온	(일어나서 명패 만지며) 그냥 내가 이 회사 지분 가지고 있고, 등 떠밀려서 얼떨결에 대표가 됐는데. 나 아티스트예요. 경영 같은 건 관심도 없고, 소질도 없고. 뭐 그냥… 바지 사장 같은 거죠.
치훈	(가슴 쓸어내리고, 해맑게 웃으며) 다행이다. 샤온님은 가수가 제일 잘 어울리거든요.
샤온	(피식 웃고) 근데… 그 카페 벌써 그만두셨다고요…?
치훈	네!

| 샤온 | 어떡하죠? 나 언제 활동할지 모르는데….|

샤온　어떡하죠? 나 언제 활동할지 모르는데….

치훈　(당황) 네??

샤온　뭐 어쩔 수 없죠. 그냥 지금부터 일하세요.

치훈　활동을 안 하는데 어떻게….

샤온　연습실, 작업실, 헬스장, 집… 이게 제 일상인데…. 요즘 자꾸 들러붙는 사람들이 있어요. 사진도 이상한 거 찍어 올리고….

치훈　(정색) 진짜요??

샤온　(깜짝 놀라는) …?

치훈　앞으론 제가 옆에서 지켜드릴게요. 걱정 마십쇼!

군기 빡 들어간 치훈을 보며 피식 웃는 샤온.

───────
S# 23.　타로 카페 / 오전

단둘이 오픈 준비 중인 솔희와 카산드라.

솔희　치훈이가 없으니까… 확실히 좀 허전하긴 하네….

카산드라　(피식) 사실 저도 그래요, 헌터님.

솔희　(의자 똑바로 놓다가 멈칫) 근데… 나 이제 라이어 헌터도 아닌데 니가 계속 헌터님이라고 부르는 거… 좀 이상하지 않아? 동갑인데 너 혼자 나한테 존댓말하는 것도 이상하고.

카산드라　헌터님도 저 카산드라라고 부르시잖아요.

그때 카페에 허겁지겁 들어온 태섭.

태섭　솔희야…!

솔희　(놀란) 아빠?

| 태섭 | (결심한 듯) 나… 니 엄마 만나봐야겠다. |

태섭의 말이 끝나자마자 향숙에게 걸려온 전화. 솔희, 얼른 전화 받는다.

| 솔희 | (마음 급한) 어, 엄마. 지금 어디야? |
| 향숙(E) | 나 지금 드레스 고르는 중. |

솔희, 깜짝 놀라서 태섭의 눈치 보는데. 크게 새어 나온 향숙의 목소리 듣고 이미 굳어 있는 태섭.

향숙(E)	이따 저녁 일곱 시에 팰리스 호텔 카페로 올 수 있어?
솔희	거긴 왜?
향숙(E)	나랑 결혼할 남자가 너 보고 싶대. 그 사람도 자기 누나 데려온댔고.
솔희	내가 그 사람들을 왜 봐? 나 이제 거짓말 안 들려! 엄마 그것보다….
향숙(E)	그냥 와! 너 보고 싶대. 와서 5분이라도 얼굴 비춰. 알겠지? (끊는)
솔희	엄마! 그러지 말고 아빠랑…!

이미 끊겨버린 전화. 솔희, 속상한 얼굴로 태섭 표정 살피는데.

카산드라	(얼른) 그냥 아버님이랑 거기 가세요. 정면 돌파하시라구요.
솔희	(머리 굴리는, 중얼중얼) 아빠가… 거길 간다고…?
도하(E)	솔희야~.

솔희, 카산드라, 태섭, 세 사람이 동시에 소리 나는 쪽을 본다. 도하, 웬 낯선 아저씨가 솔희와 앉아 있는 것을 보고 당황하는데.

| 솔희 | (얼른) 인사해. 우리 아빠야. |
| 도하 | (놀라서 꾸벅 인사하는) 안녕하세요. 처음 뵙겠습니다. 저 솔희 남자 친 |

구 김도하라고 합니다.

태섭   (흐뭇한) 반가워요. 잘생겼네.

도하   멀리 사신다고 들었는데 여기까지 어쩐 일로….

솔희   (대뜸) 오빠, 나 좀 도와줄 수 있어?

―――――   S# 24.   도하의 집 / 낮

침실 or 드레스 룸

옷장에서 망설임 없이 자신의 옷을 꺼내는 도하. 태섭에게 어울리는
지 하나씩 대본다.

태섭   아휴, 됐어요. 이런 거 나한테 어울리지도 않아….

도하   사이즈도 딱이고. 입으면 근사하실 것 같은데요? (옷 골라 건네주며) 이
       렇게 입고 나와보세요.

태섭   (일단 받았지만 미안하고 부담스러운) 이거 비싼 거 아니에요?

도하   아니에요. 입고 나오세요.

거실

거실에서 태섭이 입고 나올 모습을 기다리는 솔희와 도하. 잠시 후 방
에서 나온 태섭을 보고 놀라는 두 사람.

현관

현관에서 구두도 하나 골라주는 도하. 태섭에게 신겨보는데 신발 사
이즈도 딱 맞다. 구두약과 솔을 꺼내 신발까지 반짝반짝 윤이 나게 닦
아주는 도하를 바라보는 솔희. 고맙고 괜히 뭉클하다.

솔희의 집 / 낮

거실

칙칙 분사되는 스프레이. 입에 물고 있던 집게 핀으로 태섭의 머리를
고정해놓고 머리를 다듬는 카산드라. 휘릭 미용 가위를 손가락으로
한 바퀴 돌리고는 사각사각 머리를 자른다.

솔희   (신기한) 너… 이런 건 언제 배웠어?
카산드라   우리 엄마가 미용실 했거든요. 옆에서 배웠어요.
솔희   (감탄하며 카산드라의 손놀림 구경하는) 어어~.

양손에 라텍스 장갑 탁- 끼고는 빠른 손으로 염색약을 휘저어 태섭의
머리에 염색약을 도포하는 카산드라.

카산드라   (전문가처럼) 30분 정도 기다리시면 됩니다.
솔희   (왠지 초조한, 중얼중얼) 이것만 기다리면 다 된 건가? 왜 뭔가 허전하
         지…?
도하(E)   솔희야! 잠깐 와봐!

침실

솔희의 방에 있는 노트북으로 뭔가를 열심히 보고 있는 도하.

솔희   오빠 왜?
도하   뭐가 예쁜지 봐봐.

도하, 티파니 홈페이지 들어가서 결혼반지 보고 있다.

솔희   (이거다 싶은) 오, 좋아. 뭔가 빠진 것 같았거든!
도하   (열심히 살피는) 어머님… 왠지 화려한 거 좋아하실 것 같은데.

솔희	(마우스 가져가며) 이리 줘봐. (열심히 반지 고르다가) 근데 이거 진짜 이 뿌다.
도하	(보는) 그래…?
솔희	아, 근데 엄마 스타일은 아니구….

솔희의 시선이 머무는 반지가 어떤 건지 유심히 살피는 도하의 모습에서.

S# 26.　　호텔 카페 / 밤

카페에 앉아 있는 싱글남과 싱글남의 누나(60대).

누나	(찝찝한) 아휴~ 난 좀 그렇다. 그냥 솔직하게 말하지.
싱글남	안 돼! 이혼했던 거 얘기하면 이혼 사유 캐물으면서 귀찮게 할 거야. 그리고 나 혼인 신고 안 해서 서류상으로는 싱글 맞지 뭐~. (향숙 오는 것 발견하고, 점잖게) 아! 여기예요!
향숙	(누나에게 꾸벅 인사하고) 안녕하세요. 차향숙이라고 합니다.
누나	반가워요. 어서 앉아요.
싱글남	와, 이러고 있으니까 우리 곧 가족 되는 게 실감 나네요. 근데 따님은 언제….
향숙	올 거예요. 곧 오기로 했는데….

초조한 듯 핸드폰으로 시간 보던 향숙의 눈이 커진다. 머리부터 발끝까지 고급스러움이 묻어나는, 그야말로 신사의 품격을 보여주는 태섭이 천천히 우아하게 걸어온다. 넋을 잃고 쳐다보는 향숙. 점점 가까이 다가오는 태섭을 보며 긴장한다. '내 손목을 잡고 도망이라도 치려나?' 침을 꿀꺽 삼키는데…. 아무렇지 않게 향숙의 바로 옆 테이블에

앉는 태섭. 향숙, 황당한 듯 고개 돌려 대놓고 태섭을 바라보지만 눈길 한번 주지 않는 태섭. 그때 살금살금 카페에 들어오는 솔희. 멀찍이 떨어진 테이블에 앉아 초조한 얼굴로 태섭을 지켜본다.

CUT TO

그때 쟁반에 음료 4잔을 들고 온 직원.

직원	(태섭의 테이블에 놓는) 아메리카노 나왔습니다.
태섭	감사합니다.
직원	(바로 옆 향숙 테이블에 레몬차 놓으며) 레몬차 세 잔 나왔습니다. (놓고 가는)
싱글남	이래서 여럿 있을 땐 메뉴 통일이 좋아요. 이건 누구 꺼냐, 저건 누구 꺼냐 직원이 물어보는 거 귀찮거든.

싱글남의 말에 뜻 모를 미소를 살짝 짓는 태섭. 향숙은 태섭이 신경 쓰여서 정신이 없다. 계속 곁눈으로 태섭 훔쳐보는데.

싱글남	이따 따님 오면 자리 옮겨서 소고기 먹으러 가요. 옆에 소고기집 있는데 드라이 에이징으로 숙성해서 끝내주거든요.
향숙	네…. 좋아요.
누나	난 아~ 무엇도 필요 없고, 둘만 잘 살면 돼요. 아! 그거 하나 부탁하고 싶은데. 우리 가족여행 갈 때 우리 민수 좀 돌봐줘요.
향숙	민수요…?
싱글남	고양이요. 페르시안 고양이.
향숙	(표정 굳는) …!
태섭	(잔 내려놓으며) 못 들어주겠네…. (벌떡 일어나 누나를 향해) 이 사람, 고양이털 알러지 있습니다.
누나	(당황) 어머, 뭐야??
싱글남	지금… 우리한테 하는 소리예요?

태섭	시큼한 거 싫어해서 냉면 먹을 때 식초도 안 넣는 사람이에요. 무슨 되도 않는 레몬찹니까? 그리고… 드라이 에이징이고 나발이고… 이 사람 소보다 돼지 좋아해요. 삼겹살! (향숙 보며) 이렇게 당신에 대해 아무것도 모르는 남자랑 무슨 결혼을 한다고.
싱글남	향숙 씨… 저 사람 누구….
향숙	(싱글남은 안중에도 없다, 벌떡 일어나며) 여긴 왜 왔어! 왜 왔냐고!
태섭	당신 구해주러 왔어.
향숙	(두근) …!
태섭	이런 놈이랑 결혼할 바엔 그냥 나랑 또 해. 결혼.

태섭, 그렇게 말하며 향숙 앞에 반지 케이스 열어 보인다. 멀리서 그 모습 보고 있는 솔희. 향숙의 대답을 기다리는데. 천천히 반지로 손을 뻗는 향숙. 하지만 이내 손을 거둔다.

향숙	(싱글남과 누나 의식하며) 아니… 당신하고 다시 살고 싶지 않아.

순간 솔희의 귀로 들리는 향숙의 거짓말 목소리. 솔희, 놀라서 눈 커지고. 태섭, 충격받은 얼굴로 반지 케이스 뚜껑을 닫는다. 축 처지는 어깨. 싱글남, 그 모습 보며 씩- 승리의 미소를 짓는다.

싱글남	(태섭 보란 듯이 향숙 끌어안으며) 잘했어요, 향숙 씨. 잘했어요.
향숙	(싱글남에게 안겨 있는 것이 괴로운데)

솔희, 천천히 향숙에게 다가간다.

솔희	(향숙 보며 담담하게) 거짓말이잖아, 엄마…. 아빠랑 살고 싶잖아.

향숙, 솔희의 말에 왈칵 눈물이 난다.

| 향숙 | (태섭 보며) 미안해…. 나 당신 없이는 이렇게밖에 못 살아…. 나 좀 살려 줘…. |

그런 향숙의 손목을 잡고 박력 있게 껴안는 태섭. 향숙, 태섭의 품에 안겨 눈물 흘린다. 그렇게 아무 말도 하지 않은 채 서로를 꼭 껴안고 있는 두 사람. 그런 두 사람을 보는 솔희의 흐뭇한 모습에서.

S#27. 도로, 솔희의 차 안 + 도하의 집 / 밤 (교차)

집으로 돌아가며 도하와 통화하는 솔희. 도하, 솔희로부터 얘기 다 전해 들었다.

도하	(의아한) 어떻게 거짓말인 줄 알았어? 그냥 거짓말일 것 같았어?
솔희	그게 아니고…. 들렸어. 거짓말이.
도하	(놀란) 진짜야?
솔희	(덤덤한) 응. 적응할 만하니까 돌아왔네. (피식) 이젠 이게 좋은 건지 싫은 건지도 잘 모르겠어. …나 이상하지?
도하	난 거짓말 들리는 솔희도 좋고, 거짓말 안 들리는 솔희도 좋아.
솔희	…사랑해.
도하	나도 사랑해. 빨리 와. 보고 싶다.

S#28. 타로 카페 / 오전

오픈 전의 타로 카페. 솔희의 이야기 듣고 깜짝 놀란 카산드라.

카산드라	진짜 돌아왔어요? 능력이??
솔희	응.
카산드라	그럼 VIP 손님은….
솔희	아니. 그냥 계속 이렇게 카페만 하려고. 들리든 안 들리든… 신경 안 쓰고 살고 싶어. 혹시… 진짜 무당이랑 일하고 싶은 거면 다른 데 가도 돼.
카산드라	아니에요. 여기서 일하는 게 좋아요.
솔희	진실이네…? 왜?
카산드라	(일하면서 쿨하게) 그냥 헌터님이랑 일하는 게 좋으니까요.
솔희	(그런 카산드라 가만히 보다가) 예슬아.
카산드라	(놀란) …!
솔희	그 이름… 맞지?
카산드라	(잠시 머뭇거리다가, 어색하게) 응, 솔희야.

"아 뭐야, 어색해!" 하며 웃는 두 사람의 모습에서.

S# 29.   녹음실 / 낮 − 밤

헤드셋 한 에단은 녹음실에서 노래 부르고. 녹음실 밖의 도하와 영재는 그 모습 코치하고 있다.

도하	(버튼 누르고 말하는) 방금 그 부분은 좀 더 리드미컬하게 불러야 돼. 끝까지 박자 타면서.
에단	네. 알겠습니다.

다시 노래하는 에단. 훨씬 좋아졌다. 도하와 영재, 서로 마주 보며 눈으로 좋다는 신호 보내는데.

에단	저 방금 꺼 한번만 더 하면 안 돼요?
도하	왜? 좋았는데?
에단	더 잘할 수 있을 것 같아서요.

피식 웃는 도하. 다시 노래 부르는 에단.

CUT TO

계속 이어지는 녹음. 점점 더 피곤해지는 세 사람. 영재는 꾸벅 졸았
다가 얼른 주변 눈치 보며 깬다. 얼음밖에 안 남은 커피를 쪽쪽 빨아
마신다.

CUT TO

만족스럽게 녹음하고 녹음실에서 나오는 에단. 박수 치는 도하와 영재.

S# 30.   샌드위치집 / 아침

샌드위치 체인점 들어가 샌드위치 먹는 도하, 영재, 에단.

영재	이거 아침에 먹기 딱인데요? 맛있다. (에단에게) 형은 관리해야 되니까 가벼운 거로 골랐어.
에단	고마워~.
도하	(먹으며) 맛있네~.
에단	(먹다가 문득) 걱정이에요⋯.
도하	(보면)
에단	작곡가님 때문이 아니라 저 때문에요. 저 때문에 작곡가님 좋은 노래 묻힐까 봐⋯.
도하	넌 앨범 내기 전에 자신감부터 가져야겠다. 어디 산에 올라가서 소리

라도 좀 지르고 와.

에단   진짜 그럴까요? 도움 좀 되려나…?

S#31.   깊은 산속 / 낮

산속에서 울리는 향숙의 비명.

향숙(E)   아악!!!

호들갑 떨며 양말 바람으로 태섭의 집에서 튀어나오는 향숙. 태섭, 곧 아무렇지 않은 얼굴로 휴지에 감싼 벌레 들고 나와 집 밖에 풀어준다.

향숙   그걸 죽여야지! 맨날 집 밖에 풀어주니까 산책시켜주는 건 줄 알고 도 로 기어 들어오는 거잖아!
태섭   어떻게 죽여. 생명인데.
작가(E)   저기요!

웬 낯선 여자의 목소리에 놀라서 돌아보는 향숙과 태섭.

태섭   (작가 알아보고) 아니, 작가님이 여기까지 무슨 일로….
작가   (경계하는 향숙 발견하고 머쓱) 안녕하세요? 저는 '나는 자연에 산다' 프 로그램 맡고 있는 작가예요.
향숙   네….
작가   그때 먹었던 비빔국수 또 먹을 수 있나 해서 왔어요.
태섭   아이고, 그걸 먹겠다고 이 땡볕에 여기까지 올라왔어요?
작가   (흐르는 땀 닦으며) 네. 팔면 진짜 대박 날 텐데…. 제가 맛집 탐방 방송도 엄청 했는데요. 이만한 비빔국수 못 먹어봤어요.

태섭	(화로에 물 끓이며) 그때 레시피 알려줬잖아요.
작가	그거대로 했는데 그 맛이 안 나요.
태섭	다시 잘 적어봐요. 고추장 한 스푼….
향숙	(태섭 입 틀어막으며, 작가에게) 이거 정말… 팔면 대박 날까요?

눈 반짝이는 향숙의 모습에서.

S# 32.   오아시스 / 밤

같이 맥주 마시는 도하와 중규. 도하, 준비해온 에단의 앨범을 내민다.

도하	그동안… 이거 만드느라 바빴어요.
중규	이야~ 고생 많았네! (에단의 얼굴과 이름 보며) 근데… 난 잘 모르겠네…? 누군지.
도하	신인은 아닌데… 유명하지는 않아요. 저 살짝 걱정돼요. 이 친구 나만 믿고 진짜 열심히 해줬는데… 혹시라도 잘 안 될까 봐.
중규	(그런 도하 기특하게 바라보다가) 내가 딱 듣고 평가해줄게. 재즈 경력 20년… 내 귀는 못 속인다.
도하	지금요? 여기서요? 아~ 나중에 혼자 들으세요~.

음악 틀려고 하는 중규를 말리는 도하와 계속 장난치는 중규의 모습에서. 에단의 노래 들려오며.

S# 33.   몽타주

음악 방송 무대 / 낮

음악 방송 무대 위에서 라이브로 노래 부르는 에단.

버스 안 / 밤

퇴근길. 창밖 보며 에어팟 꽂고 에단의 음악을 듣는 직장인.

연서 베이커리 / 밤

톱100 음악 재생하고 춤추는 오백과 보로. 1위는 에단의 노래다.

S#34.   시상식장 / 밤

화려한 2024년 코리아 뮤직 어워드 시상식장.

진행자1   2024년 코리아 뮤직 어워드. 정신없이 달려오다 보니 어느새 막바지
에 다다랐습니다.

진행자2   아, 벌써 그렇게 됐나요?

2, 3층 객석은 팬들로 가득하고. 1층 무대 앞에는 수상 후보들과 관계
자들이 앉아 있다. 모두가 착석해 있는데 '김도하 작곡가님' 이름표가
붙어 있는 자리는 이번에도 텅 비어 있다. 도하는 또 나타나지 않는 건
가… 싶은 순간, 저 뒤에서부터 조심스럽게 들어와 자리에 앉는 정장
입은 남자의 뒷모습…. 도하다.

진행자1   저희 코리아 뮤직 어워드의 하이라이트죠? 최고의 작곡가상을 시상
할 차례인데요. 시상에는 가수 샤온님이 수고해주시겠습니다.

박수를 받으며 무대에 올라온 샤온. 편안하고 여유로워 보이는 표정

이다.

샤온   안녕하세요. 샤온입니다.

진행자2(E)   샤온 씨 정말 오랜만입니다. 짧게 근황 좀 알려주시겠어요?

샤온   (웃음) 네…. 저는 그동안 음악 공부도 하고, 새 앨범 준비도 하고, 잠도 많이 자고, 밥도 많이 먹으면서 그렇게 지냈습니다. 한창 활동할 때에는 뭘 해야 하나, 또 어떤 모습을 보여드려야 하나… 고민을 정말 많이 했는데요. 그냥 쉬다 보니까 하고 싶은 게 알아서 생기더라고요.

S#35.   시상식장 근처 복도 / 밤

비표 목에 걸고, 꽃다발 들고 있는 솔희. 어디로 들어가야 하나… 좁은 복도 서성이며 우왕좌왕하는데.

치훈(E)   헌터님!

솔희, 익숙한 목소리에 돌아보면. 가드 차림의 치훈이 솔희를 향해 다가온다.

솔희   (반가움의 미소 번지는) 어? 너 여기 웬일이야?

치훈   우리 샤온 오늘 시상자로 나오잖아요. 왜 이렇게 늦게 오셨어요? (듬직하게 앞서가며) 이쪽으로 오세요.

솔희   (치훈 따라가며 슬쩍 보는) 잘 어울린다. 너?

치훈   (씨익 웃으며) 이런 게 진정한 덕업일치 아닐까요?

솔희   덕업일치…?

치훈   덕질과 직업의 일치요.

피식 웃는 솔희. 시상식장 안으로 들어간다.

S# 36.   시상식장 / 밤

샤온의 가벼운 농담에 웃고 있는 관객들. 그렇게 근황 이야기를 끝낸 샤온.

샤온   앞으로 활동할 제 모습도 많이 기대해주시고요. 그럼 2024년 코리아 뮤직 어워드 최고의 작곡가상을 발표하겠습니다.

샤온, 시상 봉투를 열어본다. 장내에 흐르는 긴장감.

샤온   수상자는… 김도하님! 축하드립니다!

진행자(E)   김도하 작곡가는 에단의 1집과 싱글 앨범을 큰 성공으로 이끌어 지난해에 이어 2회 연속 수상이라는 업적을 달성했습니다. 코리아 뮤직 어워드 사상 처음 있는 일이죠? 수상을 진심으로 축하드립니다!

자리에서 일어나 무대로 향하는 도하. 웅장한 음악과 함께 박수 치는 사람들. 솔희, 더 긴장한 얼굴로 무대에 오르는 도하를 바라보는데. 샤온이 건네는 트로피와 작은 꽃다발을 건네받는 도하. 두 사람, 서로의 마음이 다 느껴지는 짧은 눈인사를 나눈다. 박수 소리가 잦아들고…. 마이크 앞에 선 도하. 순식간에 조용해진 사람들. 모두의 이목이 도하에게 집중되는데.

도하   감사합니다. 저는 사실… 세상에 숨기 위해 김도하라는 이름을 만들었습니다. 그 이름 뒤에 숨어 살 때에는 제게 이런 순간이 올 수도 있다는 걸 믿지 못했습니다. 지금 생각하면 살아가는 건 믿기 힘든 것들을 믿으려 애쓰는 과정인 것 같습니다. 꿈을 이룰 수 있다는 믿음, 사랑이 영원할 거라는 믿음… 그런 것들이요. 음악이 저에게 이 상을 줬다면, 누군가의 믿음은 여기 올라와 이 상을 받을 수 있게 만들어줬습니다. 저보다 더 저를 믿어준… 사랑하는 그 사람과 이 상의 기쁨을 함께 나누겠습니다. 감사합니다.

꾸벅 인사하는 도하. 수상 소감에 울컥하는 솔희. 경청하던 사람들. 박수 치며 환호한다. 환한 조명 아래에서 웃는 도하의 모습에서.

S# 37.   타로 카페 / 밤

타로 카페 내부, 마치 파티 룸처럼 꾸며져 있고. 도하의 트로피를 앞에 놓고 축배를 드는 사람들. 솔희, 도하, 카산드라, 보로, 오백, 영재까지 모두 함께다. 뒤늦게 합류하는 초록.

초록	미안~. 좀 늦었어. (자연스럽게 오백의 옆자리에 앉는)
오백	(초록 보며 감탄) 예뻐졌다.
초록	(황당) 뭔 소리야. 몇 시간 전에도 봤으면서?
오백	그니까~ 그사이에 더 예뻐졌다구.
솔희	(오백의 진심에 흐뭇한)
도하	(신기한 듯 보며) 두 사람… 언제부터 그렇게 된 거야?
오백	580일.
영재	헐, 진짜?? 그렇게 오래 사귀었다고??
초록	다시 사귄 지 딱 일주일 됐어. 573일일 때 헤어졌거든.

도하, 조용히 뭔가를 조물조물 만지고 있다. 손으로 새우 까서 옆에 앉은 솔희의 앞접시에 놓아준다. 일부러 하트 모양으로 만들어주고. 솔

희와 눈 마주치며 웃는데.

초록   (이미 다 보고 있었던, 오백 팔꿈치로 치며) 저것 봐. 도하 솔희한테 스윗한
         것 좀 보라고~.

오백   아이~ 나도 해. 저런 거. (도하 의식하며 새우 까는) 아, 맞다! 우리 삼촌이
         동해에서 펜션하는데 거기로 커플 여행 갈래?

도하   콜.

솔희   콜!

보로   (제일 신나서) 콜!!

초록   오빠… 커플 여행이라니까? 오빤 커플 아니잖아.

보로   (갑자기 시무룩해진, 술 마시며) 하… 외롭다… 진짜….

카산드라   (보로 보며) 거기 나가 봐요. '나만 솔로'.

솔희   어? 좋은데?

보로   에이~ 거길 어떻게 나가…. 전국에 얼굴 팔리고, 우리 가게 손님들도
         다 볼 텐데…. (절레절레) 절대 안 돼.

카산드라   그러니까 나가야지. 전국에 있는 모든 여성을 대상으로 오빠 홍보하
         는 건데.

오백   야, 야! 우리 미리 응원 영상 찍어보자. (핸드폰 들고) 우리 영수는 정말
         좋은 친구, 성실한 친구고요.

초록   왠지 첫인상 선택은 못 받을 것 같은데…. 볼수록 매력 있어요. 볼매!

카산드라   근데 빵에 미쳐 있어요!

         화기애애한 분위기 속에서. 행복해 보이는 초록과 오백을 바라보는
         솔희.

S# 38.   타로 카페 앞 / 밤

카페 앞에 잠깐 나와 바람 쐬는 초록 옆에 서는 솔희.

솔희   언니, 오백 오빠랑 다시 잘된 거… 축하해.
초록   축하는 뭐~ 아직도 이게 맞는 건가 싶긴 해….
솔희   (조심스럽게) 그러면… 언니가 궁금한 거 내가 한번 알아볼까? 나 이제
         할 수는 있는데….
초록   (잠시 생각) 아니. 괜찮아. (솔희 보며) 내가 알아서 결정할래.
솔희   (미소) 그래. 사실 나도 그게 좋을 것 같았어.

S#39.   타로 카페 / 밤

도하의 옆에 앉아 있는 영재.

영재   내일 형이랑 같이 해서 셋이 밥 먹을까?
도하   아… 내일은 나 일이 있어서. 미안.
영재   무슨 일?
도하   수상 소감 때 얘기 못한 사람이 한 명 있거든.

잠시 도하의 무거워진 표정에서.

S#40.   교도소, 면회실 / 낮

면회실에 찾아와 기다리는 도하. 끼익 문이 열리고 앞에 득찬이 앉는
다. 초췌하지만 어딘지 편안해 보인다.

득찬	티비에서 봤어. 노래 좋더라.
도하	….
득찬	너한테 꼭 해주고 싶은 말이 있었는데…. 그날 있잖아, 엄지랑… 그 일 있었던 날.
도하	(보는)
득찬	그때 엄호 형한테 문자 보내려고 엄지 폰 봤는데…. 엄지가 쓰고 있던 메시지가 있었어. 너한테.
도하	나한테?
득찬	응.

S#41.   (과거) 호프집 / 밤

15화 13신 이전 상황. 엄호에게 카톡을 보내려는데 이미 작성 중이던 카톡을 발견한 득찬. [승주야 내 인생에는 좋은 게 별로 없었어] 로 시작하는 메시지다.

엄지(E)	승주야. 내 인생에는 좋은 게 별로 없었어.

S#42.   (과거) 학천 바닷가 / 밤

엄지, 마지막으로 도하에게 보낼 문자를 작성한다.

엄지(E)	지금 이 밤바다처럼 춥고, 어둡고, 아득했어. 내가 아는 바다는 검정색이었는데 너를 만나고 바다가 파란색이라는 걸 알았어. 니가 날 떠나서 죽는 게 아니라 니 덕에 그동안 버텼던 거야. 혹시라도 죄책감은 갖

지 마. 다 잊고 행복했으면 좋겠어. 진심으로.

S# 43. 교도소, 면회실 / 낮

다시 현재. 득찬의 이야기를 듣고 있는 도하.

득찬   너에 대한 고마움만 있었어. 니가 진짜 행복하길 바라고 있었고. 꼭…
       얘기해주고 싶었어.
도하   (먹먹한) …고마워.

S# 44.   주유소 / 낮

꾀죄죄한 몰골로 주유소에서 일하고 있는 재찬. 차 한 대가 들어온다.

무진   (창문 내리고 카드 건네며) 만땅이요. (하다가 재찬 보고 선글라스 내리며)
       어? 너??

재찬, 당황해서 모자 깊이 쓰고 얼굴 가린다. 바로 기름 넣는데.

무진   (피식) 뉴스에서 보던 얼굴, 간만에 실물로 보니까 반갑네~. 그 난리를
       쳐놓고 겨우 여기서 이러고 있냐?
재찬   (주유 끝내고, 카드 운전석에 휙 던지는)
무진   (카드 얼른 피하고 깜짝 놀란) 악! 뭐야!?
재찬   넌 평생 표절이나 해라! 이 새끼야! (가는)
무진   야! 영수증 내놔! 이거 법카야!

S# 45.   타로 카페 / 낮

손님들 꽤 많이 모여 있는 카페. 솔희, 손님들 응대하느라 바쁜데. 한
눈에 봐도 고급지게 차려입은 VIP 손님이 들어온다.

손님   라이어 헌터님?
솔희   (살짝 놀란, 작은 목소리로) 아…제가 이제 그 일을 안 해서요. 오래됐는데.
손님   그건 잘 아는데요…. (선글라스 벗고, 솔희 손잡으며) 요번에 들일 며느리
         가… 아무래도 이상해요. 한번만 만나주세요. 네? 제발요….
솔희   (난감한)

         CUT TO
         손님들 다 빠지고 컵 씻고 테이블 닦으며 정리 중인 솔희와 카산드라.

카산드라   공지 한번 싹 돌려야 되는 거 아냐?
솔희   공지?
카산드라   VIP들한테. 이제 안 하겠다고 전화를 하든, 메일을 보내든 설명을 해
         줘야 할 것 같은데. 나도 아직까지 전화 받아. 한번만 해달라고 징징거
         리고. 돈도 두 배, 세 배 준다고 하고.

         솔희, 고민하는 표정 되는데.

S# 46.   J 엔터, 복도 / 낮

샤온과 나란히 복도 걸어가는 치훈. 샤온, 핸드폰으로 뭔가를 보며 웃
는데. 샤온과 치훈의 투샷을 모아놓은 사진들이다.

샤온	(치훈에게 폰 보여주며) 이거 팬들이 만든 것 봐. 우리 되게 잘 어울리나 봐. 니가 내 남친이라는 사람도 있어. 웃기지?
치훈	(정색) 네. 웃기네요.
샤온	(뻘쭘) 웃겨…?
치훈	제가 어떻게 감히 샤온님이랑 엮입니까? 웃기죠.
샤온	왜? 엮일 수도 있지.
치훈	(심쿵해서 샤온 보다가 얼른 고개 돌리며) 이런 농담하지 마세요.
샤온	(피식 웃고, 중얼중얼) 귀여워….
치훈	네…?
샤온	너 귀엽다구.

그렇게 말하고 앞서가는 샤온. 심쿵한 치훈. 얼굴 빨개져서 멍하게 서 있는데.

매니저	(그런 치훈 툭 치며) 빨리 오세요.
치훈	네. 네! (얼른 따라가는)

S#47.   등산길 식당 / 낮

테이블 5개 정도 놓인 작은 식당에 사람들이 다닥다닥 붙어 국수 먹고 있다. 벽에 붙어 있는 메뉴판은 심플하다. '비빔국수 5,000원, 곱빼기 7,000원(계산은 선불입니다)'. 국수 삶고 양념하며 음식 만들고 있는 태섭. 향숙은 태섭이 말아놓은 비빔국수를 접시에 담아 손님들에게 전한다.

향숙	보통 하나, 곱빼기 하나 하신 분? (놔주고) 맛있게 드세요.

그때 국수집에 들어온 솔희. 한 손에 건강 식품 들고 있다.

향숙	어머! 우리 딸 왔어? (하다가 이내 실망하며) 뭐야? 김 서방은?
솔희	아휴, 무슨 김 서방이야. 엄마가 하도 그래서 일부러 나 혼자 왔어. (건강 식품 내밀며) 그리고 이거. 엄마 아빠 당 관리해야지.
향숙	얘는 뭘 이런 걸 다. (하나 들고 가서 태섭에게 먹이는) 여보! 아~.
태섭	(쭉 들이키고) 김 서방 상 받는 거 잘 봤다. 축하한다고 전해줘.
솔희	(난감) 아빠까지 김 서방이래….
향숙	(슬쩍) 김 서방이… 결혼하자고 안 해?
솔희	무슨 결혼이야~. 요즘 누가 빨리 결혼한다구.
향숙	할 거면 빨리 해. 능력 있고 잘생겼는데 딴 여자가 채 간다!

향숙의 말이 은근 신경 쓰이는 솔희의 표정에서.

S# 48.   솔희의 집 / 밤

소파에서 함께 축구 보고 있는 솔희와 도하. 각자 유니폼 착용한 모습이다. 솔희, 도하의 다리를 베고 누워 있는데.

도하	나랑 같이 가지. 왜 혼자 다녀왔어?
솔희	오빠 같이 가면…. (뭔가 말하려다가 관두는) 아냐. (갑자기 몸 일으켜 세우고, 정색) 근데 오빠… 왜 이렇게 웃고 있어? 맨유 지고 있으니까 좋아? 막 웃음 나?
도하	(어이없는) 내가 언제 웃었다고?
솔희	지금도 웃고 있네.
도하	(중얼중얼) 와… 이래서 더비는 같이 보면 안 돼….
솔희	(눈 점점 감기고) 근데 오늘 경기 왜 이렇게 지루해? 골도 안 터지고.

도하	그냥 잘래? (솔희 눈 보고) 너 지금 거의 잠 든 수준이야.
솔희	안 돼…. (화면 보며) 와… 저 태극기 든 사람 진짜 가까이 앉았다. 선수들 땀구멍도 보이겠네. 저런 데 앉아서 응원하면 기분 어떨까?
도하	우리도 보러 갈까?

그때 바닥에 툭 떨어지는 리모컨. 솔희, 어느새 잠들어 있다. 익숙한 듯 티비 볼륨 줄이는 도하. 한 손으로는 솔희 토닥거리고, 머리 쓰다듬어주고. 다른 한 손으로는 핸드폰으로 비행기표 알아보는데.

S# 49.   타로 카페 / 밤

텅 빈 타로 카페에 혼자 남아 뒷정리하고 있는 솔희. 누군가 카페에 들어와서 보면 말끔하게 차려입은 도하다.

솔희	(반갑게) 어? 오빠!
도하	(말없이 바닥에 떨어진 타로 카드 한 장 줍는)
솔희	어? 바닥에 뭐 있어?

도하가 건넨 카드를 보는 솔희. 결혼반지가 들어 있는 민트색 반지 케이스 그림이 그려져 있다.

솔희	어? 뭐야…? 이런 카드는 없는데…?
도하	그 카드는… '나랑 결혼해줄래?' 카드야.

도하, 어리둥절한 솔희 앞에 민트색 티파니 반지 케이스 꺼내 뚜껑 연다. 카드 속 결혼반지와 똑같은 디자인의 반지가 들어 있다.

솔희	(놀란) 오빠…?
도하	우리 결혼하자, 솔희야.
솔희	(감동한) 오빠…!
도하	매일 사랑한다고 말할게. 죽을 때까지… 그 말이 거짓말로 들리지 않게 할게.
솔희	…!!
도하	(떨리는) 결혼…해줄래?
솔희	응!

도하, 그런 솔희에게 반지 끼워준다. 솔희 역시 도하에게 반지 끼워주고. 솔희, 감격해서 도하 끌어안는다. 도하도 솔희 다정하게 안아주고.

도하	(미소 사라지며) 근데… 당장은 결혼 못해.
솔희	(도하 얼굴 보며) 어? 왜…?
도하	여기 다녀온 다음에 해야 되거든. (핸드폰으로 뭔가를 보여주는)
솔희	(설마 싶은) 이거 뭐야…?
도하	영국 항공권이랑 맨유 티켓이야.
솔희	(눈 휘둥그레) 진짜…? 진짜로?? (핸드폰 집어 들고 놀라는)
도하	너 반지보다 이거 더 좋아하는 것 같다?

자기도 모르게 커진 "악!" 소리 질렀다가 입 틀어막는 솔희. 도하 끌어안고 방방 뛴다. 행복한 솔희와 도하의 모습에서.

S#50. 솔희의 집 / 밤

노트북 앞에 놓고 고민하고 있는 솔희. 생각 정리가 끝난 듯 키보드를 치기 시작한다.

솔희(E) 안녕하세요. 라이어 헌터입니다. 그동안 저에게 의뢰를 해주신 분들께 깊은 감사를 드립니다. 먼저… VIP 서비스는 폐지됐습니다. 앞으로는 그 어떤 의뢰도 받을 생각이 없습니다.

S#51. 초록 샐러드 / 낮

노트북에 보로의 '나만 솔로' 출연 영상 틀어놓고 웃고 있는 오백과 초록. 보로가 슬픈 얼굴로 혼자 짜장면을 먹고 있는 장면이다. 가게 안 손님들도 그런 보로 보며 웃는데. 밖에서 보고 화들짝 놀라 들어온 보로. 화면 끄려고 애써보지만 역부족이다. 보로 놀리며 웃는 오백과 초록.

솔희(E) 그동안 거짓말을 들어주는 일로 돈을 벌었지만… 사실 고민이 많았습니다.

S#52. 연서동 골목 / 낮

차 대놓고 잠복 중인 강민. 표정 진지한데. 저쪽에서 솔희가 캐리어를 끌고 걸어가는 모습이 보인다. 솔희, 환하게 웃고 있다. 그 모습을 바라보는 강민. 솔희 따라 미소 짓는다.

솔희(E) 어떤 거짓말은 가슴이 아팠고, 어떤 거짓말은 아름다웠으니까요.
황 순경 형님? 뭘 혼자 웃고 있어요?
강민 (갑자기 정색) 앞에 봐. 용의자 언제 지나갈 줄 알고.
황 순경 네….

인천 대교, 솔희의 차 안 / 낮

인천 대교를 건너는 솔희. 창밖으로 푸른 바다가 보인다.

솔희(E) 그래서 그만둡니다. 사람의 마음은 바다처럼 깊고 신비로워서… 그 안에 뭐가 있는지는 진실과 거짓만으로는 알 수가 없거든요.

핸들을 잡은 솔희의 손가락에서 반짝이는 프러포즈 반지. 옆에 앉아 있는 도하가 같은 반지를 끼고 솔희의 손을 잡는다.

공항, 주차장 / 낮

주차장에 차 세우고 캐리어 꺼내는 두 사람.

솔희 (둘러보며) 근데 사람 왜 이렇게 많아.
도하 줄 길려나?

눈빛으로 통한 솔희와 도하. 한 손으로는 손잡고, 다른 손으로는 캐리어 끌며 냅다 달리기 시작한다. 겉옷에 감춰뒀던 두 사람의 빨간 축구 유니폼이 보이며.

솔희(E) 그동안 감사했습니다. 거짓말이 가득한 세상에서… 모두 행복하세요. 라이어 헌터 드림.

함께 뛰어가며 행복하게 웃는 솔희와 도하의 모습에서. 엔딩.

_끝

소용없어 거짓말 ②

1판 1쇄 인쇄	2024년 3월 1일
1판 1쇄 발행	2024년 3월 22일
지은이	서정은
발행인	황민호
본부장	박정훈
책임편집	강경양
기획편집	김사라 이예린
마케팅	조안나 이유진 이나경
국제판권	이주은
제작	최택순
발행처	대원씨아이㈜
주소	서울특별시 용산구 한강대로15길 9-12
전화	(02)2071-2017
팩스	(02)749-2105
등록	제3-563호
등록일자	1992년 5월 11일
ISBN	ISBN 979-11-7203-343-9 04810
	ISBN 979-11-7203-341-5 (세트)